祈りのちから

クリス・ファブリー†著
中嶋典子†訳

Chris Fabry

WAR ROOM

Prayer is a Powerful Weapon

Forest Books

Originally published in the U.S.A.under the title:
War Room,by Chris Fabry

祈りの戦士であるアンジェラ・ユーアンに本書をささげます。

――クリス・ファブリー

愛する妻、クリスティーナに本書をささげます。あなたの愛と支え、そして祈りは、私にとって無くてはならない大事なもの……。本書があなたにとって大きな励ましとなりますように。

――アレックス・ケンドリック／映画「祈りのちから」監督

この世でいちばん大切な女性、ジルへ本書をささげます。君は、僕の祈りの答えそのものです。生涯の祈りの友、そして心から愛してやまない君と結婚できたことを感謝しつつ。

――スティーヴン・ケンドリック／映画「祈りのちから」脚本・製作

目次

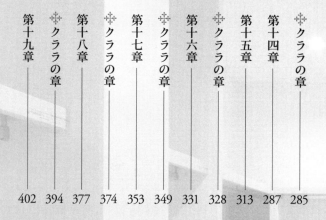

我が国を神の御前《みまえ》にひざまずかせるためには、
まずは我々自身が主のみもとにひれ伏さなければならないのだ。

ビリー・グラハム

クララの章

墓地の駐車場に一台の車がゆっくりと入って来た。運転しているのは肌の黒い白髪交じりの年老いた女性。彼女はやっとの思いで車を指定の位置まで動かすと、たった今祈りの答えを手にしたような安堵の表情でブレーキを踏んだ。彼女は車から降りると、毅然とした態度で、見慣れた墓石一つひとつに挨拶をするようにうなずき、足をひきずりながらゆっくりと歩いて行く。この頃は、墓石の名前を見てもすぐにその人の顔を思い出せなくなっている。彼女がしっかりとした足取りで向かう先は、「ウィリアムズ」と名が刻まれた墓石の前。やっとたどり着き大きく深呼吸をすると、土臭い匂いが全身に打ち寄せるのを感じた。そう、まるで雨のように。

「そういえば雨が降ると、あなたいつもうれしそうにしてたわ、レオ」

彼女の声が辺りに響く。

「そうよ、あなたは雨が大好きな人だった……」

その女性の名はクララ・ウィリアムズ。クララはこの静かで神聖なひとときにおいてさえ、自分の声がもはや夫には届かないことを知っていた。夫のたましいはこの緑の芝生の下でなく、すでに天にあると信じていたのだ。しかしこうしてここまで足を運ぶと、頭がはっきりとさえわたり、昔の映像や出来事がくっきりと心によみがえってくるのだった。もちろん、軍服姿のレオの写真や、彼がベトナムの戦地から持って帰ったボロボロにすり切れた写真を眺めては昔を懐かしむこともあったが、レオの墓石の上に直接手を滑らせながらそこに刻まれた名前を指で触れ、その上に置かれた小さな星条旗をまっすぐに立て直す時ほど、レオを近くに感じる瞬間はなかった。星条旗は欠かせないわ……クララはそう心の中でつぶやいた。

クララは、戦争というものを、夫が遺してくれた写真を通してしか知らなかった。戦争映画、特に画質の悪い白黒のドキュメンタリー番組などで実際の戦闘場面を見る気にはとてもなれなかった。ナパーム弾による爆撃、兵士たちが上半身裸でM16銃を撃つシーンがテレビで流れると、ひどくつらい気持ちになり、すぐにチャンネルを替えるのだった。

しかしクララは、もう一つ、別の戦いが存在することを知っていた。それはこの世界に住む七十億もの人々の心の中で日々繰り広げられている戦いだ。

クララは、戦争が行われる際、銃弾や爆弾が霰《あられ》のように飛び交う戦場から一歩退いた安全な場所で、作戦を練る者たちが存在することを知っていた。

彼女は、若き日の夫が、同僚や地図を見つめ、次の一手をどうすべきか思い巡らす姿を思い浮かべた。汗にまみれ、疲れと恐怖に襲われつつも、冷静に敵の動きを分析し、彼らの前進を阻止するためあらゆる力を結集する姿を。夫の死後も、彼が勇敢で、部下を守るためにいかなる犠牲もいとわなかったという逸話を何度耳にしたことだろう。

「今最も必要とされているのは、気骨ある強い精神の持ち主。そうよレオ、あなたのような、強靭な意志と、思いやりにあふれる優しい心をもった人……」

しかし、そんな強く優しいレオは心臓の病にかかり、妻であるクララと十歳になる息子を残し、若くしてこの世を去ったのだ。その突然の死に、クララは途方に暮れた。当時まだ三十代だった彼女は、無邪気にも、時間は無尽蔵にあり人生はいつまでも続くものだと思っていた。しかし、やがて悟ったのだ。人生は自分の思い通りにはならないことを。そしてさまざまなつらい経験は彼女の心に深い傷を残したのだった。

クララは墓石のそばに注意深くゆっくりとしゃがむと、雑草を抜きながら、ちょうど今から四十年前、一人息子と共にこの場所にたたずんでいた時のことを思い出していた。

「今のクライドを見てほしいわ。あの子、あなたにほんとうによく似ているの。しゃべり方もそっくり。低い声で屈託のない笑い方をするところまでね。大人になったあの子を見せたかった……」

あの時も、クララはクライドと共にここに立ち、親しかった人たちを納めた墓石がどこまでも立ち並ぶこの光景を眺めていた。

「ねえお母さん、どうして人は死ななくちゃいけないの?」

クララは、息子の質問にただちに答えようとした。この世に生を受ける限り、誰もがやがて死を経験すること、死を迎えたあとは裁きの座に着かなければならないこと……。そしてすぐに、息子が欲しいのはそんな神学的な答えなどではないことに気づいた。そしてその場にひざまずき、自分の知りうる限りの真実を伝えたのだった。

「どうして人が死ななければならないか、それはお母さんにもわからない。神さまだって人が死ぬことを願うようなお方ではないわ。でも、これも主のご計画のうちにあることなの。神さまは大きくて力あるお方だから、きっとこのことをみこころのために用いてくださるはず。私たちの目には隠されていても、神さまの目には見えていることがたくさんあるのよ」

クライドは涙をいっぱいためた目でクララを見つめた。クララはクライドを抱きしめ、共に泣いた。そしてクライドがさらにたたみかけるように質問するのを聞きながら、ただ黙って強く我が子を抱きしめるのだった。クライドの口から次々とこぼれ落ちる言葉は、風にさらわれ木々の上へと舞い上がり、そのまま流れ去っていった。母親に必死にしがみつく息子の腕の力を、クララは今も鮮やかに思い出すことができる。

「私もすっかりおばあちゃんね」クララは、外気にさらされしわだらけになった手を眺めながら、亡き夫に語りかけた。「今までほんとうに無我夢中だったわ。気がついたら、まるで風に吹き飛ばされるみたいにあっという間に四十年もたってしまって……。神さまの大切な教えを何とかして身につけたくて、今まで必死でやってきたわ」

クララはゆっくり立ち上がり、膝についた草を手で払いのけた。

「ごめんなさいね、レオ。できることならあの頃に戻ってもう一度やり直せたらって、何度そう思ったかしれない。でももう大丈夫。あなたは安心して上で休んでてちょうだい。もうじき会えるでしょうからね」

クララは思い出に浸りつつ、しばらく名残惜しそうにその場に立ちすくんでいたが、やっと決心したように車に向かってゆっくりと歩き始めた。すると、何やら遠くのほうで一組のカップルが言い争う声が聞こえてきた。二人が何を言っているのか、何を巡って争っているのかは聞き取ることができなかったが、クララは思わず走り寄って二人の肩を揺さぶり、墓石を指差して、戦う相手が違うことを教えてやりたくなった。本当の敵は一体誰なのか、その相手に勝つためには、行き当たりばったりに攻めるのではなく、きちんと作戦を立て、持てる力を結集しなければならないことを……。

やがてそのカップルは自分たちの車に乗り込みどこかへ去っていった。クララは、足を引きずりながら自分の車に戻り、運転席に乗り込むと息をはずませた。

「なんだかあなたのお墓、来るたびに遠くなってない？　私の気のせいなのかしら」

クララは、レオが苦笑する声がかすかに聞こえたような気がした。

第一章

　エリザベスは、販売の対象となる家の玄関をノックする前に、その家が抱える問題点を全て見抜いていた。花壇はだいぶ荒れているわね……、家の前の車道には所々穴が空いているし、車庫近くの屋根の配水管に少々難がありそうだわ……。さらには三回ドアをノックしているあいだに、窓台のペンキがはげているのも見逃さなかった。

　そう、これが私の仕事。見かけは大事。有能な不動産業者であると相手に思わせるには、第一印象がとても大切……。エリザベスは、窓に映った自分の姿をちらりと眺め、背筋を伸ばし、着ている黒いスーツのジャケットをぐいっと下に引っ張った。エリザベスは、髪の毛をひっつめにし、後ろでまとめていた。そのおかげで、もともと意志の強そうな表情がさらに強調されていた。高い鼻、広い額、チョコレート色の肌。エリザベスの家系は、百五十年も前まで遡ることができる。彼女は、十年前、夫と幼い娘と共に、彼女の遠い祖先が住んでいたという、アメリカ最南部の農園を訪れたことがあった。小さなあばら屋は、ほかの奴隷居住区に立つ家々と共に新しく建て直され、地主たちはそこに住んでいた奴隷の身内を見つけるために国中を探したのだった。エリザベスは、その家に足を踏み入れると、まるで先祖の心に触れるような気がし、彼らの生活を想像し思わず涙が出そうになるのを必死でこらえた。そして幼い娘を抱き寄せ、先祖たちが耐え忍んだ試練、子孫に残してくれた精神的遺産、そして当時の彼らにはきっと思いも及ばないほど、今の自分には大きな選択の自由が与えられていることを思い、神に感謝せずにはいられなかった。

玄関をノックしてしばらくすると、扉が開き、少し若い感じの女性が出迎えたので、エリザベスはにこやかな笑顔を浮かべた。メリッサ・テーバーは、ごちゃごちゃと物の入った箱を両腕で抱えながら、あごの下にはさんだ携帯電話を落とさないよう気をつけるのに必死の様子。そしてエリザベスの姿を見るや否や、口をOの文字の形に開け、驚きの表情を浮かべた。

「ごめん母さん、いったん切るわね」彼女が電話に向かって話すあいだ、エリザベスは笑顔を浮かべ、神妙に待つ。

するとメリッサは、後ろを振り向き、肩越しにいきなり叫んだ。

「ちょっと、ジェーソン！　デービッド！　そのボールを片付けてちょうだい！　それからこの荷物を運ぶのを手伝ってくれない？」

エリザベスが手を伸ばして箱を受け取ろうとすると、いきなり家の中からボールが頭上をかすめるように飛んで来たので、思わず首をすくめた。幸いボールは、そのまま庭へと飛んで行き、地面に落ちて跳ね返ったので、エリザベスは笑い声を上げた。

「ほんとに、ごめんなさい。もしかしてエリザベス・ジョーダンさんですよね」メリッサが言った。

「はい、そうです。メリッサさんですね」

メリッサが握手をしようと手を伸ばしたので、箱が危うく落ちそうになる。

「ええ、その通り。やっと荷造りを始めたものですから」

「何も問題はありませんわ。その箱、お持ちしましょうか？」

すると突然、一方の手にブリーフケース、もう片方の腕にファイルを抱えた男性が二人の横をすり抜けるようにして家から出て来た。「悪い、メリッサ。二時までにノックスビルに行かなきゃいけないんだ。でも、クローゼットの中はちゃんと片付けておいたから」そう言うと、クマのぬいぐるみを、ポンと箱の中に放り入れた。

「それ、冷蔵庫に入ってたぞ！」

そしてエリザベスの横を通り過ぎ、少し立ち止まって振り向くと、彼女を指差し、「不動産屋さんでしょう、アタリ？」と、ちょっと得意げな様子で言った。どうもエリザベスはそれらしい雰囲気を身につけているらしく、職業を言い当てられることが多かった。

エリザベスは、にっこり笑って同じように男性を指差した。「ええ、そして、ご主人は、ひょっとしてソフトウェア会社にお勤めですね？」

「へぇ、なんでわかったの？」男性は目を丸くした。

「抱えていらっしゃるファイルに社名が書いてありますから」

エリザベスは、相手がどんなタイプの人間で、どんな対応をすべきか即座に判断することができた。仕事柄、人と上手にコミュニケーションを取ることを求められていることもあるが、家庭でも夫とのコミュニケーションに苦労していたからだ。

男性は、自分の抱えているファイルに目をやり、彼女の鋭い観察眼に感心した様子でうなずくと、くくっと笑った。

「家にいたいんだけど、どうしても出かけなくちゃならないもので。家内になんでも聞いてください。ごらんの通り、だいぶ家は傷んでいます。大半の原因は子どもたちなんですけどね」そして視線をメリッサに移した。

「今晩、電話するから」

「行ってらっしゃい」メリッサは、まだ箱を抱えたまま、声をかけた。

男性は、子どもたちが蹴り出したボールに目もくれずに庭を突っ切ると、車へと乗り込んだ。

「よくわかりますわ」エリザベスが口を開いた。

「うちの夫もあんな感じです。うちは製薬会社に勤めているんですけどね」

「まあ、そうなんですか。ご主人、出張が多くてうんざりなさってません?」メリッサが尋ねた。

「いいえ、うちの場合は、一日中オフィスに缶詰になっているよりも、むしろ車に乗って出かけるほうが性に合ってるみたいなんです。そのほうが、頭がすっきりするって」

「なるほど、そしてそのあいだ、奥様は、人生の節目にいる人に、こうして家を売ったり買ったりするお手伝いをしていらっしゃるというわけですね」

エリザベスは、家の中に入った。そして、ざっと見回しただけでも、十二カ所ほど修理をしなければならない場所があることに気づいた。しかし、それもあくまでも最初の印象に過ぎず、入念に点検したら、もっと出てくるに違いなかった。でも、この段階で、それらをリストアップして伝えることはしなかった。メリッサが、うろたえたような、気が動転しているような表情を浮かべていたからだ。

「よく言われることですが、引っ越しは、死や離婚に次いで、最もストレスの多い人生のイベントなんです」エリザベスは、メリッサの肩にそっと手を置いて言った。

「今回が初めてのお引っ越しではないのでしょう？　数年前もなさったのでは？」

「ええ。実はこの箱、その時に使ったもので……」メリッサがうなずきながら言った。

エリザベスは、もう一つ壁のペンキがはげている場所を目の端にとらえたが、気持ちをメリッサに戻し、「大丈夫、何とかなりますよ」と語りかけた。

その直後、金髪を振り乱しながら一人の男の子が階段を転がり下りて来た。そのすぐ後を、テニスラケットを振り回しながら、もう一人が続く。二人とも、エリザベスの娘と同じくらいの年頃で、彼らのエネルギーたるや、まるで一つの町を、まるまる一年間明るく照らし続けることができるほど。やんちゃ盛りの男の子が二人もいたら発電所も風車小屋もまったく用がない、と思わせるほどの勢いだ。

「そうだといいけど……」メリッサはため息をついた。

その日、トニー・ジョーダンは、ローリーにある高級ホテルのスイートで、一日をスタートさせた。早朝に起き出し、ホテルのジムでたった一人、トレーニングをするのだ。誰もわざわざ朝の五時から身体を鍛えにジムにやって来る人などいないので、トニーは誰にも邪魔されず、静かに過ごせるこのひとときが気に入っていた。一通り運動し終えると、シャワーを浴びて着替えをし、たっぷりの果物とジュースを朝食に摂った。ほかの旅行客が、ドーナッツやワッフル、甘いシリアルなどで簡単に済ませている姿もあったが、トニーは、身体を鍛えて贅肉を落とし、ベストプロポーションを保つことによって、健康を維持するよう心がけていた。身体が丈夫でさえあれば、何でも手にできると信じていたからだ。

トニーは、レストランの扉へと向かいながら、さりげなく鏡に映る自分の姿を点検した。短く刈り込んだ髪の毛はほどよく伸び、シャツとネクタイもパリッとしわ一つ無く、太く筋肉質のトニーの首周りをぴったりと包んでいた。きちんと手入れされた口ひげ、そして顎ひげもしっくりと顔になじんでいた。申し分のない自分の姿に、トニーは改めて自信を抱いた。あとに控えたアポイントに備え、にっと歯を見せて笑い、さっと片手を差し伸べて、「バーンズさん、どうぞよろしく」と挨拶の練習をしてみた。

アフリカ系アメリカ人であるトニーは、自分が、ほかの白人の同僚や競争相手と比べ、一歩遅れをとっているという意識が常にあった。スキルや能力、雄弁さにおいて引けを取っているということではなく、自分の肌の色のゆえに。実際にそのことで損をしているかどうか、はっきりとしたことはわからない。初めて出会う人の心の中をのぞき込むことなどできない。しかし、初対面の人間が、いぶかしげな表情を浮かべたり、ほんの一瞬握手をためらうことはよくあった。彼が勤めるブライトウェル製薬の上司にも、それは感じたことがあった。特に、執行役員であるトム・ベネット。ある白人の同僚が、さまざまなコネを使って出世コースを駆け上がりつつあるのを知っていたし、トムは、人事を決める際、どこか公正さに欠け、ひいき筋から採用する傾向があるようにトニーには感じられた。トニーは、自らのセールス力、穏やかでおおらかな物腰や態度を示すことで、「私は仕事ができます、信頼してください」というメッセージをトムに送り続けてきた。それでもトムは、かたくなに態度を変えないため、原因は肌の色にあるとしか思えなかった。

トニーはその現実を受け止め、以前にも増して精力的に働き、どんな期待にも応えるよう努力した。しかし、心の奥底では、この目に見えないハードルの存在を不公平に感じていた。肌の白い人間が避けて通れるハードルを、なぜ自分だけ飛び越えなくてはならないのか。

今日、トニーの目の前にはだかるハードルはホルコム社との契約。この契約を勝ち取るのは決して簡単なことではない。いや、そもそも簡単な仕事など存在しないのだ。たとえたやすく思えたとしても、時間をかけ、入念な準備が必要だ。トニーが仕事を成功させるためにひそかに行っていること、それは名前を覚えること、そして顧客に関する情報をできる限り詳細に記憶に留めることだった。トニーは、今日の取引相手が相当なゴルフ好きであることをつかみ、ピング社製のドライバーをこっそり車のトランクに忍ばせここまで運んで来たのだった。

トニーがそのドライバーをプレゼントしたら、ホルコム社のカルバン・バーンズは、躍り上がって喜ぶに違いない。トニーにとっては、数百ドルほどの出費ではあったが、契約成立の報告を受ける上司がどんな表情を浮かべるかを想像したら、たいしたことではなかった。

重役会議室は上品にしつらえており、革製の家具の香りが廊下にまで漂っていた。トニーは部屋に入ると、杉材でできたテーブルの上に薬品サンプルを一ケース置いた。カルバン・バーンズ（カルバン、と名前で呼ばれることをあまり好まないことは、すでに把握済み）は、部屋の扉を開け、握手をするためにまっすぐこちらにやって来ることを予想し、トニーは、バーンズの視界に入らないよう、その贈り物をいったん椅子の左側に立てかけた。その後椅子の内側に移動させ、グリップを椅子の背からのぞかせるようにした。廊下で人の声が聞こえると、今度はドライバーを床に寝かせた。ここはあくまでもさりげなく……。

バーンズと一緒に、もう一人男性が部屋に入って来た。見覚えがあるけれど、名前が思い出せない……。焦る気持ちを抑えながらトニーが記憶の糸をたどり始めると、大きなゴミの埋め立て地（訳注・landfill 読み方はランドフィル）に、ジョンディアのロゴのついた帽子をかぶった男性が立っている姿が思い浮かんできた。そう、たしか名字はディアリングだったな……。でも、なぜゴミの埋め立て地（ランドフィル）なんだ？

「トニー、彼を覚えているかい？」

「フィル・ディアリングさんですね」トニーは、手を伸ばし握手を求めた。

「またお会いできて光栄です」

その男性は、驚きのあまり茫然《ぼうぜん》とした表情をすると、すぐに笑顔になり、トニーと握手を交わした。

バーンズは、のけぞるようにして大笑いをして言った。

「さあ、掛け金二十ドルは、ちゃんと払ってもらわなくちゃな。トニーは、絶対に君のことを覚えてるって言っただろう、フィル」そして、目を床に落とし、ゴルフ・クラブの存在に気づいた。

「おや、なんだい、それは」

「先日お話していた、例のやつですよ、バーンズさん。これを使えば、少なくとも一振りごとに今よりもさらに三十ヤードは遠くに飛ぶこと、間違いなしです。あとは、方向を正しく定めさえすればいいわけです」

バーンズはドライバーを手に取ると、ゴルフの構えをしてみせた。彼はハンディゼロの腕前で、週に三度はゴルフに通っており、仕事をリタイア後はフロリダへ移る計画を立てていた。バーンズにとって、ドライバーを一振りするごとにさらに三十ヤード飛ばせるということは、ショートゲームが格段に上達することを意味する。つまり十八ホール七十二から七十に打数を減らせ、調子がよければさらに減らすことも夢ではないということになる。

「ちょうどいい重さだな、トニー。バランスも絶妙だし」

トニーは、バーンズがゴルフ・クラブを構える姿を眺めながら、仕事の話を切り出す前に、すでにこの契約は成立したことを確信した。両者の間で書類にサインが交わされ、取引に関する法規定について確認をしたあと、トニーはさっと立ち上がった。スーツとネクタイに身を包んだ自分の引き締まった身体は、相手にかなりの好印象を与えたに違いない。

「いつか君も一緒にコースを回ってくれたらうれしいんだが」バーンズが言った。

「ぜひ、また今度。お誘いいただけましたら光栄です」トニーが笑顔で答えた。

「はるばるここまで車で来てもらうのは、大丈夫なのかい？　こんなに朝早くでも？」

「ええ、かまいません。車の運転は楽しいですからね」

「君と仕事ができるのを楽しみにしているよ、トニー。コールマンによろしく言ってくれ」

「はい、伝えておきます」

「そうそう、それから、ドライバーをありがとう」

「使っていただけたら、私としてもうれしい限りです」トニーは、それぞれと握手を交わしながら言った。

「これからも、よろしくお願いします」

　トニーは部屋を出ながら、まるで足が宙を浮いているような気持ちだった。契約の成立した時ほど気分がスカッとすることはない。トニーは、カルバン・バーンズが、新しく入手したドライバーについて得々と自慢し、午後休みをとって近くのゴルフ場で試し打ちができたらどんなにいいだろうと悔しがるのを背中で聞きながら、エレベーターに向かった。扉が開くのを待つ間、ポケットの中で携帯を操作し、どこからか連絡が入っていないかさりげなくチェックした。これも、トニーが心がけていることの一つだった。目の前にいる顧客を尊重すること。この地上に、本人以外に大事な存在がいるかのような気配を決して感じさせないこと。最優先にすべきは、目の前にいる顧客。いかなる時も、どんな場合も……。

するとその時、革製のフォルダーを抱えた若い女性が、にこやかな笑顔を浮かべながら白い床の階段を下りて来た。トニーは携帯電話をしまい、笑顔を返した。

「契約が成立したようですね」

「ええ、もちろん」トニーは、自信たっぷりの態度で答えた。

「素晴らしいですわ！　しっぽを巻いて退散する人がほとんどですのに」

トニーは手を差し出した。

「トニー・ジョーダンです。どうぞよろしく」

「ヴェロニカ・ドレイクです」握手を交わすヴェロニカの手は、やわらかく、温かい。

「私、バーンズの秘書をしております。トニーさんとの仕事の件では、今後私が窓口になりますので、よろしくお願いします」

ヴェロニカはトニーに名刺を渡し、そっと彼の手に触れた。

さりげない動作であったにもかかわらず、トニーは、身体に電気が走ったような気がした。ヴェロニカは実に魅力的で、ほっそりとした美しい体つきをしていた。トニーは、彼女と一緒にレストランで食事をしている姿を想像し、その次に、暖炉の灯りに照らされ、ロマンティックな雰囲気の中、ヴェロニカがもたれかかるように身体を寄せ、しっとりと湿った唇でキスをねだる姿を思い浮かべた。彼女の名刺を眺めているほんの一瞬のあいだに、これらのシーンが頭を駆け巡ったのだ。

「ヴェロニカさん、二週間後にまたこちらに寄りますので、その時はぜひお目にかかりたいと思います」

「楽しみにしています」ヴェロニカはそう言うと、それを心底願っているような、思わせぶりな笑顔を浮かべた。

ヴェロニカが立ち去る姿を、トニーは食い入るような目で見つめた。

トニーが再びエレベーターを待っていると、携帯がブルブルと鳴った。画面には「銀行からの通知：口座から送金されました」という表示が見えた。

ここ数カ月ものあいだ綿密に計画し努力し続けた結果、やっとの思いで大仕事を成し遂げたのだ。その喜びをかみしめている時に、妻からこんな仕打ちをくらおうとは……。

「いい加減にしろよ、エリザベス」トニーは苦々しい口調でつぶやいた。


エリザベスは、ベッドの足元の白い長椅子に腰かけ、足をさすっていた。メリッサとの交渉はおおむね順調に終わった。改修すべき箇所のリストを作り上げ、必要な決断も下すことができた。確かに二人の子どもたちのせいで、ずいぶん時間は取られたけれど、子どもを抱えた家族の家の売買は今まで何度も手がけ、そのたびに何とか切り抜けてきたし……。

今日はエリザベスにとって長い一日だった。メリッサとの面談後、午後にもう一軒訪問し、ダニエルが学校の終業式を終えて帰ってくる前に、急いで帰宅したのだった。椅子に座ったとたん、エリザベスは、自分がひどく疲れていることに気づいた。そのままベッドに倒れ込んで眠ってしまいたい衝動にかられたが、まだまだやるべき事が残っている。いつだってそう。仕事が山積みなのだ。

「お母さん？」

エリザベスは立ち上がることができず、座ったまま声を張り上げた。

「ダニエル、お母さんはここよ！」

十歳になる娘、ダニエルは、何やら脇に抱えながら部屋に入って来た。ダニエルは、この一年で一気に数インチ背が伸び、まるで勢いよく成長する草木のように、すんなりと細い体つきをしている。頭に巻いた紫色のかわいらしいヘッドバンドが、彼女の愛らしさを際立たせている。エリザベスは、そこに夫トニーの面影を見ることができた。輝くような明るい笑顔、生き生きとしたまなざし……。

しかし、そのまなざしも、今は少し陰りが見られる。

「今日もらってきた成績表なんだけど、一つCがあったの」

エリザベスは成績表を受け取ると、ダニエルが椅子に座り、リュックサックを下ろすあいだに、さっと目を通した。

「まあ、ダニエル。ずいぶんたくさんAがあるじゃないの。算数にたった一つCを取ったからって、どうってことないわ。夏休みのあいだに挽回《ばんかい》すればいいじゃない？」

ダニエルは、前に身体を屈めたとたん、何かに気づいたような表情を浮かべた。そしてくんくんと鼻を鳴らし、部屋中に異臭でも満ちているかのように顔をしかめた。

「これ、お母さんの足の臭い？」

エリザベスは、恥ずかしそうに足を引っ込める。

「ごめんなさい、フットパウダーを切らしちゃって……」

「ひどい臭い」

「ええ、わかってるわ、ダニエル。ほんの少しのあいだ、靴を脱ぎたかったの」

ダニエルは、まるで有毒廃棄物でも見るような目つきでエリザベスの足を眺め、「お母さん、ほんとひどい臭い」と、そう言いながら身体をのけぞらせた。

「そこでただ座って眺めてないで、お母さんの足をさすってくれるとうれしいんだけどな」

「やだあ、冗談でしょう！」

エリザベスは笑いながら言った。「ダニエル、夕食のテーブルを整えてきてくれない？　お父さんが帰って来たら、成績表を見せるのよ」

ダニエルは成績表を受け取るとキッチンへ向かい、エリザベスは再び部屋に一人になった。数年前までは、足の臭いもここまでひどくはなく、フットパウダーだけで何とか対処できていたのだ。いや、もしかしたら、そう思い込もうとしていただけなのかも。この臭いには、何か深刻な原因が隠されているんじゃないかしら。

一体自分は何を考えているんだろう。どこか病気かもしれないってこと？　肝臓が何かの菌に冒されていて、足の毛穴から膿が出ているとか？　エリザベスの友人のミッシーは、身体に少しでも痛みや違和感があると、すぐにネットで調べ、独自の診断を下すのだ。ちょっと肌が荒れているのを悪性黒色腫じゃないかと疑ったかと思えば、その翌日には、頭痛がするのは脳腫瘍のせいだと決めつけてみたり……。彼女のような例もあるので、くよくよと気に病むのはやめようとエリザベスは心に誓っていた。自分は単に足が臭い。ただそれだけのこと……。

エリザベスはパンプスの片方を拾い上げ、中の臭いを嗅いでみた。たしかトニーと新婚旅行でホテルに泊まった時、ディナーで出されたチーズ、それと同じ臭いだわ。エリザベスは、パンプスをそのまま床に落とした。こんなちょっとした臭い一つで、十六年も前の記憶がまざまざとよみがえることに、不思議な思いがした。

ベッドカバーの上に手を滑らせながら、新婚旅行の最初の夜のことを思い出した。それは期待と興奮に満ちた夜になるはずだった。しかし、エリザベスは、結婚式までの二日間、緊張のせいでほとんど眠れず、結婚式当日も、寝不足のためか頭がぼんやりしていた。そしてやっとホテルのスイートに到着し、ベッドの枕に頭が触れるや否や、すぐに眠りに落ちてしまったのだ。トニーはそのことで、ずいぶんイライラしたようだった。若く健康な男性にとっては無理もない。しかし、同じく若い女性が何よりも必要とするのは、ちょっとした理解、思いやりなのだ。

エリザベスは、次の日にはちゃんと埋め合わせをしたが、このことについては、きちんと二人で話し合う必要があると感じていた。トニーは、恋人時代から婚約した頃にかけてはよく話をしてくれたものだったが、結婚してからというもの、めっきり口数が少なくなってしまった。どこをどうスイッチをひねれば、彼が、またもとのように親密な態度で話をしてくれるようになるのか知りたいと、エリザベスはずっと願っていた。

結婚生活そのものは決してうまくいっていないわけではなかった。テレビで見るセレブたちのように、次々と不倫を働くわけではもちろんなかったし、近所に住むカップルのように、派手なけんかを繰り返し、そのたびに庭に向かって物を投げるようなこともなかった。トニーとエリザベスのあいだには、かわいい娘が生まれ、二人とも安定した仕事に就いていた。確かに、トニーが自分に対し多少無関心になり、気持ちが遠ざかってしまったようにも思えたが、これも時がたてばきっともと通りになると信じていた。

エリザベスは、靴をクローゼットのできるだけ奥へとしまい込み、キッチンへ行って、夕食の準備に取りかかった。鍋に水を流し入れ、ガスレンジにかけて湯を沸かし、スパゲティの束を放り込んだ。隣のレンジに置いたフライパンでトマトソースを温め直す。

沸騰した湯の中で踊るスパゲティを眺めながら、エリザベスは、ふつふつとある感情が突き上げてくるのを感じていた。自分でも抑えることのできない、強い思い。何ともいえない不安、何かを切望する気持ち。あるいは恐れ……。結婚にも人生にも、これ以上望むことなどないのかもしれない。自分とトニーの関係はこれからも平行線が続き、時々は妥協し合う、それだけの関係になってしまうのかもしれない。でも、エリザベスの心の中に、それで諦めてしまっていいのかと訴えかけてくるような、そんな思いが湧いてくるのだった。こんな美しく大きな家を手に入れても、ほとんど一緒に時間を過ごすことができない結婚に意味はあるのかと……。

エリザベスが手早くサラダを作り、ダニエルがテーブルに並べた皿の横にナフキンを置いているあいだに、ガタガタと大きな音を立てて車庫の扉が開くのが聞こえてきた。ここ一年のあいだに、音がどんどんひどくなってきたような気がする。もし、この家を売りに出すとしたら、真っ先に修理屋を呼んで見てもらわなくては……。トニーは、車庫の扉がどんな音を立てようが、壊れてしまおうが、たいしたことないって思っているみたいだけれど。そう、私たちの結婚がどうなろうとかまわないように……。

「ダニエル、お父さん、帰って来たみたいだわ」

「成績表のCのこと、怒るかなあ」ダニエルが浮かべた不安そうな表情に、エリザベスは胸を痛めた。思わず、そのまま車庫にいるトニーのところまで行き、娘を励まし、何か肯定的なことを言ってほしいと頼もうかと思うほどだった。ほんの少しの欠点を問題にするのではなくて、ダニエルに与えられているたくさんの長所に目を向けてちょうだい、と。

「さっきも言ったでしょう？　たった一つCを取ったからって、どうってことないわ。大丈夫よ」

エリザベスは、ダニエルだけでなく、自分にも言い聞かせるように言った。トニーが自分と同じ考えでないことを知っていたからだ。

クララは、「戦いの部屋」(彼女は、いつも祈りのための部屋をそんなふうに呼んでいた)で過ごしながら、自分の身にこれから何か大きなことが起こるような、そんな強い思いにとらわれていた。自分が、何か思い切った行動を取ることになる、そんな予感がしたのだ。でも、果たして何をどんなふうにといくら考えても、見当もつかない。スカイダイビングでも始めようってことかしらね。クララはクスっと笑った。そんなこと、この歳じゃあ、あり得ないわ。スーパーのそばにいつも座っているホームレスの女性にサンドイッチを手渡すとか? でも、それはこのあいだすでにやったことだし……。

祈りというと、つい、神にしてほしいことを書き記したリストになってしまいがち。欲しいこと、必要なこと、願っていることを全て並べて、最後にアーメンをつけるだけ。それって、ずいぶん自分勝手だと、クララは考える。どんな人も、心の奥底には、自分自身を喜ばせたいという思いが横たわっていて、それが、祈りのちからを削ぐ原因になってしまう。

祈りとは一言で言うなら、自分を捨て神に従うことだと思う。イエスさまがゲッセマネの園で、「わたしの願うようにではなく、あなたのみこころのように、なさってください」（訳注・マタイの福音書二六章三九節）と祈られたように。しかし不思議なことに、自分の願いを一切捨て去ると、神のみこころが実現し、長いあいだ自分がほんとうに願い求め、探し続けていたものを手にすることができる。

そんな彼女も、若い頃は、祈りとは神のもとに出かけて行って、何でも自分の心にあることを洗いざらい報告することだと思っていた。まるで幼子が、父親の膝の上にのぼり、ここが痛い、あそこが苦しいと訴えるように。しかし、時がたつにつれ、祈りとはそれだけにとどまらず、神の御声《みこえ》に耳を澄ませることでもあると思うようになった。聖霊に心動かされ、それまで心に浮かびもしなかったことに気づかされ、またそれまで願いもしなかったことを望むようになることなのだと。

クララは、自宅の二階にある小さなクローゼットであるその「戦いの部屋」で、心に何か強く働きかけてくるものを感じた。実際に声が聞こえてきたわけでも、朝刊の「秘密の単語探しパズル」からいくつも文字がくっきりと浮かび上がり、不思議な言葉が目の前に現れたというわけでもない。でも、今の居心地よい日常から一歩足を踏み出すよう、神が彼女を促し、押し出しておられるように感じたのだ。それは具体的にはどのようなことなのか、今の段階ではわからなかった。「一体何をすればよいのでしょう?」彼女が祈れば祈るほど、神は沈黙しているようだった。

「あなたのみこころが何であろうとも、私は従います。どうぞ、導いてください、主よ」

クララは、神の答えをただ待つことにした。

第二章

　トニーは車を車庫に入れ、エンジンを止めた。そしてリモコンボタンを押し、車庫の扉が少しずつ下がっていくのを眺めていた。トニーは、車で家に向かいながら、何か懐メロでも聴いていれば怒りも鎮まるかと、ラジオのスイッチをあちこち回してみたものの、結局耳にしたのは何かのスポーツ番組で、あるフットボール選手が薬物使用で訴えられたというニュース。さらには、その選手は、妻と離婚調停中とのこと。どこに目を向けても、結局のところエリザベスのことが頭から離れない……。エリザベスは、何のために金を引き出したんだろう。一体何に使ったんだ。

　トニーはラジオを切り、ノースカロライナ州、コンコードのよく知る道のりを車で走りながら、イライラした思いを募らせた。いろいろ考え込むあまり、どこの道を曲がったかも覚えておらず、なじみの場所もまったく気づかずに通り過ぎてしまうほどだった。仕事で年中車を走らせているトニーにとって、そんなことはしょっちゅうだったが。

　エリザベスを愛しているかと問われれば、もちろんと答えるだろう。これまでずっと愛してきたと。しかし、今は、正直彼女のことはあまり好きだとは思えないし、最後に彼女と口論せずに過ごした夜はいつだったか思い出せないほどだった。結婚生活とは皆、こんなものなのか。いわゆるマンネリに陥ってしまって、最後までここから抜け出せないのだろうか。でも、こんな状態がいつまでも続くことを、俺は望んでいるわけじゃない。

車庫の扉が閉まると、トニーはかばんをつかんで持ち上げた。するとその拍子にヴェロニカから受け取った名刺が床に落ちた。トニーはそれを拾い上げ、携帯電話を開くと、覚えておかなくてはならない名前や電話番号を登録してあるアプリに、ヴェロニカの電話番号を打ち込んだ。このアプリは、どんな情報も書き込むことができるし、携帯だけでなく、PCからもアクセスすることができる。トニーが名刺をそっと鼻に近づけると、ヴェロニカの香水がかすかに彼の鼻孔をくすぐった。彼女はとても上品で、ほっそりとした華奢《きゃしゃ》な体つきをしていた。明るく活気に満ちて、若い。そう、そして俺に関心があるみたいだ。彼女の目つきやちょっとしたしぐさから、はっきりとそれを感じ取ることができる。そんな態度を誰かから示されたことは、ここ久しくないことだった。特にエリザベスからは。

トニーはかばんの中に名刺をしまい込むと、深呼吸をした。今日ばかりは怒鳴りたくない。カッとなって自制心を失ったり、エリザベスによく言われるように、ほかのことで「上の空」になるのも避けたい。ダニエルともエリザベスともちゃんと向き合いたい。でも、その前に、どうしても例の金の件についてははっきりさせておきたいと、トニーは思った。それさえちゃんと解決できれば何の問題もないのだ。そう、何かに縛られたような窮屈な思いをせずに、今まで通りに生活できる……。

家に入ると、スパゲティを料理するいつもの匂いが漂ってきた。トニーはこの匂いが嫌いだった。何となく自分たちの結婚生活を象徴しているようで、嫌な気になる。たいして手間も時間もかけずに、すぐに食卓に並べられるお手軽料理。エリザベスがほかに作れるものはないのか。

ダニエルが、期待を込めたまなざしでトニーを迎えた。手に何かを抱えている。「お父さん、お帰りなさい」

「ただいま、ダニエル」できるだけ穏やかに返したいと思いつつも、心は別のことでいっぱいでそれどころではない。トニーはカウンターにかばんを置くと、すぐにエリザベスのほうへ向き直った。

「あのね、お父さん、今日成績表をもらって来たんだけど、Cは一つだけで、あとはみんなAだったの」

「今日銀行から通知が来ていたけれど、貯金の口座から君の口座へ五千ドル振り込まれたようだね。これは一体どういうことだい」

トニーは、ダニエルの言葉をさえぎるように口を開いた。

エリザベスは、サラダを三つの皿に取り分ける手を止め、子どものようにおびえた様子でトニーに目を向けた。

ダニエルは黙ったまま、その場に立ち尽くしている。

トニーはエリザベスを見つめたまま、厳しい口調で続けた。

「まさか、また君の妹を援助しようというんじゃないだろうな」

その言葉を聞いて、エリザベスは背筋を伸ばした。トニーはできるだけ怒りを抑えるつもりだったが、五千ドルという金額、そして今までもさんざん妹を援助してきたことから、とうとう堪忍袋の緒が切れたのだ。

「先月だって、同じくらいの金額を、あなたのお義母《かあ》さんにも送ったじゃない?」エリザベスは言い返した。「それに、今妹は、お義母さんよりもお金が必要なの」

「うちのおふくろは、年を取っているんだ」トニーは、心臓の鼓動が早くなるのを感じた。

「君の妹は役立たずのぐうたらと結婚したんだよ。俺は、仕事もしない怠け者なんぞに援助する気はこれっぽっちもないからな」

「ダーレンは怠け者なんかじゃないわ。仕事がなかなか見つからなくて大変な思いをしているの」

「リズ、いいかい、奴《やつ》は正真正銘の怠け者さ。最後にちゃんと仕事をしてたのはいつだったか思い出せないぐらいだもんな」

エリザベスは、ダニエルに目を向けたとたん、顔の表情がこわばった。トニーも、一枚の紙をテーブルに置いたまま、そっと二人から離れるダニエルに気づいた。ええと、さっきダニエルは何て言ってたんだっけ。成績表がどうとか……。

エリザベスはそんな娘の姿を見たとたん、すぐに落ち着きを取り戻した。そして小声で、トニーをたしなめるように言った。「このことについては、あとで話しましょう」

「いや、今はっきりしておかなくちゃだめだ。君が稼いだ金ならいくらでも自由に使えばいい。だが、俺の金には一切手をつけないでほしい」

「あなたのお金ですって？」トニーの言葉に、思わずエリザベスも声を荒らげる。「最後に私が口座を確認した時は、あなただけじゃなくて、私だってちゃんと入金してたわ」

「俺が最後に確認した時は、俺の入金した額は、君の四倍だったぞ。だから、俺の許可もなく、あの口座から一セントたりとも金を動かしたりするな、いいな」

自制心を失わないようにしたいと誓ったのに……。とんだ結果になったものだ。エリザベスやダニエルとちゃんと向き合いたいと思っていたのに……。思わず感情を爆発させてしまったことを、トニーはひそかに反省したが、もうここまできたら後には引けない。大事な家計のことなんだから、何としてでもエリザベスにわかってもらわなくては。

自分からそっと視線をそらすエリザベスの姿に、トニーはズキンと心がうずくのを感じた。結婚してまだ間もない頃、こんな話を聞いたことがあった。いったん子どもが生まれると、妻は子どもにすっかり心を奪われ、夫は仕事にばかり気持ちを向けるようになるのだと。その時は、自分の結婚に限って、決してそうはならない、させてなるものかと固く決心したのだった。そう、きっとエリザベスだって、そう思っていてくれたに違いない……。しかし、現実はといえば、まさにその通りになっているではないか……。

「席に着いてちょうだい。食事にしましょう」

エリザベスは落ち着いた、穏やかな口調でそう声をかけた。まるで、三十年の住宅ローンの金利を見て不安になり、購入を尻込みしている客に、じっくりと説得を試みるかのように。

トニーはテーブルに目をやり、並べられた皿やナフキン、サラダ、そしてスパゲティを眺めたが、そのままおとなしく食卓に着く気にはなれなかった。例の五千ドルのことがまだ解決していないのに、そのままおとなしく座って、言いたいことものみ込んで、ダニエルの成績表のことやら何やらについて、何事もなかったかのように話すことはできない。それほどの大金を無駄なことに使われるのだけは、どうしてもゆるすことはできない！

「俺はいいよ。先に食べてててくれ」トニーはそう言い残すと、おもむろにジャケットとかばんをつかんだ。「ジムに行ってくる」

自分に背を向け寝室へと消えていくトニーに向かって、エリザベスは大声で叫んでやりたかった。自分も部屋から飛び出して車に乗り、ジムへと出かけることができたらどんなにいいだろう。トニーみたいに、自分も逃げ出すことができたらどんなに気が楽だろう。でも、問題から逃げ出したとしても、何の解決にもならない……。エリザベスは、トニーと膝と膝をつき合わせて話し合いたいと思っていた。そう、しっかりと自分の考えをトニーに示して、きちんとわかってもらうまで。でも、トニーは一方的に彼女を責め、非難し、挙げ句の果てにさっさと逃げてしまう。そんな夫の態度が、エリザベスには我慢がならなかった。トニーは、まるで押し売りの目の前でバタンと玄関の扉を閉めるように、エリザベスとの会話を一方的に閉じてしまうのだ。

エリザベスが、かろうじて感情を爆発させずに済んだのは、ダニエルのことが心にかかっていたからだった。ダニエルは黙ってそこに立ちすくみ、テーブルに置かれた成績表を見つめていたのだ。

こんなにたくさんAを取っているのに、彼女の視線は、たった一つのCに注がれていた。ダニエルは、父親がどんな反応をするのか、心配で仕方がなかったのだろう。でも実際のところ、トニーは何の反応すら示さなかった。ダニエルの心配をよそに、娘の存在にすら気を留めていない。父親としてどれほどひどい態度をとっているか、トニーはわかっているのかしら。トニーの行動がどうみても間違っていることは、明らかなことなのだけど。

ふと何かが焦げる臭いに気づき、オーブンに目をやると、なんと排気口から煙がもくもくと立ち上がっているではないか。エリザベスは、げんなりした気持ちで扉を開けると、そこには真っ黒な炭のかたまりがいくつも並んでいた。本来ならば、バターで表面がつやつやのふっくらとしたロールパンが焼き上がっているはずなのに。エリザベスは、その一つをフォークで刺して取り出し、点検するように眺めた。

「ロールパン、焦がしちゃった」

誰に言うとはなしに独りごとを漏らすと、手にしたロールパンをゴミ箱に放り入れ、残りのパンも丸ごとザザッと捨ててしまった。

「気にすることないよ、お母さん」

「ええ、そうね」

エリザベスは、ダニエルの皿にスパゲティをよそってソースをかけ、その隣にサラダボールを置いてやると、トニーと話をするために寝室へ向かった。

「ねえ、お願いだから、一緒に食事をしてちょうだい」

「いや、やめておく」トニーがぴしゃりと言い放つ。

「銀行から通知が来てからというもの、今日は一日中、そのことで頭がいっぱいだったんだぜ。もう援助なんかするなってこのあいだも言っただろう。今日に限って、一体何なんだ」

「今日に限ってってどういう意味?」

「今日、一つ契約を取り付けたのさ。大きな仕事だったんだ。このために今までどれだけ努力したかわからない。やっとの思いで成立させて、取引相手と握手を交わした時の達成感といったら。なのに、そのすぐ後で、銀行からの通知が来て……もう気分はすっかり台なしさ」

「トニー、お願い。ダニエルを励ましてほしいの。あなたが一言大丈夫って言ってあげたら、ダニエルの気持ちも収まるわ」

「あとにするよ。ダニエルにもそう伝えてくれ。お願いだから、そうやって俺に指図するのはやめてほしい。俺だってちゃんと娘のことを考えてるんだ。君にいちいち言われなくたってやるべきことはやってるんだから」

「指図なんてしてないわ。ただ、もっとちゃんとわかってほしいから」

トニーはジム用のバッグをつかむと、部屋を飛び出して行った。車庫の扉が、まるで雷のような音を立てて開き、いつものガタガタという音がしたかと思うと、トニーの車が遠ざかって行くのが聞こえた。

　トニーは急いで車を走らせ、ジムに到着すると、ピックアップゲーム（訳注・その場に居合わせたメンバーで結成されたチームで行う試合）が始まるまでのあいだ、ストレッチをして過ごした。ゲームが始まると、トニーはすばやくボールをドリブルさせ、コートの真ん中を走って行く。いったん手にしたボールを相手の隙を見つけては強引にゴールへと運び、マークされた場合は、いったんプルバックし、機会をうかがうのだ。ディフェンス側に立った時は、わざとぶつかりにいくなどして、積極的に相手のボールを奪った。特に動作の鈍い白人プレーヤーをわざと狙い、うまく自分のペースに巻き込む。コートの上で、こんなふうに自分の思うままに事が運ぶのは、何とも気分がいい。実際の生活が思うようにならない今は特に。

　試合は勝敗の一点を争う段になる。二十点を先取した方が勝ち。幼なじみのマイケルがコーナーに立った。三度目のマッチアップ……。マイケルがボールをパスするようトニーに合図を送る。しかし、ディフェンスの位置が少しずれたので、トニーは首を横に振った。様子をうかがい、やっとマイケルにパスをすると、マイケルはスリーポイントラインの真ん中までドリブルしながら進み、トニーに合図をすると、トニーはうなずき、マイケルを追ってレーンを走る。

　まるでスローモーションでも見ているような無駄のない優雅な動き……。マイケルがジャンプしバックボードに当てたボールを、トニーがキャッチし、見事にシュートをきめた。

「試合終了！」マイケルが叫んだ。

　コートにいた選手たち全員、そしてコート脇で待っていた人たちが皆、歓声を上げた。トニーはチームメイトたちに囲まれて、皆から背中をたたかれ、ハイタッチを求められた。相手側のチームにいた人たちでさえ、トニーのプレーをたたえるほどだった。

「すげぇなあ……」誰かつぶやくのが聞こえた。

「もう一回やろうぜ」背後からそんな声もする。

「いやいや、やめとくよ。もう帰らなきゃ」

「そんなこと言わないで、もう一回だけ」

「何度やったって、結果は同じ。俺にはかないっこないさ」トニーがコート脇の観客席を見ると、新しいメンバーが二人、次のゲームに参加しようと待っている。「あいつらを入れてやれよ」

「いいぞ、入って来いよ」

トニーは観客席に座ると、タオルで顔の汗を拭き取った。筋肉が、適度な運動のおかげで気持ちよくほぐれ、家でのストレスからすっかり解放された気分だった。確かに五千ドルのことは、気にならないと言えば嘘《うそ》になるが、さっきよりも落ち着いて受け止められるようになった気もする。

マイケルが隣に座り、不思議そうな表情でトニーの顔をのぞき込む。

「トニー、大丈夫か?」

「ああ、もちろん。どうしてそんなこと聞くんだい?」

「いや、今日はずいぶんムキになってたなあと思って……」

マイケルは確かに有能な選手だとトニーは認めていた。動きはすばやいし、常にコート全体を見渡す冷静さもある。しかし、いざ勝負時になるとひるんでしまうことがあった。

「そうか?　それだけうまくプレーしてたってことだろう」

「うまくプレーするっていうのは、自分でボールを独り占めするってことなのかい？　君からなかなかボールをパスしてもらえなくて困ったよ。猫に洗礼を授けるほうがよっぽど簡単かもって思うくらい」

「悪かった。ほんの少しうっぷん晴らしをしたかったんだ」

「そうか、気が晴れたんなら、それでいいけど」

トニーは笑顔を浮かべた。マイケルの言うことも確かに一理あるけれど、もしかしたらちょっぴり俺に嫉妬《しっと》しているのかも。何でもうまくやる奴とそうでない奴がいるものなんだ。コートの上でも、人生においても。

「なんにせよ、うまく発散できたのなら、よかった」マイケルが重ねて言う。「それって、誰でも必要なことだよね」

トニーがうっぷん晴らしをしたかった理由について、マイケルが話を聞き出そうとしているのがわかったし、思い切って打ち明けてしまいたい気持ちもあったが、教会に熱心な人間に話すのは、どうも二の足を踏んでしまう。家族のこと、特に結婚生活については、できる限り人に話さないでおきたい……。さらに、さまざまな事柄の奥に自分でも制御できない問題が横たわり、それは時々蒸気が噴き出すように表面化するのだった。マイケルには言えるようなことじゃない。そう、誰にも。

「来週、教会に来るだろう？」

「まあ、おそらくな」

「おそらくってことは、つまり来る気がないってことだな」

確かに、マイケルは正しい。セールスの仕事では「おそらく」という言葉は、「ノー」を意味する。だから、はっきりとした「イエス」を得るまで、粘り強く説得を続けるのだ。トニーにとって、教会は特別関心をそそられる場所ではなかった。言うならば、「必要悪」みたいなものかもしれない。日曜の朝、自由な時間を奪われるというデメリットはあるが、家族にとって、結婚生活にとって、そしておそらくは自分の「たましい」にとって益となるもの。さらには、人間関係をつなぐ場。トニーは、教会につながることで、人との関係を円滑に保ち、自分の印象をよくしたいと思っていたのだ。

トニーにとって教会は、罪悪感にさいなまれてしまう場所だった。教会の会堂に座り、周りの人たちを見回しているだけで、嫌な気分になる。皆、自分の手には到底届かない完璧で申し分のない家庭生活を送っているように見えるからだ。でも、行かないなどと言おうものなら、エリザベスからすごい目でにらまれてしまうし……。

「トニー、もう少し付き合えよ」

その場を去ろうとするトニーに向かって、先ほどの相手チームのメンバーが声をかけてきた。

「悪いな。もう行かなきゃ」

トニーが笑顔で答えると、親指を立て、後ろにいるメンバーたちを肩越しに指差しながらさらに言う。「こいつらに話しちゃったんだよ。頼む、一回だけでいいから」

何のことだかトニーにはわかっていた。バスケットじゃなくて、あれのことだろ?……。自分が疲れていることを打ち明けて、そのまま帰ってしまえたらどんなに楽だろう。しかし、皆すっかりその気になっている。よし、こうなったらやるしかない。

トニーは、ジム用のバッグとタオルを投げるように床に置き、コートに向かって鋭い視線を投げた。いいか、よく見てろ、一回だけだぞ。そして気合いを入れ、足の筋肉にぐっと力を込めて、感覚を研ぎ澄ませた。次の瞬間、大きく飛び上がったかと思うと、空中で身体を一回転させ、両腕をぐっと身体に引き寄せたまま、見事に着地をきめた。

コートにいた新入りメンバーたちは、驚きのあまりぽかんと口を開けたままその場にたたずんでいる。トニーのこの見事な技をすでに知る者たちは、大きな歓声と拍手で沸き上がった。

「ほら、言った通りだろ！」先ほどトニーに声をかけたメンバーが叫んだ。

マイケルは、やれやれかなわないな、とでも言いたげに首を横に振り、トニーは床に置いた荷物をサッと拾い上げ、出口へ向かった。

そのとき、アーニー・ティムスがファイルをパラパラとめくりながら、ジムへとやって来た。アーニーは痩せた男で、量の多い頭髪を何とか櫛《くし》でまとめようとする努力もむなしく、あちこち癖毛が飛び出ている。数年前に、彼がこのコミュニティ・センターの所長に就任して以来、どうもうまく仕事が回っていないようだった。いつも、何かしら資金やプログラムのことで問題を抱え、その後始末に追われている。

「何かまた問題でも?」少し慌てた様子のアーニーに、トニーが声をかけた。

「やあ、トニーさん。今晩、君たちは、何時頃までこのジムを借りてたんでしたっけ」

「たしか九時半だと思いますけど」トニーが答えた。「どうしてですか」

アーニーは、少し顔をしかめて言った。

「おや、困ったな。ダブル・ブッキングしちゃったみたいだ。……了解、ありがとう」

馬鹿な奴。いつもああやって、ぼうっとした顔で建物の中をうろうろするしか能のないティムス。

あんなふうにだけは、なりたくないな……。トニーは心の中でつぶやいた。

「母さん、そろそろ僕たちと一緒に住むことを考えてくれない？」

クライドがそんな爆弾発言をしたのは、クララがスーパーの青果コーナーでトマトを選んでいた時。クライドは毎週クララを買い物に連れて行く。もちろん、クララはまだ自分で車の運転をすることができるのだが、クライドはこうして母親に付き添うことで、息子としての務めを果たしているという満足感を得、またクララも息子と過ごす時間を持つことができるのだった。

クララは七十歳を境に急に病院通いが増え、保険屋や老人ホームの営業マンがしょっちゅう彼女の家を訪れるようになったが、まさか息子の口からそんな提案が出されるとは思いもしなかった。

クララは、手にしたトマトに少し柔らかくなっているところがあるのが気に入らず、棚に戻した。

「一体全体、なぜ、そんなことをしなくちゃいけないの？」

「今すぐじゃなくてもいいんだよ。でも、僕とサラのあいだでは、ずいぶんと話し合ってきたことなんだ。祈ってもきたし」

クララは息子を見上げた。かつては、幼い彼を膝に乗せたり、本を読み聞かせたり、膝を折ってそばに寄り添ったことを思い出した。難しい年齢に差しかかった頃は、彼の将来を案じながら、祈りに没頭したこともあった。今振り返ると、はるか昔のことのように思える。

「そんなことに祈りの時間を割くなんて……。ほかにやることがあるでしょう」

今度はクライドが、トマトを吟味し始めた。

「こんな場所で話題に出すことじゃなかったね」

「そんなに心配してくれなくても大丈夫よ」クララが口を開いた。「あなたたちが、すぐ近所にいてくれるんだし」

「母さん、あの家は古いし、階段が多いだろ。もし母さんが転んだりしたらと思うと、心配なんだよ。携帯電話をいつも離さず持っていてくれって頼んでるのに、言うこと聞いてくれないし」

「何言ってるの。母さん、逆立ちだってできちゃうんだから。ほら、ここでやって見せてもいいわ、私のスカートを押さえててちょうだい……」

「母さん、いい加減にしてくれよ」

「自分一人でもちゃんとできるって、どうしたらわかってもらえるのかしら」

「あの家を大事に思うその気持ちは痛いほどわかるよ。母さんの宝物はみんなあの家にあるんだもの」

「いいえ、私の宝は、天にあるの。もし今天国に行くことができて、誰の迷惑にもならないですむなら、すぐにでもタクシー呼んで駆けつけるんだけどね」

「それが神さまのみこころなら、とうの昔にそうなってるよ。まだこうして生きてるってことはつまり、母さんは、まだこの地上でやらなくちゃいけないことが残ってるってことだろ?」

クララは、クライドの顔を正面からぐいっと見据えて言った。「もうここまで長く生きたんだから、あとは好きにさせてもらいたいものだわ。そのくらいの勝手もゆるしてもらえないのかしら」

「母さん、そういうことじゃないんだ。もちろん、できるだけ母さんの希望をかなえるようにするよ。母さんのためというよりも、むしろ僕たちのためなんだ。母さんに何かあったらと思うと、心配でたまらないんだよ」

「何にも起こったりしないわ」クララは顔をくしゃくしゃにしかめた。「私のこと、何にもできない老いぼれみたいに言わないでちょうだい。ほんとうに大丈夫なんだから」

クライドはクララのショッピングカートを押しながら、パンが置いてある場所へと向かった。なぜか、クララが買い物をするどの店も、パンコーナーと乳製品コーナーがまったく正反対の場所にあるのだった。そう、青果コーナーと精肉コーナーも。

クララは、足をひきずるようにその後ろを歩き、やっと追いつくと、ショッピングカートにトマトを入れた。クララはふと、クライドの心の中に、何かほかに気にかかっていることがあるのではないかと感じた。

「母さん、いつものレーズンパンでいいかい?」

クライドが声をかけると、クララはフランスパンの袋を無造作につかみ、賞味期限を確かめながら言った。

「レーズンパンのことなんかどうでもいいから、私の顔をまっすぐ見て答えてちょうだい。ねえ、クライド、あなたの心にあることをちゃんと私に言ってくれないこと？」

「実はね、もううちの車庫に手を入れて、母さんが住めるように部屋を整えてあるんだ」

「ええ。たしかそれを人に貸して、収入の足しにするっていう話じゃなかったの？　あるいは生活に困ってる人を住まわせてあげることもできるって……」

クライドはうなずきながら言った。

「ああ、母さんにはそんなふうに言ってたけど、サラも僕も、できれば母さんを説得してそこに住んでもらおうと思ってたんだよ」

「そんな無茶なこと言わないで。だいたい、今住んでいる家はどうなるの？」

「売ればいいさ。今だったらいい値段になるよ。売ったお金はいざという時の蓄えにすればいいさ」

「いざという時の蓄え、ですって？」クララは、まるで口の中の苦いものを吐き捨てるように言った。「私の年金と、父さんの生命保険と恩給があれば、もう十分暮らしていけるわ」

「それに、階段から落ちたりしたら……」

「またその話」クララは、クライドの話をさえぎるように言った。「手すりの使い方くらいわかってるわ」

「ちょっとすみません」一人の若い女性が声をかけてきた。ショッピングカートのチャイルドシートには小さな子どもが座り、不機嫌そうにぐずっている。「白い食パンを一斤《きん》取っていただけませんか」

「クライド、よさそうなのを一つ取ってあげてちょうだい。賞味期限を忘れずに確かめてね」クララが言う。

「これは、私のせがれでね、私があんまり老いぼれて弱ってしまっているから、同居したほうがいいって言ってるの」

クライドは首を横に振りながらパンに手を伸ばした。「僕、そんな言い方はしてませんよ」

「私、老いぼれて、弱っているように見える？」クララがその女性に尋ねた。

「母さん、我が家の問題に引っ張り込んだりしたら、気の毒でしょう？」

若い女性は笑顔を浮かべ、パンを渡してくれたクライドに礼を言った。

「いいえ、お見受けする限り、とてもお元気そうですわ」

「ほらごらん、よくわかっておいでだわ」クララはそう言って、手を振りながらチャイルドシートに座る子どもの顔をのぞき込んだ。「まあ、何てかわいいこと」

クララは、女性に子どもの名前を尋ねた。クララの姿に安心したのか、子どもは機嫌を直し、ぐずるのをやめておとなしくなった。

「もしよかったら、この子のこと、私の祈りのリストに加えてもいいかしら？」

「ええ、ぜひ。私の夫のためにもお祈りいただけたらうれしいんですけれど」少し寂しさを含んだ声で女性が答えた。

「わかったわ。もちろんあなたのためにもね。お名前を教えてくださらない？」

それからしばらくのあいだ、クララは、彼女の名前や住んでいる場所を聞き出し、クライドを会話に引き込み、自分の通っている教会のことを伝えた。女性が去ると、クララは、先ほどよりも心もち足取りが軽くなったように見えた。

「母さんの周りには、『赤の他人』なんていないんだね」クライドは言った。

「昔は、いたこともあったわ」クララはそう答えると、クライドに手招きし、低脂肪のカッテージチーズのある乳製品コーナーへと向かった。到着すると、クララはクライドを振り向き、言った。

「クライド、私のことを心にかけてくれているのはよくわかったわ。車庫の改装のことも、私のためにしてくれたんだって知って、ほんとうにうれしかった。もしあの家から引っ越しをするのは今だと主が仰せなら……」クララはふいに言葉を止め、先日祈りの部屋で心に感じた不思議な感覚を思い出した。「もしあなたが安心だって言うなら、いつも携帯電話を身につけておくようにするわ」

クライドは目を落とし、床のタイルを見つめた。そして顔を上げると、その目は涙で潤んでいた。その表情に、クララは、優しくて穏やかだった夫レオの面影を見る思いだった。

「実は、ハリーのこともあって……。今、つらいところを通っているみたいなんだ」

「ハリーのために祈らない日はないわ」

「ありがとう、母さん」

「このあいだ、ハリーに、一度おしゃべりしにおばあちゃんちに寄ってみないって、誘ってみたの。家もすぐ近くなんだし」

「僕も、そうしてくれたらどんなにいいだろうって思ってる。でも、なかなか自分の部屋から出て来てくれないんだ。あの子のためにいろいろ試してきたけれど、ちっともうまくいかない……。もし母さんが、僕たちと一緒に暮らしてくれたら、もっとハリーの近くにいてくれたら、少しはよくなるんじゃないかって、サラも僕も思ってて……。まあ、これもやってみないとわからないけれど」

クララはそっと息子の腕に触れて言った。「役所の仕事のようにはいかないわね。いつもはあんなにてきぱき仕事をしたり、大事な決め事をしているのに、思春期の娘一人のことで、こんなにもやきもきするなんてねぇ」

クライドは苦笑しながらうなずいた。「自分の娘を理解するよりも、労働組合の協定問題に取り組んでるほうがよっぽどたやすいさ」

「私が一緒に暮らしたら、ハリーが私のところに来てくれるって、どうしてそう思うの？」

「あの子は、母さんが大好きなんだ。昔からね。母さんが来てくれたら、状況が変わるような気がするんだよ。必要なのは、ちょっとしたきっかけ、ほんの一筋の光なのかもしれない」

クララの心にはどこか疑り深い部分があって、これは、彼女をその気にさせるための策略なのかもしれないという思いがかすめたが、クライドの苦悩に満ちた顔を見たとたん、そうではないと確信した。「あなたは、ハリーのために、私が同居を決断するよう祈っていたのね」

「もちろん、そのためだけじゃないよ。母さんに独りぼっちでいてほしくないし、安全な暮らしをしてほしいんだ。でも、強制したり、無理やり連れて来ようなんて思っちゃいない。ただ、このあいだ、その思いを強くしたんだ。サラも同意してる。夫婦そろって同じ気持ちなんだよ」

クララが、息子の目をさぐるようにのぞき込むと、そこには自分が心から願い求めるものがあった。そう、さまざまなものに覆い隠された奥底に、彼女への深い愛が。その愛のゆえに、クライドは同居話を持ち出してきたのだ。そのことにこそ目を留めるべきだとクララは思った。人生の脇道に追いやられてしまったような寂しい思いにぐずぐずと浸るのではなく。もちろん、クライドには母親にそんな思いをさせるつもりはまるでないことはわかっていたが、正直なところ、クララはそんなふうに感じていたのだった。

会計を済ませると、先ほどの若い母親と子どもの姿を遠くに見かけたので、クララは大きく手を振った。

「母さんのプライバシーはちゃんと守るよ」クライドは雑誌を手に取り、ぱらぱらとめくりながら言った。「僕たちもやかましく干渉したりしないから」

クララはあきれたようにクライドを見つめた。「あなたのその頑固でしつこいところ、一体誰に似たのかしらね。父さんのほうの血だわ、きっと」

クライドは首を振りながら、笑っている。

帰宅すると、クララはクライドに手伝ってもらい、買ったものを全て冷蔵庫や収納庫に片付けた。そしてクライドが去ったあと、階段を踏みしめながら二階へと向かった。ちょうど二階にたどりついたその時、突然めまいがし、目の前がぐらりと回ったような気がした。すんでのところで手すりをつかみ倒れずにすんだが、もしこのまま転んでしまったらと思うと背筋がヒヤッとした。どこかの病室で横たわる自分の顔を心配そうにのぞき込むクライド、人工股関節の手術を説明する医者の姿が目に浮かぶ。

祈りの部屋に到着したクララは、ひざまずき、心を注いで祈り始めた。

「主よ、もしここを引っ越すことがあなたの御旨《みむね》なら、お従いします。でも、今まであなたが与えてくださった多くの思い出をそのまま残してここを去るのは嫌なのです。この部屋で、主は、ほんとうに数え切れないほど、たくさんの祈りに応えてくださいました。主よ、わたしはあなたと一緒にここで、みこころの実現のために奮闘してきたのです。ですから、どうしてもこの家を離れたくありません……」

次から次へと、クララは、胸に浮かんだ疑問を神にぶつけ始め、やがてそれは思いの丈を注ぎ出す叫び声となっていった。そしてそのうち、クララの心に平安が波のように押し寄せ、どこに住もうが、どこにいようが、いちばん大切なのは、主と共に歩むことなのだという思いがあふれてきた。

クララは、心に思い浮かんだ古い賛美歌を静かに口ずさみ始めた。「主イエスと歩む日々は、何と楽しいことでしょう……」クララは目に涙を浮かべ、大きくうなずくと、しっかりと組み合わせた手を力強く振った。

「天のお父さま、この家で、残りの日々を過ごしたかったのです。地上の生涯をここで終えたかった……。この家での思い出が私にとってどんなに大事か、主はご存じのはずです」

クララは再び疑問を投げかけ、まるで神と格闘しているかのような気持ちになるのだった。でもしまいに、実は神ではなく、自分自身と闘っていることにクララは気づいた。自分には、優しい息子がいる。義理の娘もいる。自分を慕ってくれる孫娘も。でも、生活が大きく変わることは、老いた身にはつらいことだった。特に「我が家」といえばこの家と何十年にもわたって思い定めてきた者にとっては。

「主よ、あなたが共にいてくださらないなら、私はどこにも行きたくはありません。しかし、あなたが導かれるところへ、どこへでもまいります。このことがあなたのご計画なのでしたら、何か私に一つの務めをお与えください。それはハリーのことでしょうか。あるいは別の人を導くことでしょうか。主よ、あなたに信頼します。そして従います。ただただ、あなたに従ってまいりますから、もし道を間違えたら、私をとどめてください」

クララは、膝をついたまましばらく待ち、天から大きな声が響いてくることを期待したが、何も起きなかった。

「さてと……」クララはそうつぶやきながらゆっくりと立ち上がり、慎重な足取りで階段を下り、キッチンへと向かった。銀食器の引き出しに、たしかイエローページ（訳注・米国の電話帳）も入れてあるのを思い出したからだ。今は、インターネットで検索をすれば、どんな情報でも瞬時に手に入れることができるのだが、クララは長年付き合いのある水道業者や電気屋の連絡先の横に、さまざまな覚書を記しておいて、何かあるとそれを頼りにしていた。イエローページが新しくなるたびに、古い情報を丁寧に書き直したのだ。でも、不動産屋のページを開いたことは、今まで一度もない。さて、どこに連絡をしたらよいのだろう……。

「主よ、この家の担当者は……」クララは声に出して言った。「できれば同じ信仰をもっている人がいいんですけれど。この家が売れたら、その儲《もう》けで、その人の生業《なりわい》が祝されることになるでしょう？」

　クララの頭の中で、いろいろな考えが駆け巡る。あるいは、神は、イエスさまをあまりよく知らない人を担当者として送ってくださるのかもしれない。私がその人の人生にかかわることができるように。もしかしたら、神なんてはなっから信じていない人、それとも、神についてひどくゆがんだ考えをもった人……。

　クララは不動産屋のページをめくり、派手な宣伝文句に一つひとつ目を通しながら、祈りについて思いをはせた。そう、クララは、祈りのことがいつも心から離れないのだ。……みんな、祈りというものを少し複雑に考え過ぎるんじゃないかしら。何かそこに、公式や数式のようなものがあると思ってる。そして一つひとつのステップを正しく踏んでいかなけりゃ、祈りは応えられないと勘違いしているんだわ。クララは、それほど間違った考えはないと思っていた。なぜって、祈りとは神との会話なのだから。祈りというのは、こちらから話しかけたり、あるいは語りかけに耳を傾けたりしながら、自分のことを心から愛してくれる神と、わくわくするような時間を過ごすことなのだから……。

　クララはページを開いたまま、指を空中に掲げ、えいやと下ろした指の指す不動産屋に決めようと考えていると、いきなり玄関のチャイムが鳴った。おやおや、まだこちらから電話もしていないのに、神さまは不動産屋さんをもう家に送ってくださったのかしら……。

　クララが扉を開けると、一人の若者がかしこまった様子で立っていた。あらいけない、そういえば今日、約束していたんだったわね。ええと、何という名前だったかしら……。クララはしばらく考え、やっと思い出した。

「ジャスティン……だったわね」

「はい、奥さん。お宅の庭が草刈りが必要だと、母に聞いてやって来ました」

「そうなのよ。さあさあ、入って。レモネードを一杯ごちそうするわ。言葉遣いのことや、仕事の仕方についてお話ししておかないとね」

十代とおぼしきその少年は、クララが何を言わんとしているのか今一つ理解できない様子だったが、彼女の言葉に素直に従った。

「お母さんから聞いたけれど、あなた十五歳なんですって?」

「はい、そうです」

「言葉遣いはきちんとしているわ。目上の人を敬う姿勢が感じられる。それはとてもいいことよ」

クララはレモネードをグラスについで少年の前に置きながら、一昨日彼の母親と交わした会話を思い出した。彼の母親はシングルマザーで、いつも仕事に追われているため、息子と過ごす時間があまり取れないことを悩んでいたのだ。若い頃は、誘惑も多く、間違った選択をしてしまいがちだ。

「いいこと、うちで働いてもらう以上、二つのことを守ってもらいたいの。まず一つ目は、自分に誇りをもつこと。二つ目は、自分の仕事に誇りをもつこと」

「……はい」

「私の庭を丁寧にきちんと刈ってちょうだい。手抜きしたり、はしょったりしないでね。やっつけ仕事みたいに、いい加減な作業はしないでほしいの。じっくりと時間をかけて、あなたがここを去る時に、この庭の仕上がりに誇りをもてる……そんな仕事をしてほしいのよ」

「はい、奥さん。こころがけます」ジャスティンは答えた。

「聖書にはね、何をするにも、神の栄光を現すためにしなさいって書いてあるの（訳注・コリント人への手紙第一 一〇章三一節）。何をするにも、心からしなさい（訳注・コロサイ人への手紙三章二三節）、とも書いてあるわ」

「はい、わかりました。それでは、自分に誇りをもつには何をすればいいんでしょう」

「まずは、きちんとした服装を心がけることよ。そして背筋を伸ばしてまっすぐ人の目を見ること。あなたのお母さんは、あなたをきちんとしつけてくれたようね。今言ったことをこれからも気をつけるのよ。そう、それからズボンのはき方も。だらしなく腰のあたりまで下げてはくんじゃなくて、きちんとウェストまで引き上げること」

ジャスティンは、ひそかに笑いをこらえた。しかし、クララはこれこそ世界を変えていくために大切なことだと確信していたのだ。つまり、まずは自分自身を神の力によって変えていただくこと。そうするならば、神はみこころのままに誰かを私たちのもとに送り、その人が同じように神の力によって変わる手助けをさせていただける……。そして、もし私たちが心から願い求めるならば、神はさらに私たちのもとへとお遣わしになるはず。人が変えられるのを見たいだけでなく、自分自身も変えられたいと望む人を。

クララはジャスティンに庭を見せ、そして草刈り機ではうまく刈り取れない場所も教えた。そして一通り指示し終えると、ジャスティンに尋ねてみた。

「ところであなた、どこかいい不動産屋さんを知らない？」

「いいえ残念ながら。でも、近所で最近家を売った人がいるんですけど、とてもいい不動産屋に担当してもらったって言っていましたよ」

「会社の名前わかる？」

「たしか、何かの数字……それとロック（訳注・岩という意味）という言葉が入っていたような……いや、そうそう、ストーン（訳注・石という意味）でした。トゥエルブ（訳注・12という意味）・ストーンだったと思います」

クララは小さくうなずき、礼を言うと、次の日からさっそく仕事に来てほしいとジャスティンに伝えた。クララは、イエローページをめくり、トゥエルブ・ストーン不動産という会社の名前を見つけると、さっそく電話をした。呼び出し音が何回か鳴ると、女性が出た。エリザベス・ジョーダンと名乗る、若々しく感じのよい声の持ち主だ。この人となら、うまくやれそうだわ……。

「まだ売ろうかどうしようか、迷っているところなの。一緒に考えてくれる人が欲しいのよ」

「お手伝いできましたら、こんなにうれしいことはありませんわ、ウィリアムズさん」エリザベスが答えた。「私の携帯の番号をお知らせいたしますので、いつでもご連絡ください」

第三章

日曜日の朝、早く目が覚めたエリザベスは、気持ちの整理をするために散歩に出かけた。数日前、トニーとのあいだに起きたことを、まだ心に引きずっていたのだ。彼女の妹と義理の弟に対し、トニーが示したあらわな不信感が、まるで脇腹を鋭いナイフで刺したような痛みとなって感じられた。そんな二人のぎくしゃくした関係を、トニーはさして気にする様子もなく、実に冷静で強情な態度をとっていた。とりあえず何か口に入れたかと思うと、逃げるようにジムへと出かけて行き、ゆっくりと家族と食事をすることを避けていた。トニーは、まるできちんと問題に向き合うことのできない幼子のようだった。自分の思い通りにするか、それがかなわなければ、自分のおもちゃを持ってどこか違う場所で遊ぶ。そのどちらかしかないのだ。

エリザベスは、トニーの心に何か別の問題が起きているのではないかという気がして、不安だった。お金のことやいつもの小競り合いよりも大きなこと。互いの意思疎通がうまくいかなかったり、すぐにトニーがイライラし始め、カッとなって怒鳴り始めることよりも、もっと深刻な問題が。でも、それって一体何なのだろう……。

エリザベスは、同じ教会に通うカールの家の前を通りかかった。庭の芝生が実によく手入れされている。カールは、こまめに芝刈機や刈払機を操作して庭の雑草を取り除いたり、妻のために花壇を作ったりしていた。煉瓦《れんが》造りのその家は、まるでトーマス・キンケードが描く絵のようであり、何もかもがあるべき場所に収まり、整然としていた。郵便受けの上にはおしゃれなカンテラがつり下げられ、家の前の歩道でさえ、どことなくすてきに見える。どの家庭もみんな、こんなふうに完璧なのかしら。問題を抱えてつらいのはうちだけなのかしら……。

家に帰ると、ダニエルを起こしたが、トニーはそのまま寝かせておこうと思った。その日が日曜日であることを思い出させ、教会に間に合うよう八時四十五分には家を出なくてはなどと、口うるさくせかすようなことはしたくなかった。しかし、驚いたことに、トニーはすでに起きて、シャワーを浴びていた。

教会に向かう車の中で、二人が会話をすることはなかった。トニーがラジオのスポーツ番組をつけ、午後行われる大きな試合の勝敗予想に耳を傾けていたからだ。エリザベスに話しかけてくることも、ダニエルの成績表について尋ねることもなく、車を運転しながら、ただスポーツニュースを聞くだけだった。

教会では、エリザベスはダニエルの肩に手を回し、牧師がマタイの福音書から語る説教に耳を傾けた。でも、なかなか話に集中できない。トニーのことが気になって仕方がなかったのだ。トニーは、自分やダニエルに思いやりを示すどころか、関心もないようだった。お金のことで腹を立てるあまり、妹のシンシアの様子を尋ねてもくれない。シンシアのことをどれほど心配しているかわかっているくせに。そして、援助することを頑として認めてくれないのだ。トニーは、銀行の預金を殖やすことにあまりにも熱心で、どれほど貯めても「十分」ではなく、稼げば稼ぐほどさらに殖やす必要があると思っているようだった。少しでも預金を引き出せば、それがどんなにやむを得ず、必要なことであっても、自分に対する敵対行為のように受け止めるのだった。

「イエスが語られたこの言葉は、私たちの心配を取り除いてくれます」牧師が語る。「空の鳥を見なさいとイエスはおっしゃいました。鳥がどのように暮らしているかを見てごらんと。皆さんはどうかわかりませんが、少なくとも私は、心配でイライラしている鳥など見たことがありません。もちろん、漫画には時々登場しますけどね……」

会衆がドッと笑うと、牧師は、自分の子どもの頃の話を始めた。「まだ幼い時分、家族で休暇旅行に出かけると、決まって母はイライラしました。父は、寸分の狂いもないほどの正確さで旅行の計画を立て、ほんの少しでも予定がずれると、慌てふためき、怒るからです。両親が一緒にいるといつもけんかばかりで、気の休まる時がありませんでした。我が家にとって『休暇』とは、そこから逃げ出すために『休暇』を取りたくなるようなひとときでした」

エリザベスはダニエルに目を向け、ほほえんだ。彼女はまだ十歳だったが、聖書の言葉に心を開いて耳を傾けるような子どもだった。神は私たち人間の心の中をご存じで、一人ひとりに計画をもっておられると語る牧師の言葉に、熱心に聴き入っている。

「神は、私たちが操ることのできるようなお方ではありません。神は、買収されたり、こちらの意のままに動かすことのできるお方ではないのです」牧師はさらに言葉を続ける。「ですから、形式的に礼拝を守り、心がこもっていなくとも神に笑顔を向けておきさえすれば、神は喜んでくださると考えているのであれば、それは大きな思い違いなのです。私たちは、たとえそうやって自分の心はだませても、神を欺くことはできません。神は、私たちが心からご自身を慕い求めることを望んでおられます。もし、私たちが本気で神を求めるならば、神は私たちの人生に素晴らしいわざをなしてくださるのです。つまりこうです。私たちは、心から神を求めるか、あるいは求めないか……。その二つの道しかないのです」

エリザベスは、会堂の後ろの扉が開き、若い女性が自分たちのそばを通り過ぎ、近くの席に座るのに気づいた。こんなにも遅い時間に会堂にやって来たことや、そのせいで説教中に気が散ってしまったことは、それほど気にならなかった。彼女はまだ十代で、エリザベスの目から見て、礼拝に出るにはスカートの丈が短いことも、肌の露出が過ぎることも、そこまで気にすることでもなかった。エリザベスが傷ついたのは、トニーが、その女性を、まるで考古学者が新しく発見された芸術品を見るような目つきで観察していたことだった。エリザベスは、トニーにすぐに彼女から目をそらしてほしいと願ったが、その期待に反し、彼女が席に着くまでずっと見つめ続けた。席に着いた後も、トニーは目を離さない。エリザベスには、まるでトニーがじろじろと女性を物色しているように見えた。でも、それはあまりにも考え過ぎだわ……。トニーは、決してそんな人じゃないはず。

礼拝後、エリザベスは化粧室へ行って気持ちを落ち着かせると、気を取り直して車へと向かった。すると、一人の女性がエリザベスを呼び止め、自己紹介をした。彼女はダニエルのクラスメートの母親で、急いでいる時に声をかけたことをエリザベスにわびた。

「いえ、かまいませんよ。何かご用でしょうか」

「実は、ちょっとお尋ねしたいことがありまして」

「何でしょう」

「ジョーダンさんは、不動産のお仕事をしておられますよね。実は、私もその仕事に興味がありまして。資格を取りたいんですけれど、どんな手続きが必要なのかあまりよくわからないんです」

エリザベスはいくつかの質問に答え、自分自身が不動産仲介業の世界に入る際、参考にした本を何冊か薦めた。そしてエリザベスの同僚の一人が、地域の図書館で講座を開いていることも教えた。

エリザベスは自分の名刺を彼女に渡し、知りたいことがあれば何でも相談に乗ると伝えた。

「いつか、お茶をご一緒できたらうれしいですわ」女性は言った。

「いいですね、ぜひ」エリザベスは、誰かとお茶をするなど、自分の忙しいスケジュールを考えたらありえないことはわかっていた。

エリザベスは礼儀正しく笑顔を浮かべると、女性を軽くハグした。

「駐車場で話していたあの人は一体誰なんだい？」車の中でトニーが尋ねた。

「不動産の仕事に興味があるんですって。どうして？」前を向いたままエリザベスが答える。

「へんに取り繕ったしゃべり方をしてたからさ。いわゆる仕事モードってやつ？」エリザベスが思わずトニーに目を向けると、トニーは薄ら笑いを浮かべた。

「あなただって、そうするでしょう？」

「俺は、教会にいる時は正直にありのままの自分を出すようにしているんだ」

　エリザベスは、耳から湯気こそ出ないものの、心臓が波打ち、顔がほてるのを感じた。「ええ、そうでしょうとも。さっき遅れてやって来た若い娘《こ》が通った時の、あなたの目つきを見たらわかるわよ」そして、ダニエルがそばにいたことに気づき、ハッとした。娘にまた夫婦げんかを見せてしまうことになるのではと悔やんだのだ。でも、トニーに、自分の胸の内をはっきりと伝えたことには後悔はなかった。

「言葉には気をつけろよ、リズ」トニーが、感情を押し殺した声で答えた。

　何か言い返そうとしたとたん、エリザベスの携帯電話が鳴った。言い返す代わりにトニーをにらみつけたエリザベスは、目の端に、ダニエルが居心地悪そうに身体の向きを変えるのをとらえた。

「はい、エリザベス・ジョーダンです」トニーが言うところの「取り繕った」声だ。トニーは、「ほら、みろ」と言わんばかりに眉をひそめる。

「エリザベスさん？　クララ・ウィリアムズです。先日、家のことでお電話した……」

「まあ、ウィリアムズさん、お電話ありがとうございます」

「実はね、やっぱり家を売ろうと思いまして。そちらのご都合のよい日の午前中に、家を見に来てくださらないかしら」

　エリザベスはスケジュールを確かめ、「明日の十時はいかがでしょう」と答えた。

「そのぐらいに来てくださると助かるわ。それまでに、少しは家の中を整えておけるしね」

「では、その時間に。お目にかかるのを楽しみにしています」

「私もだわ。どうぞよろしく」

「いやぁ、お見事」電話を切ると、トニーが皮肉っぽく言った。エリザベスはぐっと歯を食いしばり黙っていた。後ろを振り返ると、ダニエルは耳にイヤフォンを入れている。親のけんかを聞いているよりも、音楽を聴くほうが、よっぽどましよね……。

トニーは再びラジオをつけ、最新のスポーツニュースに耳を傾けた。


教会から戻ったトニーは、ソファーにねそべり、テレビでバスケットボールの試合を眺めながら、ぼんやりと考え事をしていた。エリザベスの奴、俺があの若い女を見ていたことに気づいてたなんて……。そんなにじろじろ見てたかな。まあ、男なら当然だよなあ。きれいな女が目の前に現れたら、そりゃあ、じっくり見たくもなるさ。

「お父さん、お昼ごはん」とダニエルが声をかけたので、何でもいいから手っ取り早く口に入れるため、食卓に向かった。ちらりと見ただけで、エリザベスがイライラしているのがわかる。トニーはうんざりした気持ちで首を横に振ると、リモコンを押してテレビを消し、席に着いた。そして試合の得点を確認するために携帯電話を取り出すと、何通かメールが届いているのに気づいた。一通は、ホルコム社のカルバン・バーンズから。

「トニー、こんなに遠くまでボールを飛ばしたのは初めてだ。礼を言うよ」

トニーは、バーンズが例のゴルフ・クラブを振っている姿を想像し、思わず笑みをこぼす。

エリザベスが沈黙を破るように口を開いた。「ダニエル、明日の午前中なんだけど、お母さん、お客さんと会う約束をしているの。だから、あなたを朝一番にコミュニティ・センターへ送って行くわね」

「わかった。途中でジェニファーも拾って行ってくれる?」

「もちろんよ。ジェニファーのお母さんのおゆるしがあればね」

トニーは、自分が蚊帳《かや》の外に置かれたような気になった。この際、娘のことを少し知っておこうと気を取り直し、「ジェニファーって?」と尋ねた。

「ダブルダッチ（訳注・二本の縄を使って技を競う縄跳び競技）のチームメイト」ダニエルは、目の前の料理を眺めながら静かに答えた。

トニーは携帯電話から目を離し、顔を上げた。

「バスケットボールをやってるんじゃなかったのか」

「もう一度縄跳びをしたくなったの」

縄跳びだって? おい、話が違うぞ。

「トニー、明日、ダニエルの練習を見に行ってみる?」二人のあいだに不穏な空気を感じ取ったエリザベスが慌てたように口をはさんだ。「ダニエル、上手に跳ぶのよ」

トニーは何とか気持ちを抑え、明日のスケジュールを思い浮かべながら首を横に振った。「いや、今週また出張だから行けないよ」

エリザベスは、フォークを肉に突き刺したまま、驚いた顔で言った。

「そんなこと、聞いてないわ」

「今、言ったんだからいいだろ」トニーは淡々とした態度で答える。いつも、こんな調子で二人のけんかが始まるのだ。エリザベスは、トニーのことは些細《ささい》なことでも知りたいと思っていた。どんな予定が入っているのか、妻である自分にきちんと知らせてほしいと。

エリザベスはがっかりした表情を浮かべた。そしてフォークを置き、トニーに向き合うように椅子に深く座り直した。

「あなたがトップセールスマンだということはわかってるわ。でも、家族としてやっていくためには、大事なことはちゃんと教えてもらわないと。今週は、家にいてくれると思っていたのに」

トニーは、テニスプレーヤーが相手の隙を狙い、トップスピンをかけて玉を打ち込もうとするように、ゆっくりと慎重に言葉を選んだ。

「もし君がこの家に住み続けたいんだったら、営業成績を上げ続けないといけないんだ。俺のやりたいように仕事をさせてくれよ」トニーは、エリザベスが鋭い言葉で言い返してくるのを待ったが、予想に反し、相手のなすがまま、打ち込まれた玉がコートに落ちてフェンスへと跳ね返るのをただ黙って見ているかのように口を開かなかった。

トニーは拍子抜けしたように紅茶を一口飲むと、ダニエルに声をかけた。

「縄跳びみたいな小さな子のする遊びは、もうそろそろ卒業したらどうだい？」トニーは、なるべく配慮した言い方をしたつもりだった。やることをあれこれ変えるのではなくて、一つのことを極めることの大切さを教えたかったのだ。彼女の背の高さ、身のこなしを考えると、バスケットボールが最適のスポーツのように思えた。

ダニエルはがっかりしたように自分の皿に目を落とし、それから母親の顔を見上げた。エリザベスは何も言わずに、まるでチームメイトにサインを送るように、ほんの少しうなずいて見せた。その瞬間、トニーは、まるで二人がそろってネットの向こう側にいて、自分と対戦しているかのように感じた。

「部屋に戻ってもいい？」

「ええ、いいわ。残ったものは冷蔵庫に入れておいてあげるから、あとで食べなさい」

ダニエルがその場を去ると、トニーはエリザベスがテーブルの上を片付けるのをしばらく眺めていたが、とうとう我慢ができなくなり両手を上げて言った。

「何がいけないんだ。娘のことをただ知りたかっただけなのに。ダニエルはどうしてバスケットボールをやめちまったんだ？」

「縄跳びをしたかったからよ、トニー」エリザベスが答えて言った。「とてもいい運動になるの。縄跳びを再開したおかげで、ジェニファーっていう、とてもいい子とお友達になれたしね。あなたはあまり関心がないようだけど」

「何言ってるんだ。俺がどれほど仕事を抱えているかわかってないだろう。しなくちゃいけないことが山積みなんだ。娘の友達をたった一人知らないからって、そんなに責められることなのか？」

エリザベスはトニーに背を向けた。トニーがシンクに自分の食器を下げたので、そのまま置いておくように言った。「私が洗うから」

それは、提案というよりも命令だった。トニーにこの場から離れてほしかったのだ。トニーはその言葉に従うと、テレビの前のソファーに戻り試合を見始めた。

エリザベスは山ほどの洗濯物を片付け、クローゼットの中を整理した。トニーの姿が見えない場所で、何かに没頭していたかった。トニーがダニエルに言ったこと、教会で若い女性をいやらしい目つきで眺めていたことがどうしてもゆるせなかった。それだけでなく、ここ数カ月、トニーとのあいだに起きたさまざまな出来事が、まるでぬれたタオルが幾重にも重なり合い、洗濯機のドラムの中をドサドサと動き回るかのように彼女の心を乱しながら駆け巡った。

エリザベスがベッドに腰を下ろし、何気なく本棚を眺めていると、結婚について記した本が一冊目に留まった。実は、少しでもトニーとの関係がよくなることを願って、似たような本を何冊も買い求めていたのだ。目新しいコミュニケーション・スキルについて記したものもあれば、相手に敬意を払う話し方について書かれたものも。愛情の示し方について牧師が著した本もあれば、カウンセラーによって書かれたセックスに関するハウツー本も並んでいる。しかしエリザベスは、これらの本を読めば読むほど、まるで自分自身に問題があると指摘されているような気がして、無力感にさいなまれるのだった。トニーの自分への愛情表現をどんなに頑張って読み取ろうとしても、何も伝わってこないし、彼の気持ちを解説してくれる人などいるはずもない。

エリザベスは立ち上がり、自分が書斎に使っている二階の客用寝室へと向かった。翌朝訪ねることになっているクララ・ウィリアムズの家について情報を得るため、彼女はパソコンを開き、その近所で最近売却された家について調べ始めた。適正な売値を提案するために、事前の調査は欠かせない。クララの家は環境のよい住宅街にあり、ここ数カ月の市場データを見る限り、まずまずの値がつけられそうであった。

エリザベスがこの仕事が好きな理由は、それが単に家を売買するだけでなく、人と家とをつなぐ仕事だからだ。確かに、一日中数字に目を通し、家の平米数や寝室の数、変動するローン金利を計算する日々ではあったが、この仕事にはそれ以上の意味があった。つまり、家を購入する人には、その人や家族が相性ぴったりの家とめぐり合い、そこに引っ越し、生き生きとした暮らしを手に入れ、やがてかけがえのない「我が家」という思いを深めていけるよう手助けをする。逆に家を売る人には、売却の理由が、転職、暮らしの縮小、あるいは離婚、家族の死などさまざまであっても、今までの住居から解放され、未来に向かって羽ばたいていく後押しをする。そんなふうに彼女は自分の仕事をとらえていた。

エリザベスは、クララ・ウィリアムズへ提供する情報をまとめた資料をファイルに綴《と》じた。初めて会ったその日に契約書にサインをもらうことは、考えてはいない。契約の話の前に、まずしっかりと家や土地の調査をしなければ。電話で話した感じだとだいぶお歳を召しているようだから、いろいろ質問も多いだろうな……。ネットで調べた限り、ウィリアムズさんは、その家に何十年も住んでいるようだし。なぜ引っ越すことにしたのかしら。家の中でうっかり転んでしまったとか？　それとも連れ合いを亡くしたから？　あるいは家族からの強い勧めがあったのかも。

どんな家にも物語があり、解かなければならない謎があった。どの家にも、ちょっとした癖のような、ユニークな特徴がある。その一つひとつを注意深く見ていくと、そこに住んでいた人物についてわかってくるものがあるのだ。エリザベスは、不動産売買の仕事を通し、実に多くのことを学んだ。むしろ、学び過ぎたと言ってもよいかもしれない。

ネットで調べ物をしている最中、エリザベスは、一年ほど前に売りに出した家が目に入った。小さな寝室が三つの平屋造りの家で、なかなか買い手がつかず、値段を下げた今も売り出し中のままだ。一度契約が成立しかけたこともあったが、最後の段階になって、買い手側からキャンセルされた。こんなことは珍しいことではなかった。それまで、何度も家の内覧に付き添い、時間も労力もたっぷりかけたにもかかわらず、契約段階になって、やはりこの家ではないと買い手が判断し、今までの努力が全て無駄に終わることがある。買い手はほんの些細なことで気が変わってしまう。たとえば、後ろの庭が狭過ぎるとか、朝コーヒーを飲む時に、日差しが目に入るから嫌だとか。一年のうち三カ月だけキッチンが明る過ぎるからという理由で、契約を反故《ほご》にされたこともあった。

しかし、そんなハプニングも考えようによっては仕事の魅力の一つだった。一人の客に対応する中で、思いがけない方向へと導かれることも、難しい場面に遭遇することも、結局は無駄働きとなってしまうのではないかと焦ることもある。この仕事には、ある意味信仰が必要であり、時には諦めも肝心だった。エリザベスは、さまざまな理由で契約を断ってきた客に対し不満を感じても、できるだけその思いを捨て去るようにしてきた。今まで何度そうやって悔しい思いをのみ込んできたことだろう。それまでの熱心な調査、費やした時間や労力全てが無駄になることは正直つらいことだったが、人生で一番高い買い物をする人に対し親切に誠実に対応したことを決して後悔はすまいと、エリザベスはいつも自分に言い聞かせていた。

エリザベスは、家の売却を考える客に、たくさんの派手なチラシや印刷物を渡すのは得策とは思っていなかった。どうせ捨てられてしまうからだ。できる限り多くの情報を客に提供するべきだと考える同業者もいたが、エリザベスは、シンプルな方法こそが最善の策であると信じていた。家を売却しようとする人が知りたいことは、実はたった二つに絞られる。家は一体いくらで売れるのか、そして売却にはいくら費用がかかるのか。つまりは、無事家が売れたあと、自分の手元に残るのはいくらかを知りたいのだ。この二つは実に妥当な質問であり、明確な答えが必要である。エリザベスは、自分の客に対し、いつも正直に正しい情報を提供するよう心がけていた。

エリザベスはちらりと時計を眺め、洗い上がった洗濯物を乾燥機に移すと、キッチンに戻った。トニーは、テレビで試合を観ながら携帯電話をいじっている。トニーが顔を上げこちらに目を向けたので、不機嫌な表情を浮かべないように気をつけながら、「ねぇ」と声をかけた。

「何？」

トニーはリモコンをつかみ、テレビの音をミュートにした。

「あなたが出張に出かけることを怒ったわけじゃないの。ちょっと驚いただけ」

「もっと早く知らせておけばよかったな……」トニーがもごもごとつぶやくように返す。

「君の気持ちもわかるよ。でも、仕事をすることに罪悪感をもちたくないんだ。稼ぐために頑張ってるんだから、文句を言われたくはない」

「もちろん、あなたが稼いでくれることに文句なんか言うつもりはないわ」エリザベスは、何か言い返したい衝動にかられたが、もう何を言っても無駄だという気がした。もう諦めよう。違う質問でもして話題を変えよう……。

「出張先はどこなの？」

「アシュビルだよ。そこの医療センターのドクターが、うちの会社の製品に関心があるそうなんだ。家を売るようなおもしろい仕事じゃないけど、儲けはかなりのものだからね」

家を売るようなおもしろい仕事じゃないけど、ってどういう意味？　そうやってさりげなく私の仕事を馬鹿にするのね……。不信感と傷ついた思いでいっぱいになりながら、エリザベスはトニーに目を向けた。感情のしこりが次第に大きくなるのを感じながら、彼女は先ほどのトニーの言葉は確かに正しいと認めざるを得なかった。大好きなこの家に住み続けたいのなら、言いたいことを我慢して、おとなしくあなたに合わせていかなくちゃならないってことなのね……。

トニーがテレビの画面を見ながら次の試合をチェックする姿を眺めるうちに、エリザベスは心に芽生えた感情のしこりが、どんどん膨らむのを感じていた。

第四章

翌朝、トニーは、急いで身支度を整え車庫へ向かった。最近トニーはいつもこんな調子だ。朝、食事どころか、コーヒーすら飲まずに出かけて行く。ダニエルが空腹のまま家を駆け出して行くのは決してゆるさないのに、トニーは年中そうだった。特に家から仕事に向かう時は。

「何も食べないの？」エリザベスが声をかける。

「時間がないんだ。アシュビルに行く途中、どこかに寄るよ。じゃあ、行ってくる」

エリザベスはダニエルを起こし、途中でジェニファーを拾い、二人をコミュニティ・センターへと車で送り届けた。

これから仕事があることを伝え、昼にエリザベスが迎えに来るまで二人でセンターで待つように言った。ダニエルもジェニファーも、迎えの時間までたっぷりと練習できるのでうれしそうにしている。

エリザベスがクララ・ウィリアムズの家に到着すると、芝刈りばさみを手に前庭に立つ十代の少年の姿があった。そばには手押し車がある。彼は、エリザベスほどの背丈があり華奢な体つきをしていた。ずっと外で仕事をしていたらしく汗まみれの様子で、ズボンの後ろポケットには園芸用の手袋が無造作につっ込まれていた。年老いた女性から何枚か紙幣を渡されると、少年はすぐに片付けに向かった。

家を一目見たエリザベスは、これはすぐに売れるだろうと踏んだ。街なかの便利な場所にあり、枝振りのよい庭の木々は丁寧に剪定《せんてい》され、芝生もきれいに保たれている。玄関先の階段に立てかけられた星条旗が、家に堂々とした雰囲気を与えていた。近所にはさらに古い家が建ち並んでいる。エリザベスは芝生の庭に目をやりながら、「売り家・トゥエルブ・ストーン不動産会社」という看板を掲げるのにいちばんよい場所はどこか早々に見当をつけた。

エリザベスが車から降りると、クララ・ウィリアムズが少年に向かって叫ぶのが聞こえた。

「お母さんによろしくね。来週も待ってるわ」

「はい、ウィリアムズさん、ありがとうございます」

少年は満面の笑顔を浮かべ、片手にしっかりと紙幣を握りしめ、もう片方の手で手押し車をひきながら歩いて行った。

「ウィリアムズさんですね」

「ええ、その通り。あなたがエリザベスね」

クララ・ウィリアムズの話す言葉には、強い南部なまりがあった。また、話す時、まるでいくつかのビー玉を大事に抱えるようなしぐさで、口元を手でおさえる癖があった。

エリザベスは、クララ・ウィリアムズが関節炎を患っている可能性も考えて、気をつけてそっと握手を交わそうとしたが、クララのほうから、まるでレモンを絞るほどの強さでぎゅっと握りしめてきた。そして、これからは自分をクララと呼ぶように言い、家の中へとエリザベスを案内した。

クララは左右の肘を突き出すようにに動かし、はずむような足取りで玄関前のコンクリート製の階段をのぼって行った。彼女は、ピンクのシャツの上に青みがかった緑色のセーターをはおり、黒いズボンという出で立ち。髪の毛は大部分がグレーだが、若い頃の色の名残もほんの少し見られる。

家の中は温かく感じられた。玄関広間の左には居間、右には書斎があり、堅木材《かたぎざい》の床は、人の顔が映り込むほどよく磨かれており、全てきちんと手入れされている。ただし、家具は皆かなり年季が入っており、所々敷かれたカーペットは少々使い古された様子だった。しっかりと人の営みが感じられる家であり、大切に扱われてきたことがわかる。どこか一流品を思わせるような風格を備えた家、それがこの家に対するエリザベスの第一印象だった。

「お湯を沸かしてくるわね。あなた何召し上がる？」

「どうぞおかまいなく。もう家で飲んできましたので。それにしても素晴らしいお宅ですね」

「私もそう思うわ」クララがキッチンから答える。「この家はね、一九〇五年に建てられたの。私がここに住んでから五十年近くにはなるわ。夫のレオがね、裏庭のサンポーチを自分で作り付けたの」

エリザベスが表側の部屋を見渡していると、壁に若い頃のクララの隣に軍服を着た男性が寄り添う写真がかけられているのを見つけた。おそらく一九六〇年後半から七〇年代前半に撮影されたものだろう。ほかにも、男性が一人で写っている写真が何枚か、さまざまな大きさのワシの紋章が壁に飾られていた。

「この方がご主人のレオさんですね」

クララが顔を輝かせながら近づいて来た。「そう、彼がレオ。結婚して十四年後に天に召されたの。その写真は、彼が大尉に昇進した直後に撮ったものよ。軍服を着たレオは、ほんとうに格好がよかったわ。あなたもそう思うでしょ?」

クスッと笑うクララの声が、エリザベスの耳に温かく響く。

「私たち、子どもは五人か六人くらいは欲しかったんだけど、神さまは結局一人しか与えてくださらなかったの。クライドっていうのよ」クララは目を大きく見開いて言った。「わんぱく過ぎて、その子一人で精いっぱいだったから」

エリザベスは思わずほほえんだ。彼女は、この年老いた女性がすっかり好きになっていた。もうそれだけで、不動産仲介の仕事の半分は成功したと言える。客に対して好意をもてることは、仕事をする上で大きなプラスだった。そのほうがスムーズに希望の売値を聞くことができるのだ。

クララは居間の天井を指差した。「ほら、あそこに大きなヒビがあるのがわかるかしら? クライドのしわざよ」

二人は居間へと向かった。日差しが窓から降り注ぐ明るい部屋だ。ソファーや椅子の傍らに立つ古めかしい照明用ランプが、アンティークな味わいを与えている。

「ここは居間。三番目にお気に入りの場所」

「ここでは、いつも何をなさってますの？」

「ここではそのまま『居る』ことにしてるの」クララはちょっぴり物憂げに首を傾けて見せた。

エリザベスはこわばった笑みを浮かべた。これがジョークならなかなか面白いと思ったが、それも今一つ自信がなかった。もしそうでなかったら、ついうっかり笑って彼女を怒らせてしまいかねない。

「さて、次はあちらね」クララはすばやく部屋を出て行った。

「ダイニングルームをお見せするわ」

そこは淡い緑色の壁紙のさらに明るい部屋で、たっぷりとした木製のテーブルと椅子が置かれていた。暖炉の上棚にはろうそくが飾られ、テーブルには上品なテーブルセンターが敷かれている。

「ここは二番目にお気に入りの場所」クララが部屋を見回しながら言った。「この部屋が大好きなの」

「いいお部屋ですね。特に暖炉がすてきですわ」

クララは、ピアノを弾くような手つきで木製の椅子の上をなぞった。まるで過去の思い出を心の中でなぞっているかのように。

「ここには、いい思い出がたくさんあるわ。いろんな人とよく会話をしたものよ」

「たくさん笑ったし、ちょっぴり涙したことも……」クララは、何か言いたげな様子でエリザベスに目を向けた。

クララの胸には何が去来しているのだろう。夫……それとも息子との思い出、あるいはほかのことだろうか。エリザベスには見当もつかなかった。そしておおらかでどこかお茶目なこの老女を、畏敬の念をもって眺めた。世の中には、初対面の時から相手を受け入れ、まるで旧知の間柄のような気持ちにさせてくれる人がいる。クララはまさにそんな人物だった。

クララがゆっくりとした足取りで二階へと上って行くあとを、エリザベスはついて行った。クララの家の階段は狭く感じられた。ここ何年かのあいだにエリザベスが売却した古い家のほとんどがこのようなタイプの階段だった。

「キッチンは少しペンキを塗り直さなきゃならないところもあるけど、まだけっこういい状態じゃないかしら」クララは踊り場にさしかかるあたりで少し歩調をゆるめ、手すりの先端にある大きな飾りをしっかりとつかんだ。上に行くにつれて息が切れ、少し苦しそうだ。「やれやれ、階段がだんだんつらくなってきてしまって……。ほんの少し先に行ったところに、クライドの家があるんだけど、そこに引っ越すことにしたのは、こんな理由からなの」

エリザベスはいくつかある寝室を見回りながら、部屋の様子で気づいたことを携帯電話に打ち込んでいった。クララの鏡台にウィッグが二つ置いてあるのが見えたが、そのことについて尋ねるのは控えた。また、家のいたるところに、十字架や家主がクリスチャンであることを示す置物が飾られていた。どれも皆趣味がよく、年代を感じさせるものばかりだった。

「寝室が三つ、浴室が二つですね。もしさしつかえなければ、写真を撮ってもよろしいでしょうか」

「もちろんよ、どうぞ」クララは、まるで番兵のように両手を後ろに組んで立った。そして突然前のめりになりエリザベスの手元をのぞき込んだ。

「それがスマートフォンね。いつか私も欲しいと思ってるのよ。今の携帯、電話しかできないんだもの。ちっともスマートじゃないわ」

クララは手すりに寄りかかり、エリザベスの調査が終わるのを待った。

クララは、もし屋根裏部屋も見るならば廊下の天井からはしごを下ろすと提案したが、そこまでは必要がないとエリザベスは辞退した。二階の部屋を全て見終えると、二人はキッチンへ向かうために再び階段を下りて行った。

あと数歩で下りきる前に、エリザベスは後ろを振り返り、クララに手を差しのべた。「大丈夫ですか」

「ええ。階段がある家に住むと、長生きするって聞いたことがあるわ。私、きっと百八十歳まで生きられるわね」

エリザベスは、廊下に大きな額がかかっているのに気づき、ふと立ち止まった。額の上には「応えられた祈り」と記され、額の中に人の写った小さな写真が何枚も収められ、それぞれの写真の下には日付や何かの出来事に関するちょっとしたコメントが手書きされている。写真に写った人たちの顔をよく見てみると、マーティン・ルーサー・キング・ジュニアがいた。ぼんやりとした家族写真も何枚かある。

「素晴らしいですわ、クララさん」

クララはエリザベスと肩を並べて写真に見入っている。

「これはね、私にとって『祈りの記念碑』みたいなものなの。いろいろとうまくいかない時、これを眺めて、いつだって神さまはちゃんと導いてくださっていることを確認するのよ」

　南部なまりの強いクララは、神をゴッドではなくゴウドと発音する。

「これを見ると、とても励まされるの」クララは腕を組みながら言った。

「私も、励まされたいですわ……」エリザベスは丁寧に写真に目を通しながら、そっとつぶやいた。そしてそう言ったとたん、後悔した。エリザベスは、ビジネスの相手である客とのあいだに個人的な事柄を持ち込まないよう、細心の注意を払ってきた。これはクララの家族や友人たちに関するもので、私には関係ないことだ……。そう思いつつ、この家のさまざまなもの、写真、そしてクララの物腰や態度に触れていると、つい心のうちをさらけ出したくなる。

　クララは振り向くと、じっと見据えるようにエリザベスを眺めた。

「失礼しました、クララさん。この家の公共料金のことで少しお尋ねしたあと、売却費用についてご相談しましょう」

「そうね、わかったわ」

　クララは、あちこち公共料金の領収書を探したり、ほかの情報について調べるのに、少々手間取った。エリザベスは、クララから得た数値を入力し、比較のためにこの地域の物件がいくらで売却されたかクララに情報提供をしようとすると、ふと携帯電話の時刻に目が留まった。もうそろそろ事務所に立ち寄ってから、ダニエルとジェニファーを迎えに行かなくちゃ……。まだ小一時間ほどしかたっていないと思ったけど、ずいぶんここにいたんだわ。

「クララさんは、この家をいくらで売りたいですか。具体的な金額は考えていらっしゃいますか?」

「値段を決めるのはそちらではないの?」

「ええ、でも、家主様のほうが適正な価格を把握していらっしゃることもありますので。こちらとしても、クララさんが考えていらっしゃる値段をひどく下回るような金額を提示したくないんです」

クララはほんの少しのあいだ下唇をかみながら思案していたが、「きっとあなたなら、私の納得のいく値段に決めてくださるはずだわ」と答えた。

エリザベスは思わずほほえんだ。「少し調査して、他の物件と比較してみますね。具体的な値段をご提案するのはそれからでもよろしいでしょうか」

クララは大きくうなずいた。「いいわ。私はここにずいぶん長く住んでいるし、ローンもとっくの昔に払い終えているの」

二人は玄関へと向かった。「今日はこれで失礼します。お目にかかれて光栄でした。明日、お時間はございますか。この辺りの物件の値段をご参考までにお知らせしたいのですけれど」

「あら、それなら午前中にでも寄ってくださいな。コーヒーでも飲みながらお話ししましょう。十時ぐらいはいかがかしら」

エリザベスは携帯電話を出し、スケジュールを確認した。そうだ、トニーが出張で留守だったんだわ。ダニエルをどこかにあずけないと……。「ええ、そうですね……。はい、大丈夫です。それでは明日、十時頃伺いますね」

エリザベスは車に向かいながら、何となく心に引っかかりを感じた。一つ大切な情報をまだクララから聞き出していないことに気づいたのだ。エリザベスは振り返って尋ねた。「ところで、クララさんがこの家でいちばん好きな場所がどこか、まだ伺ってませんでしたね」

クララがにっこりとほほえむ。彼女の目がきらりと輝いたような気がした。

「明日、お教えするわ」

エリザベスは笑顔を返した。「明日お目にかかるのを楽しみにしています」

トニーはアシュビルに少し早く到着したので、スタンドに立ち寄りコーヒーとベーグルを買った。駐車場に停めた車の中でラジオのスイッチをひねり、朝の情報番組が流れるなか朝食をとりながら、トニーは前日の礼拝で牧師が語った言葉を思い起こした。妙に心に引っかかっていたのだ。「神は、私たちが心からご自身を尋ね求める者となるよう願っている」ああ、もう何だかうんざりするな。それから何だっけ、自分はだませても神を欺くことはできないとか何とか、そんな話もしていたような……。自分をだましながら生きてる奴はこの世に大勢いるんだろうけど、少なくとも俺は違う……。

トニーは、ラジオのボリュームを上げるとベーグルをコーヒーで流し込み、アシュビル・メディカル・センターの始業時間に間に合うよう車を発進させた。現地に到着すると、愛車の黒いシボレー・タホのハッチを開け、奥にしまい込んであった薬品サンプルの入ったケースを引っ張り出した。ケースには、「プレディジム」という商品名が記された箱が八つ収められていたが、その中から二つ取り出すと、残りの六つを上手にケースの中で配置し直した。トニーは、辺りを見回し誰もいないことを確認すると、取り出した二箱を自分の革製のかばんに入れ、先ほどのケースを抱え、ハッチを閉じて携帯電話を取り出しながら建物へと歩いて行った。

「たしか、Lで始まるんだったな……。ローナ……いや違う、レスリーか……」トニーは、アシュビル・メディカル・センターの名簿に目を通しながらぶつぶつとつぶやいたが、ある名前を見つけると安心したように笑みを浮かべた。

受付の女性は若く美しく、笑顔が実に魅力的だった。

「リンゼイ・トーマスさん、お久しぶりです。お元気でしたか」トニーは愛嬌たっぷりに挨拶した。

「はい、おかげさまで。失礼ですが……」リンゼイは驚いた顔で口ごもった。

「三月にお目にかかりましたトニー・ジョーダンです。モーリス先生にお会いしに伺ったのですが」

「そうでしたわね」リンゼイは顔を赤らめながら答えた。「私の名前を覚えておられたので驚きました」

「リンゼイという名前がとても好きなものですから。それでしっかり覚えていたんです」

トニーはにっこりと笑顔を作り、真っ白な歯を見せた。リンゼイは受話器を取った。

「モーリス医師ですね、少々お待ちください」

トニーは笑顔のまま少し前に屈み、身体をリンゼイに近づけ、彼女のつけている香水の香りをそっとかいだ。

　エリザベスは、トゥエルブ・ストーン不動産のオフィスに戻ると、クララの物件をマルチ・リスティング・サービス（訳注・不動産情報を複数の不動産屋で閲覧できるようにしたシステム）に入力した。事務所では、同僚のマンディとリサが最近の市の行政の動きについて話し合っていた。市政代行官が、市に点在する廃屋や荒廃した地区を整理し環境を改善するため、さまざまな政策を打ち出しているとのことだった。

「C・W・ウィリアムズみたいな政治リーダーがほかにももっといたらいいのに」マンディが言った。

「もしウィリアムズ市政代行官が大統領に立候補したら、私、絶対に投票するわ」

　エリザベスは、さっそくクララの物件について同僚たちに伝え、同じ地区の他の物件の情報も見せて、売却価格をいくらにすべきか意見を聞こうとしたが、彼女たちのおしゃべりは互いの個人的な話題へと移っていった。この職場ではよくあることだった。誰かが自分のことを話し始めると、どこからか電話がかかってきて中断されるまで延々とおしゃべりが続く。

　マンディは社のマネージャーを務めており、いつもきちんとした身なりで出社した。トゥエルブ・ストーン社をこの地域でトップの売り上げを誇る不動産会社に成長させたことが自慢だった。仕事のことであればどんな些細なことも把握し、彼女のお眼鏡にかなう人物でないと社員として採用されることはない。

リサも、マンディの厳しい目にかなった社員の一人で、仕事の上ではエリザベスの二年先輩。マンディより年下ではあったが、忙しいマンディが処理できない仕事は全て彼女が代わって請け負っていた。マンディ、リサ、そしてエリザベスは一つのチームとして働いていたが、意見の合わないことも時々あった。

エリザベスが、クララ・ウィリアムズの物件のことに二人の注意を引き戻すと、マンディは自分のラップトップをスクロールし、情報を検索し始めた。リサはエリザベスから聞いたことをメモし、的確な質問を投げかけてきた。

「その人、家を売る意志は固まってるの？」

「ええ、条件がよければ売るつもりみたい」エリザベスが答えた。「彼女が家主であることも間違いないみたいだわ」

「家を売ったあとは、どこに引っ越すつもりなのかしら」

「息子さんの家みたいよ。今住んでいる家のすぐ近くらしいわ」

マンディがリサに視線を向けた。二人のあいだに何か暗黙のうちに通じるものがあったようだ。二人とも、エリザベスの様子がいつもと違うことに気づいていたのだ。エリザベスが事務所に入ってきたとたん、表情が固かったのか「何があったの？」と尋ねてきた。エリザベスは、「ええ、この週末、ちょっといろいろあってね」と答えただけで、あとは言葉を濁したのだ。

「ねぇ、エリザベス、家で何があったのか教えてくれない？」マンディが話を切り出した。「あなたのそんな顔を見たら、ほっとけないわよ」

エリザベスはため息を一つつき、トニーとのあいだで交わされた、とても褒められたものではない言葉の数々について二人に打ち明けた。リサはエリザベスに寄り添うように椅子の端に座り、このたびの諍《いさか》いの大もとの原因は、エリザベスが妹にお金を援助しようとしたことだとずばり言い当てた。

「結局のところ、いつもお金が原因なのよね」リサが結論づける。

「いや、私は、問題はもっと深いところにあると思う」マンディが返す。「お金の問題はただのきっかけに過ぎないいんじゃないかしら」

「妹の援助のことでは、今までも何度もトニーと衝突してきたわ」エリザベスが言った。「妹夫婦はこれまでずいぶんと大変なところを通ってきて……私が援助しなければにっちもさっちもいかない状態なの」

「トニーは何て？」マンディが尋ねた。

「シンシアはとんでもないろくでなしと結婚したもんだって」

「正直なところ、あなたの目から見て、妹さんのご主人ってどんな感じなの？」リサが口をはさんだ。「だって、確かにろくでなしと言われても仕方ない人っているじゃない」

「あなたの意見はこの際どうでもいいの」マンディは、笑顔でリサの突っ込みを軽くいさめた。

リサはあきれた顔をエリザベスに向けた。「で、どうしたの？　結局は妹さんの口座にお金を振り込んだんでしょう」

「いいえ、貯金用の口座から私の口座へ移しただけなの。現金を下ろして妹に渡そうと思ったんだけど、あんなふうにトニーが言うものだから、やっぱりもとの口座に戻すことにするわ」

「妹さんのことはどうするつもり?」マンディが尋ねた。

エリザベスはため息をついた。「もう、どうしたらいいのか自分でもわからないの。義弟《おとうと》も必死で職探しをしているのよ。でもトニーったら、彼に仕事をする気がないって決めつけているし。しかもそれを妹のせいにするの。もう、信じられる?」

「だんなが自分の家族のことをそんなふうに悪く言ったら、私だって怒るわ」マンディが言った。

「まあ、うちなんてもうけんかすらしなくなっちゃったけどね。三十一年も惰性で夫婦やってると、けんかする前に諦めちゃう……」

「私だったら絶対にだんなの言いなりになんかならない」リサが言う。「だって結婚式で誓いを立てたその日から、夫のお金は妻のものでしょ? 私だったら、そのお金、妹に送るわ」リサは少し間を置いて言った。「でも、正直言うと、私の場合、お金を援助したくなるほど妹とは仲がいいとは言えないんだけどね」

マンディはラップトップから目を上げて言った。「気をつけなさいよ、エリザベス。家の中で第三次世界大戦が勃発……なんてことにならないようにね」

「ええ、気をつけるわ。でもね、いつかそうなっちゃうんじゃないかって心配になるの……」

マンディが同情的なまなざしを向けた。

エリザベスは、教会での出来事、トニーが若い女性をいやらしい目で眺めていたことだけは、どうしても二人に打ち明けることはできなかった。きっと一度限りのこと……。エリザベスは無理やり記憶を封じ込めようとした。ちょっとした出来心よね。もう思い出したくない。忘れてしまおう。

「彼があんなだと、従うのも一苦労」エリザベスがため息交じりに言う。

「そういえば母がよく言ってたっけ」マンディが言った。「『夫に従う』っていうのは、神からのパンチが確実に亭主に当たるように、ひょいと頭を下げることだって」

エリザベスはマンディのジョークに声を立てて笑ったが、心の傷が消えることはなかった。「女って大変ね」

「ほんとよね」マンディがうなずいた。

エリザベスは腕時計をちらりと見ながら言った。「これからダニエルたちを迎えにコミュニティ・センターに行かなくちゃいけないんだけど、私はこれで失礼してもいいかしら」

「ええ、大丈夫よ、お疲れさま」マンディが答えた。「こっちのことなんかより、あなたたち夫婦のほうがよっぽど心配だわ」


リンゼイはモーリス医師の研究室へと続く廊下までトニーを案内した。トニーは礼を述べ、彼女が立ち去るのを見送った。リンゼイから連絡を受けた看護師の女性がトニーを出迎え、薬品サンプルが収められている保管庫へ案内した。

「三段目の棚に置いていただけますか」看護師は扉の鍵を開けながらトニーに言った。「扉は開けておいてください。あとで取りにまいりますので」

保管庫にはさまざまな薬品サンプルが所狭しと置いてあった。トニーは棚の前のほうに資料や名刺を置くスペースを確保し、プレディジムの箱をケースから取り出して棚に並べた。ケースごと置いてしまうと、サンプルの数が足りないことがわかってしまうが、こうしてしまえば誰にも気づかれない。忙しい医師が、サンプルの数が果たして六つだったか八つだったか細かくチェックするとは思えなかった。

「ええと、あなたがジョーダンさん？」廊下を歩くトニーを呼び止めるようにモーリス医師が声をかけた。

トニーは立ち止まり、初老の男性と握手を交わした。モーリス医師の頭はややはげかかっており、残りの髪には白髪が交じっている。

「お久しぶりです、モーリス先生。ブライトウェル製薬のトニー・ジョーダンです。昨年の三月にお目にかかって以来ですね」

「ああ、そうでした。元気でしたか」

「ええ、おかげさまで。先生は、先だって新しい興奮剤について論文を発表なさってましたね。我が社のプレディジムにも興味を示しておられたのでサンプルを一ケース置いておきました」

モーリス医師は笑みを浮かべた。「それはありがたいな。助かります」

「おやすいご用ですよ。三段目の棚に置いておきました。瓶の蓋が青いのですぐにわかると思います。受領のサインをここにいただけますでしょうか」トニーがタブレット端末を差し出すと、モーリス医師は指でサインをした。

「モーリス先生、もしもっとご入り用でしたらぜひご連絡ください。すぐにお持ちします」

「ありがとう、トニーさん。さっそく実験に使わせてもらいますよ」

二人は握手を交わした。「お役に立ててうれしいです。ぜひまたお会いしましょう」トニーは帰ろうと一、二歩足を進めてからふと立ち止まると、少し振り返り声をかけた。

「次の論文も楽しみにしていますよ」

モーリス医師が笑顔でトニーに礼を言うと、トニーは足早に車へと向かった。


トニーは素晴らしい景色にすっかり魅了され、携帯を取り出して写真を撮った。ゆるやかな山並みや木々が、低く垂れ込めた雲と完璧な対称をなし、まるでポストカードのように見事な景観だった。車での移動はよくあったが、目的地に時間通り無事に到着することばかり考え、ゆっくりと景色を眺めたことはなかった。スピードを落としてドライブを楽しむゆとりなどなかったのだ。

広大な景色を眺めていたトニーは、ふと自分がちっぽけな存在に思えた。果てしなく広がる海を前に誰しもがそんな思いにとらわれるように。

芸術家がこうした場所を好んで訪れる理由がトニーにはわかる気がした。それはきっと、キャンバスやカメラのレンズを通してはとらえきれないほど大きな自然と比べ、いかに自分の存在が小さいかを記録にとどめるためなのだろう。

いつだったか、牧師がこんな話をしたことがあったな……。人の命は、まるで今日はあっても明日には消える霧のようなものだと。自分はまだ若いけれど、確かに時間が早く過ぎていく気がする。ダニエルだってついこのあいだまで赤ん坊だったのに、もう十歳だ。そのうち気づいたら結婚してたってことになるんだろう。

エリザベスと結婚した頃は、彼女も自分もほんとうに幸せいっぱいだった。手を取り合いながら人生の旅に漕ぎ出し、同じ方向に向かって歩んでいる……二人ともそんな気持ちでいたはず。それなのにふと気づいたら、どちらにとっても不幸にしか思えない場所に迷い込んでしまって……。まるでどこかで道が枝分かれして、どんどんと別の方向に向かって歩いているみたいだ。人は幸せになるために生きているんじゃなかったのか。けんかばかりの人生なんてまっぴらだ。エリザベスとの争いの種は、何も彼女の妹のことだけじゃない。前はそんなことはなかったのに、今じゃ重箱の隅をつつくみたいに、つまらないことでいちいちつっかかってくる……。

トニーは携帯電話を見つめ、思い出したようにホルコム社のヴェロニカ・ドレイクの名刺を取り出した。メディカル・センターでリンゼイに会って気づいたのだ。世の中にいる女性はエリザベスだけじゃないってことを。もちろんエリザベスを裏切るつもりはない。ただ、ほんのちょっと楽しい思いをするだけ……。

トニーは、目の前の広々とした風景に改めて目をやった。世の中はわくわくするような魅惑で満ちているのに、どれもこれもみすみす逃してしまっているなんて。もし自分から手を伸ばしてつかまなければ、永遠に縁のないままだぞ……。トニーは思い切ってヴェロニカに電話をし、呼び出し音に耳を澄ませた。留守番電話の声が流れた。「はい、ヴェロニカ・ドレイクです。メッセージをどうぞ」

トニーは笑顔を作って自分の声を吹き込んだ。「ヴェロニカさんですか。数日前、バーンズさんのオフィス前でお目にかかったトニー・ジョーダンです。実は来週そちらに寄る予定なんですが、どこかいいレストランはご存じないでしょうか。ぜひご連絡いただければ幸いです。お元気で」

トニーは、電話を終えると美しい並木道を眺めながら車を走らせた。まるでトニーの行く末を予見するかのように、遠くにそびえる山の上を黒い雲が重く覆っていた。

神さまが私のもとに送ってくださったのはこの人……。エリザベスに会ったとたん、クララはそう確信したのだった。エリザベスは美しく、上品で身なりもきちんとしていた。いかにも頭のきれる理性的な印象で、もし「サクセス・ジャーナル」なんて名前の雑誌が存在したとしたら、インタビュー記事に登場しそう……。

でも、クララの目には、エリザベスがどことなく仮面をかぶっているように映った。にこやかな表情の裏に、何か深い思いが隠されている……そんなふうに見えたのだ。

クララは、初めて出会う人について、最初のから神が全て教えてくれるなどと思ったことはない。「神さまが知らせてくださったのよ」そう言って、何から何まで悟ったかのように語る人はあまり信用できないとクララは感じていた。神をまるでいつも自分の願いを瞬時にかなえてくれる魔法使いであるかのように扱い、神がその時々に真相を全て明かしてくれるのだと信じることは、大変な間違いであると思っていた。

しかし、エリザベスが家に一歩足を踏み入れたとたん、なぜかわからないけれど、神が自分のもとへと彼女を送り込んでくださったという気がしてならなかった。彼女の心に、彼女の家族や結婚生活に一体何が起きているのかは見当がつかなかった。しかし、具体的なことはわからなくても、エリザベスのことを神から託された……そんなふうに信仰をもって受け止めたのだった。

クララは、さっそくクローゼットの壁のいちばん上にエリザベスの名前を書き加え、彼女が今何をいちばん必要としているのかを神に尋ね求めて祈った。「主よ、どうぞエリザベスに、ちょうどよいタイミングでちょうどよい言葉をかけることができますように。決して押しつけがましくないように、あるいは遠慮し過ぎることもないように……。主よ、私を通して、彼女をあなたのもとへと導いてください。それがあなたのみこころならば。私をあなたの忠実な証し人として用いてください。主よ、あなたご自身、いつも誠実を尽くして私を愛していてくださるのですから」

そして最後に、家を無事に売却できるよう祈った。クララは、ついうっかりとそのことを忘れてしまうところだった。しかしそれは、神が自分のたましいに働いてくださっている証拠だとクララは思うのだ。神はしばしばこんなふうに私たちの関心をほんとうに大切な事柄へ向けてくださる……。

「神さま、あなたは私がついおしゃべりが過ぎてしまうのをご存じです。でも、こんな私でも、あなたにゆだねて心から従うなら、あなたの尊いお働きのために用いてくださいますからありがとうございます」

もし私たちが、神にすっかり自分を明け渡してしまうならば、人生は必ずうまくいくはず。私たちが全てをゆだねる時に、神は最善をなしてくださる……。クララは、ぜひエリザベスに、今抱えているものを全て主にゆだね、従ってほしい……そう願うのだった。

その晩、クララは息子のクライドに電話をかけた。最近の天気のことから始まり、クライドが市の行政のために取り組んでいる仕事のことや下さなくてはならない大きな決断について、そしてサラのこと……。それから最後にこう尋ねた。「ところでクライド、あなたの家の裏庭に建てた家のことだけどね、絨毯《じゅうたん》の色を教えてくれる？」

「何で絨毯の色なんて知りたいの？」

「私が用意するカーテンの色と合わないと困るからね」

クライドは一瞬黙り込んだ。「母さん、ひょっとして、僕たちの願いをかなえてくれるってこと？」

「あなたの願い通りになるかどうかはまだわからないんだけどね、今朝不動産屋さんが家に来てくれたの。明日、書類にサインをすることになっているのよ」

クライドは声を立てて笑い、サラに電話に出るよう呼んだ。「今母さんが言ったこと、サラにもう一度言ってやってくれよ。直接母さんから聞かなきゃ、きっと信じてくれないと思うから」

クララはここ久しく、これほどまでにうれしそうな息子の声を聞いたことがなかった。そのことが、彼女の心をすみずみまで温かく満たすのだった。

第五章

　クララの家に一歩入ると、エリザベスはまるで自分の家に戻ったような安心感に包まれた。二人はダイニングルームでくつろぎながら、コーヒーが入るのを待っていた。入れ立てのコーヒーの香りが家中を満たす。クララは相当なコーヒー好きなのだな、とエリザベスは思った。

　エリザベスは、クララの目の前にファイルを広げた。「この辺りの家の価格を調べてみました。それで、だいたいこのくらいの値段を出してみたのですがいかがでしょう」エリザベスが一枚の紙を差し出すと、クララはそれを手に取ってのぞき込み、「ふうん」と一言言った。客が神妙な面持ちで書類にじっくり目を通している時は、決して判断を急がせないことが鉄則だ。クララに提示した条件はごく標準的なものだったが、年配者は変化に適応するのが難しく、誰かにだまされるのではないかという猜疑心が強い。

「いかがでしょう」しばらくしてエリザベスが尋ねた。

　クララはうーんとうなり、まるで外科医が患者の胸の傷跡を点検するかのように注意深く資料に目を通していたが、ふと顔を上げて言った。「ところで、ご主人は何のお仕事をしてるっておっしゃってたかしら?」

クララの意外な言葉に、エリザベスはあっけにとられた。てっきり家のことで何か尋ねられると思っていたからだ。買い手がつくまでどのくらい待たなくてはならないのかとか、どうしてこの値段になったかとか……。

エリザベスはすぐに息を整え、落ち着いた態度で答えた。「お話しするのは初めてですけど、主人はブライトウェル製薬の営業マンをしています」

「そう……」クララは資料に目を向けたまま答えた。

「それで、あなたはどこの教会へ出席していらっしゃるんでしたっけ?」

「時々リバーデイル・コミュニティ教会に行っています」

「あらそう」クララはその答えに満足したかのように相づちを打ち、顔を上げて尋ねた。「それなら、あなたは神さまを信じているのね」

エリザベスは面食らってしまった。まるでカウンセリングでも受けているみたいだわ。家の売却のことでここに来ているはずなのに……。エリザベスはそんな思いをまったく気取られないようにっこりとほほえみ、「ええ、信じていますわ」と答えた。

クララが黙ったままでいるので、エリザベスは前に身を乗り出して尋ねた。

「クララさん、神さまはこの値段でよいとおっしゃってますか?」

クララはその質問には答えず、賛美歌でも口ずさむような軽やかな口調で質問を続ける。「あなたにはお子さんはいらっしゃるの？」

エリザベスはクララの態度にいらだちを感じると同時に、ちょっぴりおかしくなった。今までいろんな客を相手にしてきたが、提示した値段を決定するまでに自分の信仰や個人的なことをこんなふうに根掘り葉掘り聞かれるのは初めてだった。

「クララさん、主人の名前はトニーと言います。結婚してかれこれ十六年になりますわ。私たちのあいだには十歳になる一人娘、ダニエルがいます。娘はポップミュージックが大好きで、アイスクリームに目がないんです。今は縄飛びに夢中なんですよ」

クララはエリザベスの言葉をうれしそうな顔で聞き、笑顔でうなずきながら、「そう、教えてくださってありがとう」と答えた。これで満足かしら。さて、そろそろ契約内容について具体的に詰めなくちゃ……。エリザベスがそう思っていると、今度はエリザベスの信仰のことについてさらに質問が飛んだ。「さっき、時々教会に行ってるっておっしゃったわね。それはあなたの教会の牧師が『時々』しか礼拝で話をしないからなの？」

先ほどまで、クララの無邪気な質問の数々をおかしく感じていたエリザベスだったが、ここまでくると少々ぶしつけに思えてきた。エリザベスは、一呼吸置くと、注意深く言葉を選んだ。気まずい雰囲気にしたくはなかったが、これ以上プライベートなことに立ち入らないよう、はっきりとした態度に出さなくてはならないと感じたのだ。

「クララさん。この家の売却のことでは精いっぱいお手伝いしたいと思っています。そのために今日もこちらにお伺いしたわけですから。私の信仰生活のことをお知りになりたいようですから申し上げますけど、私は、ほかの人たちと同じように、ちゃんと神を信じていますわ。神は私にとって大切な存在です。これでよろしいでしょうか」

クララは急にがくんと頭を下げたかと思うと両手を組み、不機嫌そうに小さくうなり声を上げた。そしておもむろに椅子から立ち上がって言った。

「コーヒーをごちそうするわ」

エリザベスは、クララがゆっくりとキッチンに向かうのを眺めながら、彼女が自分の信仰生活のことについて突っ込んだ質問をするのをやっと止めてくれたのだと思った。

するとキッチンから、三つの部屋に響き渡るほどの大きな声が聞こえてきた。

「あなたの祈りの生活ってどんな感じかしら。熱いか冷たいかで言うならどっち?」

どうして私の祈りの生活のことなんか知りたがるのかしら。これ以上プライベートなことに立ち入らないでほしいとはっきり伝えたつもりなのに、どうしてこうもずかずかと入り込もうとするのか……。もちろん、私を怒らせようなんて気持ちはこれっぽっちもないことはわかってる。クララは親切で感じのよい人だもの。もっと高圧的でこちらの手数料を平気で値切ってくるような客などよりも数倍ましな相手であることは確かだし……。エリザベスは覚悟を決め、正直にクララの質問に答えることにした。

相手が高齢であることもあり、エリザベスは彼女がちゃんと聞き取れるように少し大きな声で話した。クララは耳が遠いようには感じられなかったが、一応念のため。「特別熱いというわけではないかもしれません。ごくふつうです。毎日忙しいですしね。主人も私も働いていますし。でも、ちゃんと信仰はもっていますよ。言うならば、熱くもなく、冷たくもなくという感じですね。まあそのちょうど中間と言えばいいでしょうか」

エリザベスは今の答えに満足していた。信仰はちゃんとしているけれど、決して狂信的というわけではない。それこそが自分の正直で率直な思いだった。そのことをはっきりと伝えることができたはずだ。もうそろそろこの話題を終わらせて、本題に移りたいのだけど……。

クララは、二つのコーヒーカップを手に戻って来た。「ミルクかお砂糖が必要でしたらおっしゃってね」

「ありがとうございます。そのままでけっこうですわ」クララはエリザベスにカップを渡し、椅子に腰を下ろした。エリザベスはコーヒーを一口飲むと、すぐにカップをテーブルに置いた。

「クララさん、あの……大変申し上げにくいのですが、いつもこんなにぬるいコーヒーを召し上がっていらっしゃるんですか」

クララは自分のマグカップを両手で抱えるようにして持った。「いいえ、私のコーヒーは熱々なの」そして、フーフーと息を吹きかけ、おいしそうに一口飲んだ。

エリザベスは、一瞬クララが気がおかしくなったのかと思い目を丸くしたが、すぐに彼女の意図を理解した。

クララはエリザベスのほうへ身体を近づけ、彼女の目をのぞき込むようにして言った。「いいことエリザベス、どんな人だって、コーヒーは熱々かキンキンに冷やして飲むかのどちらかでしょう。生ぬるいコーヒーが好きな人なんていないわ。神さまだって同じなの」

ある感情がエリザベスの心のうちを駆け抜ける。何かいたたまれないような、恥ずかしい気持ちだった。そういえば、聖書のどこかに、神は、もし私たちが熱くも冷たくもないのなら、口から吐き出すと書いてあったのを思い出した（訳注・ヨハネの黙示録三章一六節）。確かに印象に残る表現ではあるが、正直なところ戸惑いを感じた。

「何をおっしゃりたいかはわかりましたけど、どうしてそんなに私のことを気になさるんです？」

「それはね、今のあなたはかつての私だから」クララは、力を込めながらも優しい口調で言った。耳に痛いことだけれど、どうしても言わなくてはならないという思いが込められている気がした。

「私の二の舞にならないでほしいの。時間を無駄にしてほしくないのよ」

エリザベスは場の空気が一変したように感じた。「私の二の舞にならないように」ってどういう意味だろう。この人は私のことをどれほど知っているんだろう……。

クララは資料を指差した。「それとね、これでけっこうよ。この値段で話を進めてちょうだい」そう言うと席を立ち、再びキッチンへ向かった。「コーヒー、熱いのを入れ直すわ」クララは歩きながら大声で笑った。「さっきは、ちょっとばかり意地悪が過ぎたかしらねぇ」

エリザベスは、まるで突然冷水を浴びせられたような気がした。さっきまで自分の個人的なことを話題にしていたと思ったら、いきなり何の前触れもなく家のことに話を戻すのだ。クララがキッチンに立つあいだ、エリザベスは少し気持ちを落ち着けて考えた。そして勇気を出してクララに尋ねてみることにした。

「私は一体これから何に気をつけなくてはならないんでしょう」

「教えてほしいことがあるの」クララが言った。「あなたの人生の中で、何か一つよくしたいことがあるとしたら、それは一体なあに？」

なんて単刀直入な質問なんだろう！　よくセミナーのリーダーがスモールグループにこんな質問を投げかけて、問題の核心に迫るディープな話し合いに導くことがあるけれど、今の質問は、まさにそんな感じ。

「そうですね、もし一つだけ挙げるとするなら」エリザベスは笑顔で答えた。「結婚生活でしょうね。唯一夫と私が熟練していることと言ったら『戦うこと』……そんなふうにも言えるでしょうか」

クララはキッチンから戻り、熱いコーヒーの入ったマグカップをテーブルに置いて椅子に座った。

「それは違うわね」

「はい？」

「しょっちゅう言い争いをしているからって、『戦い』の熟練者であるとは限らないのよ。確かにどんな夫婦にも諍いやけんかはあるわ。でもね、ご主人と言い争ったあと、自分が勝ったと心の底から思えたことなんて一度もないんじゃない？」

クララの言う通りだった。たとえ自分に分があると確信できたとしても、ぐうの音も出ないほどトニーを言い負かすことができたとしても、百パーセント自分が正しくトニーが悪いと自信をもって言えたとしても、言い争いのあとに残るのは、決まってあと味の悪い思いと喪失感だけだった。

エリザベスは、シンシアへの送金がきっかけでトニーとのあいだに起きたけんかを思い出した。

「ところで、あなたはご主人のためにどのくらい祈っているの？」クララが尋ねた。

トニーのために祈るですって？　エリザベスは落ち着かない面持ちでクララを見た。クララ・ウィリアムズの目には全てお見通しなのだろうか……。エリザベスは、それまでの自信に満ちた笑顔が消え、無防備な素の表情を浮かべた。

「……ほとんど、祈っていません」エリザベスはやっとの思いで答えた。

クララは、心から同情するような温かいまなざしで彼女を見つめた。そしてエリザベスの手にそっと自分の手を重ね、前屈みに身体を寄せて言った。「エリザベス、この家で私がいちばん気に入っている場所に案内するわ」

エリザベスはクララのあとに続くようにして階段を上り、二階の寝室へと向かった。クララは踊り場にさしかかると、息を切らしながらも、勢いをつけるためにえいっと両腕を振りながら足を前に出した。案内された小さな寝室には、きちんとベッドメーキングされたツインベッドが置かれ、寝室用のランプの下には若い男性の写真が飾られている。クララが歩くと木製の床がかすかにたわんだ。クララは部屋に入ると小さなウォークインクローゼットを開け、天井灯のスイッチをつけた。エリザベスがクローゼットをのぞくと、そこはがらんとしていて、隅っこに小さな椅子が一脚置いてあるのみ。上の棚に洋服や雑貨が置かれているわけでもなく、アイロンボードや傘のたぐいも一切立てかけてなかった。クッションが一つ、椅子、聖書があるだけで、壁にはメモがいくつかテープで留めてあった。

「私はここで、戦っているの」

「クローゼットで？」

「そうよ。ここが私の『戦いの部屋』」

エリザベスが一歩足を踏み入れると、何ともいえない安らかな思いに満たされた。壁に貼ってあるメモを見ると、そこには丁寧な字でさまざまな人の名前や覚え書きが記されている。ほかにも聖書の言葉が書かれた紙、絵が描かれた二つ折りのカードも。中には何年も前に書かれたような古いものもあった。

「クララさんは、人生の折々にこうして祈りの言葉を綴《つづ》っていらしたのですね」

「これは祈るための作戦書のようなものよ。私たちもかつてはあなたがたご夫婦のようだったわ。でもそんな状態を続けていても何のよい結果も生まないってことに気づいて、神さまが何をおっしゃっているのか真剣に聖書を学び始めた……。そしたらね、問題の解決のために、難しくて大変なことを自分一人の力で請け負うなんてどだい無理な話だってことがわかったの。それは私ではなくて、神さまのなさること。私のすべきこと、それはただ主を探し求め、主に信頼し、主のみことばに堅く信頼することなの」

エリザベスは、とても聖《きよ》い場所、どこかの神殿にでも足を踏み入れたような気持ちだった。カーテン一枚隔てた先には、日常からまったく切り離された聖所が存在している、そんな感覚にとらわれた。

エリザベスは腕組みをしながらクローゼットから出ると、くるりとクララのほうに振り向いて言った。「こんな場所を見たのは初めてです。ほんとうに素晴らしいと思いました。でも、私には毎日こんなところで祈る時間はありませんわ」

「ご主人と勝ち目のないけんかをする時間はたっぷりあるのに？」

クララの言葉はともすると意地悪にさえ聞こえた。でも、言い得ていた。エリザベスは、怒りに満ちた言葉の応酬にただ時間を浪費し、結局二人の仲はよくなるどころか険悪になり、溝が深まる一方だった。エリザベスは何と答えたらよいのか、何と言えばクララに納得してもらえるのかわからず、ただうつむくしかなかった。

クララは深いあわれみに満ちた声でエリザベスに語りかけた。

「一週間に一時間だけでいいから、私に時間をくださらない？　どうすれば正しく戦うことができるかあなたに教えてあげるわ。そう、正しい『武器』を使ってね」

エリザベスはただ黙ったまま考え込むようにしてその場にたたずみ、クララを見つめた。そして自分の気持ちを落ち着かせるようにしっかりと手すりにつかまりながら静かに階段を下り、バッグや資料をかき集めて抱えると、クララにコーヒーの礼を言い、玄関から出て行った。

エリザベスはポーチに出たところで立ち止まり、後ろを振り向いた。「提案させていただいたお値段でよろしいということですので、この線で話を進めてまいります」

クララは心配そうな顔で言った。

「エリザベス、もし私の言い方が気に障ったのならゆるしてちょうだいね。あなたのうちに、祈りの戦士が眠っているのが私にはわかるの。ちゃんと起こしてあげるべきだと思って……。でも、もちろんあなたの決断を最優先にすべきだわ」

「ありがとうございます、クララさん。どうぞよい一日をお過ごしください」

「あなたもね」

エリザベスは車に乗り込むとすぐに発進させたが、ポーチに立つクララの姿を振り向かずにはいられなかった。クララの頭上には星条旗がはためいており、そのせいか、彼女がまるで砦《とりで》の壁を注意深く見守る兵士のように見えた。クララが「戦いの部屋」と呼んでいたあの場所が心に焼きついて離れなかった。実際、あの部屋の壁に貼ってあったメモに、自分の名前が書いてあったのを見つけたのだ。

エリザベスは事務所に着くといくつか電話連絡を済ませ、その後も何件か外回りの仕事をこなした。家に帰り着いた頃には身体だけでなく、気持ちの上でも疲れ切っていた。クララの家での出来事が心に重くのしかかっていたのだ。ベッドの脇に腰を下ろしたまま、エリザベスは部屋着に着替えることもできず物思いに沈んでいると、携帯電話がブルブルと震えた。ジェニファーの母親からエリザベスが帰宅したかどうかの確認のメールだった。エリザベスはすぐに返事を打った。

エリザベスは足をさすりながら壁をぼんやり眺めた。気持ちがすっかり麻痺《まひ》してしまったような感覚にとらわれていた。一人の年老いた女性のほんの一言二言が、人の心、そしてたましいにこれほど深い印象を残すことが不思議だった。ふと本棚を見上げると、そこにはめったに開くことのない聖書があった。きっとあの本の中には、私の目にはまだ触れていない情報が無尽蔵に詰まっているに違いない……。

しばらくすると、玄関の扉が開き、ダニエルとジェニファーが家に入って来るのが聞こえた。二人が一緒に縄飛びの練習ができるよう、ジェニファーの母親が子どもたちを家に送り届けてくれたのだ。

「あのチーム、例の技を成功させちゃったらきっと勝つよね」

「ねえ、お父さんにユニフォームのこと頼んでみたら」

「今家にいないからだめ。それに関心もないみたいだし」

「じゃあお母さんに頼んでみたら？　うちのお母さん、もうお金払ったみたいよ」

「うちのお母さんもいないの。家を売るお仕事してるから。私の部屋に行こうよ」

エリザベスは二人を迎えるために玄関に急いだが、子どもたちはすでに二階へ上がったあとで、話題もほかへ移っていた。

「あのね、このあいだお父さんも一緒に縄跳びしようよって誘ってみたの。そしたらお父さん、お腹抱えて笑い始めたの」ジェニファーがおかしそうに言った。「もしお母さんもやるんだったら僕もやろうかなって……。うちのお母さん、絶対にやるわけないし」

エリザベスは階段を上りながら、無邪気な子どもたちの話に引き込まれるように耳を傾けた。

「そしたら二人で、こんな技を決めたらどうだろうなんて、おかしな格好をし始めて、そのうちお母さんが笑い出して、あんまり笑うもんだから顔が真っ赤になっちゃって……息ができなくてヒーヒー言い始めて……何だかもう大騒ぎだったの」

二人の子どもたちがクスクス笑っている。エリザベスがダニエルの部屋の前で足を止めた。ダニエルはうつぶせに床に寝そべり、パンダのぬいぐるみを両手に抱いている。ジェニファーはそのそばでベッドの上に座っていた。

「ジェニファーの家っていいよね。うちのお父さんとお母さんなんて、顔を合わせればいつもけんかだもん」

ダニエルの言葉に胸がずきんと痛んだ。まるで心にナイフが刺さったみたいに。自分の家族のことを他人にそんなふうに言うなんて……。エリザベスはその場でダニエルを叱り飛ばしたい衝動にかられた。でも、確かにこの子の言う通りだ、そう思い直した。ダニエルは親に言えない自分の気持ちを、そうやって友達に打ち明けているんだわ……。

エリザベスはそっとその場を立ち去ろうとしたが、ふと顔を上げたダニエルとジェニファーと目が合ってしまった。ほんの少し気まずい空気が流れたが、エリザベスは機転を利かせ話題を変えた。

「ジェニファー、ご家族の皆さんはお元気?」

ジェニファーは顔を赤らめながら答えた。「はい、元気です」

そうよね、そう答えるしかないわよね……まさか「はい、うちの家族はみんな元気でいつも笑いが絶えません。ジョーダンさんちと違って、みんな仲よしです」なんて言えるわけないわ……。エリザベスは心の中で苦笑した。

「もしよかったら夕食を食べてって。あなたも一緒だとうれしいわ」

「はい、ありがとうございます」ジェニファーはためらいがちに答えた。二人とも、まるで泥だらけの靴でサテンのシーツの上を跳び回っているところを取り押さえられてしまったような表情を浮かべていた。

「先に着替えてくるわ。食事ができたら声をかけるから下りて来てちょうだい」

エリザベスは手早くサンドイッチを作り、席に着いた子どもたちの皿にポテトサラダを取り分けてやった。二人ともいつもよりも静かだった。食卓では食器が触れ合う音と、誰ともなくつくため息しか聞こえない。押し黙る子どもたちを前に、エリザベスも座を取り持つ気持ちにもなれなかった。落ちつかない、気まずい雰囲気のまま三人はただ黙々と食事を続けた。

クララの声がエリザベスの胸に繰り返し響き、そして思いがけずダニエルの本音を耳にしたことで心がずしんと重く感じられた。

ジェニファーが迎えに来た母親の車で帰宅し、ダニエルの寝る準備が整った頃、エリザベスは彼女の部屋に入りベッドに腰を下ろすと、恐る恐るダニエルに尋ねてみた。

「ダニエル、お父さんもお母さんもあなたのことを心から愛しているわ。それはあなたもわかってくれているわよね？」

ダニエルは黙ったまま、ただ小さくこくんとうなずいた。

「あんまりそうは思えないっていうことかしら」

「ちょっとは愛してくれてると思う」

「『ちょっとは』って……」エリザベスは驚いて言った。「ダニエル、あなたは私の娘なのよ。いちばんの宝物なの。それは信じてちょうだい」

ダニエルはエリザベスを見つめ、静かに尋ねた。「私のチームの名前知ってる？」

正直なところ、今日はクララの質問だけでもういっぱいいっぱいなのに、ダニエルの質問にすぐに答えることができない自分に、エリザベスの心はさらに沈んだ。「ええと、ファイヤー・クラッカーだったかしら」

「お母さん、それは去年のチームの名前……」ダニエルは、押し寄せる感情を抑えるように言葉を詰まらせながらやっとのことで言った。「じゃあ、チームカラーは？」

エリザベスは思い出そうとしながら、そもそもチームカラーをまったく知らないことに気づき唖《あ》然《ぜん》としてしまった。自分が母親失格であることを嫌というほど思い知らされた気がした。

「私が新しく覚えた縄跳びの技は何？　新しいコーチの名前は？」

最初当惑していたエリザベスも、ダニエルの目に涙があふれるのを見ながら、恥ずかしさと申し訳なさでいっぱいになった。ダニエルは鼻をすすり、あごを震わせながら続ける。

「先週私がとった賞は？」

エリザベスは涙でかすんだ目を見開き、びっくりして尋ねた。

「あなた……賞をとったの？」エリザベスは手を伸ばしてダニエルの頬《ほお》をそっと包むように触れた。

「ダニエル、ごめんなさい。ほんとうに、ごめんなさい」そして両方の手をダニエルに差し伸ばした。「お母さんをゆるして……」

エリザベスはダニエルをそっと抱きしめ、彼女の背中をさすりながら何度も謝った。そんなエリザベスの態度に気持ちが収まったのか、ダニエルも落ち着きを取り戻した。

しばらくしてから、エリザベスはこの時の出来事を振り返って考えてみた。今までの自分だったら、ダニエルが泣くのをやめさせようとしたり、やっきになって言い訳をしたかもしれない。でもあの時、ダニエルに素直に寄り添い、彼女の気持ちをありのまま受け止めることができたのだ。それこそ、トニーとの関係においても必要なのではないだろうか……。トニーに変わってほしい、共に新しい人生の一ページを開きたい……ずっとそう願ってきたけれど、まずはしっかりと互いを「見る」ことから始めるべきではないのだろうか。そう、自分の願いばかり押し通そうとするのではなく、まずはありのままの状態をしっかりと見て受け止めることが……。

ちょうどエリザベスが家を片付け終わった頃、携帯が鳴った。電話の主はトニーだった。深呼吸したエリザベスは、すぐにクララのクローゼットを思い浮かべそっと祈った。

「主よ、トニーにガミガミ言うことがないよう助けてください」

何か変わったことはなかったかとトニーが尋ねたので、ダニエルとの一件を話さずにはいられなかった。ダニエルとよい関係を築きたいと願いながら、それとは裏腹に自分がいかに娘のことを知らなかったかを伝えたのだ。

「ダニエルのチームカラーを知らない俺は悪い父親だって言いたいのかい？」

エリザベスは裏庭のデッキに出て扉を閉めた。「トニー、これは私の話よ。あなたのことをどうこう言うつもりはないわ」

「エリザベス、俺は家族を養うために懸命に働いてるんだぞ」

「ええ、それはよくわかってる。感謝してる……」

「連絡するたびにそうやって俺をこき下ろすのはやめてくれないか」

「あなたをこき下ろしてなんかいないわ」

「こき下ろしてるさ。そうでなけりゃなぜ俺にそんな話をしたんだ？　俺に反省しろってことだろう？　君と同じようになれってことなんだろう？」

「違うわ、よく聞いて。私だってダニエルのことを何一つわかってなかったの。あの子に十分な愛情を示していなかったのよ」エリザベスは、うっかりと立ち聞きしてしまったダニエルとジェニファーの会話のこともトニーに伝えた。

「もし私があなたに反省してもらうためにこの話をしていると思うなら、それは大きな勘違いだわ」

「要するに、ダニエルやシンシアをもっと気にかけろって言いたいんだろ？」

「今はシンシアの話はしていないでしょう？　ねぇ、よく聞いて。ダニエルは私たちにかまってもらえなくて寂しい思いをしているの。もっと目を向けてほしいと思っているの。ちゃんと愛されているという確信が欲しいのよ」

「結局、俺が父親失格だって言いたいわけだ。いい加減にしてほしい、もううんざりなんだよ」

「あなたのこと、父親失格だなんて一言も言っていないでしょう？　これは、私たちのどちらにとっても大事な問題なの」

エリザベスはトニーの反応を待ったが、何も答えはなかった。

「トニー？」

携帯の画面を見ると通話表示が消えている。トニーが一方的に電話を切ったのだ。エリザベスは何でもいいから物に当たりたい衝動にかられた。シャーロットにいるトニーに向かって携帯電話を投げつけてやりたい……。心の痛みが早く収まってほしい。エリザベスは家に入ると、バタンと大きな音を立てて扉を閉じた。

もう救いようのないところまできている。私たちの結婚生活も、そしてトニーも。自分にはもう何もできない。私たち、ほんとうにおしまいなのかも。


トニーは電話を切ると、ちくしょうと言い放った。いつもこの繰り返し……。エリザベスと話をするたびに、トニーは自分がダメ人間の烙印《らくいん》を押されているような気がした。毎日毎日、まるでくず箱のゴミがどんどん積み重なるように、心にたまった罪悪感が大きくなっていくのだ。ああ、もう限界かもしれない……。これ以上罪悪感が増したら、ぷつんと何かが音を立ててはじけてしまいそうだ。

トニーはホテルのバーに行って酒を一杯注文し、テレビで流れるスポーツの試合をぼんやり眺めた。アルコールの力でも借りないとこのままでは眠れない。イライラした気持ちさえ収まればいい。べつに酒に依存しているわけじゃないんだ。そこまで俺は落ちぶれちゃいないぞ。

ダニエル……。あの子はほんとうに才能に恵まれている。運動センスも抜群だ。文句を言いたいのは俺のほうだ。エリザベスは、バスケットを続けるようちゃんとダニエルを説得すべきだったんだ。それなのにあっさりゆるして、こともあろうか縄跳びなんか。ダニエルはドリブルも安定しているし、俺みたいにコートの隅々までちゃんと目配りできる……。スポーツ推薦で大学に進学できる腕前なのに。縄跳びができるからって入学を許可する大学なんかあるはずもないのに。

トニーはあきれたように首を振った。エリザベスは、先々まで見通しを立てて、実際的に判断するというところがまったくないんだから。エリザベスにとって大事なのは気持ち。その時その時でダニエルが満足すればいい、それだけなんだ。でも、社会に出れば、仕事で成果を上げなけりゃ誰も評価はしてくれない。いい気分になるだけじゃ給料もボーナスももらえない。ちゃんと契約を成立させて初めて報酬を手にできるんだ。俺がしっかり言えばよかったんだ。バスケットをやめないようきちんと説得すれば……。

考えれば考えるほど、トニーはいらだちが募り、もう一杯酒を注文した。そして携帯電話を出し、リダイヤルボタンを押そうとしてやめた。何が起きるか予想がついたからだ。エリザベスが怒鳴り出し、自分も怒鳴り返す。そして二人の諍いがヒートアップする。

もううんざりだ。そんなことで時間を無駄にしたくない。トニーは、携帯をスリープ機能に切り替え、テレビ画面に映る試合に集中することにした。

エリザベスが去って行く姿を眺めながら、少し強引過ぎたかもしれないとクララは思った。彼女の表情からそう感じたのだ。平静を装ってはいたが、時々見せるしぐさや顔つきから、彼女の抱える悩みの深さが伝わってきた。神さま、あの時交わした会話や、「ぬるいコーヒー」を用いてください。そして彼女の心を少しでも軽くしてくださいクララはそう祈らずにはいられなかった。

クララは、神が、ご自身を愛し、みこころのために歩む者にとって全てのことを働かせて益としてくださる方であることを心から信じて疑わなかった。しかし、時にはつらく苦しい経験をしなければならないことも知っていた。この世界は堕落し、私たちの心には罪が宿っているからだ。しかし、それ以上に神のいつくしみと恵みははるかに大きいとクララは信じていた。

もう一つ、クララが今までの人生経験の中から悟った真実があった。それはたましいの深い部分で私たちが大きく変わるために、神はあえて私たちを惨めな状態に置かれることがあるということだ。自分の力ではにっちもさっちもいかないような絶望的な状況の中に私たちを置くことによって、私たちがどれほど弱く、神がどれほど力あるお方かを悟るために。イスラエルの民は、自分たちの手で紅海を二つに分け、海の道を作り出したのではない。あるいは自分たちの力でエリコの壁を崩したのでもない。いずれの場合も、絶体絶命の状況に追い込まれ、自分たちよりも大きな存在である神に頼らざるを得なくなった時に、その力強いわざを目の当たりにすることができたのだ。これはイエスに従う誰もが経験することだろう。

クララは、ただちにエリザベスの結婚生活がもと通りになり、一夜のうちに夫の心が変えられるよう祈りたい気持ちもあった。瞬時のいやしを祈るほうが、「移植」による治療を見守るよりもずっとたやすいからだ。「移植」によるいやしは、時間がかかり、誰かの命の犠牲の上に成り立つ。クララは、祈れば祈るほど、エリザベスが根本的に立ち直るためには、一時的に苦しい中を通らなければならないだろうという思いを拭うことができなかった。彼女の夫だけでなく、彼女自身も問題を抱えているようにクララには思えた。

自分が愛し心配する者の心を砕き、絶望的な状況に追い込んでくださいと祈ることはつらく苦しいことだった。しかしクララは祈る前に、偉大な神は必ずよい方向に導いてくださること、全てが成し遂げられた時に神の栄光が現されることを信じ、神をほめたたえた。どのような方法によるかはわからなくとも、神は必ずエリザベスの問題にメスを入れてくださることをクララは信じて疑わなかった。

クララは、祈りながら涙を流した。互いに愛し合うよりもけんかや諍いの絶えない両親をもつダニエルを思って。神が与えてくださった家族を本当は愛したいと願っているエリザベスを思って。

道を見失い、あてなくさまよう彼女の夫を思って……。

祈りの最後に、クララは、どんなものもすっかり新しくし希望をお与えになる力ある神に、心からの感謝をささげた。「たとえどれほどあなたから遠く離れていても、あなたは必ずご自分のもとに連れ戻してくださいます。そのことをいちばんよく知っているのはほかでもない、私自身なのですから……」

第六章

　エリザベスはクララの家の玄関に立ち、窓ガラスに映る自分の顔をチェックしながら扉をノックした。カサカサとした音が近づき扉が開くと、クララが笑顔で出迎えた。彼女が口を開くよりも前に、目の表情からその思いが伝わってきた。

「おはよう、よく来てくれたわね」

　クララに抱きしめられたエリザベスは、心が温かくなるのを感じた。クララは二人分のコーヒーを持って来た。彼女の入れるコーヒーは格別においしいので、エリザベスはうれしくなった。

「今日はぜひ熱いのをお願いします」エリザベスがちょっぴりおどけたように言った。クララがクスッと笑った。「昨日はなぜあんなコーヒーを出したかおわかりよね」

「ええ、家に帰ってからコンコルダンスで調べてみたんです。昨夜寝る前にその聖句を読みました。ヨハネの黙示録ですよね」

　クララはうなずいた。

「実は私こう見えて、クララさんが思っていらっしゃるよりも頻繁に教会に行っているんですよ」

クララは椅子に座り、エリザベスの目をのぞき込んだ。「お仕事の話を先にしたほうがいいかしら、それとも今いちばんあなたの心にかかる問題に取り組むことにしましょうか」

エリザベスは心の奥にずきんと痛みを感じた。「私の本分は、不動産屋としてクララさんのお役に立つことだと思っています。私の個人的な問題にクララさんを巻き込むのは申し訳ないですし。でも……」

「でも、あなたは今とても傷ついているわ。そしてその胸のうちを吐き出す先がなくて苦しんでいる……。思い切って打ち明けてごらんなさい。こんな私でも少しはお役に立てるかも知れないわ」

クララは少しほほえんで、エリザベスの手を優しくなでた。

「実は、夫のトニーのことなんです……」エリザベスは、トニーのふるまいや言葉にどれほど配慮がないか、一人娘のダニエルにとっていかに父親失格であるか、堰《せき》を切ったように話し始めた。

「トニーが帰宅した時のダニエルの表情を見ればわかりますよ。それにトニーったら、家にいる時もスマホを眺めているか、テレビを観ているかのどちらかなんですもの。ダニエルは私たちに関心をもってもらいたくてずっと胸を痛めていたのに、私はちっとも気づかなくて……。トニーもダニエルの気持ちにまったく無関心なんです。いつも時間に追われていて、仕事のことで頭がいっぱい。娘の心がどんどん離れていくのにちっとも気にする様子もなくて。要するに自分のことしか考えてないんですね。実は、もう一つ気になることがあって……。はっきりした証拠があるわけではないんですけど、いつか浮気するんじゃないかと心配で。最近、若い女性に気のあるようなそぶりをするんです。それに……」

クララが片手を挙げたので、エリザベスは思わず言葉を止めた。

「エリザベス、そのくらいでけっこう。たった一時間しかないんだから、ご主人への文句を並べるだけじゃなくて、主が何をおできになるか一緒に考えましょう」

エリザベスは思わず赤面した。「すみません。思い出しただけで腹が立つものですから」

「あなたは、ご主人に対して不満しかないようね」

エリザベスは少し考え、確かにそうだと気づいた。でも、トニーは、自分にもダニエルにもそれだけのことをしているのだ。「正直トニーが敵にしか見えないんです」

クララは身を乗り出すようにして言った。「いいこと、あなたは敵を間違えている。ご主人に問題があることは確かだけど、決してあなたの敵ではないわ」

一体何を言おうとしているのだろう……。エリザベスは、真剣なまなざしを向けるクララの目を見つめた。

「私も夫と戦ったわ……。結婚生活と戦い、家族と戦った……。何年も何年もレオを変えようとして頑張ったけど、無駄だった」

「よくわかりますわ。私もトニーにはお手上げですもの」

「私が言いたいのはつまり、夫を変えるのは私たちの仕事ではないということよ。そんな責任は私たちにはないわ。私たちの仕事は、夫を愛し、敬い、そして夫のために祈ることなの。これが主の望んでおられることよ」

クララは声を張り上げるようにしてこうつけ加えた。

「それにね、エリザベス。男は、自分を変えようとしてガミガミ言う女は嫌いなの」

エリザベスは、クララの言葉をじっくりと思い巡らした。でも、もし私がトニーを変えることができないなら、一体誰にできるっていうの？……。

「エリザベス、神さまにしかできないことは、神さまにお願いするしかないでしょう？　あなたは無駄なことは一切しないでただ神さまにお任せすればいいのよ」

さまざまな思いがエリザベスの脳裡に渦巻いた。トニーに変わってもらうために今までどれだけ頑張ってきたことか……。でも、頑張れば頑張るほど、事態はどんどん悪くなる一方だった。クララの言葉は自身の経験に裏打ちされているので、実に説得力があった。

「一体何から始めたらいいんでしょう……」

エリザベスは急に涙があふれ、言葉に詰まりながらやっとの思いで言った。

クララは、革張りの日誌を一冊エリザベスに手渡した。「私の大好きな聖句が記してあるわ。これを読んで、家族のためにどう祈ればいいか作戦を立てるのよ。まずはそこからスタートしましょう」

エリザベスが日誌の最初のページを開くと、びっしりと文字が手書きされていた。

「中には私の知る人たちの名前を書き込んで『私だけの』聖句にしてしまっているものもあるわ。その聖句が書かれたページは私にとって特別な意味をもつの。ですからね、あなたも自分だけの日誌、自分だけの『戦いの部屋』を見つけてちょうだい」

エリザベスはクララから渡された日誌をそっと胸に抱きかかえた。「家の売却の話も進めていかなくては。お庭に『売り家』の看板を立てたり、いろいろと細かいことも決めなくてはなりません……」

クララは身を乗り出して言った。「この家は、神さまがちょうどよい時に売れるようにしてくださるわ。私はそう確信しています。それよりもエリザベス、さっきの話のほうがずっとずっと大事よ。これから始まる戦いに心を集中させなさい。私も一緒に戦うわ」

エリザベスは家に帰ると、まっすぐ自分の部屋に行き、クローゼットを開けた。確かにそこは外から遮断された場所ではあったが、かなり狭く息が詰まりそうだった。あふれるほど詰め込まれた服や靴を前に、エリザベスは片付けるのはひとまず諦め、ライティングデスクに向かって日誌を広げ、クララが手書きした聖句を読み始めた。クララがどの版の聖書を使用しているかはわからなかったが、まるで言葉の一つひとつが自分めがけて飛び込んでくるようだった。エリザベスはただちに自分の日誌を広げ、写本筆記者のように聖句を書き写し始めた。

「もし、私たちが自分の罪を言い表すなら、神は真実で正しい方ですから、その罪を赦《ゆる》し、すべての悪から私たちをきよめてくださいます」（ヨハネの手紙第一 一章九節）

「主を呼び求める者すべて、まことをもって主を呼び求める者すべてに主は近くあられる」（詩篇一四五篇一八節）

「いつも喜んでいなさい。絶えず祈りなさい。すべての事について、感謝しなさい。これが、キリスト・イエスにあって神があなたがたに望んでおられることです」（テサロニケ人への手紙第一 五章一六〜一八節）

これらの聖句を読むと、まるでクララの声が聞こえてくるようだった。クララは、「神」という言葉を口にする時、畏れ深く実にうやうやしい口調になった。クララだったなら、きっと「きよめてくださいます」や「いつも」「絶えず」の言葉をより大きな声ではっきりと読み上げるに違いない。

エレミヤ書三十三章三節の言葉にふと目を留めたエリザベスは、ハッと息をのんだ。

「わたしを呼べ。そうすれば、わたしは、あなたに答え、あなたの知らない、理解を越えた大いなる事を、あなたに告げよう」

それこそまさにエリザベスが望んでいたことだった。自分もクララみたいに神のことをもっと知りたい。もっと身近に神を感じ、親しく思いを伝え、そして神の語りかけを聴くことができたらどんなにいいだろう……。もちろん、エリザベスのいちばんの関心はトニーにあった。でも、エリザベスは自分の心のうちに、トニーに変わってもらいたいという願いとは別に、何か違う感情が芽生え始めているのを感じた。神が自分に何かを求めている……そう思えてならなかった。

マタイの福音書六章六節に目が留まった時、エリザベスはそれが何かはっきりとわかった。

「あなたは、祈るときには自分の奥まった部屋に入りなさい。そして、戸をしめて、隠れた所におられるあなたの父に祈りなさい。そうすれば、隠れた所で見ておられるあなたの父が、あなたに報いてくださいます」

エリザベスはもう一度クローゼットに目をやった。クララの祈りの部屋にはどこか近寄りがたい、聖らかな雰囲気が漂っていた。扉を閉じれば世の中の喧噪《けんそう》から離れ、たった一人静かに過ごすことのできる場所……。そうだわ、壁には、クララがそうしていたように、さまざまな聖句や祈りの言葉を貼ろう。もちろんどこで祈ったとしても神の耳には届くと思うけれど、あんな場所で膝をつき、自分の抱える問題や心配事について注ぎ出すようにして祈ったら、きっと神は目を留めて、私の必死な思いに応えてくれるんじゃないかしら……。

エリザベスはライティングデスクから離れ、クローゼットの中に入り、ハンガーにかかった服を左右に押しやってスペースを作った。そして反対側の壁に紙を貼り、ひざまずいて紙に記した祈りのリストを眺めた。目の前に箱に入った靴が山と積まれているので、エリザベスはそれが視界に入らないよう目を閉じ、祈り始めた。

「神さま、一体どんな言葉で始めたらいいんでしょう……。神さまは私に祈りなさい、と命じておられるのですよね。あなたと二人きりで時間を過ごすことを願っていらっしゃるのでしょう？　えぇと、それではこれから祈りますので、よろしくお願いします」

ああ、もう膝が痛くなっちゃった……。エリザベスはドンと床に腰を下ろし、あぐらをかいた。

「神さま、トニーは今、私の目から見てあまりよいとは思えません。ましてやあなたの目から見たら最悪な状態だと思います。ですから、まずはトニーのために祈ります」

ああどうしよう、足が痛くなっちゃった。何か座れるものがないかしら……。エリザベスはがっしりした蓋つきの収納ボックスを引き寄せてその上に座り、祈りを続けた。

「神さま、トニーはいつも怒ってばかりいて、ダニエルのことも私のこともちっとも気にかけてくれません。ダニエルの気持ちを踏みにじってばかりいます」

エリザベスは後ろにもたれかかったはずみにひっくり返りそうになり、あやうく作り付けのドレッサーに頭を打ちそうになったので、慌てて前のほうに座り直し、足を組んだ。そしてもう一度祈りのリストを見直した。えっと、どこまでいったかしら。そうそう、まだトニーのための祈りが終わってなかったんだわ。

やっぱり肘つきの椅子のほうがいいかしら。そうね、ちゃんと背もたれもあったほうがいいわ。エリザベスは収納ボックスを片付け、壁に貼った祈りのリストの目の前に椅子を置いて座った。

もう一度最初から祈り直したほうがいいのかしら。エリザベスは迷った。途中から祈ったほうがいいのか、それとも……。そういえばクララは、ただリストに書いたことをそのまま祈るんじゃなくて、まず最初に神をほめたたえ、賛美しなさいって言ってたわね。

「神さま、この椅子をくださって感謝します。そして今住んでいる家も。娘を与えてくださって感謝します。ダニエルを通して大切なことに気づかせてくださってありがとうございます」エリザベスはしばらく沈黙したあと、再び祈りを続けた。「神さま、トニーと出会い、結婚することができたことを感謝します。そんなふうに考えたことはここしばらくありませんでした。でも、神さまがこの結婚を導いてくださったことを信じます」

トニーについて神に感謝するなど、エリザベスの気持ちにまったくそぐわないことだったが、それでもともかくそう祈ったのだ。それはまるで、ちっともよく思っていないのに、心にもない褒め言葉が思わず口をついて出てしまった……そんな感じだった。こうして神と向き合うようにしていけば、きっと状況が好転していくに違いない。エリザベスは少し気持ちが明るくなった。しかし、椅子の硬い背もたれのせいで背中が痛み出したので、その椅子をもとの場所に戻し、ダニエルのクローゼットから使っていない大きなビーンバッグクッションを持って来て床に置き、どすんとその上に沈み込んだ。

「そして神さま、イエスさまをこの世におくり、救ってくださってありがとうございます。イエスさまの十字架の死によってこうして赦されていることを……」

エリザベスは前に置かれた自分の靴に目が留まった。あら、この靴こんなところにあったんだ。あの黒いワンピースに合わせて履こうと思ってさんざん探してたのに。エリザベスは靴を手にとってじっくりと眺めた。どの靴にもそれぞれ思い出があり、どこで買ったかもちゃんと覚えている。これ、たしかミッシーと買い物に出かけた時に買ったんだっけ。二人で歩いていたら小さなかわいいブティックを見つけて、思わず入ってみたら、どこからか自分の名前を呼ぶ小さな声が聞こえてきて……お店の通路をたどって行ったらこの靴を見つけたんだったわ。履いてみたらもうぴったりで。

エリザベスは靴を持ち上げ鼻を近づけてクンクンとかいだ。これはひどい。足の臭い、そろそろ何とかしなくっちゃ。そうだ、ネットで調べてみよう。何か自然由来のものを使って治す方法が見つかるかもしれない。たとえばオレンジの皮で足をあちこちこするとか。そういえば、スカンクにやられた犬の臭いまですっきり取れる方法があるって聞いたことがあったわ。たしかトマトソースと何かを混ぜ合わせるんじゃなかったかしら……。

エリザベスは祈りのリストに目を戻した。あれ、いつの間に靴のことなんか考え始めちゃったんだろう。何でこうも目の前のことに集中できないんだろう。自分の足のこともリストに加えるべきなのかもしれないけど、足が臭いのを治してくださいなんて祈り、トニーとの関係を修復してくださいというのと同じくらい突拍子もない祈りのような気がした。

エリザベスは、自分がどれほど祈りに集中できないかを知って驚いた。祈り始めたとたん、やり残した家事や仕事のことなど、ほかのことに気持ちが逸れてしまうのだ。未払いの請求書があることに気づいたり、買い物リストに書きそびれた物を思い出したり……。やっとの思いで雑念を払うと、今度はお腹がすいていることに気づいた。これぱかりはどうにも我慢しきれず、エリザベスはそっと忍び込むようにキッチンへと向かった。そしてダニエルとジェニファーが家の前の庭で縄跳びをしているのを聞きながら、スナック菓子を抱えクローゼットへと戻った。

玄関が開き、ダニエルとジェニファーがキッチンで話す声が聞こえてきた。このクローゼットの欠点は、家中の音が聞こえちゃうことね。音楽でも流そうかしら。いや、それは何だか違う気がする。クララも音楽を聴きながら祈っていないようだし。それとも祈りに集中するために、やはり何かのサウンドトラックでもかけたほうがいいのか……。

「今日うちに泊まりに来ない？　ダニエルのお母さんがゆるしてくれたらいいって、お母さん言ってたよ。お庭のプールで泳いでもかまわないって」

「ほんと？　お母さんに聞いてみる」

エリザベスのお腹にキュッと緊張が走った。できれば自分の「戦いの部屋」のことは誰にも内緒にしておきたかったのに、こんなにも早くバレてしまいそうになるなんて。子どもたちがバタバタと寝室に駆け込んで来るのが聞こえた。

「お母さん、どこ？」

エリザベスは目を閉じ、クローゼットの中にいるのがごく自然なことのように落ち着き払った声で答えた。

「ここよ、ダニエル」

扉がゆっくりと開くと、ダニエルが驚いた顔でエリザベスを眺めた。無理もない。母親がクローゼットの中で、ほとんど飲み終わったソーダの瓶を片手に持ち、膝の上に大きなポテトチップスの袋を抱えているのだから。

「お母さん、大丈夫？」ダニエルがやっとのことで言った。

「ええ、何か用？」エリザベスはビーンバッグクッションに寄りかかり、ポテトチップスを一枚頬ばる。

「どうしてクローゼットでポテトチップスなんか食べてるの？」

ポテトチップスが喉の奥につかえたので、エリザベスはごくんと強く飲み込んだ。「一人の時間を過ごしてるのよ」

ぽかんとするダニエルに、エリザベスは涼しい顔を向ける。

「そう……」ダニエルは少し不安げな様子で尋ねた。「ジェニファーのお家に泊まらないかって誘われたけどいい？　ジェニファーのご両親もいいって。お手伝いもちゃんとしたし」

最後の一言がどこか自信なげで気になったが、あえてとがめることはせず、エリザベスはダニエルに答えた。「ええ、いいわ。でも明日のお昼ご飯には間に合うように帰っていらっしゃいね」

「はい、お母さん」

エリザベスは大きなポテトチップスを一枚、口いっぱいに頬ばると、立ち去ろうとするダニエルに向かって声をかけた。「それからダニエル、お母さんがクローゼットでポテトチップスを食べてたことは誰にも内緒よ」

ダニエルは黙ってうなずくと、肩越しにささやくように言った。

「お母さんがクローゼットでポテトチップスを食べてたことは誰にも内緒よ」

エリザベスは憤然とした様子で座り直した。「一体誰に言っているの？」

「ジェニファーだけど」ダニエルが真顔で答えた。

エリザベスはため息をついた。「ジェニファー？」

ジェニファーはおどおどした様子でダニエルの横に立ち、「ハイ」と答える。

エリザベスは抱えていたポテトチップスの袋を脇に置いた。一体いつからそこにいて私の話を聞いていたんだろう……。「いいこと、ジェニファー。おばさんがクローゼットでポテトチップスを食べていたことは誰にも内緒よ」

ジェニファーは小さくうなずいた。「ハイ」

「よろしい」

二人は黙って部屋の中をのぞき込んでいたが、ジェニファーが急に顔をしかめた。「何の臭い？」

「これは私の靴の臭い」エリザベスはきっぱりと即答した。「もしこの臭いを嗅ぎたくなかったら、その扉を閉めてちょうだい」

ダニエルがそっと扉を閉めようとすると、蝶番《ちょうつがい》がギィと大きな音を立てた。あら嫌だ、油を差しておかなくちゃ……、エリザベスがそう思っている矢先、ジェニファーが「もしかしてお母さん、ポテトチップスを食べちゃいけないことになってるの？」とダニエルにささやくように尋ねる声が聞こえた。

「私はいつでも好きなだけポテトチップスを食べていいの」エリザベスは大声で言った。「だってここは私の家なんですもの！」

エリザベスはため息をつくと、祈りのリストをもう一度眺めた。祈るって思ったより難しいのね。でもそれ以上に大変なのは、「戦いの部屋」でポテトチップスを頬ばってるのがうっかりバレちゃっても、何食わぬ顔で居続けることだわ！


トニーはシャーロットにあるブライトウェル製薬のロビーを歩いていた。そこは最高級の机や椅子が置かれ、上質な服を着た人々の働く、明るい未来が約束された場所だった。トニーは、管理職の部屋を横目で眺め、ほほえみを浮かべた。もしこのまま順調に成績を上げ続けられれば、いつかあんな部屋で仕事ができるようになる。そうなれば、会社の正面の駐車場も自分のものだ。

コールマン・ヤングの秘書、ジュリアがトニーを迎え、部屋へと案内してくれた。ジュリアは白髪交じりの初老の女性で、黒縁めがねをかけ、いつも笑顔を浮かべていた。親切で優しげではあるが、鋭く有能で、上司の成功にひそかに嫉妬しているようでもあった。

「社長がお待ちです。トムもいらしてますよ」

「苦手だな……」

ジュリアはクスッと笑って言った。「頑張ってください」

コールマンはおそらくは四十代後半。ごましお頭は少々薄くなりつつあるが、豊かにたくわえたひげは入念に手入れされ、きちんとした印象を与えている。コールマンの部屋は、トップ企業の社長室にふさわしい重厚さを備え、眼下には美しい街並みを一望できた。二人に会う前に、トニーはシャツの第一ボタンをはめた。コールマンはトニーの姿を見るとさっと立ち上がって出迎えてくれたが、副社長のトム・ベネットには少々ためらいが見られた。

「トニー！　調子はどうだい？」コールマンが笑顔で声をかける。

「ええ、おかげさまで。社長もお元気そうで何よりです」

トニーは、コールマンが差し出した手をしっかりと握りしめた。

コールマンが満足げな様子で言った。「ホルコム社と契約が取れたそうじゃないか」

社長からそんなふうに言われてうれしくないわけがない。

「はい、何とか」

「すごいじゃないか、よくやってくれた」

「ありがとうございます」

「トムも褒めてたぞ。この男が感心するなんて、めったにないことだからな」

トニーは、トム・ベネットとほとんど付き合いがなかった。トムはいつもよそよそしく、疑り深い目で人を眺めた。針金のように痩せており、常にイライラとしていて不満げだ。ひねくれ屋なのか、それともただ内気なだけなのか……。どちらにしろ、トニーにとってはどうでもよいことだった。とにかくトムにはできるだけ近寄らないようにして、商品を売り続け、ブライトウェル社の出世街道をひた走ることだけを考えればいい……。

「よくやった」トムは気乗りしない様子でトニーの手を握り、無表情な声で言った。

「ありがとうございます」

「わざわざ立ち寄ってもらって悪かったな。一言礼を言いたかっただけなんだ。そのうちボーナスを出す予定だ」

コールマンのうれしい一言に、トニーは思わず笑みがこぼれる。「感謝します」

「楽しみにしててくれよ」コールマンはもう一度手を差し伸べて言った。

「ところでエリザベスは元気かい？」

「ええ、おかげさまで」

「よろしく言ってくれ」

「はい」

「じゃあ、またな」コールマンは最後に一言そう言うと、トムとの打ち合わせに戻った。

会社のトップと接する機会はめったにあることではなく、今もほんの短いあいだのことだったが、トニーは車に向かうあいだ、まるで身体がふわふわと浮いているような高揚感に満たされていた。無事契約を獲得し、会社も自分の手柄を認めてくれた……。車で家路につきながら、トニーはまるで競技の勝利者がウィニングランをしているような気分だった。この日は、生涯の中でも最高の日になるはずだった。しかし、エリザベスの顔が頭をよぎると、急に気持ちが重くなった。家の扉を開けたとたん、またいつものようにつまらないなじり合い、言い争いが始まると思っただけでため息が出た。エリザベスにはボーナスのことは黙っていよう……。また妹なんかに送金されたらたまったものじゃない。

エリザベスから小言を言われる以上にトニーの心を萎えさせたのは、彼女が夫婦生活の求めにちっとも応じようとしないことだった。結婚したばかりの頃は、エリザベスもトニーと同じくらい夜の営みを大切にしてくれた。彼女から映画やディナーに誘われ、その後ロマンティックな一夜を共にすることもよくあった。仕事を終えて家に帰り、彼女の全てを知り尽くすひとときは、トニーにとってこの上もない喜びだった。エリザベスは、外側も内側もほんとうに美しい女性だと当時は心底信じて疑わなかった。

しかし、ダニエルが生まれてから、状況が少しずつ変わっていった。エリザベスはトニーの求めにあまり応じなくなり、互いに仕事が忙しくなったこともあり、離れて過ごすことが多くなっていった。離れている時間が長いからこそ一緒にいられる貴重な時間を親密に過ごすということもなく、関係は疎遠なままだった。最後にベッドを共にしたのはいつだっただろう。ずいぶん前のことのような気がする……。

トニーは車庫に車を入れながら、緊張からか頬の内側をかみしめた。ほかの女に目が行くのも無理ないな……。もちろん間違ったことだとは思う。結婚式でエリザベスに忠誠を誓ったことも覚えている。しかし、もし万が一俺が過ちを犯してしまったとしたら、それはエリザベスのせいだ。あいつはいつだって俺をのけ者にするんだから。俺のことを期待外れだとはっきり言ったこともあったな。それに例の妹への送金のことやダニエルの育て方についても意見がまったく合わないし……。今まで結婚が続いてきたこと自体、奇跡なんじゃないか？

考えれば考えるほど、胃がキリキリした。車のエンジンを切り、車庫の扉を閉じたあとも、家の中へ入る気になれなかった。きっとまたグチグチと不平を言うに違いない。俺が父親としていかに失格か、妹がどんなに金を必要としているか、どうせ食事中もそんな話ばかりなんだろう……。


エリザベスは祈るためにクローゼットに入ってはみたものの、結局靴の臭いを取るためにすぐに出て来てしまった。神と二人きりの時間を過ごそうとすると、不思議なように次から次へとほかの仕事を思いついてしまうのだ。たとえ祈りには成功しなくてもほかの仕事が片付くわけだから、それだけでもよしとするか……。エリザベスは、居間の床に靴をずらりと並べ、その一つひとつにフットパウダーを振りかけ始めた。

突然電話が鳴ったので携帯の画面を見ると、妹からだった。電話に出ると、シンシアはすぐに夫の愚痴を言い始めた。まるで少し前にエリザベスがトニーのことでクララに不平をぶちまけたように。妹夫婦は深刻な経済問題を抱えていた。シンシアは、何とかして夫のダーレンをやる気にさせようと頑張ってきたが、なかなかうまくいかず悩んでいたのだ。

「シンシア、けんかするだけ無駄よ。あなたが代わりに仕事に就いてあげることもできないんだし」

「そんなことわかってるわよ」

少し感情的なシンシアの言葉に、エリザベスは落ち着いた声で答える。「ダーレンも少しは努力しているんでしょう？　履歴書を送ったり、電話で問い合わせたり」

「ええ、たぶんね。朝早く出かけて、夜遅く帰って来るんだけど、どこで何をしてるんだか……。私、とてもつらいの」

「わかるわ」エリザベスは靴にフットパウダーを振りかけながら、できるだけ同情を込めてうなずいた。

「きっと彼もつらいんだと思うわ」

シンシアの言葉に、今度はエリザベスが少しカチンときた。「確かにそうかもしれないけど、ダーレンのおかげで、あなただけでなく、私たちもつらい思いをしてるのよ」

「もう助けてはくれないの？　つまりはそういうこと？」

「援助しないとは言ってないわ。そのことについてはまた相談しましょう」

後ろで音がしたので振り返ると、トニーがキッチンカウンターに置いてあった郵便物を手に取って見ている。よりによってシンシアと電話している時に帰って来るなんて……。エリザベスは急に気持ちが沈んだ。きっと一日中私が妹と電話でしゃべってると思っているに違いない。何てタイミングが悪いのかしら。

「トニーが帰って来たからまたあとでかけ直すわね」

「わかったわ。話を聞いてくれてありがとう。少し気持ちが楽になった気がする」

「そう、それならよかった」

トニーは封書を一つひとつ、まるで召集令状でも見るような苦々しい顔で眺めていた。エリザベスは電話を切るとそっと深呼吸をし、勇気をもってトニーに話しかけることにした。まずは無難な話題から……そうだ、仕事のことでも尋ねてみよう。

「出張はどうだった？」

「うまくいったよ。妹と話してたのか」

トニーはこちらに顔を向けず、不機嫌な顔で郵便物に目を通しながら言った。

「ええ」

「ダーレンは仕事が見つかったのか」

「いえ、まだ……」

「職探しをしているのに『まだ』見つからないのか、それとも、ソファーに寝転んでゲームに夢中だから『まだ』なのか、どっちだ？」

会話を始めたばかりだというのに、瞬く間に言い合いモードに突入するなんて……。「トニー、ダーレンがどんなであろうが、それはシンシアのせいではないわ。一カ月分の家賃と車のローンが払えなくて困っているの。そのくらいの援助はゆるしてちょうだい」

トニーの顔がこわばった。「シンシアは怠け者と結婚したんだ。周りはみんな反対したのに彼女が押し切ったんだからな。こうなったのはシンシアのせいでもあるんだよ」

エリザベスは立ち上がり、正面からトニーに向き合った。トニーがキッチンからこちらに近づいて来たので、エリザベスはお腹に力を込めた。二人は試合前のボクサーさながら相手の出方を探るように見つめ合った。

「トニー、シンシアにはダーレンをコントロールすることはできないわ。シンシアも働いてるけど、彼女の給料だけでは足りないの。五千ドル出してとは言わないわ。せめて一カ月分の家賃と車のローンだけでいいから援助をゆるして」

「一カ月後にはまた同じことを頼まれるに決まってるんだ。答えはノーだ」トニーは、顔をしかめながらキョロキョロと辺りを見回した。「何だ、この臭いは」

エリザベスは失望と恥ずかしさでいたたまれない気持ちになり、まるで幼い頃に戻ったような気がした。エリザベスは父親に厳しく叱られ、けなされながら育ったのだ。トニーの言い方は、新しい洋服をねだったり成績が悪かったりした時に放つ父親の口調にそっくりだった。

「靴にフットパウダーを振りかけていたの」

トニーは、ソファーの前にずらりと並んだ靴に目をやった。もしかしたらトニーは私を傷つける言い方をしたことを謝ってくれるかもしれない。そして慰めの言葉の一つもかけてくれるかも。「君のせいじゃないよ」とか、「ぼくのためにそんなことをしなくていい」とか……。

ところがトニーは、まるで汚い物でも見るような目で靴を眺め、一言「外でやってくれよ」と言った。

「わかったわ」敗北感に押しつぶされそうになりながら、エリザベスはやっとの思いで答えた。そして先ほど携帯から聞こえてきたシンシアの不安げな声を思い出した。ダメもとでもう一度頼んでみよう……。

「トニー、さっきの援助の話だけど、シンシアのためにできないなら、お願い、私のためにしてくれない？」

もしトニーに、ほんのわずかでも自分への愛情が残っているのならば、それを示してほしい。エリザベスはすがるような思いでそう言ったのだった。エリザベスは、まるで草地に追い込まれ、銃で撃たれる寸前のシカになったような気持ちがした。

トニーはさらに顔をしかめ、「断る」と冷たく言い放った。そして、くるりと背を向け、茫然と立ち尽くすエリザベスを残して寝室へと消えていった。トニーの気持ちが自分から離れていることはわかっていた。互いの関係を修復する希望はほとんど残されていないことも。以前のように、トニーに愛情を込めて触れられたり、優しい言葉をかけられることはもうないことも。エリザベスの目に涙があふれた。トニーとのあいだに高くそびえる壁を打ち壊すことなど、自分には到底無理なのだ。どんなに勇ましく回りを行進し大きなときの声を上げようとも（訳注・ヨシュア記六章一～二五節）。どんなに杖を高くかかげたとしても、トニーとのあいだに横たわる大きな水が分かれ、二人をつなぐ道が現れることもないのだ（訳注・出エジプト記一四章一〜三一節）。

エリザベスは抱えられるだけの靴を腕に抱え、裏戸から外へ出て、デッキの上にぶちまけた。そしてもう一度部屋へと戻り、残りの靴も同じようにすると、裏戸をバシンと音を立てて閉めた。エリザベスは腕を組み、デッキにたたずみながら遠くに目をやった。こんな争いごとはもううんざり。心底疲れてしまったわ。私たちの顔色をうかがってビクビクするダニエルを見るのももうたくさん。ほんとうに何とかしなくては。三人が幸せになるために、一体私は何をすればいいんだろう……。

長い年月を重ねる中で、クララは周りから「祈りの戦士」として知られるようになっていた。献金の最中に人の名前を走り書きしたメモを渡されたり、家族の状況についてそっとクララに耳打ちする人があると、クララは新たな祈りの課題が与えられたことを光栄に思う。しかし同時に、自分が神と特別な関係にあるのだと勘違いされていることを、ちょっぴり残念に思うのだった。クララは、決して自分しかできない特別な祈りをクローゼットの中でささげているわけではないからだ。何か巧妙なわざを用いて神から祈りの答えを引き出しているのでもない。彼女に与えられている祈りのちからは、願いさえすれば誰でも必ず手に入れることができるのだ。

ある金曜日、いつものように友人たちがクララの家に集っていた。メンバーは、セシリア・ジョーンズ、ユーラ・ペニングトン、トレッサ・ゴウワー、そしてクララ。誰の呼びかけで始められたわけでもなく、いつのまにか週に一度、皆でクララの家で集まりをもつようになったのだった。四人は何十年も前に出会って以来の付き合い。長いあいだに、皆さまざまな試練を通ってきた。伴侶、子ども、ペットの死を経験した者もいれば、離婚したり、流産を繰り返したり、二度の裁判訴訟を経験した者も。四人とも信仰をもっていたが、セシリア、ユーラ、トレッサの三人は、なぜクララが、こんなにも固い確信をもって神を信じることができるのか、不思議に思う時があった。

「何かについて祈る時、祈り手が多ければ多いほど、神さまは耳を傾けてくださるということよね」セシリアがこんな質問をみんなに投げかけた。きっとクララが真っ先に手を挙げて意見を言うに違いないわ……セシリアは視線の端にクララの姿をとらえながらそう思った。

四人はよくこんなふうにして、いろいろなテーマについて議論をした。誰かがふいに問題提起をし、ほかのメンバーの出方を待つのだ。特にセシリアは、巧みにクララをけしかけて彼女の意見や考えを引き出すのが上手なのだが、今回に限ってその予想に反し、クララは静かに皆の話に耳を傾けていた。

「たくさんの人が祈れば、それだけ神さまの耳に届く回数が増えるわけだしね」トレッサが答える。「何年か前に読んだ本に、私たちの祈りの戦いに、天の御使《みつか》いたちも加勢してくれるって書いてあったわ。ええと、題名は何だったかしら……」

トレッサが本の題名を口にすると、セシリアが著者の名前を思い出した。みんな、なるほどとうなずいた。

「つまりこういうことだと思うの」トレッサが話を続ける。「私たちが何かについて祈れば祈るほど、共に祈ってくれる人が増えていくのよ。そして天に祈りが積まれていくことで、神さまは祈りに耳を傾けてくださるんだと思う。ほら、聖書に、粘り強いやもめのたとえがあるわよね（訳注・

ルカの福音書一八章一〜五節）。やもめは、裁判官の家の扉を開けてくれるまでたたき続けるでしょう?」

ユーラ・ペニングトンはコーヒーの入ったマグカップをテーブルに置くと答えた。「神さまって、そんな理由で祈りを聞いてくださる方ではないと思うわ」

「祈った回数や祈った人数が重要なんじゃないわ。祈りが聞かれるかどうかの決め手は、その祈りが果たして神さまのみこころにかなっているか……そのことにあると思うの」

クララは深くうなずき、残りの二人も納得したようだった。しかし、セシリアはさらに質問を続けた。「だとしたら、祈りのネットワークなんてものは意味をなさなくなるわね。教会の全会衆が心を合わせて祈っても、たった一人で祈っても結果は同じじゃってことでしょう?」

「『正しき人の祈りは、働きて大いなる力あり（訳注・ヤコブの手紙五章一六節）』って書いてあるものね」ユーラが言った。ユーラは何といっても聖書は欽定訳《きんてい》に限ると思っていた。改訂標準訳聖書も、新アメリカ標準訳聖書も決して悪いわけではないけれど。

「つまり、もし私たちが完全に聖い存在であれば、神さまは私たちの祈りを聞いてくださるってこと?」セシリアが尋ねた。

「完全に聖いお方は神さましかいないわ」ユーラが答えた。「私たちは皆罪人で、だからこそ祈りが必要なのよ」

「その通りだわね」トレッサがうなずく。

セシリアがクララに向かって身を乗り出した。「クララ、あなたずっと黙っているのね」

クララはコーヒーを一口飲むと、口を開いた。「たくさんの人が祈っているからという理由で神さまが祈りに耳を傾けたり、答えたりなさるのではないわ。神さまは全てをご存じよ。神さまにこちらの願いや事情を知らせることが祈りではないの。神さまは私たちが祈る前から、私たちに何が必要で、なぜ私たちが願い求めているのかをすでに知っていらっしゃるのよ」

「じゃあ、何のために私たちは祈るの？」セシリアが尋ねた。

クララは片手を挙げて言った。「それでは、私なりの考えを言わせてもらうわね」

セシリアはにっこりほほえんで、深く椅子に腰かけた。そしてこれからしばらくクララにこの場を譲るとでも言いたげに、同じように片手を挙げた。

「神さまは、どんな祈りにもちゃんと耳を傾けていてくださるわ。神さまに振り向いてもらうために、拡声器を使う必要もなければ、一万人の人を動員する必要もないの。祈りの目的は、こちらの願いをかなえてもらうことではないのよ。祈ることによって、祈り手である私たち自身が変えられるの。たとえばね、親なら誰でも、子どもが道を外さず正しく生きるよう祈るでしょう。私もクライドのためにどれだけ祈ったことか。みんな子どものことでは、ずいぶん心配もしたし、悩みもしたわよね。でもね、クライドのことを祈り続けるうちに気づいたことがあったの。クライドのことが心配で心を注いで祈るたびに神さまは私の心に働いてくださったのよ。主は、息子の心が変わる以上に、私の心が変わることを願っておられた……クライドのことでたくさん悩むことを通して、私は神さまに堅く信頼することを学んだわ」

「クライドのことではずいぶん悩んだものね」トレッサが言うと、「そうよね」とユーラがうなずいた。

「でも、それでは私の質問への答えになってないわ」セシリアが不満そうに言う。

その言葉を受けてクララはさらに続けた。

「たくさんの人が祈るから、その祈りに力があるというわけではないのよ。力は人ではなく神さまにあるのだから。でも、たくさんの人が同じ課題のために祈るとそれだけ多くの人が神さまの栄光を現すことができるの。この世界で起きる一つひとつの出来事、私たちの人生、私たちの行いの目的は全て神の栄光を現すことなのだから」

「ご自分の栄光が現されることをお望みになるなんて、言葉は悪いけれど、神さまって独りよがりな方なんじゃないかしら」セシリアは首をかしげながら言った。「それって、謙遜とは真逆な態度だわ」

クララは、セシリアが問題の核心へと話を導こうとしていることに気づいた。

「誰もが認める素晴らしいことをした人が、受けるべき称賛を手にすることは間違ったことかしら。いいこと？　神さまはこの世界を全てお造りになった方なの。私たち一人ひとりを母の胎にいる時から形造り、宇宙の星の一つひとつをあるべき場所に備えられた方よ。そして私たちを罪からあがなう計画を立て、それを実行してくださった……。愛するひとり子であるイエスを十字架にかけることによって、愛と義とあわれみを示してくださったのよ。だから、神さまは全ての栄光を受けるべきお方なの。神さま以外の存在をあがめるなんて、まったくのでたらめ、インチキ（訳注・sham）だわ。さらにいうなら sham という言葉に e をつけると、shame（恥すべきこと）という言葉になるでしょう？　少々スポーツができたり、踊りがうまいからって、ただの人間に栄光を帰すなんてことは、とても恥ずべきことなのよ」

セシリアは我が意を得たりと言わんばかりににっこりほほえんだ。つまりこれこそ、セシリアが望んでいたことなのだ。クララに存分に語ってもらい、その場にいる皆が神についてより深く理解することが彼女のねらいだった。

「クララ、大勢の人がある問題について祈る時、一体どんなことが起きているの？」セシリアが尋ねた。

「まず第一に、多くの人がその問題について知ることができるわ。そして多くの人が、その問題にかかわる人や状況について神さまに打ち明け、解決を願い求める……。もちろん、私たちから知らせなくても神さまはもうすでにわかっていらっしゃるわ。神さまは全てをご存じなのだから。でも、神さまは、私たちが、周りの人たちや状況に心に留め、かかわってほしいと願っていらっしゃるの。人々を神さまに導くご計画に、私たちも積極的に参加してほしいと思っていらっしゃるのよ。だから、一つのことを大勢の人と一緒に祈ることは神さまの栄光を増すことなの。祈りとはつまり、神さまのわざに私たちも参加させていただくということ。その結果神さまの栄光が現され、私たちは神さまと共に歩むという特権が与えられる。そしてその道すじにおいて私たち自身が変えられるの。私たちが変えられることによってどんなことが起きると思う？　神さまの栄光が現されるのよ！」

「クララ、あなたのその考えの根拠はどこにあるの？」ユーラが尋ねた。

「ピリピ人への手紙二章のみことばよ。パウロは、ここで、イエス・キリストと同じ心構えでいなさい、と記しているわ。本来ならばイエスさまは、わざわざこの世に来ていのちを捨てる必要などどこにもなかった。十字架の上で死ぬまで従い続ける義務なんて何一つなかった。でも、イエスさまは進んでご自身を無にし、仕える者の姿をとってくださったの。その先を読んでみてちょうだい。『それゆえ神は、この方を高く上げて、すべての名にまさる名をお与えになりました』とあるわ。それは、イエスの御名《みな》によって、全ての存在が膝を屈め、全ての口が『イエス・キリストは主である』と告白して、父なる神がほめたたえられるため、つまり、そう、神の栄光が現されるためなのよ。イエスさまのなさったこと全て、イエスさまの罪一つない人生全て、イエスさまの奇跡の全て、そしてイエスさまが死から復活なさったのは、神がほめたたえられるため、神の栄光が現されるためだったの」

「主をほめよ！」トレッサが言った。

「素晴らしい！」とユーラ。

「クララ、あなたの言う通りだわ」セシリアも賛同した。

「今度つらく苦しいことが起きたら、ぜひ思い出してほしいの」クララが言った。「祈りの目的は、神さまを説得して私たちの望みをかなえてもらうことではなくて、私たち自身の心が変えられること、神のみこころを私たちの望みとし、神のご栄光が現されることなのよ」

第七章

　ジムへと向かったトニーは、マイケルに誘われるままトレーニングルームで彼に会うことにした。マイケルがフィットネスバイクを漕《こ》いで足を鍛えるあいだ、トニーは鉄棒にぶら下がり懸垂に精を出した。汗をかくことで、さっきの言い合いを少しでも忘れたかった。筋肉を鍛えるにはこうして負荷を与えることが必要で、それは焼けつくような痛みを伴った。結婚生活はこんな具合にはいかないもんだな……トニーは思った。相当な痛みを伴うわりに、ちっともよくならない……。

　二人は仕事の話へと移り、トニーは、昨日の出来事をマイケルに打ち明けた。決して自慢したいわけではないが、マイケルには真っ先に伝えたかったのだ。

「またボーナスをもらったのか！　いいなあ、僕、仕事間違えちゃったな」

「俺は救命救急士の道は選ばなかったよ」トニーは懸垂を続けながら言った。

「まあ、そうだろうな」

「マイケル、君も営業には向いてない」

マイケルが笑い声を立てた。「でもさ、もし僕が誰かの命を救うたびにボーナスをもらえたらって想像してみろよ。気道から異物を除去したら二百ドル、心肺蘇生四百ドル、そいつが嫌な奴なら千ドル上乗せとかね」

トニーは鉄アレイ置き場へと移動しながら、思わず声を立てて笑った。マイケルは時々こんなふうに平然とした顔でキツい冗談を言う。また、救急隊員として経験した面白い話を聞かせてくれることもあった。

「このあいだなんて、にんにくを喉に詰まらせた女性がいて、直接口で吸って異物除去したんだぜ。あれなんかハワイ旅行ぐらいにしてもらわないと割に合わないよ」

トニーは十キロのバーベルを持ち上げ始めた。「俺なら絶対無理だな」

「でもやるしかないだろ。サラダを食べてる最中に目の前で人が死ぬのを見るのは嫌だからな」

「俺だったらすぐに救急車を呼ぶさ」

「冷たい奴だな。人が死ぬのを見過ごしになんかできないだろう。もし自分の奥さんだったらどうする？」

トニーは黙ったままバーベルを足の腿《もも》に置いた。

もしエリザベスが喉を詰まらせたらどうするかって？　心肺蘇生が必要になったらどうする？

俺が心臓マッサージをしてやったとしても、やり方が悪いって文句を言うんだろうな、きっと。

マイケルはバイクを漕ぐ足を止め、悲しそうな顔でトニーを見つめた。

「おい、どうした」

「別に……」トニーはバーベルを再び持ち上げ始め、答えた。

「エリザベスと何かあったのか」

「何もないさ」

「何もないってことはないだろ。ほら、急に血管が浮き出てきたぞ。エリザベスとうまくいってないのか」

トニーは人に悩みを打ち明けるのが好きではなかった。特に、何の欠点も問題もないマイケルのような男には……。しかし、エリザベスとの関係が破たんするのも時間の問題だろうから、遅かれ早かれ話しておかなくてはならないだろう。トニーは思い切って話の流れに任せることにした。

「マイク、もうエリザベスにはうんざりなんだ。正直に言ってしまうとそういうことさ。毎日毎日ガミガミ言われて、もうやってられないよ。あいつの欠点が目についてしょうがないんだ」

マイケルは真剣なまなざしでトニーを見つめた。

「トニー、完璧な人間なんていないんだぞ。欠点も何もかもひっくるめて、引き受けるって誓ったんじゃなかったのか。結婚なんて、ビュッフェで好きな料理だけ選ぶのとはわけが違うんだ。彼女の全てを受け入れないと」そしてほんの少し沈黙した後、念を押すように言葉を続けた。「いいかいトニー、ほかの女性に目を移すんじゃないぞ」

トニーはバーベルを使って腕のストレッチを続けた。マイケルはなぜそんなことを言うんだろう。俺の様子を嗅ぎ回っているんだろうか。それとも、俺の態度を見たら一目瞭然なんだろうか。

「俺の生活も救ってやろうってことか?」

トニーはムキになって言い返した。何とかして本音は隠し通したい……。「実は、チャンスがあればほかの女と関係をもちたいんだ」なんて冗談でも言えないだろう。

マイケルは再びバイクを漕ぎ始めた。「僕は救命救急士だけど、クリスチャンでもある。人の命も助けるけど、たましいも助けるのさ」

「マイク、いくら幼なじみだからってこれ以上は立ち入らないでほしい」

「そうさ、僕たちは長い付き合いだ。だからこそ君の結婚が失敗に終わるのを見たくないんだ。目の前で血を流しているのに、平気でサラダを食べ続けるなんてことはできないよ」

トニーはダンベルを床に落とすと、立ち上がり、ジムバッグを引ったくるようにして持つと、意味ありげな笑顔をマイケルに向け、少し皮肉っぽい口調で言った。

「それじゃ、教会で会おうな」

「絶対に来いよ」立ち去るトニーの背中に向かってマイケルがもう一度言う。「トニー、君自身が『神の家』にならなきゃだめなんだぞ」

トニーは振り返りもせず、足早にその場を離れた。マイケルなんかに説教されたくない。トニーは乱暴に扉を開けると、コミュニティ・センターのホールをそのまま抜けて受付の前を黙って通り過ぎた。受付に座っていたのはたしかエリザベスの友人だったな……名前は何だっけ……。トニーが軽く会釈すると、よそよそしい反応が返ってきた。エリザベスの奴、俺のことで何か愚痴でもこぼしているのか。

車に乗り込み、家に向かいながら、トニーの心に先ほどのマイケルの言葉が次々とよみがえってきた。その一つひとつが、神と向き合わざるを得ない気持ちにさせた。神は、夫と妻が生き生きと豊かな人生を生きるために、結婚という制度を造ったのではないのか。神は自分の子どもである人間に幸せを望んでいるのではないのか。それなのに、自分もエリザベスもとても幸せとは言いがたい……。一歩家に踏み入れたとたん、エリザベスの姿を見ただけで、不愉快な気持ちになってしまう。もうここまできたら、離婚して別々の道を歩んだほうがよいのではないか。苦労はするかもしれないが、長い目で見たら、よっぽどそのほうが幸せになれる気がする。

ダニエルはどうする？　マイケルの声が心に響く。今はわかってはくれないだろうな。ちゃんと理解するには幼すぎる。でも、週末や、人生の節目、たとえば誕生日や学校の卒業式などにきちんと会ってやれば問題ないだろう。むしろ、家で一緒にいるより、離れて暮らしたほうがいい父親になれるかもしれない。そして、俺もやっといろんな足かせから自由になれるんだ。もうエリザベスからガミガミ言われて惨めな思いをすることもない。俺がどんなに苦労して稼いできても、エリザベスは感謝するどころか足りないところばかり指摘してくるんだからな。そう、俺が家を出れば万事解決だ。そうなれば俺も気分がいいし、俺が気分よくしていればダニエルにもいい影響を与えるだろうし。

そろそろ潮時かもしれないな。エリザベスは、家の中の決定は家長である俺がすべきだっていつも言っているわけだから、俺がきっぱりと離婚を言い渡せばいい。ジムのトレーニングと同じで、短時間の苦痛は長期間の益をもたらすはずだ。しばらくのあいだ親戚や友人たちからあれこれ言われるかもしれないが、いつかこれでよかったと思える時がくるだろう。

家に到着し、車庫の開ボタンを押しながら、トニーはホルコム社のヴェロニカ・ドレイクのことを思い出した。仕事の打ち合わせを口実に、近々会いに行くとするか……。夕食を一緒にしてもいいし。もしかしたら一夜を共にすることになるかもしれない。いずれにせよ、自分の幸せを考えるに遅過ぎることはないさ。

エリザベスが今まで担当した中でも、クララほど彼女の生活に興味津々な客はいなかった。クラは、トニーのこと、ダニエルのこと、家庭の中の些細な出来事など、どんなことでも知りたがった。ある日のこと、エリザベスは、午後にぽっかりと時間が空いたのでダニエルと一緒に繁華街の公園へ出かけることにした。ダニエルが縄跳びをするのを眺めたり、ハトにえさをやるなど、ゆっくり時間を過ごすことにしたのだ。エリザベスがふと思いついてクララを誘うと、案の定うれしそうな声を上げた。

「ぜひご一緒させて！　支度をしてお待ちしているわ」

ダニエルはエリザベスの客も同行することに少し緊張したようだったが、クララの家に立ち寄り彼女を車に乗せて数分もしないうちに、二人はまるで祖母と孫のようにすっかり仲よくなっていた。公園に到着した三人は、まずはベンチに座ってサンドイッチを楽しんだ。ダニエルが縄跳びの技を披露すると、クララは驚きのあまり目を丸くした。

「これはたまげた！　縄跳びをしているって言うから、縄を使ってただ跳んでいるだけだと思ったけど、とんだ勘違いだったわ。うちにある電動コーヒーミルよりも動きが速いんですもの。ダニエル、なんて素晴らしいの！」

ダニエルはクララの褒め言葉を聞くと大喜びし、近くのリスや小鳥にパンくずをやり始めた。

「すてきなお嬢ちゃんね」クララがエリザベスに言った。「あなたに似ているわ」

エリザベスはほほえんだ。「私にもあれほどの元気があれば……」

クララがクスクス笑う。「ダニエルの話はあなたからずいぶん聞いていたけど、百聞は一見にしかずね。お二人のことを知れば知るほど、的を射たよい祈りをささげることができるわ」

「それは、どういうことでしょう」

「神さまは、具体的な祈りを喜ばれるのよ。たとえばね、ある誰かのことを祝福してくださいって、祈ることがよくあるでしょ？　でもそんなぼんやりした祈りを続けていたら、神さまも退屈であくびが出ちゃうんじゃないかしら。それよりも、その人の抱えている問題や事情について、ねらいを定めて祈ることが大切ではないかしらね。どう思う？」

エリザベスがうなずきながら答えた。「ええ、実は私もできるだけ具体的に祈るようにしているんです。時々、神さまってちゃんと聞いていらっしゃるのか不安になることがあって……」

「お嬢ちゃんについてささげられた祈りはちゃんと聞かれているわ。それは確かなことよ」クララはダニエルの姿に目を細めながら言った。「今日はうれしかったわ。エリザベス、誘ってくださってほんとうにありがとう。ダニエルにも会えたし……。ほんとうにいいお嬢ちゃんだこと！」

「ええ、親馬鹿かもしれませんが、私もそう思います。妹や弟ができることを願ったこともあるんですけど、トニーも私も仕事が忙しくなってしまって、結局諦めてしまったんです。それが果たして正しい選択だったのかどうかわかりませんけど」

「仕事は楽しい?」

「ええ、もちろん。実は今朝も一軒家が売れたんですけど、そんな時はやりがいを感じますね。でも、お金を稼ぐよりも、家庭が幸せなほうがずっといいですわ」

クララがエリザベスに同情に満ちたまなざしを向けると、ダニエルが二人に走り寄って来た。

「お母さん、アイスクリーム買ってもいい? あそこで売ってるんだけど」ダニエルが指差す方向に、アイスクリームスタンドがあった。

「クララさんも一緒にいかがですか?」エリザベスが尋ねる。

「いいこと考えた! ダニエル、私がお金を払うから、あなた先に行ってアイスクリームを三人分買っておいてちょうだい。私はお母さんに車でそこまで連れて行っていただくわ」

「いいえ、いけませんわ。私が払います」エリザベスが慌てて言った。

クララはすでに財布に手を突っ込んでいる。「私の喜びを奪うつもり? 私にみんなの分を払わせてちょうだい。私のはバター・ピーカン味をダブルでね。ええと、カップがいいわ」クララはダニエルに二十ドル札を渡した。

「私はクッキー&クリームをシングルで。それから、店の前まで車を持って行くからそこで待ってて」

「わかった!」ダニエルが顔を輝かせながら言った。「私、イチゴ味のシャーベットに、ひもグミとチョコレートシロップをトッピングしてもらっていい？」

　エリザベスは考えただけでお腹が痛くなりそうだったが、うなずいて見せた。クララは、ダニエルが道向こうのアイスクリームスタンドへ向かうため、注意深く歩道を渡るのを眺めながらおかしそうに笑った。

「どんなふうに一週間を過ごしていらっしゃるんですか」

　エリザベスとクララは、ゆっくりと車に向かって歩いて行った。

「息子が週に一、二時間ほど立ち寄ってくれるの。病院に連れて行ってくれたり、一緒に買い物へ出かけることもあるわ。もちろん日曜日には教会へ。水曜日の祈禱会も欠かさないわ。時々レオのお墓参りに行くこともあるし、金曜日には友人たちが我が家に集まって一緒にお茶をするのよ。それ以外の日は読書とお祈りざんまい」

　二人は車が停めてある路地のはずれまでやって来た。

「いいですね。私も昔は友人たちとよく会ってましたけど、今は仕事が忙しくて……」

　エリザベスが話をしているちょうどその時だった。突然若い男が目の前に現れた。

「おい！」そう叫ぶとナイフを突き出した。男はキャップのつばを後ろ向きにかぶり、鋭い目つきで二人をにらみつけている。「金を出せ！」

　エリザベスは思わずクララをかばうようにして自分のそばに抱き寄せた。驚いた二人は一歩後ずさりした。エリザベスは、クララが恐怖のあまり気絶しないことを願った。ダニエルがこの場にいないことは不幸中の幸いだ。たしか、こういう時は、相手を刺激しないよう、素直に言うことを聞いたほうがいいんだったわね……。

「聞こえないのか、金を出せって言ってるんだ！」

エリザベスは男を落ち着かせるために片手を前に出した。「わかったわ。お金を出しますから、ナイフをしまって」

「出せ、今すぐだ！」男が目の前にナイフを突き出しながらせかすように言う。

エリザベスは財布を開けた。何てこと……。なぜ男が隠れているのに気がつかなかったんだろう。ガクガク震えながら、エリザベスは男が襲ってこないよう祈った。神さまお願い、どうか私たちを守って……。

するとすぐ隣から、決然とした力強い声が聞こえてきた。

「いいえ、そのナイフをすぐに下ろしなさい。主イエスのお名前によって命じます！」その声には恐れや不安はみじんもなく、路地一帯にはっきりと響き渡った。

男はあっけに取られたようにクララを見つめ、それからエリザベスへと目を移した。男は何が起きたかわからず混乱していたが、依然腹を立てているようだった。そしてふとうつむいたかと思うと、もう一度二人を見上げ、そっとナイフを持った手を下げた。

「クララさん、お願い、無駄な抵抗をしないで。お金を出してください」

しかし、クララは微動だにせず、仁王立ちのまま男の目をにらみ続けた。ついに男は気圧されたようにクララから視線をそらし、恐れおののいた様子で二、三歩後ずさりしたと思うと、そのまま二人を追い越して走り去った。

エリザベスは震える手で携帯電話を取り出し、警察に連絡した。

ダニエルは二人の姿を見つけると、溶けかかったアイスクリームを手にこちらに歩いて来た。

「お母さん、何があったの？」おびえた顔のエリザベスを見て、ダニエルが尋ねた。

「さっき路地のところで困った若者に出くわしたのよ。ところで私のバター・ピーカン味のアイスクリームは？」

エリザベスは、あきれたように首を振りながらクララを眺めていると、やっとパトカーが到着した。

二人の警官がメモを取りながら質問を始めた。

「男の年齢は二十代前半ということでよろしいですね」

「ええ、二十五歳くらいにも見えたかしら」エリザベスが言った。

クララは、ひどくお腹がすいたように、アイスクリームをスプーンですくって食べている。

「ええと、もう一度お聞きしますが、男はあなたがたにナイフを向けたわけですね。するとあなたは『イエスの御名によってナイフを下ろしなさい』と……」

クララはうなずき、手を上げて言った。「そうよ。メモを取っているのなら、絶対に『イエス』のお名前を書き忘れないようにしてちょうだい。みんなついイエスさまのことを忘れてしまうのよね。だからいろんな問題が起きるんだわ」

クララは、アイスクリームをすっかり平らげてしまった。

二人の警官は答えに窮するように互いに顔を見合わせた。

「もしかしたらあのまま殺されていたかもしれませんよ」

「ほとんどの人はきっと言われるままお金をあげてしまうでしょうね。その気持ちもわからないでもないわ。でもね、それはあくまでもほかの人の判断であって、私には私のやり方があるの」

警官が彼女の言葉をメモしていると、クララはベンチに座っているエリザベスとダニエルに身体を近づけて尋ねた。「エリザベス、せっかくのアイスクリームなのに食べないの？」

「ええ、もう食欲も何も失せてしまいましたわ」

「じゃあ、私がいただくわね」クララはエリザベスの手からアイスクリームのカップを受け取った。

「こんなにおいしいのに、もったいないじゃない？」

二人の警官は、クララが勢いよくクッキー&クリームのアイスクリームをスプーンですくうのを、目を丸くしながら見つめていた。


警察の報告書が出来上がると、エリザベスはクララを車で家に送って行った。クララは二人を家に招いた。エリザベスはトニーに事の次第を伝えるため電話をすることにした。

電話口に出たトニーは、仕事のことで頭がいっぱいなのか、エリザベスが話し始めても上の空といった感じだった。出張先だし、これから会議に向かう途中なのかもしれないと思い一瞬躊躇《ちゅうちょ》したが、やはり報告だけはすることにした。

「仕事の邪魔をするつもりはないの。でも伝えておいたほうがいいと思って。今日、強盗に襲われそうになったのよ」

「何だって？」

「男にナイフを突きつけられて」

「何てことだ。一体どこで？」

エリザベスは玄関ポーチを歩き回りながら、その時の状況を手短に報告した。ダニエルは近くのスイングベンチに揺られながら本を読んでいる。「その辺りはガラが悪いからな。何か盗《と》られたのか」

「何も」

「ならよかった」

それだけ？　ほかにかけてくれる言葉はないの？

「どうした？」トニーが口を開いた。「君は無事だったんだろ？　ならいいじゃないか」

「ええ、でも、もう少し心配してくれるかと思って……」

「おいおい、俺にできることは何もなかったさ。その場にいたわけでもないし……」

「もちろんよ。そんなことを言ってるんじゃないわ。私とても怖かったのよ。それにもしダニエルも一緒だったらって考えただけで……」

「確かに怖かったのはわかる。でも落ち着けって。結局は無事だったんだから」

「一応あなたに知らせたほうがいいと思って」

「ああそうだな。まあ、何事もなくてよかったじゃないか」

「ええそうね。それじゃあ、このことはまたあとで」

鈍感で冷たい人……。私のこと気にもかけてくれないのね。今まで、私のことを心配してくれたことなんて、一度でもあったかしら。

電話を切った後、エリザベスは怒りのあまり、思わず携帯電話を窓から家の中へ放り込みたくなった。大きな深呼吸を一つつくと、ダニエルに向かって声をかけた。

「少しクララさんとお話があるから、そこで本を読んでいてくれる？」

「お母さんの携帯でジェニファーにメールしてもいい？」ダニエルが顔を輝かせながら尋ねる。

エリザベスはほんの少し考えて答えた。「ええ、でも少しのあいだだけよ。ちゃんと本を読んでちょうだい」

「ハイ」

クララは居間でソファーに座っていた。テーブルにはペンと紙が置かれている。エリザベスはクララの正面に腰をかけた。

「すみません、トニーにも知らせたほうがいいと思って」

「そうね、わかるわ」

「もっと驚いてくれると思ったのに、何も盗られなかったし無事だったんだから、落ち着けって……ただそれだけ」

するとクララは、せわしなく頭を左右に揺らしながら顔をしかめた。

「私も落ち着かなくちゃ……何だか興奮が収まらなくって」

「でもさっきはずいぶん落ち着いていらっしゃいましたよ」

「ええ、でもアイスクリームの食べ過ぎでお砂糖を一度にたくさん摂ったせいか、何だかじっとしてられないの。ご近所さんを何周か走り回りたい気分よ」

クララは、両肘を突き出しながら交互に腕を動かし、オリンピック選手みたいにランニングする格好をしてみせた。

エリザベスは思わずほほえんだ。この人、こんな意外な一面もあるのね……。ちょっとびっくり……。

「さてと、これからしばらくトニーのことについて考えることにしましょう……。その前にね、あなたにぜひやってほしいことがあるの」そう言うとクララは、エリザベスに罫線入りの便せんとペンを渡した。

「何でしょう」

「トニーが犯した過ちを、ここに全部書き出してほしいの」

エリザベスは眉をひそめ、首を振りながら言った。「クララさん、そんなことしたら日が暮れてしまいます」

「それじゃあ、主なものだけでいいわ。私はしばらく席を外すから、そのあいだに書き出しておいてね」

クララが部屋から去ると、エリザベスは便せんを前に考え込んでしまった。やりたくない宿題を無理やりさせられる子どもみたいに、うんざりした気持ちでいっぱいになりながらも、何とか気持ちを抑え、クララの言葉に従うことにした。
・去年、私たちの結婚記念日を忘れた。
・家族のことよりも仕事を優先する。
・家でペットを飼うことをゆるしてくれない。
・私が気持ちを伝えている最中に話をさえぎる。
・話し合いを放棄して立ち去る。
・ほかの女性をじろじろ眺める。
・信仰的な面で家族を導こうとしない。

いったん書き始めると、トニーへの不満があふれ出すように心に浮かんでくる。エリザベスは時系列に書くのは諦め、思いつくままどんどん記すことにした。次から次へといろいろなことが思い出され、時々手が追いつかず、殴り書きのようになってしまう。すぐに一ページ目を書き終え二ページ目に移った。書けば書くほどトニーへの不満が心に湧き出してくる。思い出すとつらくなり書くのがためらわれることもあった。クララが部屋に戻り、目の前のソファーに座っても、筆の勢いが収まりそうもなかった。

「もう三枚目です。まだまだいけそうなんですけど、きっとこれだけでトニーがどんなにひどいか十分伝わると思いますわ」

「実はね、私は読むつもりはないの」

エリザベスは、困惑したように首をかしげながらクララに目を向けた。トニーの欠点を伝えることが目的ではないのか……。

クララは身を乗り出した。「エリザベス、答えてちょうだい。これだけの欠点があっても、神さまはトニーを愛していらっしゃると思う？」

エリザベスは、しばらくのあいだこの質問を思い巡らした。神は全ての人を愛していると聖書には書いてあるものね……。少し悔しさをにじませながら、「ええ、神さまでしたらね」と答えた。

「あなたはどう？　トニーを愛している？」

エリザベスはクララから目をそらさず、ごまかし笑いもしなかった。「意地悪な質問ですね」

クララはほほえみながらエリザベスの答えを待った。そう、これこそが愛なのかも……エリザベスは思った。ほほえみながら待つこと……。

「ええ、トニーへの愛はまだあります。けれども、今は不満のほうが多過ぎて、どこかに埋もれてしまいましたわ」埋もれている……そう、この表現がいちばんしっくりくるわね。トニーと私の関係も手の届かない場所に埋もれてしまって、墓石こそ上に乗っていないけれど、まるで冷たい土の中で朽ちつつある骨のようなありさまなんだわ。

クララは一つ大きくうなずいてから言った。「だからこそ、ご主人にはいつくしみが必要なの」

「いつくしみですって？　彼はいつくしみを受けるに値しない人ですわ」

クララは、鋭い目でエリザベスを見た。「あなたはいつくしみに値するの？」

エリザベスはふいを突かれ無防備な状態にさらされたように感じた。クララが強盗を企てた若者を素手で追い返すことができたのもうなずける。彼女が、質問一つでぐさりと心を一撃できる人だということも。

「クララさん、あなたはいつも私を部屋の隅に追い込んで、逃げられないようにしてしまうんですね」

「私もあなたと同じように、レオには不満ばかり抱いていたから気持ちはわかるわ。でもやっぱりこれは避けて通れない質問なの。あなたは自分がいつくしみに値する人間だと思う?」

エリザベスは便せんに目を落とし、トニーについて書き連ねた数々の不満の言葉を眺めた。もしトニーだったら、私についてどんなことを書くだろう……。

「聖書には、『義人はいない。ひとりもいない』（訳注・ローマ人への手紙三章一〇節）と書いてあるわ。だからね、神さまのいつくしみに値する人は実は一人もいないの。私たちは皆、一人残らず神さまの赦しを必要としているのよ」

昔教会学校でも聞いたことのある話だった。エリザベスにとって、「信仰」や「神さま」は生涯を通して考えなければならない重要なテーマだった。しかし、クララが語る時、「神さま」はただのテーマなどではなく、全てにまさる最も大切な存在としてエリザベスの胸に迫ってきた。「いつくしみ」あるいは「恵み」という言葉は、いつもなら心地よく耳に響くのに、クララが口にすると、否が応でも真理の前に引きずり出されるような畏れ多い気持ちになった。

「エリザベス、よく聞いてちょうだい。イエスさまは十字架の上で血を流してくださった。そう、あなたのために死んでくださったのよ。そんなことをしていただく価値などまったくないあなたのために。そしてイエスさまは死からよみがえってくださった。そのことのゆえに、ご自身に立ち返る全ての人に、赦しと救いを与えてくださるの。でも、聖書には、もし私たちが人を赦さないなら、神さまも私たちをお赦しにならないと書いてあるわ（訳注・マタイの福音書六章一五節）」

エリザベスはうなずいた。「ええ、知っています。とても難しいことですよね」

「その通りよ、エリザベス、ほんとうに難しいことだわ。でもだからこそ、私たちには神さまのいつくしみが必要なの。神さまが、周りの人をいつくしむ力を私たちに与えてくださるのよ。たとえその人がそのいつくしみに値しないとしても。私たちは皆、神さまの厳しいさばきを受けなければならない存在なのよ。神さまは聖なるお方だから、もし私たちが悔い改めず、神のひとり子であるイエスさまの救いを受け入れなければ、そのさばきを受けることになるの。私はあることでレオをゆるさなければならなかった。決して簡単ではなかったわ。でもゆるしたとたん、自由を得たの」

自由！　それこそがエリザベスが心から聞きたいと願っている言葉だった。「いつくしみ」と「自由」……この二つは互いにぴったり寄り添い合う言葉である気がした。きっとさらに心に響く言葉がほかにもあるに違いないわ。

「エリザベス、あなたの心の王座に着くのは、神さまか、あなた自身かのどちらかよ。あなたは神さまに心を明け渡さなくてはならないの。もし勝利を手にしたいなら、まずは神さまに従うことよ」

エリザベスは反論した。「クララさん、それってつまり、我慢して何でもゆるして、トニーがやりたい放題するのを黙って見てなさいってことですか？」

「神さまにお任せすれば、きっとわかるわ。神さまは優秀な弁護者よ。神さまに信頼していなさい。そうすれば、本当の敵に立ち向かうことができるわ」

「本当の敵？」

「本当の敵は、私たちの目には見えないの。敵は、あなたの目を真実からそらし、あなたをだまし、神さまからご主人を引き離すのよ。サタンは、盗み、殺し、破壊するためにこの世に来たの。あなたの喜びを奪い、あなたの信仰を殺し、あなたの家族を破滅させようとしているのよ」

クララは熱意を込めて語った。まるで昔の説教者が、熱弁をふるううちに興奮のあまり講壇を拳で打ちたたくように……。「私なら、まずは自分と神さまとの関係を見直すわ。そして祈りを通して戦うわ。みことばを用いて本当の敵を家から追い出すのよ」

日頃エリザベスがいろいろな人と交わす会話のほとんどは、ただの言葉や考えのやりとりに過ぎなかった。正直なところ、あまり身を入れて相手の言うことに耳を傾けることもなく、ＢＧＭのように聞き流すこともよくあった。しかし、今日のクララとのやりとりは、ふだんのただの言葉のキャッチボールのような会話とはまるっきり違った。エリザベスは、食い入るようにクララを見つめた。

「戦う時がきたのよ、エリザベス。あなたの家庭を守るために全力で戦いなさい。本当の敵と戦うの。本気で立ち向かうのよ」

エリザベスは、全身に力がみなぎるのを感じた。強い決意の思いがあふれた。恵みとは何か、いつくしむとはどういうことか……そのことがわかった今、これまで経験したことがない、心から自由に愛そうとする思いが与えられた。エリザベスはクララの聖書に目を留めた。今まで、聖書はただの物語の寄せ集めぐらいにしか思っていなかった。大きな苦難の中を通りながらも成功を勝ち取る人々の物語や教訓が書かれた本なのだと……。しかし、もしクララの言葉が正しいのであれば、聖書はただの物語なのではなく、「戦い」のための手順書なんだわ、きっと。これは、大きなゆるしと神さまの愛を受けて、次は自分が家族や周りの人々をゆるし、愛する力をもらうための本なんだ……。

エリザベスはその場に座りながら、自分の中で何かがよみがえり、新しく生まれるのを感じた。そしてここ何年ものあいだ見失っていたものをやっと見出したことに気づいた。そう、希望を。彼女自身への希望。トニー、そしてダニエルへの希望。私たち家族はきっと変わることができるという希望……。

エリザベスがクララの肩に手を置くと、クララはそっと彼女を抱きしめた。「私が今日言ったこと、よく考えてみてちょうだいね」

「ええ」エリザベスは少し放心したように答えた。帰りの車の中、エリザベスは涙が止まらなかった。ダニエルは何かを察したのか、静かに黙ったまま何も尋ねてこなかった。

第八章

　トニーはしばらく携帯電話を見つめたままだった。エリザベスからの電話にショックを受けていた。強盗に襲われた、殺されるところだった……。そう言っていたけれど、エリザベスは昔から何でも話を大きくするところもあるからな……。もしかしたら、そいつは酒欲しさにただ小銭をせびりに来ただけなのかもしれない。

　トニーは再びヴェロニカ・ドレイクのオフィスへと戻った。ふだんは会議中に電話に出ることなど絶対にしないのだが、携帯の画面に現れたエリザベスの名前を見たとたん罪悪感に襲われ、思わず部屋を出て電話に出たのだった。

「話の途中に申し訳ありません」

「いえ、かまいません。何か大変なことでも？」

　ヴェロニカの声は、まるで小鳥のさえずりのように優しく耳に響いた。魅惑的な笑顔、抜群のスタイル。それだけでなく、忙しいスケジュールの中、わざわざトニーのために時間を割き、丁寧な手つきでコーヒーを淹《い》れ、まるで世界でいちばん大切な人をもてなすように接してくれる……。

「御社のため、ブライトウェル製薬は、お役に立つ商品を迅速にお届けすることをお約束します……。ええと、そのあたりまで話が進んだのでしたっけ?」

ヴェロニカはテーブルに置かれたプリントをめくりながら答えた。

「ええそうですね、契約は無事成立しましたし、商品の出荷日も決まりましたし、支払いスケジュールも先ほど確認しましたよね」

ヴェロニカは軽く下唇をかみながら上目遣いにトニーを見た。「携帯の番号をいただいていますので、必要な時にはいつでもご連絡差し上げますわ」

トニーはテーブルに両手をつき、プリントの上に身を乗り出しながら、ヴェロニカの目をのぞき込んだ。何て美しいんだろう。彼女の意味ありげなまなざしに、身体の芯がゾクゾクするような感覚を覚えた。

「ヴェロニカさん、まだあなたのことを詳しく聞いてませんでしたね」

「私のこと?」

「ご存じの通り、わたしはブライトウェル社で営業の仕事をしていますが、社ではいわば、コーチとしての役割を果たしていると自認しています」

「コーチ、ですか?」ヴェロニカは頭をほんの少しかしげながら、すくい上げるようにトニーを見上げ、目を輝かせた。

トニーは椅子の端に腰かけた。「スポーツを長く続けてきたという背景があるものですから。どんなことでもチームワークが大切でしょう？　皆を上手にまとめて一つの方向へと導く人間が必要とされているわけですよ」

「全ては競争に勝つためかしら？　ずばりそれが営業力と呼ばれるものかも知れませんね。ジョーダンさんが有能でいらっしゃるわけがわかりましたわ」

　トニーは思わずほほえんだ。「競争は決して悪いことではありませんよ。競争することで能力が研ぎ澄まされますからね。そして自分が成長したあと、ほかのメンバーたちをリードできるというわけです」

「もっと詳しくお話を伺いたいですわ、名コーチのジョーダンさん」

　ヴェロニカは椅子の背にもたれるように座り直し、あごの下で両手の指を優雅に組みながら言った。

「私はコーチとして、自分が話すより、相手の話に耳を傾けることを心がけています。その人の希望や夢を一緒に考えるんですよ。ところでヴェロニカさんは、ホルコム社に何年お勤めですか」

　ヴェロニカが答え、彼女の個人的な事柄についてしばらく会話がはずんだあと、トニーは少し踏み込んだ質問をした。

「あなたみたいなすてきな女性なら、もうすでに長いお付き合いの方がいらっしゃるんでしょうね」

　ヴェロニカは頬を赤らめ、少し笑顔をこわばらせながら答えた。「男性とのお付き合いという意味でしたら、もちろんこれまで何度か経験しましたわ。今はほんとうに自分に合う方との出会いを待っている状態です」

「それは賢明ですね。自分にどんな人が合うのかちゃんと見極めないで、最初に好きだと言われた相手とくっついてしまう場合がほとんどですから。あなたのような、知性、賢さ、美貌、若さを備えた女性は、素晴らしい未来が約束されていると思いますよ」

「コーチは、選手にお世辞しかおっしゃらないのかしら」

トニーは笑い声を上げた。「いえいえ、決してお世辞ではありません、本当のことです。選手は自分を正しく理解することが大事なんです。長所も欠点も正確に把握する必要があるんですよ」

ヴェロニカは時計にちらりと目をやり、腕を組んだ。「もう少しコーチのご指導を仰ぎたいところなんですけど、あと十分したら別の会議に出なくてはならないんです」

「それじゃあ、この続きは今晩ということでいかがでしょう」

ヴェロニカは目を大きく見開き、うれしそうな笑顔を浮かべた。「ディナーに誘ってくださるんですか?」

トニーがうなずいた。「もっとお話ししたいこともありますし。私にごちそうさせてください。あなたのような方が窓口になってくれたおかげで、仕事が非常にやりやすいんです。お礼もかねてぜひ」

「唯一問題があるとすれば……、ジョーダンさんの左の薬指に指輪があることですわね、名コーチさん」

トニーは自分の薬指をじっと見つめた。この指輪のせいで、ウキウキした気分も台なしだ……。

「実は、家内とはうまくいってなくて。ずいぶん前からなんですけどね」

「私でよろしければご相談に乗りますよ。私とコーチはチームメイトですものね」

ヴェロニカはスケジュール帳に目を落としたあと、トニーを見上げて言った。

「今晩、楽しみですわ」


エリザベスは家に帰ると、クローゼットへとまっすぐ向かい、ビーンバッグクッションを部屋の外へと放り投げ、洋服や靴を客間のクローゼットに移した。それからライティングデスクに向かい、聖書とクララの日誌を開いて読み始めた。日誌に書かれた文章を目で追っていると、まるでクララがすぐそばにいて、忠告を与え、励ましてくれているようだった。

「どこで祈ったとしても神はちゃんと聞いていてくださる。でも聖書には、『祈るときには自分の奥まった部屋に入りなさい。そして、戸をしめて、隠れた所におられるあなたの父に祈りなさい。そうすれば、隠れた所で見ておられるあなたの父が、あなたに報いてくださいます』（訳注・マタイの福音書六章六節）と書いてある。ほかのことに気を散らさないで、神に心と思いを集中すること。神こそ天地を造られたまことの主であること、そして自分にとってなくてはならない方であることを認めなさい」

また、クララの日誌には、聖書からいくつか祈りを探し出し、深く思い巡らしなさいと記されていた。クララのお気に入りの祈りの一つは、イスラエルの王であったダビデの晩年における祈りだった。

「これを暗記して、折に触れ、繰り返し祈りなさい。特に何を祈ったらよいかわからない時、何を神に感謝してよいか思いつかないような時、これをそのまま自分の祈りとしてささげなさい」

その祈りは、歴代誌第一の中にあった。エリザベスは、この祈りを日誌に書き入れながら、心から祈った。

「主よ。偉大さと力と栄えと栄光と尊厳とはあなたのものです。天にあるもの地にあるものはみなそうです。主よ。王国もあなたのものです。あなたはすべてのものの上に、かしらとしてあがむべき方です。富と誉れは御前から出ます。あなたはすべてのものの支配者であられ、御手《みて》には勢いと力があり、あなたの御手によって、すべてが偉大にされ、力づけられるのです。今、私たちの神、私たちはあなたに感謝し、あなたの栄えに満ちた御名をほめたたえます」（歴代誌第一　二九章一一～一三節）

これは、祈りの最初の言葉としてとてもふさわしいわ……とエリザベスは思った。これからどういう方に祈りをささげようとしているのか確認できるし、そのことをそのまま神さまに申し上げることができる……。

クララはまた、神に告白することの大切さについても日誌に記していた。「神が与えてくださった一つひとつの恵みに感謝し、神にしていただきたいことがあったら大胆に求めなさい。もし告白しなければならないことがあればそうしなさい。赦しを願い求めなさい。神があなたを愛すると宣言し、わたしに任せなさいと言ってくださるのだから、そのことを信じなさい」

エリザベスは、祈りながらクララの日誌の言葉を書き記すうちに、今まで考えてみたこともないアイデアが心に浮かんだ。トニーが自分にした数々のひどいことはいったん脇に置いて、自分がトニーを傷つけてしまったことを書き出すことにしたのだ。エリザベスは、あれこれ思い出しながら書くうちに、涙があふれ出して止まらなくなった。自分もトニーにひどいことをしていたことに気づいたのだ。相手の欠点ばかり目について、自分のことはすっかり棚に上げていたのだった。こうして一つひとつ書き出すことにより、自分の抱える問題を真っ正面から見据え、自分の足りないところや欠点をきちんと把握して神に赦しを願い求め、罪意識や羞恥心から解放してくださるように祈ることができた。また、神だけでなく、トニーにもいくつかのことで謝らなくてはならないこともわかった。

正直つらい作業だった。しかし、これだけ涙を流しながらも、新しい発見をすることで、自由と解放の思いが与えられたのは不思議なことだった。

クララの日誌にはさらに、真実を知らせてくださいと祈ることの大切さが記されていた。

「神がどんな方で、どんな働きをされ、どれほど私たちを愛してくださっているかを知ることによって、私たちは、実は自分がどんな人間で、どんなに罪深く、どれほど神を悲しませているかを知ることができる。自分の人生において真実を知ることはとても大切なこと。たとえそれがどんなにつらくとも」

エリザベスは、真実を教えてくださいと祈った。そして新しく気づいたことを一つずつ書き記しながら、神に願い求めた。

「父なる神さま、今まで何度夫に向かって怒鳴り、彼の語りかけを無視したことでしょう。腹を立てるあまり、彼の言葉に耳を傾けようとしませんでした。彼に対して大声を上げ、ひどい態度をとったことを赦してください。どうぞ愛をもってトニーに接することができますように。トニーを敬い、彼の言葉に耳を傾けることができるよう助けてください。どうぞ、私の心を造り変えてください」

クララはなおもこう記していた。

「夫のために、娘のために、そして誰でも心に浮かんだ人がいればその人のために、心を注いで祈りなさい。そして神に耳を傾けなさい。決して焦らないように。ゆっくりと時間をかけること」

神に耳を傾ける……。何とすごいことだろう。じっくりと時間をかけながら、積極的に神の語りかけを聴く。実際に神の声が聞こえてくるわけではないことはエリザベスにもわかった。神がそばにいてくださることを願いながら聖書を読むならば、神は必ず知恵を与えてくださる。そうクララは教えているのだ。彼女が確信をもってそう語れるのは、自らの経験に深く根ざしているからなのだろう。

エリザベスは、クローゼットの壁に貼るための紙を三枚用意した。一枚はトニーのため、二枚目はダニエルのため、そして最後の一枚は自分のため。トニーの紙には、トニーのための祈りを記した。彼の仕事を祝福してください、夫として、父親としてその役割を正しく果たすことができますように、周りの人たちとの友情が深められますように、彼の心を守ってください、真実を語ってくれる人を彼のそばに置いてください、と。

「主よ、どうぞ私たちが一致した夫婦になれますように。共に支え合いながら、ダニエルにとってもよい親になれますように。私たちを引き離そうとする敵の手を阻んでください。私とトニーが、自分たちの力に頼るのではなく、心を一つにしてあなたにより頼む者となることができますように。どうぞ私たちが共にあなたのご栄光を現すことができますように。そう、クララさんの言葉通りに」

エリザベスは壁の前に座り込み、たった今書き込んだ祈りの言葉を眺めた。自分は心からそう思っているのだろうか。本気で神に従うつもりなのだろうか。確かに美しい心地よい言葉が並んでいるけれど、実際にこんなにうまくいくんだろうか。

祈り続けていたら実現するんだろうか。ほんとうにトニーは変わってくれるのか。小さな疑いが心にもたげ始めた。まるで目の前にニンジンをぶら下げられた馬みたいに、クララの言葉に飛びついてしまっただけなのか、それとも、これは心の底からの自分の願いなのか……。もしトニーが変わらなかったら、さらに事態が悪化したら、神を信じることをやめるのか。祈ることをやめてしまうのか。

クララの日誌を見ると、疑いについて書かれた聖句が記してあった。ヘブル人への手紙十一章の言葉が目に留まったので、エリザベスは自分の日誌に書き写した。

「信仰がなくては、神に喜ばれることはできません。神に近づく者は、神がおられることと、神を

求める者には報いてくださる方であることとを、信じなければならないのです」（訳注・ヘブル人への手紙一一章六節）

エリザベスは目を閉じ天井を見上げ、ささやくように祈った。

「神さま、どうぞ私に信仰を与えてください。あなたがおられることを信じます。あなたを心から求める者には報いてくださる方であることを信じます。それはまさに今私がしていることです。あなたのことがほんとうに知りたいのです。お願いします神さま、あなたが望むような人、妻、母となるために必要な信仰をどうか私にください。神さま、あなたは心からの叫びに答えてくださる方です。クララさんの言葉通り、あなたのみこころに、心から従いたいのです。あなたの愛、あわれみ、そしていつくしみの前に自らを明け渡したいのです。もしあなたのご意思に従っていない心が少しでも私のうちにあるならば、どうぞ教えてください。クララさんと出会わせてくださったことを感謝します。イエスさまの御名によって祈ります、アーメン」

エリザベスは勝利を味わっていた。神、そしてトニーとダニエルに一歩近づけたような気がした。粉々に砕けてしまっていた自分の心が一つにつなぎ合わされたように感じた。そして祈る前から、神がすでに自分の人生に働いてくださっていることに気づき始めたのだ。家族をこうして与えくださっているのに、そのことに感謝したことはめったになかった。生きがいをもって働くことのできる職場も……。担当した客にちょうどぴったりの家を紹介できた時の達成感は何にも代えがたいものだった。仕事を通して人に役に立つことができることを、エリザベスは神に感謝した。自分に親切に接してくれる同僚のマンディやリサ、そして何人もの客の顔を思い浮かべた。この人たちのための祈りのリストも作らなくては……。そして、文句ばかり言う厄介な客のことも頭をかすめた。彼らに対して感じる怒りや憎悪、心の傷をどう処理すればよいのだろう。きっと神が解決してくださるに違いない。そう、神にすっかりお任せしよう。途中どんなにつらい中を通ることになったとしても……。

ダニエルと二人で夕食をとったあと、エリザベスはクローゼットに戻り、三枚の紙を壁にテープで留めた。すると、携帯電話がシャリンと小さな音をたてた。誰からかメールが届いたようだ。祈りの最中にこんなふうに電話が鳴った時はどうすればいいのだろう。クララさんなら、音がしないように設定し、あとでチェックしなさいって言うわね……。

画面の表示に目をやると、メールは友人のミッシーからだった。だいぶ前に、町にできた新しいお店の情報をメールで教えてくれたことがあったっけ。しかし、今回のメールは様子が違った。

「リズ、ミッシーよ。今ノースカロライナのローリーにいるんだけど、たった今トニーが、見たこともない女の人とレストランに入るのを見たの。あなたの知ってる人？」

エリザベスは心臓が止まりそうになった。画面を見つめ、もういちどメールを読み直した。漠然とトニーに感じていた不安……あれは気のせいじゃなかったんだ。教会で若い女性を色目使いで見たことぐらいであたふたしてしまったけど、私の知らないところでもっと大胆なことをしているんだ。エリザベスは足ががくがく震え、棚に寄りかかり、思わず電話を胸に当てた。まるでみぞおちのあたりを勢いよく殴られ、肺から全ての空気を吐き出したような気分だった。さまざまな思いが駆け巡りくらくらする。エリザベスはこれ以上想像が膨らまないよう、何とか気持ちを落ち着かせた。

夫のために祈り、自分の罪を告白していたまさにその時、トニーは私を裏切ろうとしていた……。悔しさ、やるせない思いが洪水のように押し寄せる。すぐにトニーに電話をかけ、今の気持ちをぶちまけたい衝動にかられた。そんなふうに怒りに任せて夫を責め立て、報復する妻の姿をテレビなどで見たことがあった。そんなことをしてしまったら、この先の人生がひどく惨めなものになってしまう……。エリザベスが電話をそっとしまうと、ふと聖書に目が留まった。

エリザベスはその革張りの聖書を手に取り、作り付けの棚に背を押し付けながらへなへなと床に座り込んだ。しばらく何も考えることもできず、ぼんやりと宙を眺めていたが、ふと先ほどささげた祈りが心によみがえってきた。そうだ……さっき、信仰を与えてくださいって祈ったじゃないの。神の守りと導きにゆだねるって約束したんだったわ。一人の力ではとても耐えられそうにないこんな時こそ、神を仰ぎながら歩むチャンスなのかもしれない……。

エリザベスは天井を見上げ、力を振り絞って祈り始めた。「神さま、どうか助けてください。今までちゃんと祈ったことがありませんでした。あなたに心から従っていませんでした。でも、お願いです。今あなたの助けが必要なんです……」

クローゼットの中で、そう、クララの言う「戦いの部屋」で、エリザベスはたった一人真剣に神の前に、あふれる思いを注ぎ出すように祈り始めた。

ヴェロニカがディナーのために選んだレストランはなかなか値が張ったが、雰囲気は抜群だった。そしてヴェロニカ自身も。彼女は白いサテン地のドレスに身を包み、無造作に下ろした髪は肩まであった。その姿は夢のように美しく、顔は光り輝いて見えた。レストランは大勢の人でにぎわっていたが、トニーはそこがまるで二人だけの世界のように感じられた。

トニーはほほえみながらヴェロニカに話しかけた。「お出でくださって光栄です。今晩のあなたの美しさは想像以上だ」

「それはどうも、名コーチさん」

トニーの頭からは、妻のことも娘のこともすっかり消し去られていた。ただ、今この時を最大限に生きること、それが彼の人生のモットーだ。その一瞬のことだけを考える……バスケットボールの試合の最中であれ、営業の仕事をしている時であれ、そして、たとえ妻ではない美しい女性とレストランで食事をする時であっても……。

彼女に見とれる自分をとがめる者は誰もいない。トニーは安心して心ゆくまで彼女の美しさを堪能していた。

ウェイトレスがテーブルにやって来た。二十代のきれいな女性で、髪の毛を後ろに束ねている。レモンスライスの入った水とメニューを置き、また数分後にまいりますと声をかけて去って行った。

「ここ、少しお高かったかしら」ヴェロニカはメニューを眺めながら言った。

「大切なお客さまをお招きするんですから当然です。それに、あなたほどの女性をお連れするには、このくらいの店じゃないとふさわしくありませんからね」

「本当ですか?」

「ええ、ここはあなたにお似合いの場所ですよ。何でもお好きなものを選んでください」

ヴェロニカはちらりとトニーに視線を向けた。トニーの気遣いを喜んでいるようだった。トニーも、ヴェロニカの優しいふるまいや物言いに心いやされる思いだった。そして彼女の美しさにも。彼女には人を惹《ひ》きつけてやまない魅力があった。そのまなざしには欲望と知性、そして、望むものは何でも手に入れる意思が感じられた。ヴェロニカはすでにトニーの気持ちを察しているようだった。トニーは、コーチ以上の関係を彼女に望んでいるのだ。

二人はそれぞれ食前酒を注文し、トニーは前菜を頼み、二人で分け合って食べることにした。トニーは、シュリンプカクテルの尾を指でギュッとつまんで肉を押し出すと海老をまるまる食べられることを教え、実際にやって見せた。

「ジョーダンさんは、食べ方のコーチもしてくださるんですね」

「どんなことでもコーチいたしますよ」トニーは冗談っぽく眉を上げながら言った。

「あら、危険な発言ですこと」

「人生は危険で満ちているんです。人生は選択の連続ですよ。そして人生は短い。だから生きている間にめいっぱい楽しまなくては」

「それがジョーダンさんの人生哲学なのかしら。人生は楽しむためにあると?」

「私の人生哲学は何かと問われるならば、周りの人間を勝利者とするためにできる限り手助けしろ……ですかね。あなたも私のアドバイスがあれば勝利者になれますよ」

「さすが名コーチ、トニーさんですね」

「ヴェロニカさんはすぐれた才能の持ち主だ……私にはそれがわかります。ホルコム社もあなたの能力を認めていますよ。そうでなければあなたを今の立場には置かないでしょうから。あなたのような有能で、知性的で、魅惑的な人は……」

「魅惑的？」ヴェロニカは小さく声を立てて笑った。「魅惑的だなんて、ここ久しく誰にも言われたことはありませんわ。おとぎ話に出てくるお姫さまじゃあるまいし」

「確かに、魅惑的という言葉がふさわしい人は、そうめったにいるものではありませんよ。そういう人は、きっとこっそりと辺りに魔法を振りかけているんじゃないかな。そしてハチが花に引き寄せられるように、周りの人をとりこにしてしまう……」

ヴェロニカはグラスに口をつけ、舌で唇を湿らせた。「今もブンブンとハチが飛び回る音が聞こえていますわ」

トニーはにっこりほほえんだ。心の中で何かがはじけ、自分では抑えることができなくなっていた。とうの昔に涸れ果ててしまっていた感情がよみがえり、生き生きとあふれ出してくる……まさにそんな気分だ。今晩、どんな具合に二人の関係が進んでいくのだろう……。トニーはこの先の展開が待ちきれない思いだった。

エリザベスはクローゼットの中で、神と、トニーと、そして自分自身の心と格闘していた。「主よ、私はトニーのことでずっと腹を立ててきました。今もそうです。でも、彼を失いたくありません。お願いです、私を赦してください。私は彼をさばく資格はありません。それはあなたのなさることです。お願いします。力を与えてください」

エリザベスは、あわれみを乞うように両手を差し伸ばしたあと、ぐっと握り拳を作った。「彼を過ちから守ってください。お願いです、神さま、全てをあなたがご支配ください。私の心からこの怒りの気持ちを取り除いてください。トニーに愛されたい。私も彼を愛したいのです……。神さま、助けてください」

突然、夫の姿が次々と心に浮かんだ。レストランで食事をしているトニー、知らない女性と車でホテルに向かうトニー。ほんとうにこんなことが起きているのかしら……。エリザベスは、嫌な予感を振り払うように、強くまばたきをした。

「もしトニーが間違いを犯そうとしているのでしたら、主よ、どうかとどめてください。どうぞ彼の前に立ちはだかってください。お願いです。助けてください、神さま……」

涙がとめどなくあふれ出す。自分が小さなボールへと変身し、部屋の片隅にそっと転がったままでいられたらどんなにいいだろうと思った。もう何もかも放り出してしまいたい……トニーとのこと、結婚生活全てを……。刺すような痛みが心に走り、身体が何かに押しつぶされているように重く感じた。神が一緒でなければ一歩たりとも前に進むことはできない、でも、それは恐ろしいほど細く険しい道のように思われた。

　エリザベスは、涙にむせびながら静かに神に語りかけた。

「神さま、もう何もかもわからなくなってしまいました。やっとあなたのもとに帰ることができたのに。どうか助けてくださいと、素直に祈ることができたのに。すぐそのあとに、こんなことが起きるなんて……。これは私への罰ですか」

　エリザベスの頬を涙が伝って落ちた。壁をたたき、誰かが差し出す手を思い切りつかみたいと思うが、目の前には何も現れない。

　真実……。

　ある言葉がふと心に浮かんだ。真実……。そうよ、さっき、真実を教えてくださいと祈ったんだ。自分自身について、そして神について。自分の考えや想像などではなく、真実と向き合いたい。私はそう願ったはずではなかったか。クララさんも、たしか日誌に書いていたわ、「自分の人生において真実を知ることはとても大切なこと。たとえそれがどんなにつらくとも」って。聖書にも、真実はあなたを自由にするって書いてあったはず（訳注・ヨハネの福音書八章三一節）。もちろん、それは夫や浮気相手が何をしているのかを知るっていう意味ではないと思うし、それを知ったところで私が自由になれるわけではないけれど、それでも、真実を知ること、本当のことを知ることは、何もわからないまま闇の中に生きるよりずっとましに決まってる。真実と共に生きることは、人生に対してあてもない望みを抱きながら生きるよりずっといい。自分の病気、預金高、結婚について真実を知ることは、嘘偽りを信じて生きるよりもはるかによいことなんだ。

エリザベスは祈り続けた。「神さま、怖いです。恐ろしくてたまりません。でも、トニーについてミッシーが教えてくれたことが真実なら、もし彼がほかの女性と会っていることがほんとうなら、そしてこれが私たち夫婦の現実なら、今、この時に知らせてくださったことを感謝します。でも、主よ……一体どうすればよいのかわからないのです」

「どうすればよいのかわからない」エリザベスの胸にしばらくこの言葉がこだまのように鳴り響いた。

いや、そんなはずはない、私は今何をすればよいかちゃんとわかってる。壁に貼ってあるリストにしたがって、さっき中断した祈りをもう一度始めよう……。エリザベスが壁に目をやると、ある聖書の言葉が目に飛び込んできた。クララの日誌から書き写した聖句だ。

「盗人が来るのは、ただ盗んだり、殺したり、滅ぼしたりするだけのためです。わたしが来たのは、羊がいのちを得、またそれを豊かに持つためです」(訳注・ヨハネの福音書一〇章一〇節)

トニーはほかの女性と親密になれば人生が楽しくなると考えているのかもしれない。もっときれいで若い女性となら幸せになれると思っているのかもしれない。でも、実際はその先に待っているのは死、つまり私たちの結婚生活の死、夫婦関係の終焉《しゅうえん》なのだ。きっとトニーも自分と同じようにこれ以上互いに言い争ったり、責め合うことに疲れてしまったのだろう。でも、だからといって、サタンの嘘にだまされてしまうようなことがあってはならない。

エリザベスはもう一度壁に目をやり、別の聖句を読み上げた。

「しかし、主は真実な方ですから、あなたがたを強くし、悪い者から守ってくださいます」(訳注・

テサロニケ人への手紙第二　三章三節)

主は真実な方……私を強くしてくださる……そして守ってくださる。

エリザベスはこの聖句を思い巡らすうちに、少しずつ心が軽くなっていった。神は私の願いを知っておられる。そしてトニーが、誤った道へと進みつつあること、このままでは彼が一生後悔することになることも。もし私の心配がほんとうであったらだけれど。

エリザベスは片手を壁にあて、もう一つの聖句を読んだ。

「神に従いなさい。そして、悪魔に立ち向かいなさい。そうすれば、悪魔はあなたがたから逃げ去ります」(訳注・ヤコブの手紙四章七節)

エリザベスは繰り返しこの聖句を読み上げながら、心にある感情が湧き上がるのを感じた。熱く燃える思い、強い決意、断固たる決心……どのように表現できるにせよ、それは確かな思いとして彼女のうちに芽生えたのだった。エリザベスは涙を拭き、立ち上がった。やっとわかったのだ。もし神に従うなら……自分の人生を神に支配していただきたいと真剣に願うなら、悪魔に立ち向かうことができるということを。怒りや恨みへと気持ちが流されていく衝動を抑え、エリザベスは神に思いを向け、夫の心を守るため、家族を守るため、全力で戦う決意をした。もし聖書に書かれていることがほんとうだとしたら、敵に勝ち目はないのだから。

敵に一つだけ許されていることがあるとすれば、それはここから立ち去ることだ。

エリザベスは流れる涙を両手ですっかり拭き上げると、居間へと歩いて行き、そこに目に見えない何かが存在しているかのようにじっと宙を見据えた。「あなたの中に、まだ目覚めていない戦士の姿が見えるわ」エリザベスはクララの言葉を思い出した。

そして戦地へと赴くため準備を整えた戦士のごとく、その場所にしっかりと立ち、力強い声で言った。「おまえがどこにいるかわからないけれど、私の言葉は聞こえるはずよ」エリザベスは暖炉、そして家具へと目を移した。「よくも長いあいだ、私の心をもてあそんできたわね。でも、それも今日でおしまいよ。おまえはもう用なしなんだから！」

エリザベスはキッチンへと向かった。御影石でできたカウンターにライトが反射している。彼女はキッチンから居間を振り返った。「ここの家主はイエス・キリストなの。ここはもうおまえのいる場所ではないわ。おまえの嘘、おまえのたくらみ、おまえの責めや咎《とが》を全部ひっ抱えて、ここからさっさと出て行きなさい！　主イエスの御名によって命じます！」

最後の言葉を口にした時、エリザベスの耳にあの時のクララの威厳に満ちた声が鳴り響いていた。

今度は裏庭へ通じる扉を開け、デッキへと歩いて行った。

「私の家庭生活も、私の娘も、もちろん夫も、決しておまえに渡しはしない！　この家はもう新しい主人のものなんだから、おまえはこの家からとっとと出て行くがいい！」

エリザベスはそう言い放つと家に戻り、扉を思い切り音を立てて閉じた。その直後ある思いが心に浮かび、もう一度扉を開け外へ出た。

「もう一つ言いたいことがあるわ。今までさんざん私の喜びを奪ってきたわね。でも、これからはそうはさせない。私の喜びは友人からくるのではないし、仕事からくるのでもない。夫からもらうものでもない！　私の喜びはイエスさまがくださるの！　万が一忘れているかも知れないから言うけれど、おまえはもうイエスさまに完全に打ち負かされたんだから、地獄へそのまま帰るがいい。私の家族に二度と手を出さないで！」

エリザベスはもう一度力を込めて扉を閉じた。やっと無力感から解放され、全てを自分の手に取り戻したような、そんな気持ちだった。いや、それは正確ではない。自分ではなく、神の御手の中に全てをゆだねることができた、そんな安堵《あんど》の思いでいっぱいだった。これからは神と共に、みことばに従いながら一歩一歩進んで行けばいいいんだから。誰が何をしたとしても、恐れなくてよいのだから。

エリザベスが家に入り、ふと階段に目を向けると、ダニエルが不思議そうな顔でこちらをのぞいている。自分の心に起きた大きな変化について今は説明する時間はなかった。急いでクローゼットに、そう「戦いの部屋」へと戻り、神の前にひざまずき心ゆくまで祈りたい、そんな心境だった。

エリザベスはクローゼットに着くと、扉を閉め、ただちに祈り始めた。

「神さま、どうぞ私のためにとりなしてください。どのような方法をおとりになるかはゆだねます。天使をお送りくださるか、あるいは聖霊が直接働いてくださるか、それは神さまにお任せします。あなたが私の願いを聞き入れてくださることを、どうか確信させてください。トニーが後々後悔するような道に進むことがありませんように。どうぞ、トニーが過ちを犯すことがありませんように。主よ、どうぞ彼の前に立ちはだかってください、お願いします、神さま……」

「もしトニーがあなたのご栄光を現そうとしているのでしたら、彼を祝福してください。でももし、間違った方向へ進もうとしているのでしたら、その道を閉ざしてください。イエスさま、どうぞ御手を伸ばし、彼のしようとしていることを挫《くじ》いてください」

エリザベスは、思いつく限りの願いを神に祈りながら、少しずつ自分の中に変化が生まれるのを感じた。力強い励まし、大きな安心感が心を覆ったのだ。それは感情というよりも、自分はもう決して一人ではないという深い確信、神が共にいてくださるのだという強い思い……。でも、もしかしたら神はずっと一緒にいてくださったのに、そのことに気づいていなかっただけなのかもしれない。これから先、何があろうとも神は私と共に歩んでくださるんだ。エリザベスは、一体神はどんなふうに働いてくださるのか待ち遠しい気持ちでいた。

トニーは食べ終わった皿を脇に寄せ、ナフキンで口を拭った。ウェイトレスがデザートの注文を取りにやって来ると、ヴェロニカは丁寧に断った。

「ほんとうにいいんですか？　今日は私がごちそうさせていただきますよ。クレーム・ブリュレを二人でシェアするのはいかがでしょう」

ヴェロニカはほほえみながら首を横に振った。「もうこれ以上入りませんわ。もしジョーダンさんが召し上がりたいのでしたら、どうぞ」

「それじゃあ、会計をお願いします」トニーがそう言うと、ウェイトレスは立ち去った。

ヴェロニカが身を乗り出しながら言った。

「実は、食後にいただきたいものがあるんです」

「何でしょう？」

「私のお気に入りのワイン」

「いいですよ、注文しましょう。銘柄は?」

「ここにはありませんわ。私の家に行かないと……」

意味ありげな視線を投げかけるヴェロニカを、トニーは少し驚いて見つめ返した。まずは食事を共にし、これから少しずつ時間をかけて互いの距離を縮めていこうと思っていたのに、ヴェロニカはもうすでにその気でいるようだ。

「ぜひご賞味させていただきたいですね」

トニーは笑顔で返した。

「ジョーダンさんもきっとお気に召しますわ」

ウェイトレスがやって来てトニーに請求書を渡した。

「またのお越しをお待ちしております。どうぞ素晴らしい夜をお過ごしください」

「ありがとう」ヴェロニカはそう言うと、トニーをちらりと見て「そういたしますわ」とつけ加えた。

トニーは財布を取り出しながら、心が浮き立った。まるで卒業パーティーに学年一の美人を誘いオーケーをもらった高校生のような気分。いや、パーティーだけでなく、その晩ずっと一緒にいましょうとささやかれた時のような、飛び上がりたいほどうれしい気持ち……。トニーは心がはやった。一緒にワインを飲んだあとに、どんなことが待ち受けているのだろう……。

その時だった。突然、トニーは腹に痛みが刺すのを感じた。それはそのまま看過できないほどの鋭い痛みで、入社したての頃初めての会議で腹を下して以来、感じたことのない感覚だった。会議後の食事会で出された鶏肉が傷んでいたらしく、かなりの人たちが被害を被ったのだ。しかし、レストランで出された料理はどれも完璧だったし、自分だけ食中毒にかかるなどということは考えられない……。トニーは首をひねった。

トニーは請求書にサインをし、チップもはずんだ。たぶん緊張のせいだろう。あまりの展開の速さに怖じ気づいたのかもしれない。トニーはそう思い直し、クレジットカードをしまった。痛みの波が再び襲ってくる。まるで胃がでんぐり返しをしているかのよう。遊園地のジェットコースターに乗り目に映る風景がぐるぐると回っているような、マジックミラーに映る自分の姿が縦横にめまぐるしく伸び縮みするのを眺めているような、そんな気分だった。

「ヴェロニカさん」トニーは痛みがどんどん強まるのを感じながら、できる限り平静を装って言った。「少しのあいだお待ちいただけますか。すぐに戻ります」

「ええ、かまいませんわ」

ヴェロニカは、トニーが突然立ち上がるのを驚いた目で見上げた。

トニーは男性用化粧室に入り、鏡に映った自分の姿をしげしげと眺めた。

ほんとうにこれでいいんだな。彼女の部屋にこのままついて行ったらどうなるかわかっているのか……。

自分の顔を見つめながら、さまざまな思いが駆け巡る。一瞬エリザベスの顔が目の前に浮かんだ。驚いて瞬きすると今度はダニエルの顔が……。胃の痛みはどんどん増していく。トニーはシンクに水を流し、うなり声を上げながら顔にバシャバシャと水をかけた。胃がねじれるような感覚に耐えきれなくなり、トイレへ駆け出す。トイレの扉に身体をぶつけながらやっとの思いで駆け込むと、トニーは胃の中のものをすっかり便器に吐き出した。

エリザベスはひざまずいたまま祈り続けた。天の扉をたたく手を止めることができない……。心に抱えた重荷があまりにも大きく、神への訴えをとどめることができなかったのだ。エリザベスは、固い決意のもと、全身全霊を込めて祈った。

「イエスさま、あなたはまことの主です。トニーの心をどうぞあなたの御手に取り戻してください。何が起ころうとも、主よ、あなたを信頼します」

その晩、エリザベスは今までのように祈りの途中、ほかのことに気が散ることはなかった。トニーのことを祈り尽くしてしまったと感じた時は、ミッシーがメールを送ってくれたことに感謝の祈りをささげた。

「神さま、ミッシーがトニーと同じ場所にいたなんて、そんな偶然があるでしょうか。彼女がトニーのしていることを目撃するなんて。主よ、あなたがミッシーをその場へと導いてくださったのですね。そして私に大事なことを教えてくださったのですね。神さま、感謝します。トニーが私やダニエルを裏切るようなことをしていたとしても、どうぞ彼を罰せず、よい道を選び取る力を与えてください。トニーがあなたに立ち返ることができますように。敵に勝利させないでください、お願いです。トニーが正気に戻れるようにしてください」

祈りが聞かれるという保証はどこにもなかった。果たして神が奇跡を起こしてくださるのか、そもそもこの祈りが届いているのかどうかも。しかし、エリザベスは、きっと神が祈りを聞いておられ、まさにこの瞬間、トニーの心に働きかけていてくださるのだと信じることにしたのだった。

トニーは、男性用化粧室から出ようとするたびに新たな痛みに襲われ、トイレに戻って激しく嘔吐した。せっかくの高級な料理も台なしだ。もしかしたら、この騒ぎがヴェロニカに丸聞こえなのではないかとふと心配になる。もしそうならロマンティックな雰囲気などどこかに吹き飛んでしまったはずだ。誰かが化粧室に入って来たようだが、トニーが嘔吐しているのがわかったのだろう、すぐに出て行ってしまった。無理もないな……トニーは苦笑した。

子どもの頃、トニーは嘔吐することに非常な嫌悪感を抱いていた。ある晩のこと、腹の具合が悪く気持ちが悪くなったトニーは、ベッドから下りて母親の部屋へと廊下を駆けて行き、また走って引き返してトイレに入ると、何を思ったか扉を開けて顔を出し、カーペットの上に嘔吐したことがあった。トニーの母親はこの出来事を笑い話のように面白おかしく話すのが好きで、ダニエルは祖母の家を訪ねるたびにその話を聞きたいとせがみ、エリザベスと一緒に大笑いするのだった。確かに笑い話のような出来事ではあったが、それほど嘔吐することは子どものトニーにとって恐怖以外の何ものでもなかった。大人になってからも、そんな事態に陥らないよう細心の注意を払っていたし、ダニエルが具合が悪くなった時は、エリザベスに世話を任せ、自分はできる限り遠巻きに見守るようにしていた。

腹のものがすっかり出きって少し落ち着きを取り戻したトニーは、手で両目をこすった。一体全体何が起こったのだろう。ついさっきまであれほど元気だったのに、突然身体の中で竜巻が起こったように激しい苦しみに襲われるなんて……。ふと鏡に目をやると、まるでプロボクサーと一戦交えた後のような憔悴《しょうすい》しきった顔が映っていた。勢いよく顔を洗うと頭がくらくらしたが、その場でめまいが治まるのを待ち、レストランの入り口へ歩いて行った。

ヴェロニカは扉のそばで待っていたが、トニーの姿に気づくと心配そうに「大丈夫ですか」と尋ねた。

トニーは胃に違和感を覚え、すぐにでも車に乗り込みたかった。車のシートに座れば気分がよくなるような気がした。

「ヴェロニカさん、すみません、今日のところはホテルに戻ることにします」

「私もご一緒しましょうか」

「いえ、実は具合が悪くなってしまって……。少し横になれば治まると思います」

「私にお任せくださればいいのに」

ヴェロニカはちょっぴりすねた表情を浮かべながら言った。

トイレでの一件を知れば、ホテルについて来るなんて口が裂けても言わないだろうな……。

「いえ、ほんとうに大丈夫です。また電話しますよ。今日のところは失礼します」

トニーはそう言うと、出口に向かってゆっくりと歩いて行った。まだめまいが治まらないのか、まるで地震が起きたかのように足元がグラグラと揺れているように感じた。トニーは車に向かいながらそっと目を閉じ、深く深呼吸をした。後ろを振り返ると、ヴェロニカが傷ついたような困惑した表情で自分の車に向かっていた。

エリザベスは、一体自分がどれほどの時間クローゼットで過ごしていたのかわからなかったが、もう十分祈ったという達成感を感じていた。電話やメールでトニーに連絡し、一体誰と食事をしたのか問いただしたい気持ちになった。もしできることならトニーのホテルを調べ上げ、フロントに電話をして、トニーがいるかどうか部屋に確認しに行ってもらいたいとさえ思った。

せめてメールでも……。たとえば「あなたのために祈っています」と短く送るとか。いや、そんなことをしたら、まるで私が監視しているみたいに受け取られかねないわ。神さまに全ておゆだねしよう。もう今夜は心配するのはやめよう。もしトニーのことを思い出したら、その場で祈ることにしよう。そう、前に進まなきゃ。ふだんどおり、目の前の仕事に集中するのよ。

エリザベスは顔を洗い、乾燥機から洋服を取り出してカゴに入れ、寝室へ戻った。そして洋服をベッドの上に広げて一枚一枚たたんでいると、パジャマ姿のダニエルがやって来た。

「お母さん、クローゼット、どうしちゃったの？」

エリザベスは笑顔を作るとベッドの端に座り、隣に座るようダニエルに手招きした。ダニエルは黙ってベッドに腰かけた。ダニエル……ずいぶん大きくなって……。娘の姿を前にエリザベスは改めて思った。一緒にいられるのはあと八年くらい？　いや、もっと短いかもしれないわ。きっとあっという間に大学に進んで、誰かと出会って、結婚して家庭をもつようになるのね。

「ずっと前にやらなくちゃいけなかったことを、やっと始めたってことかしら」エリザベスが口を開いた。「祈ること、戦うこと、信じることを学び始めたの」

ダニエルは母の言葉を必死に理解しようとしているようだった。「それ、クローゼットを片付けたことと関係あるの？」

「ええ、……いや、どう言ったらいいのかしら……ええと、つまりね」エリザベスは、やっと自分でもわかりかけてきたことを、どうやって娘に説明したらよいか悩みながら、言葉を選んで話し始めた。「前から靴や洋服の整理をしなくちゃって思ってたわ。でもね、そのために片付けたんじゃないの。祈って戦うためよ」

「神さまと戦うの？」

ダニエルは怪訝《けげん》そうに鼻にしわを寄せながら尋ねる。

「いいえ、違うわ。まあ、たまに戦う時もあるんだけど、勝つのはいつもあちらだから、最初から戦うべき相手じゃないってことね。だから、私のために戦ってくださいって神さまにお祈りすることにしたの。もうこれ以上負け続けるなんてまっぴらごめんだし。いや違うの、神さまに負けることが嫌になったわけじゃないのよ。神さまに負けることは私にとって必要なことだったんだけどね……」

うまく説明しようとすればするほど、かえってこんがらがってしまいそうだった。

「お母さんね、あることでずっと戦ってきたんだけど、いつも負けてばかりだったの。そのことですっかり疲れてしまって。だからね、神さまと戦うのはもうやめて、神さまに戦っていただくことにしたの。そうしたらみんなが勝つことができるから。言ってることわかる？」

「全然」

ダニエルはしかめ面を作り、さっぱりわからないといった様子で答えた。

「お母さんね、疲れてると自分でも何を言ってるかわからなくなっちゃうの」

「きっとすごく疲れてるんだね」

エリザベスの顔に思わず笑みがこぼれる。「いいこと考えた。ちょっと遅いけどおやつにしない？　一緒に食べながらもう一度説明させて」

ダニエルはうれしそうにピョンと飛び上がり、キッチンに向かうエリザベスの後ろについて行った。二人で果物のスムージーを作ったが、夜遅いこともあり、ひもグミやチョコレートシロップをトッピングしたいというダニエルの願いは却下された。その代わりにバナナのスライス、冷凍のベリーを添え、その上にヨーグルトをかけてグラノーラを少し振りかけることにした。

「お父さん、また出張？」ダニエルが尋ねる。

「ええ、今度はローリーにね」

「何でいつも出かけてばかりいるの？」

「お仕事だから仕方がないの。営業の仕事に出張はつきものなのよ」

「もっと家にいてほしいなって思うよ」ダニエルはそう言ってから、「まあ、ちょっとはね」とつ

け加えた

「何？　その『まあ、ちょっとはね』っていうのは」

「お父さんに家にいてもらいたいけど、お母さんとけんかしているのを見るのは嫌だから」

エリザベスは、二つのガラスの器にスムージーをすくって入れた。しっかりと固まっているので、その上に刺したスプーンがびくともせずにまっすぐ立ったままだ。

「お母さんも、お父さんとけんかしている時は惨めな気持ちになるわ。でもね、これからきっと状況が変わってくると思うのよ」

「クローゼットを片付けたのは、そのためなの？」

「まあ、ちょっとはね」

「なあに、その『まあ、ちょっとはね』って」

エリザベスは思わず笑い出した。ほんとうに利発な子！　トニーともう一度やり直すことができるのであれば、二人でダニエルの成長を見守りながら、よい模範を示していくことができるのに。和解をする、仲直りをするとはどういうことか、身をもって教えてあげることができるのに……。

「ダニエル……、お母さん、あなたにとってお世辞にもいいお母さんではなかったと思う。お父さんにとっても、いい奥さんじゃなかった。いつもガミガミ間違いを指摘してばかりで、ずいぶん傷つけてきたんじゃないかと思う。だから、神さまに赦してくださいってお祈りしたの。私のもとに来てください、そして心をすっかりきれいにしてくださいって。お母さんがクローゼットの中を片付けたみたいにね」

ダニエルは、一さじ一さじスムージーを口に運びながらエリザベスの言葉に耳を傾けていた。

「お父さんが家に帰って来たら謝ろうと思うの。でもね、あなたにもちゃんと謝らないとね」

「私にも?」

ダニエルはエリザベスの顔を見上げて言った。

「ええ、今までほんとうにごめんなさいね」エリザベスはほほえみながら言った。

ダニエルは驚いたように眉を上げた。

「お母さんは何も悪いことしてないよ。お父さんに腹を立てて当然だと思う。だってお父さん、お母さんにいっぱい怒鳴ってるし」

「お父さんにどうしても注意をしなければならないこともあったけど、やり方が間違っていたと思う。怒りに任せて言ってはならない言葉を口にしたこともあったし。つまり、こういうことなの。神さまがお母さんを愛してくださったように、お母さんも、あなたやお父さんを愛するようになりたいなって。神さまは私たちみんなにほんとうによくしてくださるお方だから。そんなふうにあなたやお父さんのことを大切にしていきたいの。わかってくれる?」

ダニエルは黙ったままもう一口スムージーを口に運び、スプーンをスムージーに刺すと、テーブルの上で両腕を組んだ。

親として大切なことは、子どもに対し、いつ何を言うべきか適切に判断することではないかとエリザベスは思うのだ。そして親にとっていちばん難しいのは、いつこちらの口を閉じて子どもの言葉に耳を傾けるべきかを、正しく見極めることではないかとも。

ダニエルはしばらくの間じっとしていたが、少し後悔の入り交じった表情を浮かべ、エリザベスを見上げながら言った。

「愛することを学ばなくちゃいけないのはお母さんだけじゃないよ」

「どういうこと？」

「私も、あんまりいい子じゃなかったから」

ダニエルは唇を震わせながら言った。

エリザベスは手を伸ばし、そっとダニエルを腕の中に抱き寄せると、ダニエルは今まで誰にも言わず胸のうちに秘めていたことをエリザベスに打ち明けた。心から離れない些細なこと、言わなければよかったと反省している言葉の数々、学校での出来事……。エリザベスはダニエルの髪の毛を優しくなでながら、娘が今まで抱えていたさまざまな思いを吐露《とろ》するのを黙ってただ聞いてやった。そして天に目を向け、「イエスさま、ありがとうございます」とそっとささやくのだった。

エリザベスとダニエルが二人で祈りをささげ、スムージーを食べ終わると、ダニエルは心の重荷をすっかり下ろしたように、晴れ晴れとした明るい表情を浮かべていた。

「お母さんに手伝ってほしいことがあるの」

食器洗いの手伝いを終えると、ふと思いついたようにダニエルが言った。

「今夜はもう遅いわ、ダニエル。でもどんなことかしら、教えて？」

「私の部屋のクローゼットも片付けたいんだけど、手伝ってくれる？」

その言葉を聞いた瞬間、エリザベスはうれしさのあまり飛び上がって叫び出したくなった。クララに電話をし、もう一人頼もしい祈りの戦士が誕生したことをすぐにでも報告したい気分だった。

二人で力を合わせてダニエルのクローゼットを片付け、祈りのための小さなスペースを作ったあと、エリザベスがダニエルにうれしい提案をした。

「ねぇ、クララさんが持ってるような祈りの日誌を、あなたのために注文しようと思うんだけど、どう思う？」

ダニエルは驚いたように目を大きく見開いたかと思うと、両手を広げてエリザベスをギュッと抱きしめた。


トニーは、割れるような頭の痛みと腹痛で目をさました。ホテルの部屋を出て、自動販売機までよろよろと廊下を歩いて行く。炭酸水でも飲めば、少しは胃のムカムカが治まるかもしれないと思ったのだ。トニーは、ぼんやりした頭で昨夜のことを思い出した。

レストランで注文した料理をヴェロニカも食べていたが、彼女は大丈夫だったのだろうか。電話をして確かめようかと一瞬思ったが、やめることにした。

食材が傷んでいたんだろうか。それとも何かのウィルスに感染してしまったのか……。車にガソリンを入れた時のポンプに誰かの風邪の菌が付着していたのか、スーパーで並んだ時に後ろの人が咳《せき》をしていたけれど、あれが原因だろうか。あるいは、ここ数日のあいだ大勢の人と握手を交わしたので、そのうちの誰かからうつったのだろうか。

トニーは部屋に戻ると、テレビのニュースを眺めながら炭酸水を口にした。少し気分がよくなったので、ゆっくりと時間をかけて熱いシャワーを浴び、身支度を整え、その日のスケジュールやメールを確認するため、携帯電話を手に取った。仕事がらみのメールはそれほどたくさんはなかったが、少なくともここ数日は忙しくなりそうな予感がする。

一通はヴェロニカからだった。受信した時間を見ると、昨夜ぐっすりと寝込んでいた時に届いたようだ。「お具合はいかがですか。今朝はご気分がよいといいのですが。ローリーにはしばらく滞在されますか。お電話ください」

トニーは、すぐに返事を打った。「昨夜はすみません。どうも何かのウィルスに感染してしまったようです。この埋め合わせはまたそのうちお目にかかった時に」

送信ボタンを押そうとしたその時、再び腹に痛みが襲い、トニーは慌ててトイレに駆け込んだ。まだ万全の状態とは言えないようだ。数分してから再び携帯を見ると、ダニエルからメールが届いていた。エリザベスの端末を使ったようだ。

「元気？　お父さんにとって楽しい一日になりますように！　早く帰って来てね」

思わず笑顔になる。ダニエル、ずいぶん成長したな……。メールの言葉を眺めながら、トニーは娘の将来について思いをはせた。トニーは母子家庭に育った。父親が家庭を捨てて出て行き、母親と離婚したためだ。大人になった今は、父親とも時々会うようになったが、幼い時分から母親のほうがはるかに身近で大切な存在だった。将来子どもができたら、決して自分のような思いはさせないと誓ったものだ。ただ、両親がそろっていたとしても、自分とエリザベスのようにけんかばかりしている家庭に育つことは子どもにとってはつらいに違いない……。ダニエルにとって、どちらがいいんだろう。どんな状態でも二人がそろっていたほうがいいのか、それとも思い切って離婚したほうが幸せなのか。もし、新しい母親が現れたらダニエルはどんな反応をするだろう。その人がヴェロニカのような女性だったとしたら……。

携帯電話の画面をスクロールし、ヴェロニカへ書いた返信の下書きを呼び出したが、送信しないまま携帯をしまった。そのうち電話をして、直接説明することにしよう。

エリザベスとのいざこざやヴェロニカとの関係を思い巡らすうちに、トニーは、自分の中に、別の何かが黒い雲のように重苦しく垂れ込めていることに気づいた。それが芽生えた時はほんの些細なものであったが、彼の心の中で次第に大きくなっていった。教会に行くのもおっくうになり、親友であるマイケルを避けるようになったのも、そのせいかもしれない。

会社の薬品サンプルを盗むのをもうやめようと今まで何度決心したことだろう。きっかけはちょっとした手違いだった。比較的高価な薬品が一箱、何かのはずみでケースから抜け落ちてかばんに残されたままになっていることに気づかず、医師も現物を見ないまま、受領シートにサインを走り書きしたのだった。あとでその薬品がかばんに取り残されていることに気づいたトニーが、次回出張した時に忘れずに医師に渡そうと思っているうちに機を逃してしまった。そうこうするうちに薬品を闇取引するルートを見つけ、百ドルで売ってしまったのだった。当時、少々金銭的にきつかったこともあり、この臨時収入のおかげで一息つくことができたのである。

そのように最初はほんの偶然の出来事だった。しかし二度目からは意図的な行為へと変わり、どんどんエスカレートしていった。会社もずいぶんと収益を上げているのだから、ほんの少し薬品の数をごまかしたところでたいしたことはないと、トニーは高をくくることにしたのだ。さらには、業績を上げているわりには報酬が少ないことに不満もあったため、こういうかたちでボーナスをもらっているのだと自分に言い聞かせた。こうすれば、会社も報酬を上げる手間が省けるし、トニーもわざわざ無駄な税金を払わなくてすむ。だいたい国は税金を取り過ぎているという思いがトニーにはあった。

トニーはホテルをチェックアウトし、朝食ビュッフェの前を素通りした。何も口にする気が起こらなかったからだ。そしてメディカル・センターに車を飛ばした。早朝から大きな仕事を控えていた。目的地に到着すると、車のトランクを開け、薬品サンプルの入ったケースを取り出し、駐車場に誰もいないことを確認するとその中から二箱を自分のために取り分けた。そして車の鍵を閉め、受付嬢やサンプルの到着を待つ医師の名前を思い出しながら建物の中へと入って行った。

今後、弊社から、お知らせなどを
お送りしてもよろしいですか？ □はい □いいえ

e-mail 携帯電話のアドレス
パソコンのアドレス

ご職業

年齢

男 女

Tel.

ご住所 〒

お名前

いのちのことば社
フォレストブックス行

〒164-0001
東京都中野区
中野 2-1-5

郵便はがき

恐縮ですが
切手を
おはり
ください

愛読者カード

書名

お買い上げの書店名

本書についてのご意見、ご感想、
ご購入の動機

ご意見は小社ホームページ・各種広告媒体で
匿名にて掲載させていただく場合があります。

本書を何でお知りになりましたか？

□ 友人、知人からきいて
□ 広告で（　　　　　　　　　　）
□ プレゼントされて
□ 書店で見て
□ 書評で（　　　　　　　　　　）
□ ちらし、パンフレットで
□ ホームページで（サイト名　　　　　　）

今後、どのような本を読みたいと思いますか。

ありがとうございました。

ご記入いただきました情報は、貴重なご意見として、主に今後の出版計画の参考にさせていただきます。その他「いのちのことば社個人情報保護方針 http://www.wlpm.or.jp/info/privacy/」に基づく範囲内で、各案内の発送、匿名での広告掲載などに利用させていただくことがあります。

クララは、エリザベスに対して押しつけがましい、決めつけた言い方をしてしまったのではないかと少し気になっていた。そして真夜中にベッドから起き出し、床にひざまずいて祈り始めた。

「神さま、昨日のエリザベスは、まるで給水栓のそばで、喉が乾いて仕方のない様子で立ち尽くす子どものような顔をしていましたよ。そして私のことを、ずいぶんと立派な信仰の持ち主だと思い込んでいるみたいで……。でも神さま、あなたは私がどれほど弱いかをご存じです。そして欠点だらけの人間だということも」

「祈りの戦士……」クララはそっとつぶやき、ふふっと笑う。

「神さま、私は、決してそんな大それた者でないことは、あなたがいちばんご存じです。ただ、自分の力では、もうにっちもさっちもいかないってことに気づくことができた、ただそれだけの話なんですよね」

クララには、もうかれこれ何十年と祈り続け、それでも状況が変わらない祈りの課題がいくつもあった。しかし、そんな理由で祈りをやめるクララではなかった。クララが初めて祈りのリストを作った時から名前が記され、今なおリストから消されることなく祈りに覚えられている人たちがいる。年月を経るにつれリストは古びてすり切れ、あるいは涙にぬれて字がぼやけてしまうため新しく作り直されるのだが、そのたびにクララは忘れずにその人たちの名前を書き込んだ。クララは諦めることなく神の介在を祈り続けているのだ。必ず神が働いてくださることを信じて。

　クララは、全身全霊をもって主に信頼することの大切さをエリザベスに伝えたかったのだが、そのうちきっとチャンスが訪れることだろう。祈る上でいちばん大事なのは神への信頼だ。でも、まだ祈りを始めたばかりのエリザベスにそれを伝えるのは早いという気がした。エリザベスにまず言いたかったのは、自分の計画を携えて神の御前に出ても、結局挫折してしまうということ。私たちはまず、すっかり自分を神に明け渡し、心から従う思いをもって祈らなければならないのだ。両手を空っぽにして毎朝神に向かい、自分の欲しいものを願い求めるのではなく、神ご自身を、そして神が私のために用意なさっているものを与えてくださいと祈ることが大切なのだ。

　朝になって、セシリアから電話があった。先日の強盗事件のことを知った誰かが噂《うわさ》を広め、ひょんなところから彼女の耳にも入ったようだ。

「あきれたわ、クララ。どうして素直にお金を渡さなかったの？」

「昨日私がどんな祈りをしたかを知れば、なぜ私がその青年に立ち向かったか納得してもらえると思うわ」

「一体どういうこと？　教えてちょうだい」

「昨日祈る前に、ルカの福音書を読んでいたの。ほら、悪霊につかれて墓場に住んでいた男の話よ（訳注・ルカの福音書八章二六〜三三節）。その男には悪霊が大勢入っていたの。だから町の人に捕らえられて鎖や足かせでつながれて、一人ぼっちでいたのよ。その男のもとにイエスさまが訪れて、彼の中にいる悪霊に向かって『出て行きなさい』と権威をもってお命じになったのよね。悪霊はただちに従ったわ。だってイエスさまは王の王、主の主なんですもの。イエスさまのお力は何てすごいんでしょう！」

「クララ、こんなこと言いたくないんだけどね、あなたはイエスさまじゃないから」

「そんなことわかってるわ。でもね、あの青年が突然目の前に現れてナイフを突き出した時、彼の目を見たのよ。彼ね、悪霊につかれて墓場に追いやられた男にそっくりだって思った。だから、その瞬間、神さまに緊急の祈りをささげたの。『神さま、今私は何をすべきですか』って。神さまはすぐに答えを下すったわ。『何にもまさって力あるわたしの名前を出しなさい』ってね。そのご命令に素直に従ったというわけよ。もしあの青年が走って逃げたりしなければ、いつもバッグに持ち歩いている聖書をあげることができたのに。それがちょっぴり心残りだわね」

「あのね、クララ。まかり間違えば、今頃あなたが墓場に住んでいるところよ。すっかり冷たくなった状態でね、わかる？」

「ふん、まあね。確かにそんな危険もあったかも。でもやっぱり、あの時イエスさまのお名前を出して正解だったと思うわ。今ね、あの青年をとらえて、いのちの言葉を聞かせてあげてくださいって神さまに祈っているの」

「そうなの。でもね、これだけは言わせてもらうわ。あなたと一緒に繁華街を歩くのはまっぴらごめん！」

二人は大笑いした。しかし、そうしているあいだにも、クララはエリザベスのことが片時も頭から離れなかった。彼女の心は鎖でつながれている……。そう、サタンが彼女と彼女の家族を破滅させようと狙っている。しかし、昨日この居間に座っていたエリザベスは、かすかではあるけれど、信仰の火がちらちらと燃えているように見えた。きっと彼女を通して神が大きな力を発揮してくださるに違いない。クララはそう確信していた。しかし、神の望まれる道へと進むためには、いったん事態が悪い方向へ後退してしまうこともあるのをクララは知っていた。

第十章

次の日、エリザベスは、少しではあったが希望が胸に湧くのを感じた。トニーから連絡があったわけでも、実際に神が働いているという確信があったわけでもないが、その朝、自分たちの若い頃によく似た夫婦への家の売却が無事成立したのだ。新しい家主となる家族に鍵を渡し、一緒に玄関を入るその時が、不動産仲介業者にとって達成感を感ずる最もうれしい瞬間だった。

ダニエルはダブルダッチの練習に今まで以上に熱中し、通常の練習に加え、新しい技の習得にも果敢に挑戦した。同じチームに所属するほかのメンバーたち、ジェニファー、ジョイ、サマンサも実に才能にあふれ、皆で力を合わせて行う演技は、目を見張るような素晴らしさだ。エリザベスはコミュニティ・センターの観客席に座り、ダニエルたちがジャンプするたびに声援を送った。時々ダニエルが顔を上げ、エリザベスに笑顔を向ける。

この競技の成功の鍵はチームワークにあると言っても過言ではないだろう。ダニエルは、繰り返し練習すること、またどんなにつらくとも粘り強くやり抜くことの大切さを学ぶ貴重な体験をしているのだとエリザベスは思った。そう、今まさに祈りについて学びつつある自分のように。

翌日のトニーの帰宅に備え、エリザベスはその朝早く起きて真剣に神に祈った。トニーに優しい言葉をかけることができるように、二人のあいだに何があろうとも、トニーが自分の愛に気づいてくれるように。ただの見せかけの優しさではなく、心からの愛と理解をトニーに示すことができるように。

ダニエルの物を置きに彼女のクローゼットに入った時、壁に厚紙が二枚テープで貼ってあるのに気づいた。そのうちの一枚には、「イエスさまは私を愛している」と書かれていたが、もう一枚を見た時、思わず息をのんだ。それは、いくつか祈りの課題が記された「祈りのリスト」だったのだ。一つひとつの課題の頭には、チェックを書き入れることのできる四角いマークが書かれてあった。


神さま、私のお祈りを聞いてください。

□ お父さんとお母さんがもういちど仲よくなれますように。
□ ダブルダッチの練習を毎日休まずに続けることができますように。
□ クララさんの家を、すてきな家族が買ってくれますように。
□ もっとイエスさまを愛することができますように。
□ 困っている人を助けることができますように。

エリザベスは胸に手をあててほほえんだ。ダニエルについての祈りを、神さまはちゃんと聞いてくださっているんだわ。神さまはダニエルの心を変えてくださっている。こんなに不完全な親のもとに育った子なのに。いや、ダニエルをご自身に引き寄せるために、今私たちが抱えている問題を神さまは用いてくださっているんだわ。こんな幼い子にも働かれるのなら、きっと私のことも変えてくださるに違いない……。

「神さま、ありがとうございます」エリザベスはささやくように祈った。

「あなたの恵みとあわれみに感謝します。こうして私の祈りに鮮やかなかたちで応えてくださってありがとうございます。先の見えない不安に押しつぶされるのではなくて、主の確かな働きに目を向けることができますことを感謝します」

クララの家の売却については、今のところ何の動きもなかった。内覧案内の予定もなければ、問い合わせの電話もなく、ネットでの検索記録が数件あるのみだった。実はエリザベスは、クララの家の売却話がなかなか進まないことをちょっぴりうれしく思っていた。仕事が長引けばそれだけ、クララとコーヒーを飲みながら人生について語る機会が増える。クララの家の売却を手がけることはうれしいことではあった。しかし、クララの家が無事売れて彼女が引っ越してしまったらと考えると、寂しい気持ちにもなるのだ。

エリザベスは車でクララの家に行くと、玄関のポーチに腰をかけ、昨日からの出来事をクララに報告した。そして祈ることを始めたことで、以前よりも神に近づけた気がすると話した。神が優しく自分の手を取ってご自身に引き寄せてくださっているような、そんな気持ちがすると。

「でも、いちばん素晴らしいのはダニエルが変わったことなんです。私が祈りについて学び始めたと言ったら、いろいろ知りたがって……。ダニエルもさっそく祈りのリストを作って、聖句まで書き入れたんですよ。私、ダニエルのために祈りの日誌を注文したんです。ダニエルも私にならってクローゼットを片付けて、自分だけの『戦いの部屋』にしてしまいました」

クララはあまりのうれしさに顔を輝かせながら言った。

「まあ、素晴らしい！　さっそくお嬢ちゃんによい影響が出始めているわね。これからダニエルの人生が大きく変わっていくわよ、きっと」

エリザベスはほほえみを浮かべた。「ええ、私もそう思います。正直言うと、祈り始めた最初の頃は、たった十分でもひどく長く感じたものでした。でも今では、いつまでも祈っていたくて、クローゼットから出たくないって思うくらい」

「これからもっとその思いが強くなるわ。『祈り』について学ぶことは、『愛すること』を学ぶのと同じではないかしら。つまり私たちが熟練すればするほど、もっとそのことを追い求めていきたいと思うようになる。神さまはね、私たちにご自身を追い求めてほしいと願っていらっしゃるの。もし私たちが真剣に神さまを追い求めるなら、思いもよらない方法でご自身を現してくださるのよ。聖書にも『もし、あなたがたが心を尽くしてわたしを捜し求めるなら、わたしを見つけるだろう』（訳注・エレミヤ書二九章一三節）って書いてあるわ」

「ええ、私は、今まさに神さまを捜し求めているところです。私自身のために。ダニエルのために。そして、特にトニーのために……」

「私もトニーのために祈っていますよ。聖書にはね、『ふたりでも三人でも、わたしの名において集まる所には、わたしもその中にいるからです』(訳注・マタイの福音書一八章二〇節)とも書いてあるの。二人でトニーのためにスクラムを組みましょうよ！」

クララはそう言うと、両手をエリザベスに差し出した。エリザベスがクララの手を取ると、二人は頭《こうべ》を垂れて祈り始めた。

「主イエスさま、エリザベスとの出会いを感謝します」クララが祈る。

「私たちが抱えている問題を全て御手におさめ、あなたご自身を私たちに与えてくださり感謝します。あなたが答えを与えてくださるというよりも、主よ、あなたが答えそのものなのですね。聖霊の注ぎを感謝します。主の尊い血で私たちを雪よりも白くしてくださることを感謝します。私たちの生活を顧み、ご自身のもとへと私たちを引き上げてくださることを感謝します」

今度はエリザベスが祈る番だ。しばらくの沈黙のあと、トニーのことについて集中して祈り始めた。「神さま、私が抱えるいちばんの問題はトニーではありません。私自身のうちに、解決しなければならない問題があります。そのことを私に教えてくださり感謝します。しかし、主よ、トニーのためにも心を込めて祈ります。トニーをあなたのもとに引き寄せてください。そのために必要でしたらどんなことでもなさってください」

「その通りです、主よ」クララが割り込むように祈りを続けた。

「エリザベスの祈りに心を合わせます。主よ、あなたは今力強く働いてくださっています。どうぞ、みわざを進めてください。トニーを立ち返らせてください。あなたに心の目を向けることができますように。そして主よ、エリザベスを力づけてください。忍耐と愛をもってトニーに寄り添い続けることができますように。真に立ち返ろうとする者の道のりは険しく苦しいからです。主の最善の時に、主の最善のわざが行われますように。そして主のみわざが行われているあいだ、私たちがあなたに堅く信頼することができますように」

エリザベスはダニエルをベッドに休ませたあと、結婚について書かれた本を読んでいるうちに、つい眠りに落ち、夢を見た。

トニー、エリザベスそしてダニエルが一緒にドライブをしている。車は、ガードレールのない、今にも壊れそうな橋の上を渡るのだが、道路に氷が張っているためスリップして橋からすべり、冷たい川に落ちてしまう。エリザベスは、すんでのところで後部座席からダニエルを救い出すことに成功するが、トニーの手をつかみ損ね、次の瞬間、トニーは恐怖にあえぎながら、車に閉じ込められたまま川に沈んでいく……。

エリザベスは、本を握りしめたまま、激しい動悸《どうき》とともに目を覚ました。これは何かの前触れなのか。それとも神からの警告？　すっかり目が覚めてしまったエリザベスは、クローゼットに閉じこもり、先ほどの夢について神に尋ねた。もしかしてトニーはほかの女性と不適切な関係をもってしまったのだろうか……。エリザベスは心を注いで祈った。聖書を開き、クララから教えられた聖句を読んでいるうちに気持ちが落ち着いてきた。私がトニーを救い出さなくてもよいのだ。それは私のすることではないのだから。私は、神が自分に与えてくださった務めを忠実に果たしていこう。

いったんそう決心したら、エリザベスの心に希望が湧いてきた。そして神がすでにしてくださっていることを一つひとつ思い出し、感謝の祈りをささげた。

「……そして神さま、ダニエルにも働いてくださってありがとうございます！　あの子の信仰を日々育ててくださってほんとうに……」

次の瞬間、大きな鐘の音が頭の中に鳴り響いた。もしかして天使が、私の耳元で力一杯ゴングベルを鳴らしたのかしら。祈りに没頭している人には特別に、天の鐘の音を聞かせてくださるのかもしれない……。エリザベスがそっと目を開けると、寝室の窓から光が漏れているのが見えた。クローゼットの角に頭をもたれかけていたせいか、首筋がこわばりズキズキと肩に痛みが走る。

エリザベスはまっすぐ座り直し、時計を見て驚いた。何と、一晩中クローゼットの中で過ごしていたのだ。急いで立ち上がって玄関へ走り扉を開けると、宅配便の業者が立っていた。

「まあ、こんにちは！」エリザベスが業者の男性に顔を近づけ咳込むように言うと、男性は反射的に顔をそむけ、怪訝そうな表情を浮かべた。「いや、その……こんにちは。お荷物を届けにまいりましたので、サインをお願いします」

荷物を見たエリザベスは、それが何かすぐにわかった。

「どうもありがとう！」エリザベスはタブレット端末にサインをしながら言う。

「これ、娘のために注文したものなの。間違いなく喜んでもらえるわ」

エリザベスからタブレット端末を受け取った業者の男性は、作り笑いを浮かべながら言った。

「ええ、おそらく息ができないほどの喜びようでしょうね」

そして荷物をエリザベスに渡すと急いでトラックへ戻り、振り返って「いい一日を！」と叫んだ。

エリザベスは玄関の扉を閉め、廊下の壁にかかった鏡にふと目をやると、そこには無残に化粧が崩れ、くしゃくしゃ頭の自分の姿が映っていた。「あら、嫌だ！」思わず叫び、慌てて両手で口を覆い息を吐くと、寝起きの口臭のきつさに頭がクラクラした。ああ、だからあの人あんな顔してたんだ！　これからはクローゼットで夜を明かす時には、気をつけなくちゃいけないわ……。


トニーはシボレー・タホに乗って移動するのが好きだった。車の運転をしながら自分の人生についてじっくり考えたり、ラジオのスポーツ番組を聞きながら最新ニュースを入手したり……。疲れたり眠気に襲われた時は、大音量で音楽を流したり、道の途中でいろいろなコーヒーショップに寄ることもあった。また、自らの成長のために自己啓発講座のテープを聞くことも。取引の進め方や顧客拡大の方法、印象のよい話し方など、講師の話を聞くためにわざわざ車に乗ることもあった。中には、神は全ての人に最善の道を与えるというような宗教的な観点から話をする講師もいた。自己啓発の講座を聞くと、トニーは実によい気分になるのだった。自分を改善し成長させるために、こんなにもたくさんのアプローチがあるのだなあとしみじみ感じ入るのだ。しかも、ラジオのボタンをポンと押すだけで簡単に実現できる……。

しかし、たった一つ改善できない分野があった。そう、結婚生活だ。こればかりは最初からよいか悪いかのどちらかに定められているものだろう。運悪く欠陥が見つかっても、修復の手立てなど始めからないのかもしれない。これから家に帰ったら、一体何が起こるのか火を見るよりも明らかだ。エリザベスから矢継ぎ早に質問されて、そのままきびすを返して家を出たくなるに決まってる。さっさと去りたくなるような場所に帰らなくちゃならないくらい気の滅入ることはない……。

トニーはなぜかヴェロニカに電話をする気になれなかった。なぜかはわからないが、何か心に引っかかりを感じるのだった。初めての食事の場にもかかわらず積極的にアプローチし、自分の部屋にまで招待する彼女の様子からすると、もしかしたら、過去にも自分に気のあるそぶりを見せる男性に対し昨夜のようなふるまいをすることがあったのかもしれない。トニーは、これから付き合う相手には、男性にルーズであってほしくないと考えていた。それでは相手に何を望むのか……改めてそう考えるとよくわからない。強いて言うならば、いつもけんか腰で話さないこと、時には笑顔を向けてくれること。大騒ぎをしたりガミガミと文句を言わずに、俺がほんとうになりたい自分、ほんとうになりたい父親へと変われるよう助けてくれる、そんな女性であってほしい。

自宅に到着すると、ポーチにダニエルの縄跳びがぶら下がっているのが見えた。父親が別の女性と一緒にいるところを目撃したら、ダニエルも最初は傷つくかもしれない。しかし、子どもというものは案外たくましいものなのだ。トニーも、徐々に両親の離婚を受け入れることができたのだから。じっくり時間をかけてきちんと説明すれば、ダニエルだってきっと乗り越えることができる。

トニーはリモコンのボタンを押し、車庫の扉がガラガラと音を立てて開くのを待ちながら、会社に就職して間もない頃に仕事のイロハを教えてくれた先輩のことをふと思い出した。ブライトウェル製薬で共に働くゲリーは、トニーが困難に直面した時、どう対処すべきかを指南してくれた。ある時、長年付き合いのあった顧客を失いそうになったことがあった。トニーは、そのことによって起こる損失を補塡するため、ただちにほかの顧客の獲得のために動き出した。

「君が今ひどく惨めな思いをしているのはわかる」ゲリーは言った。「がっかりもしているだろうし、これから先の心配もあるだろう。しかし君は肝心なことをおろそかにしたまま、別のことで埋め合わせをしようとしている。そうやって自分の力だけで何とかやっていけることを周りに証明しようとしているんじゃないか？」

「私はただ精いっぱい仕事に励んでいるだけですよ」トニーが言った。

「君に一つアドバイスをしたいんだ」ゲリーが言った。「顧客と信頼関係を築いて長く付き合っていくことはとても大事なことなんだ」

「それは重々承知しているつもりです」

「理解することと、実践することはまったく別だからね。十社の新規開拓に励むよりも、一社との関係を大切にすることに力を注いだほうがいい」

「いや、もう無理なんです。あちらの意志は固いみたいですから」

「それはどうかな」ゲリーは身を乗り出すようにして言った。「いいかい、謙遜な姿勢を示すんだ。できる限りあちらの希望に沿う気持ちがあることを誠意をもって伝えるんだよ」

「物乞いみたいに土下座しろってことですか」

「君にまったく落ち度がないのならさっさと関係を切ればいいさ。あちらが正しく自分を評価しないだけだとうそぶけばいい。さっさと忘れてほかの顧客を開拓したほうが気分よく仕事もできるだろう。しかし、今君が担当しているその顧客は、どんなにあちら側に欠陥や障害があろうとも、何とか君が頑張って関係を築いていく必要のある会社なんだ。どんなことをしてでもつなぎ止めるんだ」

トニーは車庫に車を入れ、エンジンを落としながら、結局のところゲリーがその会社に連絡を入れてくれたことを思い出した。実はその会社はかつてゲリーが担当していたのだ。トニーのために口添えをし、もう一度チャンスをもらえるようとりなしてくれたおかげで、その会社も取引中止を思いとどまってくれたのだった。トニーもゲリーのアドバイスを受け入れ、その会社の期待に添うよう努めることを約束した。それはつまり、誠実に営業の仕事をすることを意味していた。

なぜこんな時にその記憶がよみがえってきたのかトニーにはわからなかった。トニーはリモコンの閉ボタンを押し、エリザベスとのけんかに備えて深くため息をついた。

トニーが家に入ると、エリザベスとダニエルは、一緒にサンドイッチを作りながら、ダニエルのために注文した新しい日誌のことで話が盛り上がっていた。トニーはスーツケースを床に置き、ジャケットをカウンターの椅子にかけた。

「お父さん、お帰りなさい」ダニエルが声をかける。

「ただいま、ダニエル」

「今晩遅くなるんじゃなかったの?」エリザベスが言った。

「ああ、仕事が早く終わったんだ」

エリザベスが作っているサンドイッチを見たとたん、トニーのお腹が鳴った。ここ二日ほとんど満足に食べていなかったが、帰宅したとたん無性に腹がすいてきた。「俺の分はあるのか?」

「もちろんよ。あと数分もしたらジェニファーのお母さんがダニエルを迎えに来てくださるの。その後二人でいただきましょう」

エリザベスはけんか腰ではなかった。叫んだり、怒鳴ったり、責めてくる様子もない。

「わかった。荷物を部屋に置いてくるよ」

トニーは、スーツケースをポンとベッドの上に放り投げ、ジャケットを長椅子の上に置いた。きれい好きなエリザベスらしく、きちんとベッドメーキングがなされ、全てがあるべき位置に片付けられている。しかし、正確にどことは言えないが、何か以前と違っているようにも思えた。

ドレッサーの上に置いてあるエリザベスの携帯電話がシャリンと音を立てた。その直後玄関のベルが鳴り、ダニエルが走って行くのが聞こえた。誰が迎えに来たって? そうだ、例の縄跳び仲間の、たしかJで始まる名前の子だったな。

トニーはネクタイを外し、ベッドの上に落とした。そして好奇心を抑えきれず、ドレッサーへと歩いて行った。居間からは、エリザベスとダニエルの友達の母親のにぎやかな声がする。ええと、名前は何だっけ、思い出せない。ひょいとを手に取り、画面を見つめた。ミッシーからメッセージ……。ミッシー……何となく聞き覚えのある名前だった。エリザベスの大学時代の友人だったかな。

そのスレッドの最初のメッセージは二日前に送られてきたものだった。

ミッシー：リズ、ミッシーよ。今ノースカロライナのローリーにいるんだけど、たった今、トニーが見たこともない女の人とレストランに入るのを見たの。あなたの知ってる人？

トニーは仰天し、胃がギュッと締めつけられるのを感じた。エリザベスは、「それほんとう？」と返事をしている。

ミッシー：嘘ついてどうするの。
エリザベス：たぶん仕事関係の人だと思うけど。
ミッシー：すごくきれいな人よ。仕事の関係にしては、ちょっと親し過ぎる感じだわ。
エリザベス：何もないといいけれど。
ミッシー：また何かわかったら連絡するわね。
エリザベス：ありがとう。

トニーは画面をスクロールし、さっき届いたばかりのメッセージを読んだ。

ミッシー：リズ、トニーがローリーで会ってた女性について何かわかった？

トニーはふいに腹にパンチを食らったように感じた。レストランのあの悪夢を繰り返すのかと思うほどの気分の悪さだ。トニーは大きく息を吸い、ゆっくりと吐き出した。エリザベスは、ヴェロニカと会ったことを知っていたんだ。名前はわからなくとも、俺が女性とレストランで食事したことがバレている……。それなのに、電話もメールもよこさず、さっきもそのことについてはこれっぽっちも触れる気配がない。一体どうなってるんだ、わけがわからないぞ。エリザベスは、ほんとうに仕事の関係者だと思い込んでいるのか、それとも俺を攻撃するタイミングをはかっているのか……。トニーは、夫にひどい仕打ちをする妻のホラー話を聞いたことがあった。しっかりと裏を取ってから俺に復讐《ふくしゅう》する計画を立てるのかもしれない。

もうすでに計画を実行しようとしているのかも……。

玄関の扉が閉まる音が聞こえたので、トニーは何事もなかったような顔でキッチンに向かった。エリザベスは、ちょうど料理を作り終えたところだった。

「俺がいないあいだ、どうだった?」

「そうね、昨日家が一軒売れたわ。強盗に襲われそうになった話は、もう電話で知らせたし……」

ほらきたぞ、エリザベスはまずそのことで俺を責めるつもりだな、間違いない。

「ああ、そうだったな。エリザベス、そのことだけど、決して心配しなかったわけじゃないんだ。電話をくれた時、ひどく忙しかったもんだから。それに、二人が無事だってわかったし」

「ええ、わかってる」エリザベスはテーブルに皿を並べながら言う。「慌てて連絡して悪かったわ」

トニーは思わず耳を疑った。どちらかといえば分が悪いのは俺のほうなのに、エリザベスから謝ってくるなんて。それに、「忙しい」というさっきの言葉だって、ヴェロニカと話をしていたことの言い訳なのに……。

「悪いって……思ってるのか？」

「ええもちろんよ。だってあなた仕事中だったんでしょう？　きっと会議か何かだったのよね。もう少したってから電話すべきだったわ」エリザベスは飲み物の用意をするためにキッチンのほうへ身体を向けた。

絶対様子が変だ。何かあるぞ。トニーは気づかれないように、エリザベスの料理の皿を手に取ると、そっと自分の皿と交換した。

「私、あの時すっかり頭の中がこんがらがってしまって、あなたに八つ当たりしちゃったの。でもね、ダニエルにとっては、いい経験だったかもしれないわ。自分の周りにどんな人がいるか、これからは注意深くなるでしょうし」

エリザベスはテーブルに戻ると紅茶の入ったグラスを置いた。トニーは作り笑いを浮かべたが、頭の中はさまざまな思いが駆け巡っていた。ひょっとして異星人か何かが彼女の身体を乗っ取ったのか。それとも俺をすっかり油断させてから何かしでかす腹なのか。ダニエルを首尾よくこの家から出したのもそのためかもしれない……。

「ホットソースでもかける？」

トニーは、カウンターの上をさりげなくチェックし、ナイフ類が全て定位置にあるのを確認して胸をなでおろした。「そうだな、もらおうか」

「『マイルド』がいい？　それとも『天罰《ラス・オブ・ゴッド》』？　これはかなりからいわよ」

「『天罰』はやめておく。マイルドがいい」

エリザベスはテーブルに着き、ひざにナフキンを広げた。

ははん、これは罠《わな》だな。優しく穏やかに話し、食事も用意し、何も問題がないふりをする。しおらしく謝る態度まで見せる。そして、準備万端整ったところで、大攻撃が始まるんだ……。

トニーは首を横に振りながら言った。

「君の要求は何だ。何が欲しいんだ」

エリザベスはキョトンとした顔をする。たいした演技力だな。あやうくだまされるところだ。

「欲しいもの？　今？」

「そうだ」

エリザベスは少し考えてから言った。

「そうね、チョコレートサンデーかな。チョコレートがいっぱいかかったのがいいわ」エリザベスは指をくるくる回しながら言った。「アイスクリームはたっぷり二倍盛り。その上にクッキーとホイップクリームをのせて、いちばん上にチェリーをのせるの」

トニーは信じられないといった表情でエリザベスを見つめた。何か恐ろしいことを企てているに違いないのに、しれっとした顔でチョコレートサンデーについて語るなんて。

「あと、足が痛くて仕方がないの。誰かに足をマッサージしてもらえたらなあって思うわ」それがどんなに気持ちがよいか想像しているのだろう、うっとりした目でテーブルを眺めている。

「君の足をマッサージするのだけはまっぴらだ」

トニーは首を振りながら言った。

「ええ、わかってるわ」エリザベスは淡々と答えた。「じゃあ、お祈りしていただきましょうか」

何だよ、いきなり祈りましょうって……。この家で最後に食前の祈りをささげたのは、いつだったのか思い出せないくらい昔の話なのに。ここは素直に言うことを聞くとするか。トニーは少しうつむき、ぎこちない声で祈りをささげた。

「神さま、この食事を備え、家族を養ってくださることを感謝します、アーメン」

トニーは目を上げ、エリザベスが歯をむき出して叫び出すのを、あるいは何かの凶器を振り回すのを、あるいはヴェロニカのことで責め立てるのを、緊張した面持ちで待った。

ところがトニーの予想に反し、エリザベスはすぐにサンドイッチを手に取ると、おもむろにかぶりついた。

「ああ、もうお腹ペコペコ！」

トニーはほんの少し間をおいてから、自分の皿に置かれたサンドイッチを手に取って用心深くほんの一口食べてみた。エリザベスが、自分があらかじめ皿を交換することを予想して毒殺を企ててさえいなければ大丈夫だろうと思った。いや、そんなこと、考えただけでどうかしている。

「さっきダニエルと日誌がどうのって話してただろ。あれ、何のことだい？」

エリザベスがにっこり笑った。

「ああ、あれね。実は私のお客さんのアドバイスに従って、祈りの日誌を持つことにしたの。そのお客さん、クララさんっていうのよ。いつかあなたにも紹介したいわ。クララさんからお借りした日誌をダニエルが気に入ってね、これがきっかけでダニエルとはいろいろと信仰的な話をするようになって。神さまはほんとうに祈りに応えてくださる方なのかとか。それで、ダニエルが祈りの課題とか好きな聖句を書き込めるような日誌を注文してあげたの。まるでお誕生日に高価なプレゼントを受け取ったみたいに喜んでくれたわ」

「へえ、そうなのか」

エリザベスはナフキンで口を拭うと、まるで山のてっぺんから太陽の光が降り注ぐのを眺めるように顔を上げた。「ダニエルの成長をこの目で見ることができるのはほんとうにうれしいわ。まだ子どもだと思ってたけど、やがては大人になって自分の家庭をもつようになるんだものね。今まではずっと先のことだと思ってた。でも、あの子とよく会話をするようになってそうじゃないって気づいたの。あと数年もしたらすっかり大人だわ」

「子どもの成長はあっという間だって話はよく聞くな」

「ええ、まるでロケットが打ち上げられるみたいにね。ダニエルが私たちの子でほんとうに感謝しているわ。それにあなたがちゃんと仕事をしていてくれるから、必要な教育をしてやれるのよね。ほんとうにありがたいと思ってる。こんなこと口にするのも久しぶりだけど」

トニーはあっけにとられたようにエリザベスの顔を見つめた。どこかに隠しマイクでもあるんだろうか。俺が何か失言するように仕向けて、それを離婚裁判で証拠として提出するつもりなのか。

それとも裏庭のデッキにスナイパーが銃を構えていて、エリザベスが合図するのを待っているのだろうか。

「トニー、具合でも悪いの?」

トニーはもう一つサンドイッチを手にし、「いや、大丈夫」と答えた。

そして、エリザベスがおいしそうに食べるのを眺めながら、一体全体彼女に何が起きたのだろうとしきりに首をひねるのだった。

クララは、エリザベスをがっかりさせるようなことは何も言いたくなかった。彼女が、自分自身や娘の信仰が大きく成長していることに勝利を感じ、喜んでいる姿を見るのはうれしいことだった。しかし、先日二人で手を取り合い、エリザベスがトニーについて祈り始めた時、クララは、神が背後にあって何か事を起こそうとしておられるという予感がしたのだ。そして、それがどれほどの苦しみをもたらすことになるのか、クララには予想ができなかった。

クララは、感情をあてにすることはなかった。感情は、潮の満ち引きのごとく不安定なものだからだ。むしろ、神に信頼すること、周りの人々を愛すること。この二つの指針に従って歩むことこそ、最も確かな道であると信じていた。敵であるサタンは、道から迷い出るよう日々誘惑の手を伸ばすが、クララは、堅く神に信頼すること、神は正しいお方であり義が実現するためにいつも働いておられると信ずること、そしてその信仰に立って周りの人々を愛することが自分の務めであると信じて疑わなかった。

クララはよくこう言うのだ。

「自分の感情に押し流され、神さまから離れていく人がどれほど多いことか。そういう人は、自分の思い通りに神さまが働いてくれないと、神なんていないと思ってしまう。そこまでいかなくとも、神は自分のことなど気にかけてくれないと思って落胆してしまう」と。

あの日、エリザベスが帰宅したあと、クララは階段を上り、二階の「戦いの部屋」へと向かった。年を経るにつれ、階段を上がるのがだんだんときつくなってきたクララは、今度住む家ではキッチンと同じ階に「戦いの部屋」を持つことにしようと改めて思うのだった。しかし、一段一段ゆっくりと上りながら、クララは、途中で何が起ころうとも、神はエリザベスとトニーのためにきっと最善をなしてくださるという確信がふつふつと湧くのを感じた。そして「戦いの部屋」に入るとすぐに床にひざまずき、エリザベスとトニーの心を変えてくださいと、力を込めて祈るのだった。

第十一章

　その日の午前中は、営業先に出かけることも仕事の電話をかける必要もないので、トニーはぽっかりと空いた時間をのんびり過ごすつもりでいた。午後には、事務処理と週に一度の営業会議のために出社しなければならないが、少なくとも午前中はゆっくりと羽を伸ばそうと心に決めた。チーズと野菜の入ったオムレツを作って遅めの朝食を楽しみながら、夕べの試合の総集編をテレビで観ることにしたのだ。

　トニーが玉ねぎとピーマンを刻んでいると、ダニエルがテーブルに向かい、何やら一心不乱に鉛筆で書き込んでいる。

「何をしてるんだい？」

「祈りの日誌に大事なことを書いてるの」ダニエルは顔も上げずに答える。

　その姿は、まるで古代の写本筆記者が細心の注意を払いながら一つひとつの文字を書き込んでいるようにも見える。

「ああ、祈りの日誌……だったね。お母さんから聞いてるよ。ちょっと見せてくれない？」

ダニエルは日誌を閉じ、首を横に振った。「だめ、これは秘密の日誌なの。私と神さまだけしか見てはいけないの」

トニーはほほえみながら、ボウルに卵を四つ割り入れた。「じゃあ、せめて表紙だけでもいいから見せてくれる？」

ダニエルは少し顔をしかめながら、日誌をトニーに差し出した。「いいけど、絶対に中は見ないでね」

トニーは手を洗い、しっかりと水気を拭き取ってから日誌を受け取った。革表紙のそれは聖書のような重厚感があり、表にはちょっと変わったデザインが施されている。「なかなかいいじゃないか。一体何を書き込んでいるんだい？」

「聖句とか、祈りの課題とか、そんな感じ」

ダニエルは日誌を返してもらいながら答えた。

「今ダニエルがいちばんかなえてほしいと思っていることは何だろう」

トニーは、テーブルに肘をつきダニエルに身体を寄せながら尋ねた。

ダニエルはトニーを見つめ、口を開いて何かを言おうとしたが、慌てて口を閉じた。「言えない」

「おいおい、教えてくれよ。笑ったりしないからさ。なるほどそうか、父さんに笑われるのが怖くて言わないんだな」

「違う。私と神さまだけの秘密なの」

娘とコミュニケーションをとるのは、思った以上に難しいものなんだな……。トニーは心の中でため息をつきながらガスコンロへ向かい、火をつけた。次にどんな言葉をかけようかと思案していたちょうどその時、携帯電話が鳴った。画面には会社の電話番号が表示されている。

電話に出ると、地域統括マネージャーのリックからの連絡だった。

「やあリック、一体何のご用でしょう」

「すぐに会社まで来てくれないか。ちょっと話したいことがあるんだ」

「出張から帰ったばかりなので、午前中は休みを取っているんです。午後会議に出るためにそちらに行きますので、その時にでも」

「いや、それまでは待てない。できるだけ早くこちらに来てほしい」

ふだんのリックと少し声の様子が違う。理由は何であれ、ただちに従うしかない、そんな雰囲気だった。「わかりました。娘の預け先を見つけてから、なるべく早くそちらに向かいます」

「そうしてくれ」

トニーは電話を切ると、コンロの火を止めた。朝食はしばらくおあずけだな……。すぐにエリザベスに電話したがつながらない。トニーはイライラしながらオフのボタンを押すと、ある考えがひらめいた。「これから友達の家に行ってもらうわけにはいかないかな。ほら、何て言ったっけ、ジェネット、いやジェニー……」

「ジェニファーのこと？」

「そう、ジェニファーだったね。電話してくれる？」

トニーは寝室へ向かうと、急いでシャワーを浴び、着替えた。

キッチンに再び現れると、ダニエルが縄を手に外出の用意を整えていた。

「ジェニファーのお母さんが、ぜひうちにいらっしゃいって。お父さん、これからどこに行くの?」

「会社から呼び出しがあったんだ。仕事をしているとね、上司の言うことは絶対なんだよ。ところでお母さんはどこに行ったんだ? 仕事か?」

「うん、そのあとでクララさんちに行くって」

トニーは車を出したものの、ジェニファーの家がどこにあるのかまったく知らないことに気づいた。

「ここを曲がって」ダニエルが口を開いた。「そう、この道をまっすぐ行ったところ」

トニーはジェニファーの家の前の私道に車を停め、ダニエルと共に玄関へと向かった。ジェニファーの母親が扉を開けて二人を出迎えた。

「突然に申し訳ありません」

「どうぞ、お気になさらないで」

「急に仕事が入ったものですから。帰りは家内に迎えに行かせます。それでよろしいでしょうか」

「ええ、もちろんです。ダニエルさえよければ何時まででもお預かりしますよ。あるいは奥さまがお帰りになる頃に私がお送りしてもかまいませんわ」

「そうしていただけると助かります。ほんとうにすみません」

トニーは会社へ向かう途中にもう一度エリザベスに電話をしたが、留守番電話に切り替わった。直接話ができないことにいらだちながら、ダニエルがジェニファーの家にいること、あとでジェニファーの母親が家に送り届けてくれることを短くメッセージに残し、すぐに電話を切った。

会社に到着すると、リックの秘書のシャロンが、トニーの姿を見るや否や電話の受話器を取った。いつものはじけるような陽気な態度が見られなかったが、きっと何か問題でも抱えているのだろうと受け流した。朝、夫とけんかでもしたのか、あるいは自分自身の問題で、彼女の様子がおかしく見えただけなのか。

リックが部屋の扉を開け、トニーを中に通した。部屋にはリックのほかに、トニーの苦手な副社長トム・ベネット、そして人事部長のクリントン・ウィザースがいた。なぜクリントンがいるのだろう。トニーは首をひねった。クリントンは、社員の採用あるいは解雇にかかわる会議にしか出席しないはずなのに……。

リックはトニーと握手を交わすと、席に着くよう促した。トニーは、敵から不意打ちを食らったような気持ちになった。

「トニー、非常に言いにくいんだが……」リックがノートパソコンに目を向けたまま話を切り出した。「昨日、グレッグから話があったんだ」

「ああ、グレッグのことは知ってますよ」トニーは緊張のあまり胃に痛みを覚えた。「たしか商品の在庫管理をしている方ですよね？」

トニーは、何を言われているのかわからないとでも言うように、平静を装って尋ねた。

トムとクリントンはじっと彼を見据えたままだ。

「トニー、グレッグが言うには君が持ち出している薬品サンプルの数と、実際に客に納めている数が合わないそうなんだよ。しかも一度や二度ではなく。先日君がアシュビルに出張に行ったあともそうだったらしい。君が出張するたびに同じことが起きるとグレッグが言っている」

トムが身を前に乗り出した。「数をちょろまかして、自分の懐を肥やしてたってことか?」まるでトニーの反応を楽しんでいるようにせせら笑いを浮かべている。「トニー、もう全部お見通しなんだ」

「ちょ……ちょっと、待ってください」そうは言ったものの、トニーは、どんな言い訳をすべきかまったく思いつかなかった。

リックはノートパソコンの画面をトニーのほうへ向け、残念そうな口調で言った。

「トニー、数字は嘘をつかないんだ。グレッグも念を入れて二重にチェックしている。数の違いに気づいたのはこれで五度目だそうだ。それ以前にもこういうことがあったんじゃないかという懸念がある」

「いや、これは何かの間違いではないかと……」トニーはできるだけ落ち着いた声で言った。手は汗ばみ、唾をのみ込むこともできない。何か飲み物が欲しい……ああ、どこかに逃げ道はないものか……。「手元にあるサンプルの数をもう一度数えてみます」

「いや、その必要はないよ、トニー」クリントンが口を開いた。

「こういった明らかな違反行為があった場合、選択肢はただ一つ、解雇しかないんだ。社の規約にも書いてあるだろう」

「解雇……ですか？」トニーは絶句した。

「トニー、君はクビってことだ」この状況を喜んでいるような声色でトムが言った。

「これでおしまいってことですか？」まるでスイッチが入ったように、いろいろな思いが込み上げてきた。ちくしょう、何とか説得して切り抜けるんだ。ピンチには強いはずだろう……。

「私の話も聞いてください。社の売り上げにいちばん貢献してきたのは私じゃないですか。先日も社長のコールマンさんにそう言われました。ホルコム社との契約成立に成功したことで特別にボーナスをいただくことになっていましたし。少々数が合わなかったからってすぐに解雇というのは、いくらなんでも無茶です」

「君はボーナスを受けるに値しないよ」トムが口をはさんだ。「どうせ今までも薄汚い手を使ってきたんだろうからな」

　リックが悲しそうな表情を浮かべながら言った。「トニー、僕は君を買ってたんだ。信じてもいたし、なんとかもう一度チャンスを与えてほしいと、コールマン社長はじめ、執行役員にずいぶんと掛け合ったんだよ」

「リック、無駄な期待だったな」トムが一言添える。

「君の個人的な事情を僕は何も知らない」リックが続けた。「君がこんなことをしでかした原因がどこにあるのかはわからない。でも、やったことの性質上、どんなに些細なことでも見逃すわけにはいかないんだ」

「入社の時にサインしてもらった規約書にも明記してあったから、君もわかっていると思うがね」

クリントンが言った。

トニーは黙ってうなずき、床に目を落とした。だめだ、おそらく全部バレてる。言い逃れはできない……。残された道はただ一つ。罪を認めてゆるしを請うしかないのか。しかし薬品サンプルの持ち出し分と納めた分の数が合わないことを認めてしまうと、さらにその先の不正行為についても自分の口から明らかにしなければならず、事態はもっと深刻になってしまう。そう、法的に訴えられる可能性だってある。

「私の給料はどうなってしまうんでしょう。ボーナスも……」

トニーは顔を上げて尋ねた。

「今日までの給与は支払われる」クリントンが答えた。「しかし解雇という事態になった以上、ボーナスも退職金もなしだ。今日帰るまでに、社のキーカードを返してもらいたい。ジェリーに渡しておいてくれ」

一人の警備員がおずおずと部屋に入って来た。社の入り口でいつも見かける男だったが、名前がジェリーであるということをトニーは初めて知った。扉を開けて「おはようございます」というだけの男の名前なんて知る必要もないと思っていた。この会社で最後に姿を見るのがよりによってこの男になろうとは、なんという皮肉だろうとトニーは思った。

万事休す……だな。薬品サンプルを時々抜いていることを会社側が気づくとは、トニーは考えもしなかった。それほど大騒ぎするようなことではないと思っていたのだ。一度に抜く数だって数個程度。もちろん回数を重ねればそれなりに数も増えていくが、会社の儲けと比べれば微々たるものじゃないか……。

「家のローン、生活費、保険料……これから一体どうやって払っていったらいいのか……」

「そういうことは、サンプルの数をちょろまかす前に考えるべきだったな」トムがかみつくように言った。

「ほんとうに残念だ、トニー」リックが言った。「心からそう思うよ」

トニーは書類に署名をし、ジェリーと共に自分の机へと向かった。机の上には、私物を入れるための段ボール箱がのっている。トニーは、エリザベスとダニエルの写真をいつも机に飾っていた。写真立てのフレームには、「最高のお父さんへ」という文字が印字されている。「最高のお父さん」はたった今クビにされて、会社から放り出されるところさ、まったくざまはないよな。こんなやり方は不当だ、間違ってる。

いや、違う。間違ってなんかいない。クビになって当然のことをしてしまったんだ。まったくもって惨めな話さ……。

「ああ、もう一つ」リックが自分の部屋から廊下に出て来て言った。「車のことなんだが……」

そうだ、車か。トニーは会社から支給されているシボレー・タホのことを思い出した。それは家に次いで自分の居場所となっていた車だった。

「明日にでも回収しに君の家に行くことにするよ。あるいは、このまま君を家に送って行って、そのまま車をこちらに戻すのでもかまわないが。どちらにせよ君のいいようにするから」

「今日は自分で運転して家に帰りたいのですが」上司に家まで車で送ってもらうなんて、まるで運転免許のテストに落ちたティーンエージャーかパーティーの途中で強制的に帰宅させられる酔っ払いみたいじゃないか。本音を言うと、全てから離れて独りになりたかった。周りからの冷たい視線や厳しい糾弾から……。

トニーは廊下を歩きながら、まるで自分が、何もかも失った死人同然のような気がした。仕切りのある小部屋やオープンオフィスの横を歩いていると、すれ違う人たちが皆トニーから視線をそらし、身をよけた。彼らは一様に心から同情しているような、気の毒そうな、そして心なしかホッとした表情を浮かべている。以前にも一度だけ、こんな光景を目にしたことがあった。トニーは、解雇され、私物を持って会社から出て行くその人の後ろ姿を眺めながら、絶対にあんな奴みたいにはならないぞと心に誓ったはずだった。しかし、今まさに彼は、「無職」という名の大海へと漕《こ》ぎ出そうとしているのだった。

リックはトニーの隣に寄り添いながら、エレベーターの前まで歩いた。何かトニーに声をかけたくても言葉が見つからないようだった。ジェリーが階下へと向かうボタンを押し、エレベーターが上がって来るのを黙って待っていると、ふいにトニーはリックのほうを向いて尋ねた。

「私の退社理由について、周りにはどう説明するおつもりですか。何が起きたかを説明しないわけにはいかないでしょう?」

リックは首を振りながら答えた。「いや、先ほどの話は伏せておくつもりだ。ほかの会社に転職することになったとでも説明しておくよ。君は何も心配しなくていい。ただ自分のことだけ考えてくれ」

トニーは黙ってうなずき、エレベーターに乗り込んだ。ジェリーと共に一階まで下り、車に向かった。エリザベスには何て言ったらいいんだ。どう説明したらいい？　彼女はなんて言うだろう。きっと感情を爆発させて怒鳴り散らすんだろうな。それだけは確かだ。自分やダニエル、家のローンのことを心配し、俺の軽率さを嘆くんだろう。「罪」を犯したと責め立て、家の恥だとわめき、しまいには泣き出して、俺に背を向け拒絶するんだろう。ついに結婚生活も一気に破滅というわけだ。

そうだ、親戚だ……厄介だな。収穫感謝祭の日にエリザベスの親戚の集まりがあるんだった。何て説明したらいいんだろう。マイケルや教会の連中に何て言ったらいいんだ？　いやそんなことより、だいたい会社から物を盗んでクビになった人間を雇ってくれる会社などあるんだろうか……。トニーの心に次から次へと質問が浮かんでは消えた。確かにトムは正しい。最初にあの薬の箱を自分のものにしてしまったその時に、やがてはこんな事態になる可能性があることをちゃんと考えておくべきだったんだ。

ダニエルも、父親が日中に家でぶらぶらしている姿をいぶかしく思うだろうし、エリザベスとの仲も悪くなる一方だろう。

トニーは車のバックミラーに目をやり、会社の建物がだんだん遠ざかっていくのを眺めた。いつもの帰宅ルートはたどらず、あてもなく街の中をさまようように運転しながら、ぼんやりと思いを巡らした。もう出張に出かけることもないんだ。会議に出席することも、ボーナスが支給されることも……。ずしりと肩にのしかかるのは、エリザベスとダニエルのためにかけた生命保険の支払い、そして多額の住宅ローン。もう死んだほうがましだな……。トニーは絶望的な気持ちになった。

エリザベスはクララの家から出ると、携帯をチェックし、トニーからメッセージが届いていることに気づいた。ダニエルをジェニファーの家に送って行くという短い内容だった。午前中はダニエルの面倒を見るって約束したのに、さっさと会社に行ってしまうなんて……。仕事と同じくらい家庭にも情熱を注いでくれたらいいのに……。

クララの家から遠ざかるにつれ、エリザベスには違う思いが芽生えた。トニーは結局仕事を優先したけれど、無責任にダニエルを放っておくようなことはしないで、預け先を見つけてくれたじゃないの。それに、熱心に仕事をして家族をちゃんと養ってくれてほんとうにありがたいわ。世の中には家族のために働くことを放棄したり、仕事で成功しようなんて思わない男性がたくさんいるのに……。何事も否定的に決めつけるのではなく、別の角度から眺めると、また違った風景が見えてくるのだった。

「神さま、確かにトニーは完璧ではありません。でも、あなたは彼の心に仕事に対する意欲を与えてくださいました。ほんとうにありがとうございます。トニーが私たちのことを気にかけ、養ってくれることを感謝します。トニーが何をしないかではなく、何をしてくれているかということに目を留めていきたいと思います。そんなふうに考えられるように導いてくださってありがとうございます。どうぞ、今この時、トニーを祝福してください。仕事がうまくいくよう助けていてくださ
い」

エリザベスの心に変化が起こり始めていた。少しずつトニーの心に近く寄り添うようになってきたのだ。

エリザベスがジェニファーの家に電話をし、自宅に向かっていることを伝えると、ジェニファーの母サンディは、ダニエルを家まで送ると申し出てくれた。

エリザベスが家に着いた頃、外はどしゃぶりの雨が降っていた。ダニエルにトニーがどこへ行ったのか尋ねると、会社の上司から電話があったとの答え。

キッチンのシンクには汚れた調理器具が残され、料理の途中だったのか、コンロの上にフライパンが出しっぱなしになっている。

車庫の扉がガタガタと開く音が聞こえてきた。「あら、帰って来たようね」

「お父さん、私の祈りの日誌を見たいって言ったの」

ダニエルは、読んでいる本から目を離さずに言った。

「見せてあげたの？」

ダニエルは首を横に振った。

「どうして？」

「だって、お父さんのことが書いてあるんだもん。お父さんのためにずっと祈っていることがある

の」

「どんなこと？」

「お父さんとお母さんがけんかをするのをやめるようにって。そしてお父さんがもっと私たちと一緒に過ごす時間をもてるようにって。それから……」

「それから？」エリザベスは、ダニエルが胸に「ＬＯＶＥ」と記されたＴシャツを着ていることに気づいた。きれいなピンク色のＴシャツで、袖の部分が紫色だ。「ＬＯＶＥ」の文字の部分にキラキラとしたラメが入っている。

「それから、お父さんがもう一度神さまと仲よくなれますようにって。昔は仲よかったみたいなんだけど、今はそうじゃないから」

「それは素晴らしいお祈りだわ」エリザベスは感動で胸を詰まらせ、やっとの思いでそう答えると、ダニエルの隣に座り、雑誌を開いた。仕事に出かける前にトニーが食事をしていないのだとしたら、きっとお腹がすいているに違いない。そうしたらすぐにオムレツを作ってあげよう。

車庫の扉が閉まる音が聞こえてきたものの、トニーはいっこうに家の中に入って来る気配がない。車に故障が見つかったのだろうか。それとも、ローリーで食事をした女性と電話でもしているのだろうか……。

エリザベスは目を閉じた。「神さま、悪いほうへ心を向けるのはやめます。最悪のことを考えるのではなく、あなたに信頼し、より頼みます」

トニーはやっと家に入って来たかと思うと、そのまままっすぐ寝室へ向かった。

「お帰りなさい」エリザベスは優しく声をかけた。

何も返ってこない。小さなうなずきも、かすかな返事すらなかった。

こんな態度をとられて、どうして前向きな気持ちでいることができよう……。神さま、彼の様子を見に行ったほうがいいですか、それとも一人にしてあげたほうがいいのでしょうか。

その時、エリザベスはクララの言葉を思い出した。「いいこと、あなたの願い通りにトニーがふるまうことを期待するのではなくて、トニーがあなたに何を願っているかを考えて接してあげなさい。男の人はちゃんと立ててあげなくてはね。まずはあなたから愛を示しなさい。あなたが大切に思っているその心をトニーにきちんと示すのよ」

エリザベス自身が何かつらいことに直面した時は、独りになってゆっくりシャワーを浴びたり、部屋に閉じこもって昼寝や読書をする時間が必要だった。全てのことから一時的に逃避するのだ。しかし、少なくとも結婚したばかりの頃、エリザベスはトニーの感情の浮き沈みによく付き合わされた。トニーはエリザベスと異なり、何か問題に直面するといちばん身近な存在である彼女にうっぷんを吐き出すことによって立ち直ろうとするところがあった。トニーがかんしゃくを起こすと、エリザベスは恐怖を感じ、どう対処してよいかわからず途方に暮れたものだ。しかし、これからは勇気をもってトニーの気持ちに寄り添うことで、状況を少しずつ変えていくことができるかもしれない、そうエリザベスは決心したのだった。

エリザベスはトニーのいる寝室へ入って行った。

「トニー?」

トニーはエリザベスに背を向け、ベッドの上に置いたかばんの中を片付けている。彼の態度から様子がおかしいことはわかったが、顔が見えないので何を考えているのか皆目見当もつかない。口もききたくないほど怒っているのだろうか。私が何かしたのだろうか。

エリザベスが声をかける前に、トニーが口を開いた。

「はじめに言っておくけど、俺に向かって不満や不平をぶちまけるのは勘弁してほしい」

そしてくるりとこちらを振り向き、エリザベスの顔を見た。筋肉が硬直し、怒りの表情を浮かべている。いや、もしかしたらすごく傷ついているのかもしれない……。

「とてもじゃないが、今は話をする気分じゃないんだ」

一体何に怒っているんだろう。何があったんだろう。エリザベスは気を落ち着かせ、できる限り優しくなだめるように声をかけた。「トニー、何があったの?」

「会社を辞めることになった」トニーはそう言い放つと、まるで首に絡まった縄を振りほどくようにネクタイを外してベッドの上に投げつけ、かばんの片付けに戻った。

エリザベスは大きく一つ深呼吸をし、できる限り冷静になろうとした。会社でどんな話し合いがあったんだろう……。リストラされたのだろうか。それともほかにクビにされる理由でもあったのだろうか。いずれにせよ、トニーはひどく傷ついている……。将来の不安で頭がいっぱいなんだわ、きっと。

「そう、わかった。まあ、何とかなるわよ」エリザベスはできる限り落ち着いた口調で、励ますように言った。

「何だよ、嫌味の一つもないのか」

トニーは理解に苦しむと言わんばかりにふくれっ面を浮かべ、驚いたように言った。

「トニー、心配しないで、大丈夫だから」エリザベスはもてるだけの勇気を振り絞り、落ち着いた声で答えた。正直ほんとうに大丈夫なのか彼女に確信はなかったが、とにかく今はトニーを励まさなければという思いでいっぱいだったのだ。

トニーはエリザベスの顔を正面から見据えた。怒りで顔がゆがんでいる。「リズ、聞こえなかったのか？　俺はクビになったんだ」そして一つひとつの言葉を強調するように、顔を前に突き出しながら言った。「つまりこういうことだ。給料がもらえない、車は取り上げられる、健康保険は使えない、それに、この家だってもう住めないかもしれないんだぞ！」

そう、その通り。それが現実。さまざまな思いが脳裡に渦巻く。エリザベスは、首に手を当て、何を言うべきか頭を働かせた。

「わかったわ。これからしばらくの間、私の担当分の家を増やしてもらうことにするから、あなたはゆっくり次の仕事を探してちょうだい」

トニーはまったく信じられないといった表情でエリザベスを見つめた。

「言うことはたったそれだけか」

「だって、ほかに何ができるっていうの？」

トニーは、少しのあいだエリザベスの考えを読み取ろうとするように彼女の目をじっと見つめたあと、くるりと背を向け、かばんの片付けを再開した。

「時々君がわからなくなる……」

エリザベスは黙ったまま口を開かなかった。一体私はトニーのために何をしてあげられるのだろう。自分の全てを根底からひっくり返されてしまった男の心中はいかばかりだろう……。エリザベスは心配でならなかった。不安と恐れでいっぱいだった。でも、神が味方でいてくださるなら、神がトニーにも自分にも目を留めていてくださるなら、仕事を失うことぐらいたいしたことではない。こんなことに比べたら、神ははるかに大きな方ではないか。

そうよ、その通り。もちろん、今ここで言うべきことではないけれど、それこそが真実。だから、たとえ今がどんなにつらくとも、神はこの状況を用いて最善をなしてくださるに違いない。

「夕食を準備するわね」

エリザベスはキッチンに戻った。まな板の上には刻んだピーマンと玉ねぎ。そう、オムレツよ……。トニーのために心を込めて作ってあげよう。とにかく目の前にあることを一つひとつ片付けていこう。そうやって前に向かって進んで行くんだ。それしかない。

「神さま、今この時、トニーを愛することができるように助けてください。彼にとって頼もしい味方でいられますように。目に見える状況に揺れ動くのではなく、あなたに信頼することができますように。自分の判断に頼らず、気持ちを落ち着かせ、あなたにすっかりゆだねることができますように」

その夜遅くに電話が鳴ったのは、クララがそろそろ寝支度を始めようかと思っていた矢先のこと、居間の椅子に座り、ピリピ人への手紙を読んでいる時だった。エリザベスからの電話で、クララはトニーが職を失ったことを知ったのだ。話を聞きながら、クララは目を閉じ、そっと神に感謝の祈りをささげた。今まで同じような状況に直面したことが何度もあったが、こんなふうに神に感謝できるケースはそう多くはなかった。

「エリザベス、あなたを誇りに思うわ。トニーにそんなふうに落ち着いて穏やかに話すことができたなんて。きっと神さまがあなたの心に働いてくださっているのね。トニーもあなたの変化に気づいているんじゃない？」

「ええ、確かに」エリザベスはその時のことを思い出し、胸がいっぱいになったのか声が震えている。

「これから私が話すことは、あなたに少し戸惑いを与えるかもしれない。でも、ぜひ聞いてもらいたいの」

「何でしょう」エリザベスはためらいがちに尋ねた。

「神さまが私たちに与える最良の贈り物とは、時に、全てが私たちの願い通りになるような楽な道ではないことがあるのよ。それどころか、一体どうしてこんなことが起きたのだろう、なぜこんな場所に導かれたのだろう……、そんなふうに叫ぶしかない状況だったりするの。たとえば深刻な病にかかってしまったり、愛する者から見捨てられたり、到底返すことのできない借金を背負ってしまったりね……。始めのうち、私たちは病をいやしてくださいって祈るわ。愛する者が戻って来ますように、天から札束が降ってきますようにって願い求めるでしょうね。誤解してほしくないんだけど、私も病がいやされるように祈ることには賛成よ。仲たがいしてしまった人との和解を求めることもね。もし神さまが天の金庫を開けて、百ドル札を雨のように降らせてくださったとしたら、カゴを手に、喜んで拾い集めに行くわ。そうマナみたいにね」

エリザベスは笑い声を立てた。でも、きっとその頬には涙が伝ってる……クララにはわかっていた。

「でもね、長いあいだイエスさまと一緒に人生を過ごすうちにわかったことがあるの。神さまの目的は、私たちをよい気分にさせたり、幸せにすることではないってこと。そうではなくて、神の御子《みこ》であるイエスさまのように、私たちが聖くなることなの。イエスさまに従って歩んでいるならば、どんな人でも必ず苦しみや痛みの中を通るのよ。神さまが私たちに背負うように命じているのは、発泡スチロールのようなふわふわした十字架ではなくて、ささくれだった粗削りの重い十字架なの。もっと楽な道はないものかと逃れようとしても、神さまは結局私たちをいばらの道、死の陰の谷へ通されるの。でもね、一つ確かなことがあるわ。もし神さまに信頼し続けるならば、神さまは必ず私たちを緑の牧場、いこいの水のほとりへと導いてくださるってこと。天国に行ってからではなくて、この地上にあって！　たとえどんなにひどい嵐の中にいたとしても、たとえ失望、恐れ、怒りのただ中にあっても、平安と安らぎを手にすることができるの」

クララは、エリザベスがしっかりと言葉の意味をかみしめることができるよう、しばらく沈黙した。電話口から、静かにすすり泣く声が聞こえてくる。

「エリザベス、元気を出しなさい。勇気をもつのよ。今のつらく苦しい時は、神さまの視点から眺めるならばむしろ最良の時なのかもしれないのだから。今晩、私はあなたのために神さまに真剣に祈るわね。この状況を切り抜けることができるように、行くべき道を示してくださるようにって。エリザベス、神さまはあなたと共にいてくださるわ。そのことだけは決して忘れないで」

「ええ、わかってますわ」エリザベスが答えた。

第十二章

　暗闇の中でエリザベスの声がする。はるかかなたから聞こえてくるが、はっきりとした叫び声。助けを呼んでいるようだ。トニーは思わず立ち上がる。ここは一体どこなんだ。薄暗い中、目を凝らしてよく見ると、倉庫のような部屋に箱やコンテナが無造作に積み上げられ、辺り一面靄《もや》がかかっている。声のするほうへ思わず駆け出すが、次の瞬間声はまったく違う場所から聞こえてくる。耳を澄ませながら右に曲がったり後ろへ戻ったり……。だんだんと声の主に近づくにつれ、せっぱ詰まったような恐怖の色が感じ取れる。

　廊下に出ると先のほうにエリザベスが見えた。白いシャツにグレーのジーパン姿の彼女の前に、黒いフードをかぶった大柄な男が立ちはだかっている。男がエリザベスを押し倒したのを見たトニーは、二人に向かって全速力で走り出した。

　エリザベスを押し倒すなんて！　彼女をそんな目に遭わせる奴をゆるしておくものか！

　今まで何年にもわたってウェイトトレーニングやバスケットボール、ジョギングで鍛え養ってきた身体の力をこの時とばかりに振り絞り、トニーは男をめがけて駆けて行った。強力なラインバッカーがクォーターバックに不意打ちをくらわすみたいに、勢いよくなぎ倒してやるんだ！

「トニー！」エリザベスが叫んでいる。「お願い、助けて！」

トニーの胸が波打つ。足はなぜか鉛のように重い。なぜ彼女はあんなところにいるんだろう。一体何をしているんだ。あの男の目的は何だ。エリザベスは懸命に男の手から逃れようとするが、男の身体が大きく力も強いせいかままならない様子。もしかしたらアイツがこのあいだの強盗か。偶然エリザベスを見つけて、復讐のためにここに連れ込んだのか。

「トニー！　お願い、やめて！　トニー！」

男は突進して来るトニーに背を向け、エリザベスの上に覆いかぶさるように立ちはだかっている。怒りに燃えながら力の限り走るトニー……。

ついに男がエリザベスに殴りかかろうと大きく腕を振り上げた。なぜだ、どうしてエリザベスにそんなひどいことを。彼女を傷つけようなんて思う奴は誰もいないはずなのに。

トニーは男に飛びかかり、床に抑え込む代わりに、力を振り絞り男の身体をこちらに向かせた。次の瞬間、トニーは恐怖のあまり後ろに退いた。エリザベスの前に立ちはだかった男、彼女を押し倒し、殴りかかろうとしていた男は……、何と自分自身だったのだ。なぜ、どうして……。トニーは目の前の光景が信じられなかった。どうしてこんなことが起きたんだろう。

すると男は、茫然とするトニーの首に両手をかけ、思い切り締め上げた。息ができない……。それどころか男の力が強過ぎるせいで頭に血が回らず、意識がもうろうとしてきた。トニーは男の手を振りほどこうと懸命にあがくが、それも無駄だとわかると、今度は相手に向かって何発かげんこつを食らわせようとした。しかし力が弱くまったく当たらない。

それでも、何とかして首を振り回しながら、その勢いに乗って渾身の力で拳を打ち付けると、それは男の顔に命中した。男がひるんだ隙にトニーの首にかけられていた手をほどき、二人は床に倒れ込んだ。しかし悲しいかな男のほうが力が強く、トニーを抑え込み、何度も何度も拳を打ち込んでくる。トニーは必死に自分を守ろうとするが、拳が打ち込まれるたびに身体の骨が砕けるような嫌な音が響く。きっと辺り一面血だらけになっているに違いない。

薄明かりの中、男は、つまりもう一人のトニーは、思い切り右腕を引くと、とどめの一発を打とうと構えた。ぼんやりと壁に映る男の影が、大きく腕を振り上げるのが見えた。トニーは観念したように目を閉じ、激しい一撃と共に痛みが襲うのを待った。

トニーは肩に鋭い痛みを感じた。慌てて目を開けると、そこは寝室……。ベッドから転がり落ちた拍子に、肩を床に打ちつけたようだった。全て夢だったのか。足元に目をやると、下半身がしっかりとベッドカバーにくるまれている。きっと何度も激しく寝返りを打つうちに、絡みついてしまったのだろう。

一体あれはなんだったのか。全てがはっきりと鮮やかで、夢であったとは到底信じがたい……。

トニーは、全力疾走したあとのように激しい動悸を感じながら、今のはただの夢なのだからと冷静になろうとしたが、なかなか気持ちが収まらなかった。妻の上に覆いかぶさり、彼女を痛めつけようとしていたのが自分自身であったことがショックだった。エリザベスは自分に助けを求めていたと思ったのに、実は自分が暴力をふるうのを止めようとしていた……。トニーはそっと目を閉じた。彼の脳裡に、もう一人の自分がエリザベスを床になぎ倒し、襲いかかろうとする姿がくっきりと焼きついて離れなかった。

トニーは、足を覆うベッドカバーから抜け出した。やっとの思いで立ち上がると、少し動悸が収まってきた。カーテンの隙間から朝日が差し込んでいる。一体どのくらい寝ていたのだろう。時計は七時十四分と表示している。夕べのことを思い出そうとしても記憶が曖昧だった。おそらく、心も体もくたくたな状態でベッドになだれ込むように寝てしまったのだろう。

エリザベスは寝室にはいなかった。彼女の無事を確認するために、ほんの少しでも姿を見て、一言二言言葉を交わしたいと思った。もしかしたら、この夢は何かの警告なのかもしれない。このあいだ襲われそうになった強盗にストーキングをされているとか……？　しかし、夢に登場した男は、ほかでもない自分だったのだ。

エリザベスの鏡台に目をやると、鏡に何かメモのようなものがテープで貼られてあるのに気づいた。メモにはエリザベスの手書きのメッセージが記されている。彼女の字はいつも丁寧できれいだった。昔まだ交際していた頃、よくエリザベスから手書きのメモを手渡されたことを思い出した。そこに自分の名前が書かれているのを発見し、何とも言えずうれしい気持ちがしたものだった。

「仕事があるので早く出かけます。
十時までにダニエルをコミュニティ・センターまで送ってもらえないかしら。リズ」

トニーは鏡に映った自分の顔を眺めた。口を大きく開け、あごの調子を確認した。ほんの一瞬、まるで実際にげんこつでも食らったかような痛みが走った気がした。まさか……。あれはただの夢だったのだ。

気を取り直し、ジム用バッグを取りに自分のクローゼットを開けたが見つからない。一体どこにしまったのか……。頭をひねりながら居間へと向かった。車の中でないことは確かだった。

ダニエルがキッチンのテーブルに腰かけ、お気に入りのシリアルを食べていた。箱には「コーニー・ボムス」と書かれている。これは、誰もが知る一流ブランド「ハニー・コムス」に似せた二流商品で、値段も半額。俺が職無しになってしまった以上、これからしばらくはこれを食べなければならないわけだな……。部屋の向こうにあるソファーの上には、ダニエルの日誌が無造作に開いて置いてある。あの日誌の何にそんなに惹かれるんだろう。ちょうどそういう年頃ってことなのか。高価な人形に夢中になる時期があったかと思えば、つきものが落ちたみたいにあっさり卒業して、これまた高額のミニチュアの馬、そして実物よりもよっぽど高いんじゃないかと思うようなミニチュアの柵や納屋に夢中になる時期に入る……。トニーはまた、自分が無職となってしまったことを思い出し胸が痛んだ。上司をだまして私腹を肥やすような男を喜んで雇ってくれるような会社が一体どこにあるだろう。当分のあいだは我が家にとって、高価な人形やミニチュアの馬は無縁ってことだ。

「ダニエル、お父さんのジム用バッグを知らないか？」

ダニエルはそっと顔を上げてこちらを見た。「おはよう」でもない、「ハイ、お父さん」でもない……。「知らない」と一言そっけない返事。

トニーはダニエルの反応が気になりつつも、気を取り直し、記憶をたどりながら寝室へと戻った。もしかしたらエリザベスが自分のクローゼットの中に片付けてしまったのかもしれない。きれい好きな彼女は、家の中をすっきり見せるためにいろんな物をしまい込む癖があるから……。

トニーはエリザベスのクローゼットに向かった。扉を開けたトニーは、驚きのあまりその場に立ちすくんだ。彼女のワンピース、ブラウス、ジーンズ、セーター、そしてどこか遠い国の女王と張り合えるほどあるはずの靴が、全てなくなっているのだ。トニーは一瞬、エリザベスがこの家から引っ越したのかと思った。とうとう俺を見捨てて出て行ってしまったのか……。

しかし、次に発見したのは、クローゼットの床に置かれたクッションと聖書だった。壁には、何枚も紙がテープで貼り付けてある。最初トニーは、それらが、その日の予定を箇条書きにした表のようなものかと思ったが、近づいてよく見ると、人の名前が記されている。また聖句も書き記され、所々アンダーラインが引かれたり、丸で囲った言葉もある。

以前トニーは、主人公の男性が、ひょんなきっかけで妻の秘密を知ってしまうという映画を観たことがあった。あるいは心病んでしまった妻か夫が、伴侶に内緒で狂気じみた内容の文章をしたためたノートを森の奥深くに隠すという映画を観たことも。エリザベスももしかして頭がおかしくなってしまったのか……。

しかし、書かれた内容にじっくりと目を通すうちに、そうではないことに気づいた。それはまるで、信仰的な戦いに挑む者のために入念に立てられた計画書のようだった。自分が気づかないあいだにある重大な戦争が起こっていて、それに勝つための作戦が書かれている、そんな印象を受けるのだった。

ある紙のいちばん上にはダニエルの名前があり、その下にこんな聖句が記されている。

「どうか、私たちの主イエス・キリストの神、すなわち栄光の父が、神を知るための知恵と啓示の御霊《みたま》を、あなたがたに与えてくださいますように。また、あなたがたの心の目がはっきりと見えるようになって、神の召しによって与えられる望みがどのようなものか、聖徒の受け継ぐものがどのように栄光に富んだものか、また、神の全能の力の働きによって私たち信じる者に働く神のすぐれた力がどのように偉大なものであるかを、あなたがたが知ることができますように」（エペソ人への手紙一章一七～一九節）

また、ほかにもさまざまな聖句、家族のための祈り、経済的な必要が満たされるようにとの祈り、地域の人々、友人や親戚のための祈りが記されてあった。シンシアとダーレンの名前が記された紙には、二人の結婚生活が守られるように、そして家計が支えられ仕事が見つかるように、また将来を見通す知恵が与えられるようにという祈りが書かれていた。

エリザベスが以前から信仰深い人間であることは知っていた。確かに神や聖書に対し真摯な思いがあることはわかっていたが、まさかここまでとは想像もしていなかった。最近ダニエルの信仰生活が変わってきたのは、あきらかにエリザベスの導きによるものなのだろう。

トニーはひざをつき、クッションにいちばん近い場所にある紙、ひざまずいた時、ちょうど目の高さにくるように貼られた紙に目をやった。そこにはこう書かれてあった。

「主よ、どうぞトニーの心をあなたに向けさせてください。彼を愛することができますよう助けてください。そしてもう一度彼のうちに、私を愛する心を与えてください。まことの主であるあなたに私の全てをゆだねます。もしトニーがあなたをあがめるならば、どうぞ祝福を注いでください。もしあなたに過ちを犯しているならばどうぞ正しい道に引き戻してください。あなたに喜ばれる人となることができるよう、トニーを形造ってください。どうぞ、トニーを支え、敬い、愛する者となれますよう、私に力を与えてください。キリストの御名によって祈ります」


トニーは、茫然と立ち尽くすしかなかった。ついうっかりと許可もなく人の心の中を見てしまったような、後ろめたい気持ちでいっぱいだった。もしエリザベスが自分のクローゼットをのぞいたとしたら、自分の心の中に分け入ることができたとしたら、一体そこに何を見るだろう。どんな内容の走り書きを目にするのだろう。トニーは、自分が仕事をクビになった訳をまだエリザベスに伝えていなかった。もちろんヴェロニカのことも。昔の恋人とこっそりコンタクトしようとしていたなど、おくびにも出したことはない。エリザベスと自分のクローゼット、心の中とは、あきれるほどの差があった。

トニーは別の紙に目を移した。そこには、さまざまな人の名前、そして祈りの課題が書いてある。中にはすでに祈りが聞かれたということなのか、チェック済みのものもあった。シンシアが教会から助けを得ることができるように、エリザベスとダニエルとの関係がさらに親しく深まるように等……。エリザベスは、以前よりも貪欲に神にさまざまな願いをささげているようだ。しかし、中にはまだチェックのついていない祈りの課題もあった。その筆頭にあるのが、「トニーが神さまのもとに戻ることができますように」という祈り。その次は「トニーとの関係が回復しますように」……。この二つの祈りに目を留めながら、トニーはしばし考え込んだ。そういえば、ここ数日、エリザベスにガミガミと口うるさく文句を言われることがなくなったなあ。むしろ、口数が少なくなった気がする。仕事を失ったことを伝えた時も、わめき散らしたり責め立てることなく、むしろ穏やかな態度で励ましてくれたっけ……。それはもしかして、いつもこうやって祈っているからなのか。

もう一つ、祈りの課題が記されているのに目が留まった。「クララさんの家が売れますように」いろいろ書かれている課題の中で、これがいちばん実際的だし、次にチェックされる可能性が最も高いようにトニーには思えた。家の買い手さえ見つければいい話なのだから。でも、ほかの祈りについては、特にトニー自身のことやエリザベスとの関係については、いつチェックできるようになるのか、正直よくわからなかった。

後ろで何やら音がしたので、トニーが振り返ると、ダニエルがジム用バッグを片手に立っている。

「お父さん、洗濯機の横にあったよ」

「ああ、そこに置いておいてくれ」

ダニエルは床にバッグを置くと黙って部屋を出て行こうとした。

「ダニエル、いつからだい？　お母さんのクローゼットがこうなったのは」

ダニエルはしばらく首をかしげていた。「ええと、何週間か前かな」

トニーは、エリザベスが紙に記した言葉の数々を思い返した。まるでその一つひとつが辺りをふわふわと漂っているような、そんな気持ちにさえなった。実は昨日、家族に保険金が下りるようにするにはどうやって命を絶ったらよいかとまで考えたのだった。もちろんちらっと頭をかすめただけの話だが。トニーは強靱な精神の持ち主だった。こんなことで人生を諦めるつもりはなかった。少なくとも今は……。でも、もし今まで考えたこともない選択肢があるとしたら……。今抱えている問題や、犯してしまった過ちから抜け出す道がほかにあるのだとしたら。神は今の自分を赦し、もう一度チャンスを与えてくれるのだろうか。

「お父さん、コミュニティ・センターに送ってくれるの？」

ダニエルの言葉に、トニーはハッと我に返った。すぐにシャワーを浴び、着替えると、手早く朝食を作った。トニーが食事をしているあいだ、すでに支度を終えたダニエルは、ソファーに座り日誌に何やら書き込みをしていた。車に乗って目的地に向かいながら、トニーは昨夜見た夢を思い出した。その時の光景が、実際に起きた出来事のようにまざまざとよみがえり、思わず身震いした。

コミュニティ・センターでは、親も子どもも楽しめるさまざまな活動が行われていた。数人の女の子たちがダブルダッチの練習をしている。二人が両端に立って二本の大縄を交互に大きく回し、真ん中では数人が縄を跳びながら技を披露するのだ。トニーも、トレーニングのために縄跳びをすることがあり、かなりの速さで跳ぶことができるが、ダニエルたちがやっている競技は、一人で行う縄跳びとは異なり、ほかのメンバーとの調和やタイミング、チームワークが鍵となる。

「練習は何時に終わるんだい？」

「お昼頃」

「じゃあ、十二時になったら迎えに来るからな」

ジェニファーがダニエルに走り寄り、二人はチームメンバーたちが集まっているほうへと歩いて行った。トニーがじっくりと館内を見渡すと、救急救命士のユニフォームを着たマイケルの姿があった。受付で書類に何やら記入している。

トニーは心にさまざまな思いが渦巻いているのを感じていた。固く口を閉ざし、誰にも打ち明けたくないという気持ちがある一方で、マイケルならば、何を言っても決して裁いたり、責めたりしないで、黙って聞いてくれるんじゃないかという気がした。

「やあ、マイケル」

「おやトニー、こんなところで何しているんだい？」

「トレーニング室に行くついでにダニエルを送ってきたのさ。君のほうこそ、どうしてここにいるんだ？」

「会員の更新をしに来たんだよ。そのあと、ちょっとコーヒーでも飲んで一服してから仕事に出かけようと思って」

トニーは、目の前の二つの道……どちらを選択すべきか一瞬迷った。自分の悩みを思い切って打ち明けて助けを求めるか、それとも自分の殻に閉じこもるか……。そしてやっとの思いで口を開いた。

「マイケル、少しの時間でいいんだ、ちょっと付き合ってくれないか?」

「君に付き合うだって? 悪いな、時間がないんだ」

トニーは驚いた表情でマイケルを見つめた。すぐにマイケルの顔に満面の笑みが浮かぶ。

「冗談に決まってるだろ。どうした、何があった?」

二人は自動販売機でコーヒーを買うと、誰もいない場所にテーブルを見つけた。トニーは職を失ったことを伝えるべきか、それともエリザベスとのあいだに起きたことを打ち明けるべきか迷い、結局エリザベスのクローゼットで見たことをありのまま話すことにした。

「一体全体何がどうなっているのか、さっぱりわからないんだ」

「クローゼットがすっかり空っぽになっちまったってわけか」マイケルが言った。

「まあそういうことだ。壁に貼り付けてある紙以外は……」

「そこにあった彼女の洋服はどこにいったんだろう」

「さあ……。ほかのクローゼットにでも移したんだろう。そんなことは別にたいしたことじゃないけどな」

マイケルが身を乗り出して言った。「トニー、これがどんなに重大なことかわかってないようだな。いいか、エリザベスは自分のクローゼットから大事な洋服を全部持ち出したんだぜ。そんなことをする女性が一体どこにいる?」

トニーはしかめっ面になって考え込み、肩をすくめた。

マイケルがたたみかけるように言う。

「エリザベスとの一対一のけんかなら、おそらく君にも勝ち目があるだろう。でも、もし神が彼女の味方なら、どんなにジムで身体を鍛えようが、惨敗するのは目に見えてるな。抵抗するだけ無駄だよ」

トニーは遠くに目をやり、つい先日失業してしまったこと、エリザベスとの結婚生活が破たんしかかっていること、この二つの問題がまるで重いバーベルのようにずしりと心にのしかかっていることを告白すべきかどうか迷った。

「うちの奥さんも、僕のためにそんなふうに祈ってくれたらどんなにいいだろうなあ」マイケルがうらやましそうに言う。「それに、彼女のクローゼットが空いたら、僕の物を少し置かせてもらえるかもしれないしね」

茶目っ気たっぷりのマイケルの言葉に、トニーは思わず笑い声を立てたものの、心ここにあらずだった。

マイケルが立ち上がった。「さあ、そろそろ仕事の時間だ。またあとで連絡するよ」

マイケルが立ち去ったあともトニーは、しばらく椅子に座ったまま、ぼんやり物思いにふけっていた。考えてみれば俺は、自分が一体何を行い、どんなことをなし遂げたかで人生をはかっていたような気がする。自分の価値は、仕事で成果を上げること、優秀なセールスマンであることだと思っていた。そのどちらも失ってしまった今、自分の存在価値をどこに見出せばいいんだろう。もし定年までブライトウェル製薬で働いていたとしても、今手にしている以上のものを得たかどうかも疑わしい。確かに、退職金や年金のおかげで生活に不自由はしないだろうが、永遠に価値あるものを手に入れることはできただろうか。自分がどんなに惨めな状況になっても変わらずに愛し続けてくれる妻は？　どんな時も自分と一緒にいたいと願ってくれる娘は？

トニーは時計に目をやり時間を確認すると、ダニエルやチームメイトたちがダブルダッチの練習をしているジムへと向かった。途中ふと思い直して受付に寄り、係の人に声をかけた。

「すみません、ダニエルの父ですが、練習が終わったあと、そのままここで待つようダニエルに伝えていただけないでしょうか」

「ええ、わかりました。必ずお伝えしますね」

係の女性は笑顔で答えると、メモ用紙を取り出し、忘れないよう書き留めた。

トニーは礼を言うと、車で帰宅した。運転中はラジオの音を消した。玄関を入ると、家の中はしんと静まり返っている。誰もいない部屋は、まるで中身のない空っぽな入れ物のようだった。もしこのままの生活を続けていたらおまえの人生はこうなるのだと、神に示されているような気がした。愛する者から、そして自分を心から愛してくれている者から離れ、孤独に人生を終えるのだと。

俺は何と愚かだったのだろう。家族を養うために仕事に精を出しているのだと今まで自分に言い聞かせてきた。でも正直言ってしまうと、自分のやりたいことをただ追及しているに過ぎなかったのだ。気持ちの赴くままに営業の仕事にのめり込み、成功するとますますのめり込む……その繰り返し。そして気がつくとすっかり仕事のとりこになり、ほんとうに大切なことが見えなくなってしまった。

今まで、エリザベスが何を望んでいるのか、きちんと尋ねたことがあっただろうか。自分にどうしてほしいのか、彼女の願いにしっかりと耳を傾けたことがあっただろうか。一体自分が何をすれば、どうふるまえばエリザベスは楽に、そして幸せになるのだろう。今まで、俺は自分のことでいつも頭がいっぱいだった。仕事のこと、出張のこと、試合のこと……。ダニエルやエリザベスは一体何に興味があるのか、どうすれば二人が喜ぶのか、そんなことを真剣に考えたことがあっただろうか。

家族のために最後に祈ったのはいつだろう。トニーはいくら頭をひねってもその日を思い出せないことに愕然《がくぜん》とした。今まで自分のことを、善良で神を畏れる人間だと思っていた。若い頃にキリストを受け入れ、聖書を読み、神に信頼しキリストに従って生きることこそほんとうに満ち足りた人生だと信じていた。しかし日々の生活に追われ、仕事の浮き沈みに翻弄される中、少しずつ真理から遠ざかってしまった。今やっと、俺はそのことに気づくことができた……。

会社の物に手を出したことを責められ失業したこと、実際はさらに後ろ暗いことをしていた事実が胸に迫る。また昨夜見た夢も、彼にとって大きな衝撃だった。トニーは、実際に妻に暴力をふるったことは一度もない。意図的にしようと思ったことはもちろんないし、思わずカッとなって手を上げたことすらない。でも、これまで身勝手なふるまいを通して彼女をどれほど傷つけてきたか、今ははっきりと理解できる。

トニーはエリザベスのクローゼットに入り、そこに置かれた小さな椅子に腰をかけ、ちょうど目の前に貼ってある祈りの言葉を見つめた。聖句、祈りの課題、彼女が大切にしている人たち……。

自分の知らない名前があることを、トニーは恥ずかしく思った。自分が知りもしない人たちのために、どうしてエリザベスは、こんなに熱心に祈ることができるのだろう。

そうか、この人たちのことが頭に残っていないのは、俺にとってたいした存在じゃないからか……。今まで仕事の上で重要だと考える人物についてはちゃんと名前を覚えてきた。名前を記録し、独自の記憶術を使って頭にたたき込み、どんな時でも思い出せるようにしてきた。なのに、エリザベスやダニエルが世話になっているコミュニティ・センターの係の女性の名前を、なぜ俺は同じような熱心さで覚えようとしないのだろう……。

トニーは、エリザベスが自分について記した祈りの言葉を丁寧に読み返した。トニーが妻と子どもを愛することができるように。正しく誠実な姿勢で仕事をすることができるように。自分の罪を憎む者となるように……。もちろんエリザベスは、トニーの身に何が起きたのか、トニーがどんな罪を犯したのかは知らなかった。でも彼のことについてそう祈り続けていたのだ。

「自分の罪を憎む者となるように……」という言葉に目が留まった。

自分の罪を憎むとは、どういう意味なのだろう。いかにもクリスチャンらしい、信仰的過ぎる表現のような気がした。でも、これこそが最も肝心なことなのかもしれない。自分という人間が根本から変わるためには、今まで自分が、家族や上司、周り人たちのことをどんなふうに傷つけてきたのか、きちんと悟らなければならないのだ。そう、ヴェロニカのことも……。トニーはそっと目を閉じ、あの晩のことを思い巡らした。あともう少しで、俺は取り返しのつかないことをしてしまうところだったのだ。別の料理を注文していたら、あんなふうに具合が悪くならず、ヴェロニカと一夜をすごしていたかもしれないのだ。いや、もしかしたら料理のせいではなかったのかもしれない。ああいう事態になった理由は別にあるのかも……。

トニーは立ち上がって、ベッドに腰かけ、サイドテーブルに置かれたエリザベスの写真を眺めた。ウェディングドレス姿の彼女は、まっすぐ背筋を伸ばし、満面の笑顔を浮かべ、幸せそのものだ。この時の彼女の喜びを瓶に詰めることができたとしたら、どれほどの量になるか計り知れないだろう。深く愛されることを期待し、希望に満ちていたエリザベス……。それなのに、年月がたつにつれ、彼女の表情は少しずつ暗くなっていった。

結婚式の司式をした牧師が、キリストが私たちを愛するように人を愛しなさい、と話したのをトニーは覚えていた。あまり詳しい内容は覚えていないが、自分がその言葉とはほど遠い生活を送ってきたことだけは確かだった。

突然トニーの心を圧倒するほどの悲しみが覆った。いや、それはただの悲しみや後悔の念という以上の感情……深い確信のようなものだった。自分の人生に神の審判が下ったのだ……。エリザベスの写真を眺めながら、昨夜の夢で彼女に殴りかかる自分の姿が何度も心に浮かんだ。そのたびに、まるで映画の効果音に驚いて飛び上がるように、身体の芯が揺さぶられるのを感じた。とうとう床に転がり落ち、息をするのも苦しくなったトニーは、そのままよろめきながら寝室から出て行き、家の中をさまようように歩き始めた。そう、この家のために、俺は脇目もふらずがむしゃらに働いてきたんだ。おしゃれな家具、最新式のテレビ、御影石でできたカウンター、高価な本棚……。今となってはこんなもの、一体何の意味があるというのだろう。

一つの聖句が頭をよぎる。はるか昔子どもの頃に、教会学校で覚えたものだ。ずっと心の奥にしまい込まれ、今この瞬間まで一度も思い出すことがなかった聖句……。「人は、たとい全世界を手に入れても、自分自身を失い、損じたら、何の得がありましょう」（訳注・ルカの福音書九章二五節）。これは、ただエリザベスやダニエルを失うというだけの話ではない。家族サービスをし、周りの人たちの名前を手帳に書き留めて祈りさえすればいいという話でもない。もっと深い、本質的な話だ。

エリザベスは、自分が惨めで不幸だから、俺が自分の望む夫に変えられるよう祈っていたわけじゃない。このままでは俺自身が不幸だということを知っていたから、こんなにも真剣に俺のために祈っていてくれたんだ。こんな古いことわざがあったな……「神を見出すまで、我々は安らぎを得られない」（訳注・アウグスチヌス『告白録』）、たしか、そんな言葉だったような気がする。

トニーはダニエルの部屋に入った。いたるところに写真が飾ってある。ダニエルは絵を描いたり、色を塗るのが好きだ。机のそばのテーブルには、「ダブルダッチが大好き！」と手書きされたカードが置かれている。そのそばにある写真を思わず手に取って眺めた。大きな革張りの椅子に腰かけ、楽しそうな顔でカメラに視線を向ける娘の姿。何て無邪気な笑顔なんだろう。未来に夢と希望があることを信じて疑わない幸せな子ども時代……。ダニエルがほんの赤ん坊の頃の写真もある。自分は一体親として娘に何を遺《のこ》してやれるのだろう。いや、これから一年先、果たして娘と一緒にいられるのだろうか。十年先はどうだろう。かつて自分が父親から見捨てられ傷ついた時のような経験をダニエルにはさせたくない。

ついこのあいだも、バスケットボールをやめたことを責め、ダニエルの心を傷つけてしまった。一緒にゲームを楽しんだり、映画を観たり、散歩をしたり……あの子と共に過ごす時間はいくらでもあったはずなのに、忙しさにかまけていちばん大切なものを二の次にしてきた……。

その瞬間、トニーは心に強く迫るものを感じ涙があふれた。今まで何という間違いをしてきたのだろう。失いたくない、娘との大切な絆《きずな》を、愛する家族と共に生きる本物の人生を……。

トニーは自分の命を絶ったほうがいいのではと思ったこともあった。生命保険が下りれば、自分がいなくても、家族が生活に必要なお金を手にすることができる。しかし、エリザベスもダニエルも、こんな自分を見捨てずに愛していてくれることを知った今、どれほど誤った考えにとらわれていたのかをはっきり悟った。人生に大切なのは、お金や物や美しい家を所有することではない。人とつながり、愛を示し、愛を受け取ることなんだ……。こんな大事なことに、俺は今の今までまったく気づかなかった。快適な暮らしを実現するために身を粉にして働いてきたけれど、自分の力や判断に頼り過ぎてしまっていた。そしていつしか所有しているはずの「物」に、逆に支配され、とらわれてしまった。結婚や人生にいちばん大切なものをすっかり見過ごしてしまっていたんだ……。

トニーの心にさまざまな感情があふれ、胸がいっぱいになった。あまりの苦しさに気持ちを振り払おうとするができない。もしかしたら、今この瞬間にも、誰かが自分のために祈っているのかもしれない。エリザベス、それともダニエル？　あるいはまだ見たことのないクララという女性なのか。「神さま、トニーの心に働いてください」きっとそう祈っているに違いない。トニーには、誰かが自分のために祈っている、そんな確かな感覚があった。そして車を電柱にぶつけたり、自分の頭にあてる拳銃を探す代わりに、今まで考えたこともなかった道へと進む決心をしたのだった。

トニーはダニエルの部屋の床にゆっくりとひざまずき、頭を垂れた。聖人が神に祈る時、聖画などでよくこんな姿に描かれていることを思い出した。もちろん、自分が聖人にはほど遠い存在なのはわかっていた。トニーは何と祈ったらよいかわからずしばらく考えていたが、やがて涙とともに祈り始めた。

「イエスさま、私は決してよい人間ではありません。自分勝手で、傲慢で……、家族をさんざん傷つけてきました。でもはじめは、こんなふうになりたかったわけじゃないんです。どうしたら、こんな自分から抜け出すことができるんでしょう……。一体どうすればいいんでしょう」

トニーは一つひとつの言葉を、口から押し出すように祈った。どの言葉も、まるで重りのように感じられ、とうとう何も言えなくなってしまった。そして最後に勇気を振り絞り、たった一言こう祈った。

「神さま、赦してください……」トニーは、床に頭をこすりつけ、もう一度祈った。「赦してください……イエスさま」

それは、自分をすっかり神に明け渡し、従う決心をした祈りだった。心砕けてしまった者の心からの告白だった。エリザベスやダニエルのためにそう祈ったのではない。ましてや仕事を取り戻すことを期待しての祈りでもなかった。再就職などとうに諦めていた。自分の思い通りに神が動いてくれるだろうなどとは、これっぽっちも考えなかった。そんな思いはすっかり頭から消え去っていた。トニーにとって、神こそが最後の砦、頼みの綱だったのだ。もっとずっと前に、この祈りをささげるべきだった。

トニーは床に額をつけたまま、子どものように泣きじゃくった。それは、こんな自分を変わらず愛し続けてくれた人たちを傷つけ疎んじてきたこと、今まで長い年月を無駄に過ごしてきたことへの後悔の涙だった。涙を流すたびに助けを求め、心から神に従いたいと祈った。

やがて涙も涸れ、そっと立ち上がると、それまで心を押しつぶしていた重たいバーベルが一瞬のうちに取り除かれたように、軽やかな気持ちになっていた。神は今までずっと自分を追い続けてくれていたんだ……。そして、心にのしかかっていた重石の代わりに、希望を注いでくれたのだ。そう、永遠に続く確かな希望を……。

第十三章

　クララの家を訪ねるたびに、エリザベスはいつも励ましを得た。クララと話をすることで新しい気づきが与えられ、必ずや今の状況を変えることができるという希望が湧いてくるのだ。どんなにつらくとも決して諦めず、前に向かって進もう、御手をしっかり握って神に信頼しよう……そう思えるのだった。

　エリザベスが運転席に乗り込み、車を発進させようとしたまさにその時、トニーのために祈らなければという促しを心に感じた。稲光が走ったわけでも、特別なかたちをした雲が現れたわけでも、何か呪文のようなささやきが聞こえたわけでもない。ただ、今しばらくの時、手を止めて祈る必要があると感じたのだ。

「神さま、トニーが何かトラブルに巻き込まれたのでしょうか、それとも仕事のことで悩んでいるのでしょうか。あるいはジムでトレーニングをしているだけなのでしょうか。私の目には隠されているのでわかりません。でも、トニーがどんな状況にいたとしても、主よ、どうか彼のそば近くにいてください。たとえどんなに深刻な罪でも、心から悔い改めるならば、あなたは必ず赦してくださることを悟ることができますように。トニーに希望を注いでください。あなたの愛を確信し、あなたに立ち返ることができますように。そして主よ、トニーを愛し抜く力を私に与えてください。この先何が起ころうとも……」

エリザベスは運転席に座り、心を注ぎ出して神に祈った。少し前までは、神に祈るなど時間の無駄だと考えていた自分が嘘のようだ。今では、祈ることこそ、何にも増して大切なことだと考えるようになっていた。

数分のうちに心に平安が戻ったので、エリザベスは車を発進させた。しかし、運転しているあいだも、賛美歌のCDを聴きながら、心の中で祈り続けた。

途中事務所に寄り、同僚のマンディに会った。自分の身に起きた状況を全て彼女に話したわけではなかったが、エリザベスの顔を見るなりすぐにやって来て、優しくハグをした。

「トニーのこと、聞いたわ」マンディが言った。「あなたの担当物件をもっと増やせるか、調べてみるわね」

トニーはコミュニティ・センターに戻り、受付に寄った。先ほどいた若い女性ではなく、エリザベスの友人が係についていた。残念ながら名前を思い出すことができない。

「ダニエルを迎えに来ました」

女性は笑顔で答えた。「こんにちは、トニーさん。少し練習が長引いているみたいなんです。もしよろしければ、そちらで見学しながらお待ちください。ダニエルのチーム、なかなか上手になってきましたよ」

トニーもにっこり笑った。「はい、そうします。失礼ですが、お名前を教えていただけますか」

「ティーナです」

「ありがとう、ティーナさん」

がやがやとにぎやかなジムへと向かいながら、トニーはポケットから紙の切れ端を取り出し、忘れないよう彼女の名前を書き留めた。フロアーでは、いくつものグループがそれぞれ練習に励んでいる最中だった。あちこち見渡し、やっとのことでダニエルを見つけた。娘たちのグループがダブルダッチの練習に取り組むのを見たのは今日が初めてだ。コーチの指示に従って演技をするダニエルとジェニファーは、ぴったりと息が合っている。少し前までダニエルがバスケットボールをやめたことを怒っていたトニーだったが、真剣に演技をするダニエルの姿を眺めるうちに誇らしい気持ちが込み上げてきた。ダニエルの足さばきは実に見事だった。さらに側転しながら縄が回転する中心に入っていく姿を見た時は、そのあまりの高度なテクニックに目を丸くした。時々ミスをして縄の回転が止まっても、ダニエルは満面の笑みを浮かべ、コーチは拍手して彼女たちを褒め、いくつか注意を与えるのだった。

やっと練習を終え走り寄ってきたダニエルをトニーは固く抱きしめた。二人は肩を並べながら受付の前を通り、車へと向かった。

「ティーナだったな……そう彼女の名前はティーナだ」トニーは心の中でつぶやいた。車に乗り込み駐車場から道路へと出ると、すぐにラジオの音で沈黙を埋めたいという衝動に駆られたが、トニーはスイッチに手を伸ばすのはやめた。今すべき大切なことがあると思ったからだ。トニーはバックミラー越しにダニエルを見た。

「なあダニエル、お父さん、今日、ちょっと思ったことがあるんだ」

ダニエルは無表情のまま外を眺めている。

「今までお父さん誤解してた。縄跳びなんて、ただの遊びみたいなものだと思ってたんだ。でもそうじゃなかったよ。けっこう難しいものなんだな。それに、ダニエルの演技……あれはすごいの一言だ。いや、ほんとうに感心したよ」

トニーが話し始めると、ダニエルの表情がすぐにほどけた。目に光がともり、唇に笑みが浮かび、しまいには顔全体がうれしさで輝き出した。ほんの少し言葉をかけただけで、ダニエルは、まるで一瞬で花が満開になるように心を開いた。

「ありがとう」ダニエルは台本の台詞《せりふ》を読むように早口でそう言い、にっこりほほえんでトニーに顔を向けると、少し照れくさいのか、笑顔のままうつむいた。

「側転なんて、いつ習ったんだ？」

ダニエルはコーチのトリッシュが、毎日の練習内容をだんだんと複雑で難しいものへと変えていったおかげで、演技の完成度が無理なく上がっていったこと、ジェニファーと今まで何時間も練習を共にし、どんなに楽しかったかを話し始めた。トニーはダニエルとのおしゃべりに夢中で、家に到着する寸前まで、玄関の前に車が停まっていて、エリザベスが私道に立っていることに気づかなかった。隣にはクリップボードを手にし、エリザベスと話をするリックの姿が。トニーの頭に、前日のオフィスでの出来事がよみがえった。

「お父さん、どうして会社の人が来てるの?」

「この車を取りに来たんだよ」

「どうして、そんなことをするの?」

「話せば長くなるんだ」

「取りに来たのは車だけ?」ダニエルの声が心なしか震えている。

「大丈夫だよ。ダニエル」トニーは言った。

「お父さんを信じてほしい。何も心配することはないんだ」

ダニエルの目には疑いの表情が浮かんでいたが、「はい、お父さん」と言葉少なに答えた。

ダニエルは車を降りるとゆっくりエリザベスに向かって歩いて行き、その後ろをトニーが続いた。

トニーにとって、それは屈辱的な場面となることは間違いなかったが、心の準備はできていた。

「リック」

「やあ、トニー」リックはさも無念そうな表情で言った。「こんなことになってしまって、何と言ったらよいか」トニーは、リックの目の奥に傷ついた思いが隠されているのにこの時初めて気づいた。こんな役目を担わなければならないことに、どれほどつらい思いでいることだろう……。本当はトニーをクビになどしたくなかったのに、心を鬼にしてその務めを果たしているのだ。トニーは、自らの過ちが家族にとどまらず、周りの人の心に影を落としていることに改めて気づいた。

「リック、あなたのせいじゃありません」トニーが心からの確信をもって答えた。

リックはプリントをはさんだクリップボードを差し出した。「車の引き渡しに必要なサインをしてほしい。それから、もし私物が残っているのであれば、引き上げてもらいたいんだが」

トニーはうなずきながら、サインを済ませた。「もうすでに車の中は片付いています」

リックはトニーからボードを受け取り、ちょっと間を置いてから口を開いた。

「トニー、君は有能な人間だ。それだけに、ほんとうに残念に思ってる」そしてトニーから車の鍵を受け取るとこう付け加えた。「身体を大事にな」

リックはシボレー・タホに乗り込み、車を発進させた。そのあとを、トニーには面識のないブライトウェル製薬の社員が運転する車が続く。エリザベスが去って行く車に向かって丁寧に会釈し、ダニエルはトニーたちのすぐそばで車を見送った。

「どうしてお父さんの車を持って行っちゃったの？」

「そのことについては、あとで話すわ」エリザベスが答える。

「さあ、お昼ご飯の前に、家のお手伝いを終わらせなさい」

「はい、お母さん」

ダニエルが家の中に入ると、私道にはトニーとエリザベスが残された。トニーは、こうなってしまったいきさつを全て打ち明けてしまおうかと思った。彼女の目をまっすぐに見て心から謝りたいと。しかしその代わりにトニーは、悲しい笑顔を浮かべ、片手をそっと差し伸べた。エリザベスはその手を握りながら尋ねた。

「大丈夫?」

トニーは黙ってうなずき、家の中へと入って行った。


エリザベスが娘の寝室に入って行くと、ダニエルはちょうどベッドメーキングをしている最中だった。

「練習どうだった?」

「楽しかった」

エリザベスが椅子に座ったので、ダニエルは手を止め、そばにやって来た。

「ダニエル、何があったか全てを話すことは今はできないけれど、心配することはないわ。そのことだけはわかってほしいの」

ダニエルの顔に不安の色が浮かぶ。

「お父さんも、さっきそう言ってた」

「お父さんが?」

ダニエルはうなずいた。「何も心配いらないから、お父さんを信じてほしいって。でも、車の次は何を持って行かれちゃうんだろうって考えると落ち着かなくて……」

エリザベスはダニエルを抱きしめ、額にキスをした。子どものことを本気で思うならば、全てを話すべきではない場合もあるとエリザベスは考えていた。失業という人生の重荷をダニエルにまで負わせる必要はないと。はじめのうちは、トニーがリストラ、つまり会社の人員削減のせいで失職したのだと思っていた。しかし、先ほどのリックの言葉や、こうなったのはリックのせいではないというトニーの発言を聞いた時、別の理由があることを確信した。

「祈りの日誌に、今の自分の気持ちを正直に書き留めるといいわ。このことについては、またゆっくり話をしましょう」

ダニエルは黙ってうなずいた。エリザベスはダニエルの部屋を出て階段を下り、二人の寝室に入ると、トニーがコーナーチェアに座り、両ひざに肘をついてうつむいている。エリザベスはトニーを励ます言葉を探した。何があっても自分は彼の味方だということをちゃんと伝えよう……。

「トニー、今朝、売れそうな物件をもう数軒担当することになったわ。マンディにね、これからしばらくのあいだ、力になってほしいってお願いしたの」

「それはよかった」トニーは顔を上げてエリザベスを見た。

「リズ……ちょっと話せないか？」

「もちろんよ」エリザベスはトニーに向き合うようにしてベッドの端に座った。その瞬間、部屋の中で何か特別なことが起きている気配を感じた。今までトニーのためにどれだけ祈ってきただろう。どれほど神に願い求めてきたことか。もしかして、トニーは離婚を切り出すのだろうか。私を捨てて、ローリーで密会していた女性を選ぼうとしているのか。エリザベスは、一つ大きく息をした。まずは落ち着いて、ちゃんとトニーの話に耳を傾けよう。

「神さま、お願い……」エリザベスは心の中で祈った。「どうぞトニーがきちんと自分の胸のうちを話すことができますように。落ち着いて彼の話を聞くことができるよう私を助けてください。恐れを取り除いてください」

「君がどうして、こんなふうに優しく接してくれるのかわからないんだ」

あなたを愛しているからよ……エリザベスはそう言いたくて仕方なかった。あなたのことが大切だから……。でも黙ったまま何も言わないでいた。まずは彼にちゃんと話してもらおう。

「昨日仕事をクビになったって伝えた時、きっと君はカンカンになって怒るだろうって思ってたんだ。そしたらしっかり言い訳しよう、何か言われたら言い返してやるって身構えてた。でも実を言うと、今回のことでは、俺には何も言う資格がないんだ」

エリザベスはトニーの言葉に懸命に耳を傾けた。しかしそれ以上に、言外に現れる彼の心の声に耳を澄ませた。トニーの目に、何かの感情が込み上げてくるのを感じた。

トニーは窓へと視線を移してから、ゆっくりと部屋を見回した。そしてガクンとうなだれるように頭を下げた。「すごく言いにくいことなんだ。実は俺、会社をクビになって当然なんだよ。会社を裏切るようなことをしてしまったんだ。そして君のことも裏切ろうとしてた。あともう少しで不倫をするところだったんだ。頭で考えただけじゃなくて、実際にするところまでいったんだ。君は全部知っていたんだよね。それなのに、今もこうして俺と一緒にいてくれる……」

エリザベスは目の奥にズキンと痛みを感じた。難攻不落だったエリコの壁が、ガラガラと崩れ落ちるのを目の当たりにしているようだった。

「偶然君のクローゼットの中を見たんだ。俺のために、君はずっと祈っていてくれたんだね。なぜこんな俺なんかのために、そんなことまで……」

トニーの頬に涙が伝うのを見つめながら、エリザベスは唇を震わせていた。そこには、すっかり自分に絶望し、心砕けてしまったトニーがいた。そして、それはほんとうに美しい姿だと思った。

「私たちの結婚をまだ諦めていないからよ」エリザベスは自分の声の強さに驚いた。まるで、トニーのほかにこの部屋の中でひっそりと自分の言葉に耳を傾けている存在に向かって宣言しているかのようだった。「私は、自分の結婚生活をもう一度この手に取り戻すために戦うと決めたの。でもねトニー、本当の喜びはあなたから与えられるのではないことを学んだわ。もちろんあなたを愛してる。でも、私はあなたのものである前に、イエスさまのものなの。私はイエスさまを愛しているから、今もこうしてあなたのそばにいるのよ」

ダムが決壊したように、トニーはくずおれるようにひざまずき、子どものように泣き出した。そして涙にむせびながら、絞り出すような声で言った。

「ほんとうにすまなかった、リズ……。さっき神に赦しを願ったんだ。でも、君にもゆるしてもらいたい。俺をゆるしてくれ……。どうか、俺を見捨てないでくれ」

トニーの姿に、エリザベスは胸がいっぱいになり、涙があふれた。

「もちろんよ、トニー……あなたのことをゆるすわ」

トニーは、顔をエリザベスの膝にうずめた。「すまなかった……。ほんとうに悪かった」

エリザベスは目の前の光景がにわかに信じられなかった。片手をそっと胸に置き、驚きのあまり小さく首を横に振った。そしてそっと目を閉じ、ささやいたのだった。「主よ、感謝します」

トニーはエリザベスの手にキスをした。愛と喜びに包まれ、二人は涙を流しながら、しっかりと抱き合った。エリザベスが扉にふと目をやると、誰かの姿がさっと動くのが目に入った。それは、二人の様子をうかがっていたダニエルだった。彼女の目にも涙が光っていたように見えた。エリザベスが部屋に招き入れる前に姿を消したのは、おそらくはすぐにでも自分の部屋に戻りたかったからだろう。クローゼットの祈りの課題にチェックの印をつけるために。

電話の番号表示を見たクララはすぐに受話器を取った。エリザベスからの知らせは、どんなに些細なものであっても、まるで戦場の最前線にいる戦士からの貴重な情報のように思えた。エリザベスの声を聞いたとたん、それがよい知らせであることがわかった。感謝と驚きがあふれる声だった。

「トニーがたった今、神さまとの関係を回復することができたって……そう言ったんです。そして、私にもゆるしてほしいと……」

「それはたった今起きたことなの？」

「ほんの少し前です。もう一度私とやり直したいって」

「ほんとうに？　ああ、主よ、あなたは何て素晴らしいお方！」クララは飛び上がらんばかりに驚いた。神がなさったことのあまりの素晴らしさ、神がこんなにも早くトニーの心をご自身に向けてくださったことに。

「言ったとおりでしょう、エリザベス！　神さまはあなたのために戦ってくださるお方だって」

「ほんとうにそのとおりですわ、クララさん。神さまは、私のために、私の家族のために、そして大切な娘のために戦ってくださいました」

クララはエリザベスとの電話を終えたとたん、今まで抑えていた気持ちを爆発させるように踊り出した。うちなる喜びは力強く湧き出すのだが、身体がなかなかついていかず、果たしてそれが踊りと表現できるものであったかどうかはわからない。それからクララは、それ見たことかと言わんばかりに、身体をのけぞらせながらこう言い放った。

「いい気味ね、サタン！　もうこれでぐうの音もでないでしょう？」

そして、家の中を歩きながら歌うように神をたたえて言った。

「神さまは誠実なお方！　力あるお方！　あわれみ深いお方！　全てを統べ治めたもうお方！　神さまをクビになんかできるわけないわ、絶対に！　永遠に働かれるお方なんですもの。栄光主にあれ！　神をほめたたえよ！」

きっとどこか見えない場所で、天使たちも同じように神さまをほめたたえているわね……。クララはそう確信していた。そして二階に上がり、クローゼットの壁に貼ってある祈りの課題の一つにチェックをつけた。神が鮮やかな答えをくださったことに心から感謝しつつ。そしてサタンが、勝利をもくろんでいたであろう戦いに図らずも惨敗し、悔しがっている姿を想像しながら。

このような経験を一つひとつ積み重ねることによって、クララはさらに大きな祈りの課題へと挑戦する思いが与えられるのだった。そう、神は、信じる者たちの切なる祈りによって、さらに大きななみわざを成し遂げようとしておられる……クララは改めてそう思うのだった。

第十四章

とにかく前に進む。自分の人生を取り戻す。それは、思うほど簡単ではないことはトニーにもわかっていた。しかし、もはやどん底まで落ちてしまった以上、あとは浮上するしかない。谷底からゆっくりと上に向かって歩みを進めていくうちに、きっと将来進むべき道が見えてくるに違いない。少しずつ状況が好転していくだろう、そう思うことにした。

翌朝、トニーは、玄関から二階へと続く階段のいちばん下に腰かけながら運動靴をはいているダニエルの姿を見かけた。ダニエルは、いち早くトニーの変化に気づいていた。トニーが神との関係を回復し、そのことをエリザベスに告白してから、娘の顔から悲痛な表情が消えたようにトニーには思えた。父親の回心が、十歳の娘の生活にこれほどの変化をもたらすことに不思議な感動を覚えた。

トニーは、ダニエルときちんと話をしなければと思うものの、どう声をかけてよいかわからず戸惑っていた。あまり詳しいことまで話し、彼女を必要以上に悩ませるような失敗を犯したくはなかった。しかし、この時を逃したら、娘と正面から向き合えないような気もする。正直どうなるかわからないが、一か八かやってみよう。トニーは勇気を出してダニエルに声をかけ、隣に並んで腰をかけた。

「お父さん、おはよう」

「少し話をしたいんだけど、いいかな?」

ダニエルはあどけない無邪気な顔でトニーを見上げた。彼女の前には輝かしい未来が広がっている。そして俺はそばで寄り添いながら彼女を支えるチャンスが与えられたんだ……。今ダニエルにしてやれるいちばんのことは、自分の心のうちを正直に話すことかもしれない。こんなことをするのは生まれて初めてだ。でも、神が自分に大切なことを気づかせ、行くべき道を示してくれたのだから、何としてでも今の自分の思いをきちんと娘に伝えなければならないと、トニーは思うのだった。

「今まで、ずいぶんダニエルにひどいことをしてきたね。そして、お母さんを悲しませるようなこともたくさんしてきた……。これからは態度を改めようと思う。よいお父さん、よい夫になろうって決心したんだ」

最初の言葉は何とかうまく言えた……。詳しい事情はまだ話していないけれど、もしダニエルに尋ねられたら正直に言おう。今だって、ダニエルが理解できる言葉で、きちんと言うべきことが言えたのだから……。

「実はお父さん、神さまに助けを与えてくださいって祈ったんだ。ダニエル、君にも今までのことをゆるしてもらいたい。そしてもう一度お父さんにチャンスを与えてほしいんだ。いいかな、ダニエル」

トニーは、つい昨日、神に対してもこんなふうに素直に赦しを願ったことを思い出した。少し前までトニーは、神という存在を、天国の入り口に立って腕組みをし、不機嫌そうに顔をしかめ、トニーが本題に入るのを足踏みしながらイライラと待っている、そんなふうに想像していたのだった。もしかしたら、神に自分の姿を投影していたのかもしれない。今では、神は決してそんな方ではないことをよく理解している。もし神が、今の娘のような表情を自分に向けてくださるのだとわかっていたら、もっと早くに立ち返ることができたのかもしれない。

ほんのしばらくのあいだ、ダニエルはじっとトニーを見つめたままだった。それからすぐに笑顔になり、こくんとうなずいた。それはまるで、「私はお父さんをゆるすよ。今も愛しているし、これからもずっと愛してる」そう言っているようだった。その姿に、トニーの心は温かくなった。

そうなんだ。何も問いかけず黙って笑顔でゆるすこと。愛とはまさにそういうことなのかもしれない。もし自分もそんなふうに人を愛することができたなら、娘のようにふるまうことができたとしたら、これからの自分の人生はきっと素晴らしいものになるに違いない。

「大好きだよ、ダニエル」

「私もお父さんのことダイスキ！」

トニーはダニエルの額にキスをし、立ち上がってその場を離れた。心はまるで羽のように軽やかだった。ダニエルは縄を手に、そのあとについて外に出ると、トリッシュコーチの指導のことや、毎日こなさなければならない練習内容をトニーに説明しながら、ウォーミングアップを始めた。ひとしきり身体を動かしたあと再びトニーの横に腰かけたので、トニーはもう一度先ほどの話をすることにした。

「ダニエル、お父さんが今君に何かできることはないか考えてるんだ。君を大切に思っているその気持ちを何かかたちにしたいんだよ」

ダニエルは額にしわを寄せた。彼女にとっては思いもしない提案だったようだ。「たとえば、何かプレゼントを買ってくれるとか？」

「もちろん、それでもいいけれど。でもただの物よりももっと素晴らしいもの、たとえば君の大好きなことをお父さんも一緒にするとか……」

ダニエルは肩をすくめると一言言った。「うーん、何だろう、思いつかないや」

これがまさに子どもというものだ。もしダニエルが何も思いつかないのであればそれでもかまわない。こちらの考えを察してほしいと思って回りくどい言い方をしてしまったが、そういうやり方はまだ通用しないらしい。

トニーは笑顔で言った。「まあいいさ、もし何か思いつくことがあったら教えてほしいんだ」

そこにエリザベスがやってきてトニーの隣に腰かけ、二人は肩寄せ合いながらダニエルが縄跳びをするのを眺めた。今までエリザベスに対して不満や怒りを募らせ、けんかばかりしてきたせいで、実は彼女が美しい女性であることをすっかり忘れていた。いや、忘れたのではなくて、その事実から目をそらし、ほかのどうでもよいことに心を向けていただけなのかもしれない。

「あなたの大事な娘は、すっかりお父さんと仲よしになったようね」

「ああ、実は仲直りをするのにそれほど時間はかからなかったよ。今までひどい父親だったことを謝ったんだ。そうしたらあっけないほどあっさりとゆるしてくれた……」

「子どもって、そうよね。相手が謝ったら、やり直しのチャンスを快く与える……。むしろ大人のほうがわだかまりを引きずってしまうところがあるのかもしれない」

トニーはエリザベスの目をのぞき込んだ。

「ほんとうにそうかな」

エリザベスがほほえんだ。「どういうこと？」

「君にゆるしを願った時、実は恐れていたことがあったんだ。俺のしたことを君がずっと覚えていて、次の日、一週間後、あるいは一年後にまた蒸し返してきて、俺を責めるんじゃないかって。でも、君はそうはしなかった」

「でも、あれから一年どころか、まだ一週間もたっていないものね」

「まあそうだけど……。でも、俺思ったんだ。君が俺をゆるすって言ったその言葉に嘘はない。君は、俺がこれからいい人間になって、何かのきまりや規則を守ることを条件にゆるしてくれたわけじゃないんだって」

「ああ、それね。思い出した。あなたに守ってもらいたい規則を今朝リストにしたんだったわ……」

エリザベスは、茶目っ気たっぷりに、ジーパンのポケットを探るふりをしてみせた。

二人は互いに顔を見合わせながら笑った。こんなふうに心から楽しい気持ちで笑い合ったのは久しぶりだ。最後にこんなひとときを過ごしたのは一体いつだろう……。

ダニエルが縄跳びの手を止め、二人がおしゃべりをしているのに気づいた。そして息をはずませながらこちらに走り寄り、二人の前にぴょんと降り立った。

「お父さん、お願い！　お母さんにキスして！」

「おいおい、そんなにせかすなよ」トニーは笑いながら顔の前で手を振る。「まずはけんかをしないこと。そこから始めないとな」

「ねぇ、お願い！　キスして！」ダニエルはその場で縄跳びをしながら、リズムに合わせて歌い出した。「お願いっ、お願いっ、お願いっ、お願いっ……」

トニーは黙って首を横に振る。

ダニエルは手を止め、がっかりした顔で言った。

「さっき、私のために何かしてくれるって言ったじゃない。お母さんにキスしてほしいの。お願いだから」

トニーが何か言い返そうとする前に、エリザベスが口を開いた。

「ダニエルの言うことを聞いてあげたら？」

トニーは驚いた顔で後ろにのけぞり、エリザベスに目をやった。エリザベスが横顔をトニーに寄せたので、トニーは前に屈み頬に軽くキスをした。

「唇に！　唇に！」

ダニエルが縄跳びのジャンプに合わせて言う。

トニーはエリザベスの目をのぞき込み、彼女がどんなふうに感じているか探ろうとした。できればゆっくりと少しずつ二人の関係を修復していきたいと願っていたのだ。自分の決心が本物であることを、じっくりと時間をかけながらエリザベスに理解してもらいたいと……。

「最近の子どもは困ったもんだな」トニーは冗談めかして言った。「注文が多過ぎる」

「ダニエルのためにできることをしたいって言ったのはあなたでしょう?」エリザベスはトニーの目を見つめ返し、舌で唇を湿らせた。

「新しい縄を買ってやるより安くつくし、まあいいか」

トニーはエリザベスに顔を近づけ、そっと唇にキスをした。それは時間にすれば一瞬だったし、決してロマンティックなものではなかったが、思いがけず胸にときめきを感じたので、トニーは驚いた。

「わーい! ばんざーい!」ダニエルは縄跳びを続けながら言う。「もう一度! もう一度!」

そこにジェニファーを乗せた車が玄関の前に止まった。トニーはエリザベスと腕を組みながら車へと向かい、ジェニファーの母親に挨拶をした。

「サンディさんでしたね」トニーがそう言うと、その女性はにっこりほほえんだ。

不動産売買は、どこか結婚と似ているとエリザベスは思った。たとえ世界でいちばん素晴らしい家であったとしても、それに興味を示す買い手がいなければいつまでも売り出し中のままだ。しかし、ある日突然その家の条件に希望がぴったりと合う買い手が現れると、状況が一変する。ちょうど近所を車で通りかかった人から家を気に入ったという連絡が入り、とんとん拍子で契約が成立することもあれば、知り合いから家を探している人を紹介され、電話一本で話が進むことも。全て、人と人とのつながり、顧客の欲求やニーズにかかっているのだ。

思いがけずトニーにキスされたことで、エリザベスは忘れていた感覚がよみがえり、ずっと心に残った。彼の唇が触れたことで、ぐっと関係が親密になったような気がしたのだ。トニーが身体をこちらに寄せてキスをした時、まるで自分の心そのものに触れられたようでドキンと胸が波打った。しかし、そのことに戸惑う気持ちも正直あった。トニーが神に立ち返ったことを感謝しつつも、彼が打ち明けてくれた内容に傷ついたのも事実だったのだ。

エリザベスは、この一年のあいだにトニーが急速にセックスに関心がなくなったのはなぜなのだろうと不思議に思っていた。二人が結婚したばかりの頃は、互いの欲求に差があったらどうしようと心配した。まだ独身の頃、既婚女性から、夫が毎日セックスを求めてきて困ると打ち明けられたことがあった。エリザベスには、それは決して悪いことのようには思えなかったが、当の本人にとっては苦痛の種のようだった。あるいは別の女性からは夫がセックスにまったく関心がないという悩みを聞き、果たして自分とトニーは、うまく夫婦生活をやっていけるのだろうかと戸惑いを覚えたこともあった。

結婚して互いの欲求が同じくらいであることがわかったため、その心配は杞憂《きゆう》に終わったが、ダニエルが生まれてから状況が変わった。出産によって身体に変化が生じたのだ。セックスへの欲求が減り、気持ちの上でも関心の中心が娘に移った。きっとホルモンの影響もあるのかもしれない。

次第に二人の関係もマンネリ化していき、セックスの回数も減っていった。時折思い出したように関係を持ち身体の欲求を満たすこともあったが、二人の間柄はおよそ親密とは言えないものとなった。そしてほぼ一年ほど前から、トニーはエリザベスに手も触れなくなり、ジム通いに没頭するようになっていった。まるで心の隙間を埋めるように運動に熱中し、身体を鍛えるようになったのだ。エリザベスは、セックスレスに関する記事をインターネットで検索したり、図書館で本を見つけては読んでみたりしたが、調べれば調べるほど心配が増した。夫が妻とのセックスから遠ざかるのは、結婚生活の危機を知らせる危険信号であるというのだ。ほかの女性へ心が移ってしまったのかもしれない、そんな不安がよぎることもあった。

その晩、トニーはダニエルを寝かしつけたあと、寝室で椅子に座っていたエリザベスのところへ行った。エリザベスは結婚について記した本を読んでいたが、トニーが部屋にやって来たのがわかると本をそっと膝に落とした。

トニーは彼女の前にひざまずくように座った。

「エリザベス、話があるんだ」

エリザベスは本を閉じた。トニーの顔にあまり好ましくないことを伝えようとしているかのような覚悟の表情が浮かんでいる。

「何か怖いこと？」エリザベスはひどく恐ろしいことがトニーの口から飛び出すのではないかと恐

る恐る尋ねた。

「いや、そうじゃない」トニーはしばらく間を置くと、エリザベスの目をまっすぐ見つめて言った。

「二人そろって専門家に相談に行くべきなんじゃないかと思うんだ」

「専門家って?」

「たとえば結婚カウンセラーとか。あるいは牧師でもいい。俺たちが夫婦としてもう一度やり直すために、専門家の助けが必要な気がするんだ」

エリザベスはトニーの気持ちをさぐるように彼の目をのぞき込んだ。彼女が昔集っていた聖書研究会には結婚生活に問題を抱える女性が何人も参加していた。彼女たちが口をそろえて言うには、夫をカウンセラーのもとに連れて行くのは至難のわざであるということだった。それはまるで、暴れ馬を窓からミニバンに乗車させ、シートベルトを締めさせるぐらいの難しさだと。それを考えると、トニーのほうからカウンセリングを提案してくるなんて、思いもよらず大きな贈り物を手にした気分だった。

「ええ、いいわ」

「ちゃんと第三者に入ってもらったほうが解決の糸口が見えることもあると思うんだよ。俺たちが直面している問題について、知識や経験の豊富な人がいいんじゃないかな」

エリザベスはうなずいた。

「ほんとうにその通りね。誰に相談するかはあなたに任せるわ」

「さっそく教会に電話してみようと思う。たしか家族の問題に詳しい牧師がいたよね」

「ええ。ウィルソン先生ね」

「明日にでも連絡してみるよ」

エリザベスは本を椅子の肘に置いた。少しでもバランスが崩れればそのままバタンと床に落ちそうだった。エリザベスは、何かまだ自分の知らないことがある気がしてならなかった。今まで二人が波にもまれ翻弄されてきた荒海の表面に氷山のてっぺんがちらりと現れ出た、そんな雰囲気を感じ取ったのだ。「まだ私に話していないことがあるんじゃない？」

トニーは浮気は未遂で終わったと言ったが、長いあいだ、そのチャンスをうかがっていたのも事実なのだ。その日の早朝、エリザベスは、二人がいまだ心に秘めたままにしている思いや感情を互いに告白し、きちんと対処することができるよう神に助けを祈り求めた。それはまるでジグソーパズルを行う際、端のピースから探して埋めていくようなものだった。まずはじめに端のピースをテーブルの上でつなぎ合わせることにより、真ん中のピースを探すのが簡単になるのだ。

「ローリーでの出来事はもう話したよね。ある女性と食事に出かけたんだ。出張から帰った日、君の携帯にミッシーからメッセージが入っていたからもう知ってると思うけど」

「私の携帯を見たの？」

「俺が寝室で着替えていた時、たまたま机の上に置いてあった君の携帯から着信音が聞こえたんだ。思わず画面をのぞいたら自分のことが書いてあって、ついミッシーと君とのやりとりを読んでしまった。はじめから盗み見しようと思ったわけじゃない。それ以外のやりとりも見ていない。俺を信頼してくれ」

「そう……。結局は心から信頼できるかどうかに全てがかかっているのよね。あなたをゆるし、信頼したいと思ってる。でも、携帯を見たのに今までそのことを黙っているんだとしたら……」

トニーは身体を起こし、かかとに腰を下ろした。

「おい、深刻にとらえ過ぎるなよ。今ちゃんとこうして話してるんだから」

「私に指図しないで。あなたが立ち直るために、私たちの結婚生活を取り戻すために、私が今までどれほど頑張ってきたと思ってるの？　これは決して見過ごしにできるような小さなことじゃないわ。ちゃんと向き合って考えて、解決しなくてはいけないことよ」

トニーは歯を食いしばり、厳しい表情で言った。

「結局こうなっちゃうんだ。俺が君のところに来て会話をしようとする……すると君は俺たちのあいだに壁を作って、俺の言うことをはねつけるんだ」

「壁を作るのはあなたのほうよ、トニー」

エリザベスの心臓が高鳴り始めた。このままだとせっかく回復し始めた二人の関係がもとに戻ってしまう……。エリザベスは一つ深呼吸をし、今までとはまったく別の方向へと話を導く決心をした。トニーの欠点に目を留めるのではなく、よいところに目を注いでいこうと決めたのだ。

「あなたが努力していることはわかるの。すっかり心を入れ替えて、私たちのことを大切に考え始めてくれていると思うわ」

「なるほど、そんなふうに思ってくれてるわけね」トニーはまるで、きれいにベッドメーキングしたつもりが結局うまくできなかった子どものように、少し傷ついた表情を浮かべて言った。

エリザベスが何か言おうとする前に、トニーがうんざりしたように両手を前に突き出して言った。

「君は正しい。そう、いつだって君が正しいんだ」

「自分が正しいなんて、今は一言も言ってないでしょう」

「言葉に出さなくてもそう思っているのがわかるさ。だから、牧師でも誰でもいいから第三者に相談しに行くべきだって言ってるんだ。二人の間にあるしこりを取り除きたいんだよ。君の信頼を取り戻すために、俺は何だってするつもりでいる。そのためにはレフリーが必要なんだ。俺たちが互いの言うことにきちんと耳を傾けて、同じけんかを繰り返さないためにもね」

エリザベスは黙ってうなずいた。胸の鼓動も収まっていた。力強いトニーの言葉に彼女の心は元気づけられ、また心から同意することができたのだ。

「ところで、ローリーで会っていた女性ってどんな人？」

そう言いながら、エリザベスは急に口が渇き、のどが締めつけられるような感覚を覚えた。できれば何も知りたくない、過去のことは全て忘れ、ただ前に向かって進んで行きたいという気持ちもあった。しかし、心の大部分を占めていたのは、全てを知りたい、知らなければならないという切実な思いだった。そして勇気をもって真実を知る道を選んだのだ。

「彼女はホルコム社の社員なんだ。実は新規で仕事を開拓したんだが、その契約の手続きに当たったのが彼女だったんだよ」

それだけの関係だったの？　エリザベスの心にさまざまな疑問が浮かんだが、何も言わなかった。ただ真実を知りたい……。エリザベスはトニーの目を見つめながら次の言葉を待った。

「契約を交わしながらいろいろしゃべっているうちに、彼女が次の会議に出席しなければならないと言ったんで、その日の夕食に誘ったんだ」

「前にもそういうことはあったの？」

「仕事の契約といっても、一つひとつやり方が違うから……」

「違うの。そういう意味じゃなくて、職場の女性を食事に誘うことは以前にもあったの？」

少しのあいだ考え込むトニーの姿に、エリザベスの気持ちが沈んだ。トニーは、まるでクッキーの入った缶に手を突っ込んだところをちょうど母親に見られてしまった小さな男の子のような表情を浮かべていたのだ。

「二人きりで出かけることは今まで一度もなかったよ。もちろん会議に出席した人たち同士グループで食事をしたことはあるけれど、これが初めてなんだ、実際に……」

「実際に、何？」

トニーは一息をつき、背筋を伸ばして答えた。「実際に別の女性と付き合いたいという気持ちになったのは、これが初めてだったんだ。リズ、俺は一夜の情事を楽しむような愚かな人間じゃない。その時、君との関係はもう終わったって諦めていたんだ。とても魅力的な女性で、もしかしたら彼女とならうまくいくのかもしれないって思って」

エリザベスは、トニーの言葉にこれほど傷つくとは思ってもいなかった。トニーは、私が心を注いで祈ったあの晩の出来事について話しているんだ……。そう、神はほんとうに生きて働いていると心から信じることができたあの晩のことを。

「続けて。それから一体どうしたの？」

「レストランを予約して二人で食事をすることにしたんだよ。そうすれば、緊張もほぐれて親しくなれるんじゃないかと期待して。実際のところ、緊張をほぐす必要もなかったんだ。彼女はもう俺と付き合う気持ちがあったみたいで、食事のあと自分の家でワインを飲まないかって誘ってきたんだよ」

エリザベスはあきれたように口を開けて尋ねた。

「それで、あなたは何て返事したの？」

「二つ返事で誘いを受け入れたんだ。でも、正直驚いたことは確かだ。すぐに男と関係を結ぶような女性には見えなかったから」

「甘いわね」エリザベスはささやくように言った。彼女はすっかり意気消沈してしまい、トニーから話を聞けば聞くほど、ゆるし難いという思いが頭をもたげた。真実を知ることは思っていたよりもずっとつらいことだった。

「彼女の名前は？」

「ヴェロニカ」

エリザベスは目を丸くした。ヴェロニカですって？　よりによってヴェロニカ（訳注・カトリック教会の聖人。十字架を負ってゴルゴタへと歩くキリストに、汗を拭くようベールを差し出したと言われる）などという名前の女性と浮気しようとしたなんて……。

「どんな女性？」

「俺たちよりも少し若いんだ。きれいな人だよ」

「私より若いってことね」

「頼むよ、エリザベス。ムキにならないでくれ」

「私がムキになろうがどうしようが勝手でしょ。怒ってあたりまえだわ」

「一言もないよ。君は怒って当然だ。でも神に誓って言うけど、君に疑われるようなことは何もしていない」

「何もしていないって、どういうこと？　あなたはその女性とレストランに行ったんでしょう？　楽しくおしゃべりして、冗談を言い合って、テーブルの下で足をからませたりしていちゃいちゃしたんでしょう。それから、ワインを飲みに彼女の家まで行ったのよね」

「いや、行ってないんだ。実は俺、具合が悪くなっちゃって。食事をしたあと急に……。どうしてそうなったのかどうにも説明できないんだよ。食事が終わって、彼女も準備ができてたんだ。それなのに急に腹の具合が悪くなって。すぐにトイレに駆け込んで食べた物をすっかり吐いちまったってわけさ」

　エリザベスは、トニーが食べたばかりの高級料理を全て吐き出している姿を想像し、少し溜飲の下がる思いがした。食中毒が原因だったのだろうか、それとも神が働かれたのか……。そもそも食中毒ってそんなにすぐに具合が悪くなるものなのだろうか。イエスさまはただちに水をぶどう酒に変えたり、嵐を鎮めることのできるお方なのだから、トニーのお腹の具合を操作するなど造作ないことだったのかも。そう考えると、気持ちも鎮まってかすかな笑みさえ浮かべることができた。

「しばらく具合が治まるまでトイレにいて、やっとの思いで出てきたあと、家には行くことはできないってヴェロニカに告げたんだよ」

「でも、本当は行きたかったんでしょ?」

「おい、いちいちつっかかるなよ」

「あなたの言うことを私なりにちゃんと理解しようとしているだけよ。少しばかり取り乱したり、感情的になったとしても大目に見てちょうだい」エリザベスは少し声を荒らげながら言った。そして両手を上げたかと思うと、飛行機の着陸を誘導するように下げた。「それで? 彼女は何て言ったの?」

「具合が悪いなら介抱してあげるからって」

エリザベスは思わずカッとなり、ヴェロニカの目をくり抜いてやりたいと思った。妻でもない女がトニーを介抱しようとするなんて! しかし、そもそもトニーが食事に誘わなければ、彼女だってそんなことを言う機会もないのだと思い直した。

「彼女はあなたが既婚者だって知らなかったの?」

「はっきり結婚していると宣言したわけじゃないが、結婚指輪はちゃんとはめていたんだ。ただ、結婚生活に問題を抱えているとは言った気がする」

「何て都合のいいこと! 結婚に問題を抱えた孤独な男、そしてヴェロニカなんて名の女が一緒にいれば、それなりのことが起きても不思議じゃないわね」

エリザベスは、「ヴェロニカ」の名前をまるで忌まわしい呪いの言葉のように言い捨てた。

「リズ、俺は今自己嫌悪でいっぱいだ。本当はこんなこと君に知らせたくはないんだ。もうこのまままここから立ち去りたいくらいだ」

「でも、あなたたちのことを偶然見かけたミッシーからのメールで、私がローリーでの出来事を知っていたことを、あなたはちゃんとわかっていたのよね」

トニーがうなずいた。「そうだ。ただ、君が誰かから知らされようが知らされまいが、いつか折を見て俺の口から話すべきだとは思ってた」

「そうであってほしいと私も思ってる。でも、ほんとうにあなたがそう思っていたかどうかわからないでしょう? ミッシーからの連絡がなかったら、もしかしたらあなたは口を拭って何も言わなかった可能性もある。タイムマシンで過去に遡ることはできないわけだから、真実は闇の中だわ」

「そうだね。今俺にできることは、君に正直に本当のことを言い、君が俺をゆるしてくれるように、もう一度俺に対する信頼を回復してくれるよう祈るだけだ」

トニーは、エリザベスが人の気持ちに鈍感で、横柄で、心が狭いとがなり立てることもできた。以前のトニーなら間違いなくそうしていただろう。こうして彼女の前にひざまずいているだけでも、大きな進歩であるような気がした。それでも、エリザベスは、自分の傷ついた気持ちをどうすることもできなかった。レストランでヴェロニカという女性と食事をするトニーの姿がどうしても頭から離れなかった。具合の悪いトニーを介抱しようと申し出たヴェロニカ……。家にワインを冷やし、トニーが訪れるのを待つヴェロニカ……。

「私たちの夫婦関係はまだ続いているのに、なぜほかの女性と付き合おうなんて思ったの?」

トニーは首を横に振りながら答えた。

「どうして君以外の女性と付き合おうとしたのか……ほんとうに頭がどうかしてたとしか言いようがないよ。俺たちの関係はもう終わったって思い込んでたんだ。顔を合わせるたびにけんかしていたから……」

「ほんとうに彼女とは何もなかったのね」

「ああ、何もなかったよ。ただあの時腹の中にあったものは全て失ってしまったけどね。それだけじゃない。あの晩のことが何だかトラウマみたいになっちゃって、今でもメニューに『フェットチーネ』って言葉を見ると胃がムカムカするんだ」

あら、それはかわいそうなことだわね……。「で、彼女から電話はなかったの？　次の日に連絡しようとは思わなかった？」

「彼女に謝ろうと思ってメールを打ったんだけど、結局送信しなかった」トニーは携帯電話を取り出した。「待って、まだ下書きのフォルダーに残ってると思うから」

トニーが携帯を差し出したので、エリザベスは未送信のメッセージに黙って目を通した。

「結局彼女にはメールも電話もしていない」

「なぜ？」

「間違ったことだって心のどこかで感じてたからかな。彼女と付き合うことは正しいことではないって」

「もし彼女から電話があったらどうするの？　きっとかかってくると思うわ。ヴェロニカみたいな女は、デートをすっぽかされてもしつこく電話してくるものなのよ」

「もしかかってきても電話に出るつもりはないよ。それに今後ホルコム社と仕事はしないから、会議で会うようなことも二度とないだろうし」

最後の言葉でトニーの表情が曇った。そして何かを思いついたように顔を上げた。「もし俺の携帯を見たかったら、俺が本当のことを言っているかどうか知りたかったら、いつでも見せるから。メールでもフェイスブックでも何でも。今日から何も隠し立てはしないつもりだ」

エリザベスはうなずき、椅子の肘に不安定な状態で置かれた本に目をやった。そうやって信頼を築いていけばよいのだ。どれほど時間がかかるかはわからないけれど。もし人生が一冊の本なのだとしたら、今の章をすっ飛ばして後半の章へと一気に進みたいところだけれど、そういうわけにはいかないんだわ。一ページずつ……、そう、人生は一歩ずつ前に進まなければならないのだ。

「ごめんなさい。疲れてしまったわ。もうベッドに入って休まなくちゃ」

トニーは手を差し伸べ、彼女が立ち上がるのを助けた。

「最後まで話を聞いてくれてありがとう。ほんとうに感謝してる」

エリザベスは黙ってうなずき、何とか笑顔を作った。

「とにかく牧師に相談してみよう。明日電話してみるよ。いや、今晩のうちにメールしておく。それでいいかな」

「いいわ」

　エリザベスはベッドに横になりながら、レストランで食事をするトニーが何度も目に浮かび、そのたびに必死で打ち消そうとしていた。彼女が想像するヴェロニカは、胸の豊満ないかにも腹黒そうな女性で、襟ぐりの深いドレスを身にまとい、魅惑的な目を瞬かせながらトニーを見つめている。おそらくは足の長いほっそりした体つきの女性。どう考えても自分に勝ち目はない……。でも、トニーはもうヴェロニカには興味はないとはっきり言ってたじゃない。だから自分とヴェロニカを引き比べて惨めな気持ちになる必要はないわ。トニーは、自分のもとに帰って来てくれて、もう一度私とやり直そうって頑張ってくれているのだから……。しかし、二人のあいだに妥協点を見いだすのはなかなか難しいものだとエリザベスはしみじみ思うのだった。売却物件の屋根やエアコンの不具合について家の所有者と一つひとつ交渉を重ねていくのが大変なように、エリザベスは自分の心と折り合いをつける難しさを感じていた。

　結局のところ、大事なのは信頼なのだとエリザベスは結論づけた。最終的には、トニーを信頼するのかしないのか、そこに行き着く。それは完全にエリザベスの決断にかかっていることであり、その決断はとどのつまり、彼女が神をどのような存在として信じているかということにかかっているのだ。それは、クララと出会ってまだ間もない頃に、彼女から言われたことでもあった。エリザベスはその時の会話を思い起こした。

「トニーとの問題について考える時、彼ではなくて、むしろあなた自身が解決の鍵を握っているような気がするの」

「おっしゃっている意味がわかりませんわ」

「つまりね、神さまは、あなたが行きたくないと思っているところへ、あなたを導こうとしていらっしゃるということよ」

「なぜ私はそこへ行きたくないと思うのでしょう」

「それは苦労の多い厄介な場所だからよ。できれば知りたくない自分の本当の姿を知ることになるから。自分の中に、本当は変わらずにそのままにしておきたい心の部分があることを発見してしまうから。誰でも自分の人生に何か問題が起こると、その原因をほかの人のせいにしたくなるものよね。つまり誰かを身代わりにしてしまう。その身代わりとなった人をさっさと自分の人生から追い出してしまえば、問題も一緒に追い出せるというわけ。あるいは、その身代わりとなる人を自分が理想とする王子さまに変えてしまおうとする。だって欠点だらけの醜い男よりも優しい美男子を眺めてたほうがよっぽど楽しいもの」

「つまり、私が今問題を抱えているのは、トニーのせいではなく、私自身に問題があるからということでしょうか」

「私が言いたいのはね、エリザベス、神さまはあなたが自分の問題にしっかりと向き合えるようにトニーを用いようとしておられるということなの。たとえ行きたくない場所であっても神さまが導かれるままにそこへ行き、神さまと共にしっかりとそこにとどまり、神さまが望まれる姿へと変わろうとするなら、あなたの目の前に新しい道が拓けるわ」

「頭が混乱してしまって、よくわかりません」

「そうでしょうとも、無理もないわ」クララは一呼吸置いて、話を続ける。

「あなたはトニーに影響を与えることはできる。神さまが彼の心に働いてくださるよう祈り、神さまからしかいただくことのできない愛で彼を愛することもできるでしょう。でもあなたが彼の代わりに決断をすることはできない。あなたに彼を変えることはできないわ。あなたにできるのは、あなた自身を神さまに変えていただくこと。トニーや自分自身、そして神さまについてのあなたの考え方を変えることなの。神さまの力を信じ、神さまがあなたのうちになそうとしているみわざにゆだねること。それが大事なのよ。

私が言いたいのは、私たちが自分の力で物事を変えようと努力することと、神さまによるリバイバルとは、まったく別物だということ。よくクリスチャンのあいだで、リバイバルについて話題にされるわよね。この社会や文化が神さまの力によって変えていただく必要があるとか、ハリウッドやいたるところにどれほど罪がはびこっているかとか。私も、神さまによるリバイバルが起こることを祈っているわ。でも、長年生きているうちにわかったことは、そのリバイバルは、ほかの誰でもない、まず自分自身の中で起こらなくちゃいけないんだってこと」クララは、骨張った指で自分の胸を指しながら言った。

「もしあなたがトニーはほんとうに変われるのだろうかって心配になったり、イライラしたり、疑いの気持ちが出てきたとしたら、実はあなたはトニーを疑っているのではなくて、『わたしはできないことはない』とおっしゃった神さまのお力を疑っているのよ」

エリザベスはそっとベッドから起き上がった。心にはクララの声が響いている。トニーは深い寝息を立てながらぐっすりと寝込んでいる。どんな状況でもすぐに眠りにつけるトニーをエリザベスはいつもうらやましく思っていた。エリザベスはクローゼットの中へと入り、扉を閉めて小型ライトを点けると、壁に貼った祈りの言葉を眺めながら祈り始めた。

「神さま、あなたを心から信頼したいのです。自分の手で何とかしようとあがくのをやめて、あなたの力を信じたいのです。どうぞ私のうちに信仰を与えてください。どうぞトニーを愛する愛を私の心に注いでください」

その時、エリザベスはハッと気づいた。トニーへの猜疑心、ヴェロニカについて抱いている疑問の数々を解決することはもちろん大事なことだけれど、最も恐ろしいのは、自分自身に対して疑いをもっていることではないか。エリザベスは、自分が果たしてトニーを受け入れ、ちゃんとゆるすことができるのか、心から愛することができるのか自信がなかった。なぜならそのためには、自分の心を白日の元にさらし、無防備な状態に置かなければならないからだ。エリザベスは、自分の心の一部を誰にも見せず隠しておきたいと思っていたが、愛するとはすなわち、相手に自分の全てをさらけ出し、弱さを見せるということなのだ。

エリザベスは、ある本からの引用文をふと思い出した。クララが教えてくれたのだったかしら……。いえ違うわ、聖書研究のテキストに書かれてあったんだわ。トニーを起こしたくはなかったが、どうしてもその文章を読みたい気持ちを抑えきれず、クローゼットのライトを消し、そっと寝室へ戻った。暗がりに目が慣れるまで待ち、四つんばいになって本棚まではって行き、テキストを四冊とも棚から抜き出して抱えると、再びクローゼットへと戻った。一つひとつテキストをパラパラとめくるうちに、とうとう探していた文章を見つけた。

それはC・S・ルイスの『四つの愛』という本から引用されたものだった。

「そもそも愛するとき心に痛手を受ける可能性をゼロにすることはできない。何かを愛するとき必ずや心を締め付けられ、遂には心を破られることもある。心を破られるのを避けたいのであれば誰にも心を許してはならない。動物に対しても心を与えてはならない。趣味やささやかな贅沢で丁寧に心を包んでおかなければならない。すべてのかかわり合いを避け、あなたの心を利己主義という宝石箱か柩の中にしまっておかなければならない。しかし心はその宝石箱の中で——そこは安全で暗く、動けず、息もできない——変質する。そこでは心が破られることはない。むしろ不屈となり、鉄面皮となり、救い難いものとなるだろう」〔訳注・C・S・ルイス宗教著作集2『四つの愛』〔新訳〕佐柳文男訳　新教出版社より引用〕

エリザベスはさらにコリント人への手紙第一の十三章を開いた。そこをゆっくりと読み進み、特に胸に響いた言葉を反すうしながら、我慢強く親切な心を与えてくださいと神に祈り求めた。トニーの犯した過ちを忘れてしまいたいと思いながら、なかなかできずにいる自分……。全てを我慢するとは、自らの弱さに甘んじながら神のみわざを待ち望むこと、親切にするとは、神が愛してくださるように相手に接することなのだとエリザベスは思った。一つひとつの節を祈りに変えつつ章全体を読むと、そこに書かれたみことばが鮮やかに胸に迫ってきた。ここに書かれている愛の行為は、自分の努力で成し遂げられるものではなく、神の助けによらなければ実現できないことを直感したエリザベスは、トニーにこのような愛と理解を示すことができるよう、心を注いで祈った。

エリザベスは、ほのかに朝の光が差す頃までクローゼットの中で神と語り、祈り、涙を流した。祈ることによって、夫の胃の具合を悪くするというかたちで神が応えてくださることもあるだろう。それも一つの神の奇跡のわざと言える。また祈ることによって、神が夫のプライドを挫き、その心を家族のもとへと戻してくださることもあるだろう。それも神の奇跡だ。しかし、神は自分の心を罪から回復し、信仰の火によって燃え上がらせる力があるのだと信じられるようになることも、神の大きな奇跡のわざではないだろうか。そして、神は自分を絶望の谷から引き揚げ、夫に裏切られた痛みから解放する力があると確信できるようになることは、さらに大きな奇跡なのかもしれない。

第十五章

家の購入者がまだ現れていないのに、クライドがどんな手を使ってクララを引っ越しする気にさせたのか、エリザベスには想像もつかなかった。しかし、クララからその話を聞くと、エリザベスはすぐに手伝いを申し出た。そしてダニエルとトニーにも協力を仰ぐことにした。

トニーが初めてクララの家を訪れた時、クララは玄関口で力強く彼を抱きしめ、肩をぽんぽんとたたいた。「この家を丸ごと担げるぐらいの筋肉だわね」

トニーが家の中に入ると、クララは感心したようにエリザベスに言った。「息子も来れたらよかったんだけど、あいにく仕事で町を出ているものだから」

「いつかクライドさんにお目にかかりたいですわ。よくお話を伺ってますし」

「あれからトニーとはうまくいってる？」

エリザベスはほほえみを浮かべた。「ええ、お互いに歩み寄る努力はしていますわ。まだ解決しなければならない問題はいろいろあるんですけど」

「教会の牧師には相談に乗ってもらってるの？」

「ええ。まだ一度しかお会いしていないんですけど、ほんとうに素晴らしい方です。私たちの抱えている問題の核心をちゃんと見抜いておられて」

「牧師のカウンセリングを受けようって提案したのはトニーなのよね。大事なのはそこよ。夫のほうから言い出すなんてめったにないことなんだから」

エリザベスはクララのあとをついて回りながら、一つひとつの箱に内容を記したラベルを貼っていった。クララの荷物は三つの種類に分類することができた。一つ目は最も量が少なく、クララの息子の家に併設された新しい住まいに運び入れる家具や荷物。二つ目はやや量が多く、倉庫にしまっておく物。三つ目が最も多く、居間をほぼ満杯にするほどの量で、人に譲る物だった。エリザベスは、ガレージセールをしてはどうかと提案したが、クララは即座に却下した。

「神さまはお金に換えるためにこれだけの物を私にくださったのではないの。この一つひとつをほんとうに必要とする人の手にちゃんと渡るよう神さまに祈ってきたのよ。神さまは必ずそうしてくださるわ」

居間を埋めているこれらの物は皆、近所の人や教会のメンバーの手に渡ることになっていた。その中のいくつかは、クララの人生にとって特別な意味をもつ人たちに譲るため、名前のシールが貼ってあった。壁にかける絵、コーヒーテーブル、本棚は新生活をスタートさせたばかりの若いカップルに、というふうに……。本の多くは、教会の図書室へ寄贈されることになっていた。引っ越し業者のトラックが到着する頃には、全ての物が驚くほどすっきりと整理されていた。

エリザベスは、トニーとダニエルが一緒に手伝いに来てくれたことをうれしく思った。ただ、トニーは数分おきに作業の手を止め、ダニエルに縄跳びのやり方を教えてやっていたのだが。

「ダニエルの才能は本物ね」クララが言った。

エリザベスはもう数箱分のラベルを貼り、クララのそばへ歩いて行った。

「クララさんがこの家にいらっしゃらなくなるなんて、何だか寂しいですわ」

「ぜひ息子の家まで会いに来てちょうだい。ここから数ブロックしか離れてないから」

窓を開け、そこから家具を出し始めたトニーを眺めながらクララが言った。

「トニーのことはもう心配いらないわ。これからもちゃんと祈っていればね」

「毎日欠かさず祈っています」エリザベスが答えた。

「ところで、私の家は一体いつ売れるのかしらね。誰でもいいってわけじゃないの。この人なら私の家を託してもいいって思える人でなければだめ」

「そういう方が見つかるように祈っています、毎日ね」

トニーはトラックから出ると、家の中に戻って来た。そして電話かメールの着信があったのか、すぐに携帯電話をポケットから取り出したが、画面を少しの間見つめた後、画面を指でタップした。エリザベスは、誰からの電話を拒否したのだろうと不思議に思った。

エリザベスの家族三人と、あとで駆けつけてくれたマイケルは、クララと一緒にトラックに乗って新しい引っ越し先へ向かい荷物をほどくのを手伝った。トニーはマイケルと共に、クララの指示に従ってソファーを運んだが、クララの気が変わるため、正しい位置に決まるまで三度も移動させなければならなかった。

「私の部屋のクローゼットには何も運び入れないでね」クララが言った。

クララの息子の妻がクララをそっと脇に引き寄せて言った。「お義母さん、クライドが出窓のところに椅子とテーブルを置きましたよ。お義母さんが外の景色を見ながらお祈りができるようにね」

「それはうれしいわ。朝日が昇るのを眺めながら聖書を読むことができますもの。でも、毎日心を注いで真剣に祈るのは、やっぱりクローゼットの中じゃないとね」

クライドの妻はにっこりほほえんだ。「クライドにも言ったんですよ。お義母さんがここに住む決心をしてくれただけで十分でしょうって。あとは何でもお義母さんの好きにして差し上げたらいいわってね」

中学生ぐらいの少女が家から出てきた。引っ越しの手伝いに来たエリザベスたちを避けるようにうつむき加減でたたずんでいる。

クララは少女に気づき、声をかけた。「ハリー、こっちにいらっしゃい。おばあちゃんのお友達を紹介するわ。今まで住んでいた家を売る手伝いをしてくださっているの」

エリザベスは少女に声をかけ、握手を交わした。ずいぶんとやせ細り、顔色もよくない。

「初めまして」ハリーはうつむいたまま挨拶をした。

「おばあちゃまがすぐ近くに越してこられてよかったわね」

「……ええ」ハリーがささやくように答える。

少女が立ち去ると、クララはエリザベスの肩に手を置き、声を落として言った。

「エリザベス、お願いがあるの。ハリーの名前を、あなたの祈りのリストに書き加えてくださらないかしら。主は、あの子の人生にみわざをなそうとしておられるわ。私が生きているうちにそれを見届けたいの」

エリザベスはハリーのために祈ることを約束し、忘れないよう携帯のメモ機能にそのことを入力した。その時ふと、トニーへの電話の主が一体誰だったのかを忘れずに聞かなければと思ったが、それはやめようと心に決めた。信頼を築くためには黙っていることも大事だと思ったのだ。


トニーは、自分で小さな事業を始めるか、あるいはどこかの会社に就職するべきなのか、これから先のことで頭がいっぱいだった。どんな仕事を探すにせよ人脈が鍵となるので、自分を雇ってくれるような職場がないか、教会の知り合いたちにもあたってみた。皆、差し当たって具体的には思い浮かばないが、トニーのことを心にとどめておくと約束してくれた。

マイケルは、トニーがいっそのことプロの「考える人」になったらどうかと奇想天外なことを言い出した。

「ほら、よく座っていつも考える格好をした像があちこちに置いてあるじゃないか。あれ、君にそっくりだなあって、前々から思ってたんだ」

「問題は、一体誰が給料を払ってくれるのかってことだな」

マイケルが心配してくれているのは痛いほどわかっていたし、思い切って何があったか打ち明けてしまおうかとも思ったが、やはりトニーにとってそれは非常に心痛むことだった。全て自分の胸に収めたまま新しい仕事に就くことができれば万事うまくいく。過去はそのままにして前に進むことができる……。

クララの引っ越し荷物をトラックで運びながら、トニーの頭にある考えがひらめいた。「引っ越しエクササイズ」なんて事業を立ち上げるのはどうだろう。家具を運びながら腹をへこますエクササイズを指導して料金をもらい、荷物を運ぶことで引っ越しをする家族からも代金をもらう……。皆が得するというわけだ。想像しただけで、口元に笑いが込み上げてきたが、やはりもっと現実的な路線で考えていかなければと気持ちを引き締めた。

きっと自分にぴったりの職場が見つかるはず……。今まで培ってきた営業力やコミュニケーション能力、そしてスポーツや運動への情熱を生かせる仕事がどこかに必ずあるはずだ。トニーは、ジムでバスケットボールをしたり走り回ると水を得た魚のように生き生きした。もし、このスポーツへの情熱と人を指導する能力を組み合わせることができたら、これまで以上に素晴らしい仕事ができるのではないか。トニーは、いつも周りの人たちを一つのチームとして結束させ、正しい方向に導くのを得意としてきた。

でも家族に対してはその力を発揮できなかったな……。

そんな責めるような嘲笑の声が何度も頭に響き、そのたびに胸のつぶれる思いがした。そんな中、ちょうどクララの荷物を運んでいる時、ヴェロニカからの電話が鳴ったのだった。緊張のあまり息が止まりそうになったが、すぐに拒否した。もし彼女から電話がかかってきても出ないと心に決めていたのだ。そして次にしたのは、彼女の連絡先を携帯電話のアドレス帳から消去することだった。そのことをエリザベスに知らせようかとも考えたが、思いとどまった。飼い主に気に入られるたびに頭をなでてもらう子犬のようにはなりたくなかった。神が心に働いてくださっているおかげで、トニーは正しい決断のできる意志の強い人間へと変わりつつあったが、時々、自分を責める厳しい声にどうしようもなく打ちのめされるのだった。

私道でジェニファーとダニエルが縄跳びをしている姿を眺めているうちに自分も参加したくなったが、そんな時も心にこんな声が聞こえてくるのだ。

（ダニエルが縄跳びを始めたことすらおまえは知らなかっただろう。ずっと娘を無視し続けていたくせに今更なんだ。ダニエルはおまえを絶対にゆるしたりはしないさ。これからもかかわってもらいたくなんかないはずだ。無駄な努力はやめるんだな）

トニーは階段に腰をかけ、娘たちの見事な技に目を丸くしていた。するとダニエルがこちらを振り返りこう言ったのだった。

「お父さんもやってみない？」

トニーは一瞬断ろうとした。縄跳びなんて女の子のするものだ……そう思ったのだ。しかし思いとどまり、「そうだな、やってみよう」そう言って立ち上がった。

トニーが縄の片側を手に取って回そうとすると、ダニエルが「違うよ、お父さん。真ん中で跳んでみて。ちゃんとできるか試してみてよ」

「できるかどうか試してみろだって？　よし、やってやろうじゃないか。お父さんがミスする前に君たちの腕が肩からちぎれちゃうかもしれないぞ」

「お手並み拝見！」ジェニファーが笑顔で言う。

「さあ、お父さんいくよ！」ダニエルがそう叫ぶと二人は交互に縄を回し始めた。

トニーは縄の中にうまく入り込み勢いよく跳び始めたものの、三回目に足が引っかかってしまった。ということはちゃんと跳べたのはたった二回。「まだまだ腕はちぎれてないよ！」ダニエルは楽しそうに笑い声を立て、ひやかすように言った。よし、うまくなってやる……トニーは決心した。これまでも、何かをやり遂げようと思ったことは必ず実現させ、成功してきた。もう一度挑戦だ。身体の周りでビュンビュンと空気を切る縄の音が響く。身体の向きを変える姿がきごちなく見えたのか、ダニエルたちがクスクス笑った。やがて調子をつかむと、ダニエルは目を丸くし、はじけるような笑顔になった。そして誇らしげにジェニファーに向かって頭を振って見せた。

トニーは、縄の真ん中で自在に動けるようになった。今まで娘の人生にまったくの部外者であった自分が、今こうしてど真ん中にいる……。一つ跳ぶごとにトニーは神に感謝の祈りをささげた。自分が変わるチャンスを与えてくださったこと、もう一度家族の一員となるチャンスを与えてくださったこと、もう一度愛し愛され、失敗するチャンスを与えてくださったこと……。

「ねえお父さん、私たちと一緒にやろうよ」トニーが縄に足を引っかけると、ダニエルが言った。

つまりは自分もチームに入って一緒に試合に出ないかと誘われているのだということにトニーは気づいた。

「それ、グッドアイデア！」ジェニファーも同意する。

「いやぁ、さすがに親は参加する資格がないんじゃないか？」

「ううん、出られるはず」ジェニファーが答える。「ただ、うまく跳べる親がいないから誰も参加しないだけ」

「お父さん、この競技は誰でも参加自由なんだよ。フリースタイル部門だったらお父さんも出られると思う。やろうよ！」

トニーはダニエルを見つめた。全身汗が噴き出すのを感じた。「そうだな、前向きに考えてみるよ」

うれしさをこらえきれずに跳び上がる二人を落ち着かせるように、トニーは言葉を続けた。

「もしお父さんが参加するんだとしたら、もっとうまくならないとね。さあもう一度練習だ！　頑張ろうぜ」

さっきと同じことの繰り返し。二本の縄が交互に身体の周りを回転し、トニーはそれに合わせてすばやく足を動かす。全身の筋肉を使うせいか、気持ちのよい汗が流れる。

トニーの心にまたあの声が響く。

（そのうち馬鹿を見るぞ……。娘のチームに加わるなんて冗談にもほどがある）

トニーはそっとほほえみ、力の限り跳び続ける。やがてダニエルが、腕がちぎれそうだと文句を言い始めた。

エリザベスが朝目覚めると、トニーの姿がベッドにないことに気づいた。ガウンを羽織り、寝室を出て居間へと向かいながら名前を呼ぶ。ダニエルは自分の部屋でまだ眠っているようだ。

キッチンにも姿はない。玄関の鍵も閉まっているのでランニングに出かけたわけでもないようだ。ふと思いついて車庫に立ち寄ると、果たしてそこにトニーはいた。長年トニーが愛用していたシボレー・タホがそこにないことに、不思議な気がした。トニーは折りたたみ椅子に座り、テーブルに置かれた収納箱を、まるで秘密の宝物、あるいは地球を破壊する核兵器でも入っているような神妙な面持ちで眺めている。

「トニー、そこで何をしているの?」

「悩んでるんだ」

エリザベスは後ろ手に扉を閉め、階段を下りた。「何をそんなに悩んでいるの?」

トニーが収納箱の蓋を開けると、そこにはブライトウェルのロゴマークの入った薬品サンプルが何箱も並んでいる。トニーはエリザベスを見上げることができず、まっすぐに前を向いたままだ。

「それは一体何?」

「自分へのボーナスのつもりだったんだ」

エリザベスは薬を一箱手に取った。さまざまな疑問が心に湧いてくる。

「どういうこと？」

「客に薬品サンプルを届けるたびに幾箱か抜いて自分のものにしてた」

「でも、お客さんにサンプルを渡すのと引き替えに受領サインをもらう仕組みでしょう？」

「わからないようにうまくごまかしてたんだ」

「トニー、これはちゃんと返さなくてはならないわ」エリザベスは確信を込めて言った。

「そんなことをしたら訴えられるかもしれない」

トニーの言葉がエリザベスの心に刺さる。

トニーは立ち上がると、檻《おり》に入れられたライオンのように辺りを歩き始めた。

「それでなくても俺はすでに仕事を失って後ろめたい思いをしてるんだ。その上さらに、ダニエルに刑務所に行くかもしれないって言わないといけないのか」

トニーに質問をするのよ、エリザベス……。本心を引き出すの。その強がりの態度の裏に、どんな気持ちが隠されているか耳を傾けなくては。

「じゃあ、なぜあなたは今悩んでいるの？」

エリザベスの問いかけが胸に響いたのか、トニーはしばらく収納箱を見つめたあと、エリザベスの視線を避けるように目を落とし車庫の床をぼんやりと眺めた。そんな表情のトニーを見たのはこれが初めてだった。トニーはどんな時も、リーダーシップを発揮し、力強く前進し、たとえ窮地に追い込まれてもイチかバチか逆転を狙い大胆にバットを振るタイプの人間だった。しかし、今の彼は、塁間に挟まれ右往左往する走者のようだった。そしてボールを持って彼を追い込もうとしているのは、神ご自身……。

「神が会社に返すことをお望みなのがわかるから……」

トニーは、椅子にドスンと座り込んだ。

「あなたの中ではもう答えが出ているようね」

「俺はこのままにしておきたい。でもやっぱり返さなくては……。そうするのが正しいことなんだ」

エリザベスは椅子を取り出すとトニーの横に座り、収納箱の中に並んでいる薬を見た。「これ、どんな薬なの？」

「『プレディジム』っていう商品名で売られているいわゆる興奮剤みたいなものだよ。眠気を覚ます効能があるんだけど、オキシコドン（訳注・半合成麻薬）のような危険な成分は入っていない。要するにいろんな種類のエナジードリンクを小さな一粒に凝縮したようなものなんだ」

「これ、売ったことがあるの？」

トニーは目を伏せた。「昔偶然、かばんに何かの具合で引っかかったのか、薬を一箱取り出しそびれてしまって、結局自分のものにしちゃったことがあるんだ。ブラッドリー社との契約が取れた時だよ。あの時以来、わざと取り残しておくようになってしまったんだ……」

「あの契約が成立した時、あなたほんとうにうれしそうだったわ」

「ああ、それなのに期待したほどのボーナスが出なくてがっかりだった。会社は何十億ドルもの儲けを出してるっていうのに。しかもたいした仕事もしてない奴にはボーナスをはずむのに、俺にはあれっぽっちだ。だから少しくらい自分のものにしたっていいだろうって思ったんだ。もちろん、決して正しいことだとは思わなかったよ」

「そうでしょうね」

「俺は小銭を稼ぐことを思いついたんだ。少ないボーナスをこれで穴埋めするんだって言い訳してね」

「どんなふうに?」

トニーは、本来八箱入っているケースから二箱を自分のために抜き出して客に提供していたことを説明した。「直接医師に渡さず、保管庫の棚に俺が置いて、あとでサインをもらうようにしたんだよ。医師はいちいち薬の数を数えたりしないから抜いたことに気づかないって高をくってたんだ」

「ケースから抜き出した薬は誰に売ったの?」

トニーはうつむいて答えた。「闇取引で薬を買ってくれる薬剤師を見つけたんだ。ほかにも客をいろいろ紹介してくれた。いちばんの得意先は大学生さ。テストが差し迫っていたり、論文執筆している時、真夜中まで起きていることが多いからな。こういう薬が喉から手が出るほど欲しいんだよ」

「これを学生に売ったの?」

「もちろんキャンパスに立って売り歩いたわけではないよ。手引きをする学生が何人かいて、そいつらに流していたんだ。あまり褒められた行為じゃないことはわかってる。今は後悔の気持ちでいっぱいだ」

「そうでしょうね。それにしてもよく打ち明けてくれたわ。生まれ変わるための大事な一歩だと思う」

「誰にも言えなかった。牧師にすら……」

「ここで一人悩んでいたのも無理はないわ。自分の胸だけにしまっておくのはつらかったでしょうね……」

トニーがうなずく。

「思い切って君に告白してみたけれどつらい思いは消えないよ。神に立ち戻った時、全てはうまくいくと思ってた。人生の底を味わったんだから、もうこれからは浮上するしかないんだって。でも、もし会社に訴えられたら、俺は間違いなく刑務所行きだ」

確かにトニーの言う通りだ、とエリザベスは思った。過去に遡ってやり直すことで、多くのものを失ってしまうのかもしれない。しかし、どんなにつらくとも、正しいことをするのが最善の道なのだ。これから何をすべきかトニーにアドバイスをしたい衝動にかられたが、クララが過去に夫にアドバイスをしたことでかえって夫の心をかたくなにしてしまったという失敗談を話してくれたのを思い出した。

エリザベスは立ち上がり、愛と同情に満ちたまなざしをトニーに向けると、その肩にそっと手を置いて言った。

「トニー、あなたは一人じゃない。私がついているわ。それからクララさんにも祈ってもらいましょう。彼女が祈る時、必ず道が拓けるの」

「俺も一晩中このことのために祈ってたんだ」

エリザベスはトニーの手を取った。

「主よ。あなたはトニーが今抱えている苦しみをご存じです。前に踏み出すことのできない心の弱さ、自己嫌悪、間違った道を選んでしまった後悔の念を。神さま、トニーがあなたの子どもであることを思い起こさせてください。トニーのうちにイエスさまの似姿をごらんくださっていることを確信できますように。主がすっかり罪を滅ぼし、私たちをサタンの支配から解放してくださったことを感謝します。どうぞ、トニーに力を与えてください。最もよい時に、あなたのみこころに従う勇気をお与えください」

エリザベスがアーメンと言う前に、トニーの声が車庫に響き渡った。

「イエスさま、私を助けてください。お願いです、主よ……正しい道を選び取る力を与えてください」

車庫での出来事のあと、エリザベスはただちにクララに電話をした。

「クララさん、詳しいことは今申し上げられないのですけど、今さっきトニーから重大な告白があって……。彼は、これから非常に難しくて大変なことをしなければならないんです」

「素晴らしいことよ、エリザベス。それはね、神さまがトニーの心に働いて内側からすっかり造り変えてくださっていることの証拠なの。家族を取り戻すだけでなく、心から神さまに従いたいとトニーが願い始めているということよ。とても喜ばしいことだわ」

「それが、あまり喜ばしいことには思えなくて。……もしかしたら、そのことで深刻な事態に陥るかもしれないんです」

「落ち着きなさい、エリザベス。どういう事態になろうとも、結果は神さまにゆだねるのよ」

電話を切ったあと、クララはエリザベスと出会って間もない頃、こんな会話を交わしたことを思い出した。

「ある人の人生に神さまの力が及び始めると、状況がどんどんと変わっていくの。祈るということは、神さまの力が解き放たれることなのよ、エリザベス。祈りって、正しい形式を踏んでいればいいというものじゃなくて、もっと予想外でダイナミックなものなのよ。あるべき場所でひざまずいて祈ったら、あるいは適切な言葉を使って祈ったら、答えが得られるというものではないのよ」

「でもクララさんはいつも決まった場所で祈っていらっしゃるでしょう?」

クララはうなずいた。「ええ、クローゼットで祈る時、いちばん神さまを近く感じるのは事実よ。でも、小鳥の水浴び場のそばにいたって祈ることができるわ」

実はそのあと、エリザベスは、大いに考察に値する疑問を口にした。つまりなぜ私たちは祈る必要があるのか……という疑問。

「神さまは全てをご存じで、すでにこの世にみこころをなしておられるのなら、わざわざ私たちが祈らなくてもよいのではありませんか」

「なるほど……。その質問への答えはシンプルだけれど、簡単に納得できるものではないかもしれないわ。私たちがなぜ祈るのか。それは神さまがそうしなさいとおっしゃっているから。それは神さまのご命令なのだから、私たちはそれに従わなければならないのよ。それにね、ヨハネは何でも神さまのみこころにかなう願いをするなら、神さまはその願いを聞いてくださると記しているわ（訳注・ヨハネの手紙第一　五章一四節）。祈ってもちっとも状況が変わらないとしたら、祈りなさいなんて神さまがおっしゃるはずがないと思わない？」

「確かに……。クララさんは祈ったら必ず何かが変わるって信じていらっしゃるのですね」

「そりゃあそうよ。そうでなきゃ、わざわざ、軟骨すり減らしてまで長い時間ひざまずいたりなんかしないわ」

エリザベスは思わず笑ってしまった。

「祈ることによって、私たちは神さまのみこころがわかるようになるの。周りの人たちに心開き、神さまの願いを自分の願いとすることができるようになるのよ。神さまはご自分の民の祈りに必ず応えてくださるお方よ。どうしてか理由はわからないけれど、これは真実以外の何ものでもないわ」


エリザベスに語った自分の言葉を思い出しながら、クララはまるで踊っているような軽やかな足取りで「戦いの部屋」へと向かった。「神さまはもう動き始めておられるわ。だから、おまえにはもう勝ち目はないの」そうサタンに宣言しながら……。そして心を注いで祈り始めた。トニーに勇気を、エリザベスに平安を与えてくださいと。そして、できる限り早く勝利の時を迎えさせてくださいと。

第十六章

トニーは、シャーロットにあるブライトウェル製薬の本社ビルのエレベーターに乗り、四十七階へと向かった。受付にいたガードマンがトニーの来社を上階へ伝え、面会許可が下りたからだ。今まで自由にアクセスキーを使って入っていたので、何となく妙な気分だったが、これも彼の軽率さがまいた結果だった。

エレベーターの扉が開いたとたん、トニーの胃は痛んだ。それはヴェロニカと食事をした後に味わった痛みと同じだったが、あの時のような気分の悪さではなかった。こんな表現はそぐわないのだが、どこかほどよい緊張感があった。そして強い決意に屈辱感が入り交じったようなそんな複雑な思いが、トニーの胸を去来していた。

トニーがオフィスに入ると、何人かが彼のほうを振り向き、すぐに目をそらした。トニーはまっすぐ廊下を進み、社長室の前にあるジュリアのデスクで足を止めた。ジュリアはトニーに気づくとハッと驚いた顔をし、すぐに電話の受話器を取った。

「ご心配なく」トニーが声をかけた。「騒ぎを起こそうと思って来たわけではないんです。コールマン社長に少しだけお話があって。たった五分でよいのですが、通していただけないでしょうか。用事が済んだらすぐに帰ります」

トニーの顔つきや目の様子から、その言葉が心からのものであることがわかったのだろう、ジュリアは廊下の先をのぞき込み、ちょっと待ってとでも言うように指を一本立てて見せ、会議室へと入って行った。緊張の面持ちで会話に聞き耳を立てたが、コールマンが一言「何の用事か聞いているか」と言うのが聞こえただけだった。

その後、トニーは、まるで校長との面会を控えた小学生のように、膝の上に薬品サンプルの入った収納箱を抱え待合室の椅子に座って待った。その収納箱は彼にとって有罪を決定づける証拠となり得るものだった。これのせいで俺は刑務所に入ることになってしまうのか……。

トニーの頭の中にまたあの声が響いた。

(こんな箱、さっさとダストシュートにでも放り込んでしまえばいいんだ！　無駄なことをするのはよせ)

ジュリアのハイヒールのコツコツという音が近づいて来た。

「トニー、コールマン社長が会議室であなたをお待ちよ」

トニーはジュリアに礼を言うと、まるで刑場に向かう死刑囚のような気持ちで長い廊下を歩いて行った。部屋に入り、コールマンとトムの二人の顔を見た時さらに緊張が高まった。コールマンは厳しい顔をしていた。トムは、まるで車に轢《ひ》かれた動物の死骸でも見るような目つきでトニーを眺めている。

トニーは抱えていた箱をテーブルに置いた。長いテーブルの両端にコールマンとトムがいる。

「今日はお時間をいただき恐縮です」トニーは震える声で話し始めた。「これを会社へお返ししなければならないと思いまして……。自分のものにしようとしたことを心からおわびします」

「何が入ってるんだ？」気まずい沈黙を破るようにトムが言った。

トニーは箱の蓋を開け、盗んだプレディジムを見せた。トムが近づき、薬を一箱手に取り、先ほどトニーの頭に鳴り響いていたあの声と同じ口調でトニーを責め始めた。

「なるほど。やっぱりそうだったんだな。これでおまえがサンプルを盗んでたことがはっきりしたってわけだ。これを売って儲けてたんだな、そうだろう」

トニーは黙ってうなずいた。

「高い給料や賞与や福利厚生や旅行を報酬として与えていたというのに、恩を仇《あだ》で返すようなことをしてたってわけだ。こうしてはっきりとした証拠もあり、おまえのやったことが明確になった以上、おまえを警察に突き出すことだってできるんだぞ」

「トム」言いつのるトムを制するようにコールマンが口をはさんだ。その一言で場の空気が鎮まり、トムはあきれたような顔でくるりと背を向けた。

コールマンは何か腑《ふ》に落ちない様子で箱を見つめ、トニーのほうへ近づくとテーブルに腰をかけた。「なぜ今これを返しに来ようと思ったんだ？」

トニーはごくりと唾をのみ込んで答えた。

「自分のしたことを正直に告白し、ゆるしていただきたくて来たんです」

「ゆるしだって？　馬鹿馬鹿しい！」トムが笑いながら言った。「一体いつからこんなことをしてたんだ。いくら儲けた？」

「一万九千ドルです」

「一万九千ドルだって？」トムは信じられないと言わんばかりに声を荒らげた。

「ほんとうにそれだけか？」

「トム」もう一度コールマンがトムを制し、少しばかりのあわれみと不信がこもった目つきでトニーを見て言った。「トニー、君がなぜわざわざ解雇されたあとでこんなことをするのか、どうしても理解できないんだ」

「おっしゃることは当然です、コールマンさん。私は目が覚めたんです。以前の私は、仕事も収入もありましたけれど、ほかの全てを失いかけていました。先日やっと家族との関係を回復することができました。そして神との関係も。でも、もう一つ、コールマンさん、あなたにもきちんと謝罪して、ゆるしを乞わなければならないと思ったんです。しかしあなたがどのような決断を下そうとも、従うつもりです」

「逮捕も含めてか？」コールマンは重々しい口調で尋ねた。

「はい」

「それなら話は早い」トムがせき立てるように言った。

「コールマン、警察を呼ぼうじゃないか」

「いや、まだだ」コールマンはトニーの顔を探るようにしばらく見つめたあと、口を開いた。「トニー、今の発言をきちんと文書に記して署名するつもりはあるか？」

トニーはうなずいた。「もちろんです」

「二日間考える時間をもらいたい」

「二日間も？」トムは信じられないとでも言うように目を剝《む》いた。

「そうだ」コールマンの視線はトニーの顔に注がれたままだった。

「そのあと私から連絡しよう」

トニーはトムにちらりと目をやった。怒り心頭といった面持ちで、蝶《ちょう》ネクタイからは今にも火が噴き出しそうだった。

「ありがとうございます」

トニーはそう言うと、ブライトウェル製薬のオフィスからゆっくりとした足取りで去って行った。今度コールマンやトムと顔を合わせるのは裁判所かもしれない……そんな思いがちらりと頭をかすめた。


エリザベスは、ダニエルとジェニファーのために縄を回しながら、トニーのために祈り続けた。

ここ何年ものあいだ、二人の関係は壊れてしまっていた。それぞれが自分の行きたい道に勝手に進んでいた。トニーは自分の築いた生活パターンにはまり込んでしまっていて、絶対に変わることはないと思っていた。そして実は自分自身も間違った考えにはまり込んでいることに気づかないでいた。鏡やガラスをのぞき込まない限り自分の顔を見ることができないけれど、周りの人の欠点はすぐに目につくものなのだ。

エリザベスは、もしかしたら結婚する相手を間違ってしまったのではないかと、ここ何年ものあいだずっと悩んでいたのだった。なぜ結婚する前に、彼の性格をちゃんと見抜くことができなかったのだろう、なぜうすうす彼の欠点に気づいていながら自分は彼を変えることができるなどと思い上がっていたのだろう、と。

驚いたことに、エリザベスがこの十六年ものあいだに成し遂げられなかったことを、神はほんの数週間でやすやすと実現したのだった。そして神はエリザベス自身の心も同じように変えてくださった……。

「お父さん、いつ帰ってくる?」休憩中にダニエルが尋ねた。

「もうそろそろじゃないかしら」

「よかった。お父さんにも縄を回してもらいたいの。そうしたら二人一緒に跳べるでしょう?」

その言葉には何のためらいも感じられなかった。ダニエルは父親がすっかり変わったことを受け入れ、これからは自分の人生に親しくかかわってくれると信じていた。大胆に、心から父親を信頼しているのだ。自分もダニエルのようにトニーを信頼できたらどんなにいいだろうとエリザベスは思った。過去の出来事や心の傷へのわだかまりを捨てて、まっさらな気持ちで信頼することができたら……。

「ダニエル、お父さんが帰って来たら少しお話をしたいの。今日は大事な用で出かけているから」

「あ、そうなんだ。あのね、お母さん聞いて、お父さん、私たちのチームに入ってくれることになったんだよ！」

「それほんとう？」

「試合の時に使える技をいくつか教えてくれるって！」ジェニファーもうれしそうだ。

エリザベスは思わずほほえまずにはいられなかった。トニーはコーチとしても、セールスマンとしても一流だった。そう、人の意欲を引き出すことにかけても。どうもトニーは、二人の娘たちに対して、今度の試合に勝つための動機づけをしっかりと行ったようだ。きっと二人の縄跳びの技もこれからぐんと上達するに違いない。

「お父さん、新しいお仕事に就くの？」

「もちろん、いずれはそうなると思うけれど、今日の話し合いは、そのことについてではないの」

ジェニファーが縄を手に取り、ダニエルが真ん中に進み出た。エリザベスとジェニファーが縄を回し、ダニエルが勢いよく跳び始める。ダニエルもジェニファーも無限の力、無限の愛を備えているようにエリザベスには思えた。ダニエルのような子どもらしい素直な目で人生を眺めることができたらどんなにいいだろう……。夫をすっかりゆるし、後ろを振り返ることなくただ前に向かって踏み出すことができたら、きっとトニーとの関係も今よりずっとよくなるのに。

エリザベスはトニーのために祈り、神が彼の心に働くのを目の当たりにしたにもかかわらず、今も、何気ないトニーの一言や視線に、古い心の傷がうずくことがあった。そんな時、エリザベスは意識してみことばの真理を思い起こし、自分の目で見たことや感情ではなく、トニーの心に確かな変化が起きていることに心を留めるようにした。いまだに古い間違ったふるまいをしてしまうのは、トニーに限らず自分とて同じなのだから。

もちろんそれは決してたやすいことではない。神は魔法の杖を一振りし、ただちに新婚当時の親密な関係へと二人を戻したわけではないのだ。実際のところ、トニーとエリザベスはずいぶん長い間、夫婦の営みから遠ざかっていた。そして、トニーからヴェロニカとの出来事について知らされたことで、さらにセックスに対しておっくうになってしまった。ヴェロニカとの不倫は未遂に終わったものの、どうしてもトニーを心から信頼することができなくなってしまったのだ。しかし、そんな二人の冷ややかな関係も少しずつ和らいできたような気もする。教会の牧師からは、ゆっくりと時間をかけ、時にはデートに出かけたりしながら、徐々に二人の仲を深めるようアドバイスを受けていた。トニーもエリザベスも、それは大変納得のできるよい方法であるように思った。

トニーがエリザベスの車に乗って帰宅した。トニーが車を車庫に納めるのを眺めながら、エリザベスは縄を回す手を止め、ダニエルたちに声をかけた。「さあ、ちょっと一休み。家の中に入って冷たいものでも飲んでらっしゃい。少ししたらまた練習を再開しましょう」

トニーはゆっくりと車から降り、こちらに向かって歩いて来た。途中家に戻るダニエルをハグし、ジェニファーと軽くグータッチをした。エリザベスは話し合いがどんな具合に運んだか、トニーの表情から読み取ろうとしたが、トニーはいつものポーカーフェイスだった。少なくともその場で手錠をかけられなかったのは確かなようだ。

「どうだった?」

トニーは首を横に振りながら答えた。「まだよくわからない。トムは俺をすぐにでも牢屋に放り込みたかったようなんだが、コールマンは二日間ほど考えたいと言ってきた」

「ええ? それどういうこと?」

エリザベスは思わず聞き返した。彼女の心に不信と疑いの思いが交差した。コールマンは常に損得勘定で動く人間であることを彼女は知っていた。セールスに成功すれば褒美を出す、しかし失敗すれば尻拭いをさせる……。トムは初めからトニーのことが気に入らなかった(少なくともトニーはそう思っていた)。しかしコールマンは常に中立的な立場を崩そうとはしなかった。エリザベスやダニエルにもいつも感じよく接したが、徹頭徹尾ビジネスライクな人物だったのだ。

「コールマンさん、怒ってた?」

「いや、それもわからない」トニーは首を横に振ると街路樹に目をやった。木々は美しく緑に染まり、命にあふれている。「リズ、こんなにつらくて惨めな思いをしたのは初めてだ」

「そうでしょうね。でも、あなたはちゃんとすべきことをしたじゃないの」エリザベスはトニーに近づいた。「あとは祈って主にゆだねましょう」

祈って主にゆだねる……。それはここ数週間のあいだ、エリザベスがずっとしてきたことだった。そして主の答えを待つうちに、自分の信仰が少しずつ整えられ、強められてきたように思うのだった。それは、ただ静かに神のみこころが実現するのを待つという、忍耐を要する信仰の訓練だった。クララはそれを「神のために道を空ける」と表現していた。

「着替えて、ダニエルたちと一緒に縄跳びの練習をしたら？」

「リズ、試合の日には刑務所にいるかもしれないのに、練習なんかしても無駄だよ」

「まだどうなるかわからないじゃない。何が起きようとも神さまを信頼するんじゃなかったの？」

エリザベスはトニーに語りかけながら、自分にそう言い聞かせていた。陳腐で古臭い決まり文句のように聞こえたかもしれないが、それでもかまわないと思った。少しでもトニーが前向きになれるならば……。

トニーはほんのしばらくその言葉を思い巡らすうち、心に力が湧いてくるのを感じた。「その通りだ」トニーは確信をもって答えた。そしてくるりと振り返って家に戻ろうとすると、ふと立ち止まって首を振った。そしてちょっぴり笑いを含んだ声で「何だか信じられないことをやってるよね、俺たち」と言うのだった。

トニーと一緒に家に向かいながら、エリザベスはそっとほほえんだ。トニーが着替えているあいだエリザベスはクララに電話をし、トニーの会社側との話し合いについて報告をした。クララは二人が信仰的にこのことを受け止め、特にトニーがよい方向へ変わりつつあることを喜んだが、エリザベスは、結果がどうなろうともクララは変わることなく祈り続けてくれることを知っていた。事態が好転しようがしまいが、クララはぶれることなく祈る人なのだ。

「エリザベス、よく聞いて」エリザベスは、トニーがダニエルたちと縄跳びの練習をするために庭へ出て行くのを目で追いながら、クララの声に耳を傾けた。「神さまは確かに働いてくださっているわ。特にトニーの心を大きく変えようとしておられる。会社がどう決断しようが、それはどうでもいいことよ。果たしてトニーを副社長として迎えることにしようが、警察特殊部隊をあなたの家に差し向けることに決めようが、そんなことはどうでもいいの。それをあなたたちがどう受け止めるか、それが大切なの」

「警察特殊部隊がやって来るのはできれば御免こうむりたいですね」

クララは声を立てて笑った。「旧約聖書の物語にヨセフという人が登場するでしょう？　お兄さんたちに裏切られ、奴隷として売られてしまう話。そして嘘をつかれて牢屋に入れられてしまう。でも、神さまはそのあいだもずっとヨセフの人生に働きかけていてくださっているの。それではヨセフが何をしていたか。彼は、王の求めに従って夢の解き明かしをしたり、ただ神さまに命じられることを一つひとつ忠実に果たしていたのよね。でも、彼の人生をあとで振り返ると、全て神さまの御手の中にあったのよ。そう、よいことも悪いことも。神さまは全てを働かせて益としてくださるお方よ」

エリザベスが窓から外へ目をやると、ダニエルとジェニファーが二本の縄を回し、トニーが片足を交互に上げながら跳んでいるのが見えた。ダニエルがはじけるような笑顔を浮かべ、父親に向けられたその目は喜びに輝いている。

三人の様子をじっと眺めていたエリザベスは、ふと気づいた。何本もの縄が宙を舞い、その縄の動きを止めないためにとにかく跳び続けること……それはまるで人生のようではないかと。結婚という縄が地面をかするたびに、自分もトニーも両足そろえて跳び上がり、縄に足を取られないようにする……。ローンという縄、信仰という縄……。さまざまな縄が音を立てて回る中、転んだり失敗しないようとにかく跳び続ける。神さま、地面に足をつけなくてよいように、私たちをその御腕《みうで》にしっかり抱きかかえていてください……。そう祈りたくなるけれど、神は決してそうはなさらないのだ。私たちは、跳び続けることによって強くなるのだから。失敗するたびに、もっと上手に跳べるようになるのだから。クララの言うことは本当なのだ。神は全てを用いてくださる。試練の時を用いて私たちをご自身に引き寄せてくださる。そして、苦しみを用いて私たちの絆を深めてくださるのだ。

その晩、エリザベスはトニーと共にクローゼットに入り、トニーの今後について祈った。エリザベスは、できればトニーが逮捕されるようなことがないように、そして新しい仕事が与えられるように、家族の生活の必要が満たされるように祈った。「どんな事態になろうとも主に堅く信頼することができますよう助けてください」最後にそう祈りを締めくくった。

トニーはどう祈り始めたらよいか悩んだ。二人で共に祈ることに正直居心地の悪さを感じていた。二人で祈り始めた最初の頃は、エリザベスに祈ってもらい、彼女の手に自分の手を置き、時折彼女の手を握りしめていた。もちろん、エリザベスから祈るよう強制されたことはなかった。しかし、回を重ねるうちにトニーも次第に口に出して祈るようになった。祈りを通しトニーは正直に心のうちを打ち明けた。エリザベスはトニーが神に語りかけるように祈るのを聞くたびに、二人のあいだに固い結びつきを感じるのだった。

「神さま、新しい仕事に就きたいのです。刑務所には行きたくはありません。でも、自分のしたことを刈り取らなければならないことを知っています。私は人を傷つけてきました。家族も、上司も。でもあなたはこんな私を赦してくださいました。そして私の心をとらえ、これ以上破滅の道へと向かって行かないようにとどめてくださいました。

神さま、トムのために祈ります。トムは私のことを嫌っています。私を見る彼の顔を見ればわかります。なぜ私を嫌いなのかもわかっています。ですから主よ、どうぞトムに優しくするチャンスを与えてください。あなたの愛を示すことができますように。どんなかたちでそれができるかわかりませんが、あなたならきっと実現してくださると信じます。主よ、コールマン社長のためにも祈ります。会社を成功させるためにどれほど多くの重責を担っていることでしょう。会社の株主や部下たちのために、どれほどたくさんの気遣いをしていることでしょう。どうぞ、社長を祝福してください。どうぞ会社を祝福し、多くの人の幸せのためにその働きを用いてください。新薬を開発している研究チームの上にあなたの知恵を注いでください。何よりも主よ、トムとコールマン社長を、あなたのみそば近くに引き寄せてください。この状況さえも用いてくださって、私たち一人ひとりにあなたが必要であることを彼らに教えてください。あなたの赦しが必要であることを示してください」

二人は一時間近くものあいだクローゼットで過ごし、祈り終えると、トニーはエリザベスに手を差し伸べて彼女の身体を起こし、自分の近くに引き寄せた。そして彼女の目をのぞき込み、その肩に手を置いた。エリザベスは一瞬キスをされるのかと思ったが、トニーは唇をかみしめ、壁に貼ってある聖句を眺めながらこう言ったのだ。

「今祈っていて思ったんだ。神は、ダニエルにもちゃんと話をすることを望んでいらっしゃるんじゃないかって。あの子にあんまり大きな重荷を負わせたくはないけれど、まったく何も知らせないのもよくないと思うんだ」

「任せるわ。あなたを信じる」エリザベスが心で思うよりも先に、言葉が口をついて出た。


家族で夕食を共にし、食器をキッチンに下げたあと、トニーはダニエルにテーブルに着くよう促した。「話があるんだ、ダニエル」

急にダニエルの表情がこわばるのを見たエリザベスは、そっと娘の背中をさすって言った。

「怖がらないで。大丈夫よ」

「お父さんとお母さん、離婚しないよね。シンディのおうちがそうなんだって。こんなふうにシンディと弟にテーブルに着きなさいって。そしていきなりお父さんとお母さんは離婚することになったって言われちゃったんだって……」

トニーは屈むようにして顔をダニエルに近づけ、目をしっかり見つめながら言った。

「お父さんとお母さんはお互いに愛し合っているよ。今、もっと仲よくなれるように努力しているところなんだ。神さまが喜んでくださるような夫婦になりたいと思ってる。そうしたらダニエルにとってもよい両親になれるから」

「お父さん、この家からいなくなったりしない？」ダニエルが言った。

「シンディのお父さん、家から出て行っちゃったんだって」

「お父さんはどこにも行ったりしないよ」

トニーはそう言ったとたん、エリザベスの顔がつらそうにゆがむのが見えた。どこにも行かないと、はっきり約束することはできない。それはコールマンの決断、いや、全ては神の判断に従うしかないのだ。

「ダニエル。お父さんが会社を辞めなければならなかったのは、そして車まで持って行かれてしまったのは、お父さんが間違ったことをしてしまったからなんだ」

「何をしたの？」

「会社の薬を、少しばかり自分のものにしてしまったんだ。最初のうちはそんなに悪いことだと思わなかった。誰にも気づかれないと思ったんだよ。そしてそのうちのいくつかをほかの人に売ってしまったんだ」

「会社のものを盗んだってこと？」

「そうだ」

「どうしてそんなことをしたの？」

「もっとお金が欲しかったから。お父さんは仕事に成功しているんだから、会社からもっとお金をもらってもいいだろうって勝手に思ってしまったんだ。でも、薬を盗んだことが会社に見つかってしまって、お父さんも自分の間違いに気づいたんだよ。そして盗んだ薬を昨日会社に返しに行ったんだ」

ダニエルの顔に悲嘆の表情が浮かんだ。自分と同じ苦しみをダニエルにも負わせてしまったことに、トニーの心はさらに痛んだ。

「神さまは赦してくださると思うよ、お父さん」

トニーは手を伸ばし、ダニエルの手をそっとなでた。「ああ、神さまはちゃんと赦してくださったってお父さんも思ってる。このことを通して、お父さんは大事なことを学んだんだ。心から悔い改めれば、神さまはどんな罪であっても赦すことができるし、喜んで赦してくださるお方だって……。でもね、ダニエル、罪を犯したら、その結果をちゃんと背負わなくちゃいけないんだ」

「どういう意味？」

「昨日会社に行って自分のしたことを謝ったんだ。もしかしたら罪を償うことになるかもしれないと言われた。罰が必要だと会社が判断するかもしれないんだ」

「神さまがお父さんを赦したんだから、会社もお父さんをゆるしてくれたらいいのに」

トニーがエリザベスを見ると彼女は黙っていた。「ここはあなたに任せるわ」彼女の目はそう語っているように見えた。

「お父さんも会社の人たちがゆるしてくれることを願ってる。でもね、もしゆるしてくれたとしても罰を受けなくてはならないかもしれない」

「どうして？　どんな罰？」

「たとえば、盗んだ物を弁償するとか。たとえどんなことでも、お父さんは会社の言うことに従おうと思っている」

「ほかには？　お父さんの携帯電話を取り上げるとか？」

ダニエルはエリザベスとトニーの顔を交互に見た。そしてトニーの表情から何かを察したのか恐る恐る尋ねた。

「もしかして、刑務所に入れられてしまうかもしれないの？」

「ダニエル、それはわからない。そうはならないとお父さんは信じてる。今は、ダニエルの父親として精一杯自分にできることをしようと思ってるんだ。ダニエルたちと一緒に試合に出るために練習を頑張るよ。神さまはちゃんと必要な助けを与えてくださるからね」

「ほんとうにそう思う？」

「神さまにできないことは一つもないよ。神さまはダニエルのことを心から愛しておられるんだ。もちろんお父さんやお母さんのことも。だから必ず、この家族にとっていちばんよいようにしてくださる。だからダニエル、これからも神さまに祈ってほしい。お父さんもお母さんも祈るから。そして神さまはどんなふうに導いてくださるか期待して待つことにしよう。わかったかい？」

ダニエルは黙ってうなずき、テーブルに目を落とした。

トニーは再びダニエルの手に自分の手を重ね、さらにエリザベスはまるで祝福をするように娘の頭にそっと手を置いた。

トニーが静かに祈り始めた。

「神さま、あなたは私たちの天のお父さんです。私たちのことを心から愛していてくださることを感謝します。これから先何が待ち受けようとも、恐れないであなたを信頼していることができますように……」

「どうぞ、会社の人がお父さんをゆるしてくれますように……」ダニエルがささやくように祈った。

「そうです、主よ、どうぞ会社の人たちに私をゆるす心を与えてください。でも、たとえ人にゆるされなかったとしても、あなたは赦してくださいましたから感謝します。イエスさまの御名によって祈ります、アーメン」

クララの章

　クララは、ちょうどエリザベスが家に到着する頃を見計らってコーヒーを淹れた。始めは週に一度の約束だったが、最近はさらに頻繁に会うようになっていた。エリザベスは、先日のブライトウェル社での出来事について、トニーが自分のしたことをどのように告白し、どんな決意をしたか、そして今どのような思いで裁きが下されるのを待っているかをクララに報告した。

「神さまがお許しにならない限り、いかなる裁きも下されることはないわ」

　エリザベスはうなずいた。「ええ、そうはわかっていても不安なんです」

「そうでしょうね」クララはそう答えると、少しのあいだ何かを思い巡らしているようだった。

「エリザベス、実は今日、バルテマイのことを考えていたの」

「誰のことですって？」

「バルテマイよ、ほら物乞いをしていた人。彼は目が見えなかったけれど、イエスさまが奇跡を行っているという噂を耳にしていたのよね。だからイエスさまが通りかかると声を張り上げて『私をあわれんでください』って叫んだの。静かにするようにみんながたしなめたけれど、叫ぶのをやめようとはしなかった。そりゃあそうでしょう、自分をお造りになった方がすぐそばを通っているのに、叫ばずにいられるほうが不思議よね。まことの神さまが近くにいるのに、おとなしく口を閉じてなんかいられるものですか。

イエスさまは親切な方なので、立ち止まって『あの人を呼んできなさい』と周りの人たちに声をかけ、バルテマイを呼び寄せてくださったの。きっとバルテマイって、足が突っ張ってしまってうまく歩けなくて、目も膜が張ったように曇っていて、ひげもきちんと剃《そ》っていないし、着ている服もボロボロだったんじゃないかしら。イエスさまはそんなバルテマイを優しい目でいつくしむように眺めておられたんだわ、きっと。そしてバルテマイが口を開くよりも先に、『何をしてほしいんだい?』って尋ねてくださったのよ。

エリザベス、祈りってつまりはそういうことだと思うの。神さまは私たちをおそば近くに呼び寄せてくださって、何をしてほしいのかって神さまのほうから尋ねてくださるのよ。きっとそんなふうに聞かれたら、ほとんどの人は願い事リストに目を走らせながら、『ええとですね、神さま。このことと、このこと、それからあのことをしてほしいのです』って言い立てるでしょうね。でもバルテマイは違った。彼の願いはたった一つ、目が見えるようになりたい、それだけだった。

ぜひこのことを胸に刻んでほしいの。神さまがまず、いのいちばんになさりたいことは、あなたの目を見えるようにすること。自分自身のこと、自分のうちにある罪、自分は神なしには生きていけないという事実をちゃんと見ることができるようにすることなの。そしてね、ああ、想像するとあんまりうれしくて胸がドキドキしちゃう……神さまは私たちの目をほんとうに見えるようにしてくださるのよ、そして私たちは目の前の景色をはっきりと鮮やかに見ることができるようになる……」

「バルテマイがうらやましいですわ。彼が最初に見たのは、神さまご自身なんですもの。想像しただけでゾクゾクしません？　神さまが自分の目をまっすぐに見ていてくださる、そのお姿を見ることができるんですもの！　でも、神さまは私たちを見えるようにしてくださるだけでなく、見えるようになった現実に向き合って、しっかり取り組むことができるよう助けてくださるお方なんですよね。目の前の問題に立ち向かうことは決してたやすいことではありませんわ。そしてまさにその時、神さまは私たちにいちばん必要なことを教えてくださるのですよね、自分の力だけでは私たちはまったく無力だってことを……。でも、今の時代、誰もそんなふうに思いたくはないですよね」

「ほんとうにそう。『天は自ら助くる者を助く』って多くの人は思ってるけど、それは聖書の示す真実とおよそかけ離れているわ。正しくは『天は万策尽きた者を助く』……。今まさにトニーがその状態。トニーの気持ちを考えるとつらいけど、神さまの目からごらんになったら、これはとてもよい状態なの」

「クララさん、私たちのために祈っていてくださって、ほんとうにありがとうございます」

「トニーの今後について決定をする人の名前を教えてちょうだい」

「コールマン・ヤングさんです」

クララは固く目を閉じ、祈り始めた。

「イエスさま、あなたはこのコールマン・ヤングという人をよくご存じです。どうぞこの人の心に働いてください。そしてトニーの本心を理解しようとする思いを与えてください。間違った考えに決して支配されることがありませんように。トニーが悔い改めて正しい道へ進もうとしていることを見抜く力を、そしてあわれみの心をこの人に与えてください。この状況を用いてあなたのご栄光を現してください」

クララは心に平安が注がれるのを感じた。「主よ、お願いです。今の状況はトニーにとっても、エリザベスにとっても、そしてダニエルにとっても、とてもつらいことでしょう。でもあなたはどんなことでもおできになるお方です。どうぞ、トニーが刑務所に送られることがありませんように。そして家族との生活が決して奪われることがありませんように。警察に訴えられることがありませんように。間違って手にしてしまったお金を全て会社に返すことができますように。そして神さま、どうぞトニーに新しい仕事を与えてください。家族との時間を大切にし、周りの人々を幸せにし、また心から生きがいと使命を感じることのできる仕事を」

エリザベスが去った後も、クララはクローゼットに入り、何時間もトニーとコールマン・ヤングのために祈り続け、やがてそのまま眠りに落ちてしまった。

第十七章

　エリザベスは、クララの家を出た後、トゥエルブ・ストーン不動産の事務所で仕事に専念しようとしたが、どうしても気が散ってしまい集中できなかった。法廷に立つトニー、そして逮捕され、手錠をはめられ囚人服を着たトニーの姿がちらちらと頭をよぎるのだ。たとえトニーが有罪となり罰を受けることになったとしても、そのような姿になることは現実にはありえないことを頭ではわかっていた。しかし、もし逮捕されたとしたら、結果は同じなのだ。トニーは家族から引き離され、住む家を失い、エリザベスとダニエルはしばらくのあいだ二人きりで苦境を乗り切らなければならない。エリザベスは心の声を必死で打ち消そうとするが、まるで洪水のように襲うとげのある言葉に押し潰されそうになるのだった。

（こんなことになってしまったのは、全てトニーのせいでしょう。また同じことをしない保証なんてないわ。コールマン社長はトニーのこと、絶対にゆるしてなんかくれるものですか。ダニエルと二人でさっさと実家に帰ったほうがいいんじゃない？）

その声は強く彼女の頭に鳴り響き、エリザベスとトニーは絶対にやり直すことなんかできないのだから、新しい相手を見つけたらよいと指図するのだった。そんなまやかしにだまされないようにするためには、真理にどっぷりと浸るのがいちばんだとクララから言われていたので、エリザベスは覚えているみことばに気持ちを集中させた。サタンに立ち退き通告を出してただちにその声を遮断できたらよいのだが、そうは簡単にいかないのが現実だった。

エリザベスは祈り続けた。神が、コールマンの心を和らげてくださるように。そしてコールマンがトニーの心のうちに生じた変化に気づいてくれるように。もちろん、心を入れ替えたからといって、犯してしまった罪を不問に付してもよいわけではないことはエリザベスも重々承知している。しかし今、トニーはほんとうによい人間になろうとしている。あのような過ちを犯してしまった過去のトニーではなく、よい夫、よい父親となり、社会に貢献できるよう必死で努力しているトニーの今の姿をコールマンに見てほしいと、エリザベスは心から思うのだった。

昼休みになったとたん、エリザベスはクララから励ましの言葉を聞きたくなり、思わず電話をかけた。彼女の穏やかな声を聞いているだけでエリザベスの心は平安に満たされた。クララと話をしているあいだ、ある考えがふとエリザベスの頭をよぎった。もしトニーが起訴されてしまったら、事が落ち着くまで、現在空き家となっているクララの家を借りてエリザベスとダニエルが住むというのはどうだろう。もちろん口には出さなかったが、神からそのように告げられているような気もした。

　エリザベスは日中のあいだ、これからどうなっていくのか気になって仕方なかった。そして、さまざまな策を思い巡らして何とか気持ちを落ち着けようとした。もし神が、単に自分の願いをかなえてくれるだけの存在だとしたら、人生とはただ神に要求し答えを得るという無味乾燥な取引きの繰り返しになるのだろう。エリザベスの中でぐるぐると思いが空回りしていた。コールマンはどう決断を下すのか……。トムの考えは、コールマンやほかの司法関係者にどう影響するのだろう……。それは、スポーツの試合結果を予想するのとどこか似ていたが、実際にはそのような軽々しいことではなく、彼女の家族の生活にかかわる重大なことだった。

　午後になると、エリザベスはマンディのオフィスに呼ばれた。エリザベスの客が関心を寄せている家が問題のある不動産業者の扱っている物件で、こちらが承諾しかねるような難癖をつけてきたので注意をするようにとの忠告を受けたのだ。エリザベスが住む町で、この業者と取引をするにはかなり注意が必要だという評判が立っていた。あちこちに立て看板を掲げ、テレビやラジオでも派手な宣伝が行われているので、世間的には、迅速丁寧な応対をし、高い価格で家を売ってくれる業者として名が知られていた。しかし、この業者と実際に取引してみると、評判とはまったく異なり、平気で嘘をつき、強引に汚い手を使って契約を結ばせ、客を泣き寝入りさせるのだ。ベテランの不動産業者は誰でも、長いあいだこのようなやり口を見てきているので、この業者が担当する物件には手を出そうとしないのが常だった。

「でも、あんまり気にし過ぎて、食欲を失うなんてことにはならないようにね。この業者はいろいろ脅しをかけてきて自分のやりたいように強引に持っていこうとするけれど、切り札は、あなたとあなたのお客のほうにあるんだから。つまり、あちらが欲しいのはあなたのお客のお金。だからこちらのほうが優位に立っているの。それを忘れないで」

エリザベスはうなずき、マンディからアドバイスをもらいながら、その業者に賢く対応する作戦を立てた。何とか目処が立ち椅子に深く腰かけると、エリザベスはぽつりとつぶやいた。

「食欲がない原因はこれだけじゃないの」

マンディが同情に満ちた表情を浮かべたので、エリザベスは心動かされた。マンディは非常に有能なビジネスウーマンであり、職場に私情を持ち込んだり、本音を吐露することはめったになかった。しかし、時々こんなふうに、ちょっとしたしぐさや表情を通して優しさや思いやりを示すことがあり、エリザベスを驚かせるのだった。

「あなたとトニーに何が起きているのか、私は全てを知っているわけではないわ。いつだったか、妹さんへの援助のことで二人のあいだに言い争いがあった話を聞いたけれど、あの時以来、あまりトニーのことを話題にしなくなったわよね。もちろん言いたくないことだってあると思う。それは当然だわ。でも何だか最近、あなた自身が変わった気がするの」

「そう?」

「ええ。このあいだリサともそう話してたのよ。今までも、そして今もあなたの仕事ぶりはほんとうに素晴らしいわ。どの物件についても、プロとしてふさわしい、丁寧で完璧な対応だと思う。でもね、最近のあなたは、何だかそんなことも通り越して、別の次元に生きているように見えるの」

エリザベスは思わずほほえんだ。エリザベスは、自分の信仰がどのように変えられたか、いつかマンディとリサに伝えることができるよう祈っていたのだ。そして、トニーの出来事がそのきっかけを作ってくれたのだった。

「実は、あるお客さんと信仰的なことについていろいろと話をするようになって、トニーのために祈ることにしたの。自分の理想とする夫へとトニーが変わるように祈るのではなくて、自分自身が変えられるように祈ることが大事なんだって、その人からアドバイスを受けたのよ」

マンディはその客が一体誰なのか思案するように額にしわを寄せた。マンディが何人か名前を挙げたあと、エリザベスはその客がクララ・ウィリアムズであることを明かした。

「あのお歳を召した優しそうなご婦人？　あの方との出会いがきっかけで、あなたは真剣に祈り始めたというわけね」

エリザベスはうなずき、マンディに「戦いの部屋」のこと、クローゼットでの出来事、そして神に全てを明け渡し、従う決心をしたことを話した。「今まで、自分が抱えていた問題を全てトニーのせいにしていたの。トニーが私の願い通りの生き方をしてくれれば二人の関係がうまくいくと思っていたのよね。でも、神さまは、トニーの心や私が置かれている状況を変えるだけでなく、もっと大きなことをしてくださったの。私の心が一体どういう状態なのかつぶさに見せてくださった。それはつらく苦しいことだったわ」

「でも、トニーはあなたの妹への援助を理不尽な理由で反対したし、ずいぶんひどいことをあなたに言ったでしょう？　このままだと、ただ歯を食いしばって夫から受ける虐待を我慢するだけの女になってしまうんじゃない？」

エリザベスはほほえみながら答えた。「違うの。始めは私もあなたと同じように考えたわ。全てトニーの言うことに従いなさい、全ての決定権をトニーに譲りなさいって言われた気がした。でも実はそういうことではなくて、私たち、つまり私とトニーはそれぞれ自分に与えられた務めがあることに気づかされたの。互いに協力し合う必要があるのよ。トニーは、イエスさまが教会を愛するように私を愛さなければならなかった。でも、彼はその務めを果たしていなかったの」

「ええ、ちっともね」

「今二人でカウンセリングを受けているんだけど、カウンセラーから、もし互いに思いやりのない態度が見られたら、そのことをちゃんと相手に伝えてもいいって言われたの。それも、愛の一つの表し方なのよね。私はトニーに口やかましく文句を言ったり、横柄な態度をとったりしたくないし、トニーだって、私に強引に自分の意見を押し通す人間だとは思われたくない。つまりね、私とトニーのどちらも変わる必要があったのよ。そしてそのことに最初に気づいたのが私だったってわけ」

マンディは興味深そうな面持ちで言った。

「あなたが納得してそれでいいと思っているならかまわないわ。ほんとうにそう思ってる。でも、やっぱり私にはよくわからないな。そこまで何でもゆるしてしまったら、トニーに好き放題されてしまうことはないかしら」

マンディの携帯が鳴り、彼女はちらりと画面の表示に目をやった。「ごめんなさい、ちょっと出るわね」

エリザベスはうなずくと、自分の席に戻り中断していた仕事を再開した。マンディとの短い会話を通し、たとえ疑問や疑い、痛みのさなかにあっても、神は周りの人の心に福音の種をまくために自分を用いてくださることに、驚きと感動を覚えていた。今まで、人生のさまざまな問題をすっきりと解決してからでないと神は自分を用いてはくださらないと思っていたのだ。しかし、今の自分は、これまでの人生の中で最も弱く、いまだ解決されない問題を抱え、苦悩と困難のただ中にあった。実はそんな時こそ、神はその大いなる力を現してくださるのだ。将来に対する不安が心に渦巻きながらも、神はちゃんと自分に目を留め用いてくださる……。そのことにエリザベスは感謝を覚えるのだった。

クララが祈りの中でよく古い賛美歌の歌詞を引用するので、エリザベスは古本屋で賛美歌集を買い求めた。「やすけさは川のごとく」は特にクララのお気に入りの曲だった。クララは一度この賛美歌の作詞者のエピソードを話してくれたことがあった。その人は、大切な家族を失い失意のどん底にいた時にこの歌を作ったのだと。オフィスでエリザベスは日誌を取り出し、手書きで写したその歌詞を読み返した。その一言一言が急に胸に迫ってくるのを感じた。特に、「悲しみは波のごとく我が胸満たす時」という歌詞に今の自分の状況がぴったりと重なるように思えてならなかった。

初めて「悪しきもの迫り来《く》とも（Though Satan should buffet）」という歌詞に触れた時、「buffet」という意味を取り違えてしまったのを思い出した。サタンが、まるでカフェレストランのビュッフェで食事でもしているかのような印象を受けてしまったのだ。しかしここでは、

「buffet」という言葉は、敵が「迫り、左右に打ち付ける」ことを意味していた。そう、今まで悪魔が、彼女の結婚、家庭、そして心をさんざんもてあそんできたように。

悪しきもの迫り来とも　試みありとも
御子イエスの血の勲《いさお》し　ただ頼む我が身は（訳注・聖歌四七六番）

なぜクララがこの歌詞の言葉に寄りすがろうとするのか、エリザベスにはわかる気がした。トニーや自分の身に何が起ころうとも、悪しき者のせいで周りがどんなに激しく波立とうとも、自分の進むべき道を選び取ることができるのだ。波に翻弄されるままあちこち流され吹き飛ばされる道を選ぶこともできるけれど、神の愛の中にとどまる道を選ぶこともできる。神がひとり子を十字架にかけるほどの愛で自分を愛していてくださること、自分のたましいの救いのために素晴らしいご計画を立てておられること、そしてどれほど自分を心配し祝福しようとしておられるかということに目を向けていく道を選ぶこともできる。また、自分の置かれている状況が悲惨であり危険にさらされていると受け止めることもできれば、究極的には神のご支配の中にあり、何があろうとも主が共に歩んでくださるのだという大きな視点に立つこともできる……。

神が共にいるという真理は、エリザベスの人生に深く下ろされた錨《いかり》のようだった。その錨につながっている限り、どこかに流され行方知れずになることはない。問題課題のある場所をさまようことはあっても、自分のたましいは神の恵みにしっかりとつながれている、エリザベスはそう確信するのだった。

　トニーは、午後にダニエルをコミュニティ・センターへ連れて行き、チームのメンバーたちと共にウォーミングアップを行った。適度な汗をかくと気分もよくなり、身体の筋肉をほぐすことでほかのことに気持ちを逸らすことができた。しかし、目の前を覆う暗雲を、何をしても完全に払いのけることができなかった。それはまるで、彼が小学三年生の時に学校にいたいじめっ子のようだった。その子のいる校庭へと行くことを考えるだけで、恐怖のあまり動けなくなってしまうのだ。校庭へ行くには、恐れに身を任せて縮こまるのではなく、意志を働かせ、勇気ある一歩を踏み出さなければならなかった。今トニーに亡霊のようにつきまとい恐怖を与えているのは、これから告げられるであろうコールマンの決断……。トムの意見がそれにどう影響を与えるのかということも非常に気になった。蝶ネクタイ姿のトムのことを思い浮かべるたびに、トニーは胃が痛み、盗んだ薬の入った収納箱をテーブルに置いた時の記憶がまざまざとよみがえるのだった。それはまさに、トニーの罪と恥が皆の目にさらされた瞬間だった。

　トニーは頭に浮かぶ思いを振り払い、もうしばらくストレッチを行ってから、ダニエルのチームに合流した。トリッシュコーチは、すぐれた指導力を発揮し、メンバー全員がそれぞれ異なる動きをしながら得点し、リズムに乗ることができるよう導いていた。こういう競技試合は、大勢の観客の前で行われるのでどうしても気が散ってしまう。とにかく練習を繰り返し、縄が回るリズムとそれに呼応する身体の動きを筋肉に覚え込ませることが成功の秘訣だ。トリッシュコーチは、そのことをちゃんと理解し、メンバーの少女たちが頭で考えなくても身体が動くように練習をさせていた。そして何よりも驚いたのは、トニーがチームに参加することを不満に思わず、むしろ歓迎してくれたことだ。コーチによっては、今まで一人でやってきたプライドから幅を利かせようとしたり、逆に一切のことから手を引いたりするのだが、トリッシュコーチは、トニーにアシスタントコーチとしてチームに貢献するよう励ましてくれたのだった。

「何をしたらあの子たちが上達するか、よく理解していらっしゃるようにお見受けしました。コーチをなさった経験はおありですか?」トリッシュコーチが尋ねた。

「いえ、そんなにはありません。でも若い頃、何人もの優れたコーチに指導を受けたことはあります」

練習を始める準備が整ったダニエルたちを前に、トリッシュコーチはいくつか最終的な指示を与えた。そしてトニーを見ると、「お願いします」というように手を差し伸べた。

トニーは、ダニエルたちの顔を見回しているうちに、急に感情が込み上げてきた。これから自らの身に起こる事情によっては、もしかしたらこのメンバーたちと一緒に試合に出られなくなるかもしれない、そのことが頭をよぎり何とも言えない気持ちになったのだ。しかしこの時、トニーはあることに気づき、ハッとした。

今自分がダニエルやほかの少女たちを見ている同じ目で、神は自分のことを見ておられるのではないか。

トニーは、チームの失敗や、まだ完成されていない技がいくつかあることを注視していたわけではない。むしろ、ほんの少しの励ましを与えることによって、どれだけ彼女たちが自分の力を発揮できるか、そのことに注目していた。同じように、神も、ご自身に逆らって生きてきたようなこんな自分を、どうすれば力づけ励ますことができるか、そんなふうに見ていてくださるのではないだろうか……。

トニーはダニエルたちのほうに身体を傾け、両手を膝に置いて話し始めた。

「いいかい、よく聞いて。君たちには無限の可能性がある。君たちがねらいを定めれば何だってできるんだ。君たちの力を邪魔するものがあるとしたら、それは自分の力を信じ切れない気持ちだと思う。

ミスをしたり、上手に技が決まらないと、自分を責めたり、愚痴を言いたくなるよね。次は失敗したくないから、一つひとつのジャンプやフォームや跳ぶ順番を間違えないことに気持ちを集中させると思うんだ。でも、間違えないようにしようって頑張ってもうまくはいかない。自分のしたくないことに気持ちを向けてしまうと、最高の演技はできないんだよ。言っている意味がわかるかな」

ジェニファーが手を挙げたので、トニーが彼女に向かってうなずいた。

「ピアノを弾いている時、そんなふうに思ったことがあります。間違えないようにしようと思えば思うほど、間違えちゃうんです」

「その通り。すごくいいたとえだね。ピアノを演奏する時も、美しいメロディーを思い浮かべながら楽譜を眺めて弾き始める。そうすれば勝手に指が動いてくれるんだ。ダブルダッチにも同じ事が言えるんだよ。まずは何も考えないで、二本の縄が回っている真ん中にえいって飛び込む。床に足が着くだろう？　そうしたらそこにはバネがあるって想像するんだ。すると自然に身体が宙に浮く。そうすればそのまま楽に跳び続けることができる」

ダニエル、ジェニファー、そしてほかのメンバーたちも合点がいったようににっこりと笑顔になった。全員がトニーの一言一言に食い入るように耳を傾け、さっそく新しい考え方を身に着けようとしていた。

「縄を回す時にも、同じ考え方をすることができますね」もう一人のチームメンバーであるジョーイが言った。

「そう、その通り。縄を回す役も、跳ぶ役と同じぐらい大切なんだってことを決して忘れないでほしい。試合を成功させるためには、このチームの誰一人として欠けてはならない存在なんだ」

たくさんの笑顔に囲まれ、トニーはかつて高校のフットボールチームのコーチから同じ言葉をかけられたことを思い出し、胸が詰まった。チームには、障害をもっているためにフィールドに出てプレーはできないけれど、フットボールが大好きだという生徒がマネージャーの一人に加わっていた。その生徒はメンバーが脱ぎ捨てた汗まみれのユニフォームを拾い集めるなど、コーチに言われたことは、どんなにつらい仕事でも率先して行った。コーチは、チームの勝利のために一人ひとりの貢献が大切なのだということを強調するために、その生徒を指差し皆に注目させたのだ。

「もう一つ伝えたいことがあるんだ。演技に集中すると、自分の足の動きや跳ぶタイミング、試合に勝つことにどうしても全神経を向けてしまって、楽しもうとする気持ちがどこかにいってしまうんだ。でも、みんながやってることは、とびきり楽しいことなんだよね。だから笑顔でいてほしい。審判員はきっと気づいてくれるから。もちろん歯が何本見えたからって点数が上がるわけじゃないけれど、君たちの笑顔は必ず審判員の心を動かすよ。これは保証する。喜んで何かをやっている姿は、人の目を引くんだ。なぜだと思う？　みんなそうなりたいからさ。笑顔で一つのことに没頭する姿は、とってもすてきで魅力的なんだ。高度な技を見せるんじゃなくて、その技を心の底から楽しんでいる姿を見てもらおう。本番では、誰もかつて見たことのないものをみんなに見せるんだ。わかったかな？」

トニーが話し終えると、メンバー全員が片手を重ね合わせ、自分たちのチームの名前を叫んだ。「コメッツ！」トニーの一言一言がみんなの心をしっかりとらえた。トリッシュコーチもトニーの励ましとチャレンジを笑顔で受け止めていた。

トニーは壁にかかった時計に目をやり、あとどのくらい練習時間が残されているかを確めた。今日いちばんのハイライトが音を立てて崩れていく。今後の人生を決定する決断が下されるまで、一体どのくらい娘たちと一緒に過ごすことができるのだろう。暗雲が再びトニーの目の前を覆い始めた。

その晩、エリザベスは、トニーが食器の汚れを水で洗い流すのを眺めながら、その食器を食洗機の中に並べていた。その前にダニエルをベッドで休ませたが、昼間の活動を考えると、彼女がすぐに眠りについたことは間違いない。

今まで、トニーが庭の手入れ、ゴミ出し、車の修理など屋外の家事を担当するのがこの家の暗黙のルールだった。しかし、最近は皿洗いや家の掃除なども率先して引き受けるようになり、さらには、エリザベスが一人で家計を担っているという理由で、夕食作りまで申し出るようになった。

「お洗濯もお願いできないかしらん」エリザベスが冗談めかして言った。「ほかの家事もやってくれるんだったらついでに……」

「洗濯が苦手なの、知ってるくせに」その晩、トニーが笑顔を見せたのはその時が初めてだった。

食器の汚れ落としに戻ったトニーを、エリザベスはじっと眺めた。

「不安そうね」

「ああ、どうしても考えてしまう」

実際にはエリザベスも同じように不安だったが、態度に出さないようにしていた。「明日、何時に会社に行くことになっているの?」

トニーは窓から裏庭の景色を眺めた。日が落ちてだんだんと暗くなる様子から、あと何時間自由の身でいられるのだろうかと、頭で計算しているようにも見えた。

「九時の約束だ」

トニーは、もう二度とブライトウェル社に足を踏み入れることはないと思っていたとエリザベスに話したことがあったが、もう一度あの建物のエレベーターに乗らなければならない。そして、その時間は刻一刻と迫っていた。

その時、玄関のベルが鳴った。エリザベスは時計に向けた視線をトニーに移した。こんな時間に一体誰だろう……。

トニーが玄関の扉を開けると、そこにはコールマン・ヤングの姿があった。スポーツジャケットを羽織り、深刻そうな表情を浮かべている。

「コールマンさん」

「やあ、トニー」コールマンはトニーの後ろに立つエリザベスにも声をかけた。「こんばんは、エリザベス」

「コールマンさん、お久しぶりです。お元気でしたか」

「おかげさまで。ありがとう」

コールマンの声は緊張のせいか、硬い響きが感じられた。コールマンはトニーの顔をまっすぐ見ながら言った。

「突然伺ってすまない。少し話がしたいんだが」

「どうぞお入りください」

エリザベスはコールマンに向かい合うようにトニーの隣に座った。この家の居間のソファーにコールマンが座る日が訪れるなど、トニーもエリザベスもまったく想像していなかった。エリザベスは手で髪の毛を整え、一つ深呼吸し、心の中でそっと祈った。

イエスさま、たとえどんなことであろうとも、コールマンさんが告げる言葉を落ち着いて受け入れることができますように。助けてください、主よ。

トニーは、コールマンに何か飲み物を出したほうがよいのではないかと思った。紅茶、カフェイン抜きのコーヒー？　あるいは今のトニーの状況を瞬時に正しく把握できる魔法の粉を振りかけた水でも……。

トニーがキッチンに立とうとする前に、コールマンが話を切り出した。「トニー、先日君が会社を訪れた時のことをずっと考えてたんだ。実を言うと、この二日間のあいだ、そのことしか考えられなかった」コールマンは身体の前で両手を組み合わせ、抑制のきいた落ち着いた声で話し始めた。「君のしたことは間違っているし、正直がっかりしたよ。実はこれまでも何人もの営業マンをクビにしてきた。しかし君みたいに戻って来た人間は一人もいない。君は、たとえどんな結果になろうとも、自分の犯した過ちの責任は全て負うと言ってくれた。そんな人を私は今まで見たことがない」

コールマンの声がだんだんと和らぎ、その視線も、トニーへの気遣い、そしてもっと彼の心を理解したいという思いが込められているように見えた。

「どうして君は、リスクを負ってまでもう一度会社に戻って来たんだ。一体なぜなんだ……」

その質問は答えられることのないまま三人のあいだをしばらくさまようと、そのまま消えてしまった。トニーは叫び出したくなった。もう一度コールマンの前で説明をしたかったのだ。しかし、胸が激しく波打ち、息をするのもやっとだった。隣ではエリザベスがコールマンの話す一言一言にすがりつくように耳を傾けている。

「考えて考えて得た答えは、君が今、正しくやり直したいと心の底から願っているということだった。君が自分のしたことを心から反省しているのだと。だから、私は君を信じようと思う。残念ながら君の解雇を取り消すことはできないが、警察には訴えないことにした」

トニーは、驚きのあまり息が止まりそうになった。頭がぼんやりしてしまい、コールマンの言葉がうまく心に入ってこない。しかし同時に、喜びと感謝でいっぱいになった。目に涙がにじんできたので、何とか気持ちを抑えようと懸命にこらえたがどうすることもできない。言い尽くせないほどの喜びが全身からあふれ出してくるのだ。

トニーはうつむき、何とか返事をしようとしたがうまく言葉が見つからなかった。エリザベスに目をやると、彼女は放心状態でただ前を見つめている。

「君が手にした一万九千ドルは会社に返還してほしい」

トニーはうなずき、やっと言葉を口にすることができた。

「ええ、もちろんです。そうしようと心に決めていました」

コールマンの顔に笑顔が広がった。

「そのことを書面に記してくれたまえ。それでこの話は終わりにしよう」

部屋に満ちていた緊張が一気にほぐれた。エリザベスはトニーの腕に手を回した。

「それでは、私はこれで失礼するよ。夜分に失礼したね」

トニーとエリザベスはコールマンと握手を交わし、静かに感謝を述べた。胸がいっぱいでそれ以上の言葉が見つからなかったのだ。

コールマンが帰り、玄関の扉が閉まると、エリザベスは気持ちが抑えられない様子でトニーを振り向いて言った。

「トニー、これこそが恵みなのよ」彼女の目から涙があふれている。「神さまが私たちをあわれんでくださった……」

トニーも涙で頬をぬらしながらエリザベスを見た。そして天井に目を向け「ありがとうございます、イエスさま」と一言ささやいた。

その数分後、ダニエルの部屋から物音が聞こえた。エリザベスがクララに電話をかけに行ったので、トニーがそっと二階へ上がると、ダニエルが部屋の扉のそばにたたずみ、階下の様子をうかがっていた。

「誰か家に来たの？」

「ああ、そうなんだ。さあベッドに戻ろうか」

ダニエルがあくびをしながらベッドの中にもぐり込むと、トニーは毛布をかけてやった。ダニエルが心配顔で尋ねた。

「もしかして警察？　お父さんをつかまえに来たの？」

トニーは笑顔を向けた。先ほどの感動がよみがえる。

「会社の社長さんが来たんだよ。ヤングさんだ。お父さんの謝罪を受け入れ、ゆるしてくれたんだ」

「ほんとう？　お父さんをゆるしてくれたの？」

「そうだ。だからお父さんはもう警察に逮捕されることも、刑務所に入ることもないんだよ」

「よかった！」

ダニエルは起き上がってベッドに座り、トニーを抱きしめた。それはまるで神ご自身に抱きしめられたようにトニーには感じられたのだった。


クララとの電話を終えたエリザベスは、トニーがベッドの中で座っているのを見つけた。トニーが目に涙を浮かべながら、ダニエルと交わした会話について話すのを聞いたエリザベスは、自分たちに起きた出来事をいまだ信じられず、思わず両手を口に当てた。

「クララさん、きっと近所中の人を起こしてしまったんじゃないかしら。あのお歳で、サタンのお尻を蹴っ飛ばしてやったなんて息巻く女性をほかに見たことがないわ」

トニーが笑う。「彼女のことだから、ただ息巻くだけじゃなくてほんとうに蹴っ飛ばしたんだろうな」

エリザベスはベッドに腰をかけ、クローゼットのほうをじっと見つめた。

「これからが勝負ね」

「どういうこと？」

「赦し、そして恵み……。たった今、コールマンさんから無償で与えられたものだわ。今度はいよいよ私たちが、赦しと恵みの大切さを信じ実践していく番なんじゃないかと思って」

「きっとコールマンさんだって、俺をゆるす決心をするまで相当悩んだと思う。俺たちと一緒さ」

「どういう意味？」

「俺は今でも時々、何かし忘れてしまって、君からガミガミ言われるんじゃないかと身構えることがあるんだ。つい昔のパターン、考え方に戻りそうになる……。ゆるしって一方的なものじゃなくて、互いに協力し合いながら実現していくものなんだと思うよ」

エリザベスはうなずいた。

「そうね。まだまだ先は長いのかもしれないわ。でも少なくとも私たち、正しい方向へ歩き出したのよね。そう思うでしょう？」

トニーもうなずいた。そして彼が向けたまなざしに、エリザベスは長いあいだ忘れていた感情がよみがえった。トニーがそっと差し伸べた手を取り、ベッドのシーツのあいだに潜り込んだ。トニーが電灯のスイッチをひねったので、部屋の灯りが消えた。

トニーが近づきそっとささやく。

「祈ろうか」

エリザベスが笑う。「ええ、祈ってから始めましょう」

トニーは、彼女の身体に手を回し自分に引き寄せると、神をほめたたえ、主が恵みと赦しを与え二人の人生に働いてくださることに感謝の祈りをささげた。そして自分のために闘ってくれる妻の存在を感謝した。エリザベスはトニーの祈りの一言一言に心からうなずきながら、トニーを強く抱きしめた。

トニーは祈り終えるとエリザベスにキスをした。ゆっくり、そして優しく。そのあとエリザベスもトニーにキスをした。

二人は結婚して初めて、ほんとうの意味で一体となることができた。長いあいだ失っていた親密なひとときを心躍らせながら味わった。それは甘く、愛に満ち、情熱的で満ち足りた時間だった。神は再び二人の絆を固く結び合わせてくださったのだ。それは、ほんとうに美しい夫婦の姿だった。

神への賛美は、時々ではなく常にささげるべきものであり、そのことによって多くの恵みを得ることができるとクララは信じていた。クララは、信仰の修練の積み重ねによって、どんな状況においても神への賛美が自然に心に湧き上がるのだった。思いがけずうれしい出来事があった時も、どうしてこのようなことが起こるのだろうと戸惑う時も、必ずその背後に神の関与があることを信じ、神をほめたたえた。どんな時も最善をなしていてくださる神を、いつも賛美すべきだとクララは思っていた。

現実はそんなに甘いものではないし、何が起きても神は素晴らしいのだとする信仰は盲目的だと考える人もいる。しかし、クララは、不当な仕打ちを目の当たりにしながらも神へ賛美をささげることをやめなかった人々がいたことを知っていた。イエスを愛し慕っていたその人たちは、エルサレムから離れた丘の上にたたずみ、罪のないお方の身体から血が流れるのを信じられない思いで眺めていた。その歴史的瞬間に、果たして神はいかなる時にも賛美に値するのかという疑問に、鮮やかな解答が与えられたのだ。なぜならば、その時、神はこの世界で起こりうる最悪な出来事を、最も素晴らしい出来事へ変えてくださったからだ。神は敵の手から勝利を奪い取り、イエスの御名によって祈る者は誰でも救いにあずかることができるようにしてくださったのだ。

どんな状況にあっても神に感謝をささげるとは、神の視点に立って物事を眺めること、神を賛美するとは、全てを理解しなければならないという思いから解放されることなのだとクララは思っていた。だからこそ、クララは、神に全てを明け渡し、ゆだねることができるのかもしれない。

エリザベスから電話を受け、コールマン・ヤングがトニーを訴えないという決断をしたことを聞いた時、クララは飛び上がって喜んだ。トニーは、今後刑務所に入ることも、経歴に傷がつくこともなく、今まで通り家族と共に暮らし、神の恵みのうちに成長し、会社に借金を返していくことができるのだから。

クララは勢いよく両手を振り上げ、何光年も離れた場所にいる天使さえも目を覚ましかねないほどの大声で歓声を上げたのだった。天使も人間と同じように夜のあいだ寝るのかどうか、それは知らなかったが、一人の罪人が悔い改める時、天使たちも一緒に喜んでくれることは知っていた。クララはすぐにクローゼットへ向かい、壁に貼っている祈りの課題の一つに印をつけ、もう一度大きな歓声を上げ、力いっぱい神への賛美をささげた。

神への賛美ほど、クララの心を力づけ、励ますものはなかった。詩篇二十二篇に、神は「イスラエルの賛美を住まいとしておられる」（訳注・三節参照）と書かれているのをクララは読んだことがあった。神は私たちがささげる賛美と喜びの歓声を心から受け入れてくださるのだとクララは確信していた。

もちろん、神に賛美をささげることは、私たち自身にとっても大きな祝福なのだ。神をたたえるということは、神だけが素晴らしく自分はむなしい存在であること、全てを支配しているのは神であって自分ではないこと、神のみが称賛に値し聖い方であることを認める行為だ。神を賛美することは、神の前にへりくだること。そして私たちが神の前にへりくだるほど、心に平安が注がれる。神に真実を申し述べる時、私たちは心配や悩みから解放されるのだ。神がどのような方かを思い巡らす時、私たちは真実を思い起こすことができ、敵の罠にはまることも、翻弄されることもない。

「神の御名を共にほめたたえましょう」クララがよく口にするこの言葉こそ、確かな喜びを手にするための秘訣だった。その喜びを人生で出会う全ての人々と分かち合いたい……それがクララの心から願いだった。

「神さま、あなたへの賛美は尽きることがありません。この者は、いつまでもとこしえにあなたを賛美し続けることでしょう。あなたへの賛美こそ、私の心からの願いなのです。いつかあなたと相まみえるその日まで、息を吸うごとに、祈るごとに、胸が鼓動するごとに、あなたをほめたたえます。この者の心をすっかり新しくし、またエリザベスとトニーをあなたの似姿に変えてくださることのゆえにあなたを賛美します。この世には悪がはびこり、戦争、殺し合い、不正が絶えませんが、それでも私はあなたを賛美し続けます。あなたをほめたたえる限り、決してあなたの御守りから外れることはないからです。ハレルヤ！」

第十八章

トニーはマイケルと共に、コミュニティ・センターの喫茶コーナーにいた。そこでは午前中のプログラムに参加している子どもを待つ大勢の母親たちが、飲み物を片手ににぎやかにおしゃべりに花を咲かせていた。

マイケルは、何とも複雑な表情を浮かべていた。眉をひそめしかめっ面をしているため、きれいに剃り上げた彼の頭には何本もしわができていた。

「そうか、そんな事情を抱えていたのか。どうして言ってくれなかったんだ?」

トニーは肩をすくめて言った。「プライドが邪魔してどうしても言えなかった。誰にも言いたくなかったんだ」

「水くさいなあ。僕たち友達じゃないか。打ち明けてくれたら力になれたかもしれないのに」

「そのことにやっと気づいたんだ。だから今こうして君に話している」

マイケルはコーヒーを一口飲むと笑顔になった。

「エリザベスとのこと、君が神に立ち返ったこと……何て言うか、最高だよ！　正直に言うけどさ、いつだったか君がバスケをしているのを見た時、怖いくらいイライラしてて、何があったんだろうって心配してたんだ。まるでタスマニアデビルかなんかが跳びはねてるみたいに見えたんだ。その時のこと覚えているかい？」

トニーがうなずいた。

「ああ、あの晩、実はいろいろあってね」

「あの時以来、僕は君のためにずっと祈ってたんだ。折に触れてね」

「折に触れてって？」

「たとえば、車で君の家の前を通りかかった時、ダニエルやエリザベスの姿をコミュニティ・センターで見かけた時、君のことがふと頭に浮かんだ時……そのたびに、かわいそうで惨めな君のたましいのために祈ってたってことさ」

トニーはおかしそうに笑った。「その祈りは確かに聞かれたよ。今は真剣に神に従って生きていきたいと思ってる。ただ見栄のために、あるいはエリザベスに言われたから教会に行くんじゃない。神は俺の前に現れてくださった。いちばん大切なことは何かしっかりと示してくださったんだ」

トニーは、仕事を辞めなければならなかった理由をマイケルに話し始めた。こんなことまで打ち明けて、マイケルに裁かれてしまうのではないか、会社のものを盗ったことを非難されるのではないかと恐れたが、マイケルは一言も口をはさむことなく話に耳を傾けた。そしてトニーが話し終えると、「つらい思いをしたかもしれないけれど、大事な教訓だったたな」とつぶやいた。

「会社に戻って、自分の罪を告白した時がいちばんつらかった。でも、どうしてもしなければいけないって思ったんだ」

「よくやったよ、トニー。もし僕が君だったら、トムって奴の頭を一発ぶん殴ったかもしれない」

トニーが笑った。

「正直に言うと俺もそうしたかったよ。今でもその気持ちがないわけじゃない。もしそのチャンスがあったら、どうするだろうって思うこともある」

「復讐は最大の動機だって言うよね。でも、君にはあとで後悔するようなことは絶対にしてほしくないんだ。イエスは、敵を愛し、迫害する者のために祈れっておっしゃっている。君もトムのために祈ってみたらどうだろう？　誰かのために祈りながら、その人を憎み続けるのはなかなか難しいよ」

トニーはほほえみを浮かべて答えた。「信じられないかもしれないけど、実はもうすでに祈っているんだ」

「本当かい？　トムの顔面にげんこつをお見舞いできますようにって？」

トニーが笑う。

「違うよ。いつかトムに信仰の証しをすることができますようにってね」

「それを聞いてうれしいよ、トニー。トムは君のしたことを口汚く非難した。そして君はぐっとこらえて自分の非をちゃんと認めたんだよな」

「ああ、そうだ」

「それじゃあ、次にトムの視点に立ってこのことを見てみよう。おそらく彼はクリスチャンではないんだと思うが、トムはただ君に、自分のしたことの責任を取ってもらいたいと思っただけなのかもしれない」

トニーはうなずいた。「つまり、俺はあいつにどんなにひどいことを言われてもぐっとこらえるべきだってことか?」

「いや違う。別の視点に立ってこのことを見てほしいんだ。自分のことを傷つける人について神はどうごらんになっているのか……それを想像するのが実はいちばん難しいことなのかもしれない。でも、君がある人をぶん殴りたいと思う時、神はその人に、ご自身に立ち返ってほしいと思っていらっしゃるんだってことを思い出してほしいんだ。君にもそう願っておられたようにね」

「神に立ち返ってほしいと願いながらぶん殴るってことはできないのかな」

「言い方を変えよう。君が僕にひどいことをしたとするよね。ある時君が心臓発作に襲われ、救急救命士の僕に救急要請があったとする。でも僕は君に対して恨みがあるためにその要請を拒否したとしたら、それは正しいことだろうか」

「いや、それは正しいことではない」

「どうして?」

「君は仕事を失うことになる」

「確かに。でも、それ以上に大事な理由がある。僕はたとえその人が誰であったとしても、命の危険に直面した人を助けるという誓いを立てているからだ」

「君の言いたいことがわかったよ。たとえトムがゆるしを願っていなくても、ゆるされる必要を感じていなかったとしても、俺はトムをゆるさなければならないということだね」

マイケルはうなずいた。

「いつかチャンスが訪れると思う」

「もう二度と会社に戻ることはないんだ。チャンスはないよ」

「じゃあ、手紙を書くなんてどう？　飛行機を飛ばして、空に文字を書くんだ……」

マイケルは少し思案するそぶりをしたあと、前屈みに座り直した。

「実は毎週火曜日の朝、僕の勤め先の消防署で、男性だけで聖書の学びをしてるんだ。一緒に朝食を囲みながら、祈ったり、抱えている問題や悩みについて話し合っているんだ。どうしたら人をゆるすことができるか、とかね。あまり目立つところでやってほしくないと思ってる奴もいるから集会室を使ってるんだけどさ。僕たちのこと、熱心教団だなんて陰口たたいていて……。でも、もし君も加わってくれたらみんなきっと大歓迎すると思うんだ。もし時間があったらなんだけど」

「今の俺は、時間だけはたっぷりあるからな」

「そうか。次の仕事の見通しはまだか……。家のローンもたっぷりあるだろうから、早く見つかるといいよな」

「ああ。それに車も一台になってしまったし。リズが担当する物件を増やしたから、車は主に彼女が使ってる。正直なところ、家の近くで仕事がしたいんだ。車でしょっちゅう出かけなくてすむように」

「営業の仕事から足を洗うって言うのか？　出張に出かけるのがあれほど好きだったのに」

「そうだった。金を稼ぐのはもっと好きだった。どんどん商品を売って、ボーナスの額を増やすのが俺の目標だった。でも、俺の中で優先順位が変わったんだよ。ほかに大事なものができたんだ」

マイケルは黙ってうなずいた。そして、トニーの後ろに誰かがいるのに気づくと、言いかけた言葉をのみ込んだ。

「やあ、ティムスさん」

コミュニティ・センターの所長であるアーニー・ティムスはいつものおどおどした態度で歩いていた。何やら箱を抱え、自分のオフィスへと向かっているようだ。

「マイケル……」アーニーはどこか焦点の定まらない目つきでこちらを向くと、トニーにも会釈をした。

「箱を抱えてどうしたんですか」マイケルが尋ねた。

「今部屋の片付けを……。ええと……もしかしてまだ何も聞いていないんですね」

「何のことです？」

「実は、このたび所長を辞めることになりまして。昨日急に決まったんですよ。クビになったんです」

マイケルは思わず立ち上がった。同情と心配の表情が浮かび、アーニーの肩に手を置いて言った。

「まったく知りませんでした。お気の毒です」

「まあ、よくある話ですよ」アーニーはできる限り平静を装いながら言った。

「お気持ちお察ししますよ。実は、私も先日ブライトウェル製薬をクビになったんです」トニーが声をかけた。

「それは残念でしたね」

「少し話しませんか。コーヒーをごちそうします」マイケルが言った。

アーニーは手にしている箱に目をやり、それからオフィスへと続く廊下に視線を移した。

「もしよかったらぜひ。少し話したら気持ちが晴れるかもしれません」トニーも促した。

「そうですね、それではお言葉に甘えて」

マイケルがコーヒーを買いに行き、アーニーが椅子に腰をかけた。

「突然、解雇を言い渡されたんですか」トニーが尋ねた。

「いや、そろそろじゃないかって予感はしてたんです。正直自分がこの仕事に向いていないという自覚はありました。同時にいくつもの仕事を回していかなくちゃいけませんし。所長の役割の要は、みんなの気持ちを一つにし、やる気にさせることでしょう。組織の運営や人相手の仕事は昔からあまり得意ではないんです。クビになった理由は、まあそんなところです。でも、十分な額の解雇手当も出ましたから、文句を言うつもりはありませんよ。少しゆっくりと今後のことを考えていきたいと思ってます」

トニーはアーニーの言葉に耳を傾けた。数週間前の自分であれば、誰かの悩みをこれほど気にかけることはなかっただろう。アーニーが所長を降りたら、コートの使用時間のことで混乱が生じなくなるだろうし、むしろ喜んだかもしれない。昔の自分は、何であれ、それが自分の生活にどう影響するかを基準に判断していた。しかし、今自分の目の前にいるのは、傷つき、夢と希望を失った生身の人間、しかも彼には養わなければならない家族もいる……。トニーはアーニーの苦しみに心から同情せずにはいられなかった。

マイケルがコーヒーを持って席に戻り、二人はアーニーの話をじっくり聞いた。アーニーは全てを話し終えると、両手で包むようにコーヒーカップを持ち、物憂げにぼんやりと遠くを見つめた。

「トニーも仕事を失いましたけど、実はそのことがきっかけで人生が一変したんです」マイケルが言った。

アーニーがトニーに目を向けた。

「そうなんですか？」

「ええ。今はとても心安らかですよ」

「そんなに早く次の仕事が見つかったんですか？」

「いいえ、まだです。どんな仕事に就いたらよいのかさえ皆目見当がつかない状態です」

「それなのになぜ心安らかでいられるんです？」

トニーは、話してよいかどうか迷った。アーニーが信仰をもっているかどうかわからなかったし、心の準備もないのに宗教を押しつけるようなことはしたくなかったのだ。しかし、神が自分の人生にしてくださったことを今この場で伝えることは、とても自然なことのように思われた。

マイケルが眉をちょっと上げながらトニーに視線を投げた。それはまるで、ゴールの真下にいる自分にボールをパスしてきたチームメイトから、目で合図されたようにトニーには感じられた。

「人生のどん底に落ち込んだ時、神が私をとらえてくださったんです。それまで、私は、仕事で成果を上げること、成功すること、金を稼ぐことを追い求めて生きていたんですよ。神は何がいちばん大事なのか気づかせてくださった。そして私が本気でそれを願い求めた時、神は私に平安をくださったんです。本当の安らぎ、満足をね。この先どうなるのかはまだわからないですけれど」

「素晴らしいですね」アーニーが答えた。「あなたはほんとうによい経験をした……。心からそう思いますよ」

「ティムスさん、あなたはどうなんです？　神に祈ることはありますか？」

アーニーは少し顔をしかめながら言った。

「教会へは時々行ってます。家内は毎週ですが」

「奥さんはあなたのために祈ってくれているでしょうか」マイケルが言った。「トニーの奥さんは夫のために熱心に祈っていたそうなんです。そのおかげで彼の人生は大きく変わることになったというわけですよ」

「奥さんが祈ったせいであなたは仕事を失ってしまい、あなたはそれを喜んでいるということですか？」アーニーが驚いたように言った。

「仕事を失ったことを喜んでいるわけではもちろんありませんよ。それに家内だって、悪いことが起こるようにと祈っていたわけでは決してないんです。家内は、夫婦の関係が回復するように、そして私が神に立ち返るようにと祈っていたんです。私は間違った道に進もうとしていた。自分自身や自分の能力に頼っていたんです。でももうそんな生き方に終止符を打ちました。自分の理解や考えによりすがって生きていくのはやめることにしたんです」

アーニーはコーヒーを一口飲むと、テーブルを見つめた。

「トニーの話、今のあなたにとって大いに参考になるんじゃないでしょうか」マイケルが言った。

アーニーは黙ってうなずいた。

「もしよかったら一緒に一言祈りませんか？」マイケルが言った。「嫌だなあ、そんな顔しないでくださいよ。ヘビを床にまいて、そこに横たわろうなんて言っているわけじゃないんですから」

アーニーが立ち上がった。「せっかくのお申し出を感謝しますが、もう行かなくてはなりません」

マイケルがうなずいた。「わかりました。またいつかの機会に。これからもあなたとあなたの家族のために祈っていますからね」

「ありがとうございます」アーニーはコーヒーと箱を持ち上げると、その場を去って行った。

「残念だ」トニーが言った。「ちゃんと話を聞いてくれなかったね」

「いや、聞いていたよ」マイケルが言う。「ただ心から耳を傾けていたわけではないけれどね。でも、それでもちっともかまわないさ。人の心を動かすのは僕たちの仕事じゃない、神のなさることなんだ。君は神が自分にしてくださったことをはっきりと証ししたんだから、それで十分。あんなふうに自分の身に起きた出来事をちゃんと話してティムスさんを励ますなんて、君は最高だよ」

「ああ、でも言いたいことが十分に伝わらなかったみたいだ。すぐに行ってしまったし」

「そう言えば誰かさんも、そうだったよなあ。僕の言うことの半分も聞いてくれないですぐに立ち去ってしまったっけ。でも、その誰かさんは今目の前にいて、まっすぐ僕を見てる」

トニーがほほえんだ。「祈りのリストに、さっそく新しい名前を加えることにするよ」

エリザベスは、そわそわする気持ちを何とか落ち着かせようと携帯電話を手に取り、フェイスブックの投稿記事をスクロールしていた。トニーはいよいよ行われるダブルダッチの試合に出るため、エリザベスとダニエルを車に乗せて会場へ向かっているところだった。エリザベスがフェイスブックの通知を開くと、コメッツのユニフォームを着たトニーが、同じくおそろいのユニフォーム姿のダニエルを抱き上げている写真の投稿に、十人もの人が励ましのコメントを寄せてくれている。

「クララさんも来てくれるかなあ」ダニエルが尋ねた。

「絶対に行くって連絡があったわ」

「わたしのおやつ、忘れてない？」

ダニエルはおやつに目がない。あまり迷信深いのはよいことではないと話し合ったこともあるが、ダニエルはセロリにピーナッツバターとひもグミを乗せて食べるとよく跳べると信じているようだった。

「大丈夫よ、ちゃんと持ってきたわ」

「ダニエル、緊張してるか？」トニーがミラー越しに娘を見ながら声をかけた。

「うん、すっごく」

「あなたは？」エリザベスがトニーに聞いた。

トニーはにっと笑顔を作って言った。「俺もさ。でも、顔から着地さえしなければ何とかなると思ってる」

「やっぱりあの宙返りに挑戦するつもり？」エリザベスが目を丸くする。どんな技に挑戦しているか時々聞いてはいたが、トニーが今まで培った運動能力をダブルダッチの競技でちゃんと発揮できるのか、エリザベスは今一つ確信がなかった。

「やっぱりあの宙返りに挑戦するつもり、だって？　ああ、もちろんさ。俺は本気だよ」トニーがエリザベスの口調を真似たのでダニエルがクスクス笑い出した。

神はちゃんと私たちの心に働いてくださってる……これがその証拠だわ。エリザベスは思った。以前は、二人そろって車に乗ろうものなら、十分もしないうちにけんかが始まったものだった。今は、こうして冗談を口にし、笑い合えるようになったのだから。

「それだけじゃないんだよな、ダニエル？」トニーが言った。

エリザベスが後ろを振り向いてダニエルを見ると、トニーと同じ意味ありげな笑顔を浮かべている。

「あとのお楽しみさ」

「もおっ、私まで緊張してきたじゃない！」

三人は競技の開催場所、シャーロットの北側にある体育館へと向かっていた。トニーは、チームのメンバーたちに、少し早めに現地に到着し会場の雰囲気に慣れてほしいと伝えていた。体育館は、ブライトウェル製薬のあるビジネス街の近くに位置する。遠くにビルが立ち並ぶのが見えてくると、エリザベスはトニーの肩にそっと手を置いた。

「またあそこに戻りたい？　ぴかぴかに磨かれた床やきれいなオフィスが恋しくはない？」

「確かに給料はいいし、仕事は面白かったけれど、今手にしているものと引き替えにあそこに戻るのはまっぴらだ。もう何の未練もないよ」

「神さまは必ずあなたのために素晴らしい道を用意してくださってるわ。ダニエルが次のあなたの仕事のために、具体的に祈っていることがあるのよ」

「本当かい？」トニーはミラー越しにダニエルを見た。

「うん。長い時間車で通わなくてもすむように家の近くに仕事が見つかりますように……、今の家に住めるくらいのお給料がもらえますように……、そうそう、それから、職場の人が、これからもお父さんが私たちのダブルダッチ・チームに参加してもいいって言ってくれますようにって」

トニーは思わず笑い声を立てた。「確かにずいぶんと具体的だなあ」

「クララさんが、神さまは具体的なお祈りが好きなんだって言ってたから」

「なるほど、そうなのか」

住宅街にさしかかり、一時停止標識の前でいったん車を止めると、エリザベスは、近くに、不自然な車を見つけた。扉は開いたまま、トランクのふたも開けっ放しの状態で、近くには携帯を片手に、サスペンダーをつけたズボン姿の男性が立っている。男性が身体を少しこちらに向けると、胸元の蝶ネクタイがちらりと見えた。男性は激しく手を振り回しながら電話に向かって怒鳴っている。

「もしかして、トムじゃない？」

「ああ、そうみたいだな」トムは標識の前で車を止めたまま言った。

「タイヤがパンクしたんだな」

エリザベスは、トムが慌てふためきながら携帯電話の相手とどんな会話を交わしているのか想像しながら、その姿を眺めた。こんなところで足止めを食らうなんて自業自得だわ……。トムが少々痛い目に遭っていることに、エリザベスはちょっぴり胸のすく思いだった。

トニーはトムの横を通り過ぎると、左に曲がり、駐車場に入って行った。

「お父さん、遅刻したりしないよね」

「心配いらないよ。そんなに時間はかからないから」

「一体何をしようっていうの?」エリザベスが尋ねた。

「どうしてもしなくちゃいけないことがあるんだ」

トニーは車を停め、エンジンを切ると、何か言いたげな表情でエリザベスを見た。エリザベスはトニーの考えを読み取ることができなかった。

「すぐに戻るよ」

エリザベスはトニーに、決して早まったことはしないよう注意したい衝動に襲われた。もしトニーがトムに危害を加えるようなことをしたら、コールマンは、トニーを訴えないという決断を翻すかもしれない。しかし、エリザベスはあえて何も言わなかった。何を言ったとしてもトニーの気持ちは変わらないと思ったからだ。それは彼が車の扉をバタンと大きな音を立てて閉め、まだ心からゆるしきれていないであろうその人に向かい、決然とした足取りで歩いて行く様子からわかった。

主よ、お願いです、どうか今、トニーに助けを与えてください。あなたの心と思いを彼のうちに注いでください……。

「お父さん、何をしに行ったの？」ダニエルはシートベルトを外し、前屈みに座り直した。

万が一トニーが軽率な行動をとった場合に備え、エリザベスはダニエルの目を手で覆いたくなった。周りにはほかに誰もいない。これからトニーの行動を目撃するのは自分以外誰もいないのだ。

「お母さんにもわからない……」

クララが、人生に起きる全ての出来事は、私たちがほんとうに神を信頼しているかどうかを試すための試験であると言っていたことがあった。私たちは日々の歩みの中で、自分がどれほど真剣に神に従いたいと思っているかを示す方法が数え切れないほどあるが、最大の試験は、自分を傷つけた人に対して復讐をするか、それとも怒りを捨てる道を選ぶかということ。今までトニーは怒りに任せて行動することが何度もあった。エリザベスは車の窓を下ろし、トニーに声をかけるべきかどうか迷った。

トムは額の汗をシャツの袖で拭い、ふと顔を上げると、トニーが大股でこちらに歩いて来るのが見えた。トムは、恐怖の表情を浮かべながら一歩退いた。トニーが黙ってトランクの中に屈み込み何かをつかむのを目にすると、後ずさりしながら車から離れた。トニーが取り出したのはタイヤレバーだった。

トニーは常に身体を鍛え、体形維持を心がけていた。ぴったりとしたTシャツのせいで上腕二頭筋が際立ち、トムと比べ、明らかにがっしりと強そうな体つきをしている。トニーが近づくと、トムがさらに後ろに下がった。

知らない人が見たら、黒人男性が凶器を手に白人男性を襲おうとしているように見えたかもしれない。さらに今までの経緯を知っていたら警察に電話をしたかもしれないとエリザベスは思った。トムも携帯電話を取り出して助けを呼ぶかもしれない、あるいはこのまま全力で走って逃げるのか……。

トニーはトムに近寄ると何か話しかけたようだった。二人が互いに見合ったあと、トニーがやおら車のそばにしゃがみ込みラグナットを緩め始めた。

エリザベスは思わず笑みを浮かべた。ダニエルが様子を見たくてしきりに背伸びをしている。

「ねぇ、お父さん、何をしているの?」

「トムの車のタイヤを交換しているみたい」

「トムって誰?」

「お父さんが働いていた会社の人よ。お父さんが自分のしたことを正直に話して謝った時、ひどいことを言ったの。お父さんは仕返しをする代わりに、助けてあげてるの」

トニーは工具を使ってラグナットを緩めると、ジャッキを車の下に置いて車を持ち上げ、タイヤを交換した。ラグナットを締めて車を下げると、確認のためにもう一度ナットを締めた。そしてパンクしたタイヤを工具と共に後ろのトランクにしまうと、手の汚れを軽く払い落し、再びトムに近寄った。トムの表情は少し和らいでいるように見えた。その目は、先ほどのダニエルの問いを直接トニーに本人に投げかけているようだった。わざわざなぜ? そのまま無視して通り過ぎることだってできたはずなのに……と。

　トニーは汚れた手をトムに差し出した。トムは一瞬ためらったが、手を差し伸べ握手を交わした。トムからは礼の言葉も質問もなく、二人はただ黙って握手したあと、トニーは車に戻った。

「お父さん、どうしてあんなことをしたの？」

「自分にしてもらいたいことを人にしなさいって聖書に書いてあるからさ」

　エリザベスはほほえみ、トニーの心を変えてくださったことを神に感謝した。トニーたちの車がトムの傍らを過ぎる時、トムは初めて見るような目で、交換されたばかりの新しいタイヤを見つめていた。まるで何かの奇跡でも目撃したかのように。

　そう、あなたはたった今素晴らしい奇跡を見たのよ……。エリザベスは心の中でトムにそう語りかけた。

クララは息子のクライドにダブルダッチの試合を見に車で連れて行ってほしいと頼むと、午前中にシャーロットで会合に出席するついでがあるからと二つ返事で引き受けた。「試合見学？　もしかして母さんも試合に出るとか？」クライドが向けた笑顔に、クララは気持ちが温かくなった。

車で会場に向かいながら、二人はクライドが今抱えている仕事のことなど近況を語り合い、そして最後は孫娘のハリーに話が及んだ。

「このあいだ、ハリーが学校の帰り、ふらりと裏庭にやって来たのよ。その時私はちょうど、自分にできるいちばん素晴らしいことをしている最中だったの」

「祈っていたんだね」

「まさにその通り！　よく『私たちには祈ることしかできません』なんて言う人がいるけどそれは間違ってるわ。祈りこそ、私たちにできる最高のわざなんですもの。私が窓側の椅子に座って祈っていると、裏庭を歩くハリーが見えたの。ハリーはわざと私に背を向けて、こちらを見ないようにしていたわ。実はね、私、ハリーが私の部屋を訪ねて来ますように、あの子のほうからここに来てくれますようにって一週間のあいだずっと祈り続けていたの。そうしたらほんとうにハリーが来てくれたってわけ……」

信号が赤になったので、クライドは車を止めてクララのほうを振り向いた。

「母さん、庭に出てハリーに話しかけてくれたの？」

クララは、指を一本立ててクライドに向かって振った。「いえいえ、とんでもない！　私は、窓ガラスをトントンってたたきもしなかったし、家の中から大声で叫びもしなかった。ただじっと祈りながら待っていたの」

「それで？」

信号が青になると、後ろの車がクラクションを鳴らした。

「ハリーったら、私のほうから何か言ってくるんじゃないかと期待しながらしばらく庭をうろうろ歩き回ってたんだけど、私がいっこうに動こうとしないものだから、心配そうな顔で窓をのぞきに来たの。私、手を振って扉を指差したわ。そうしたら私の部屋にやっと入って来てくれたの」

「母さんなら間違いなく凄腕の漁師になれるな」

クララは声を立てて笑った。「こんなに忍耐強いのも、年の功だわね。私がただじっと座って待っていたから、ハリーも私の部屋に寄ってみようって気になったんだと思う」

「ハリーとはよく話せた？」

「まあ、出だしとしては順調ってところかしら。壁を崩すのも、いきなりブルドーザーで取り壊しにかかるのではなくて、レンガを一つひとつ取り除いていったほうが早いって言うじゃない？」

「母さんが一緒に住んでくれてほんとうによかったよ。心からそう思ってる」

クライドのGPSがどこで道を曲がったらよいか的確な指示を出す一方で、クララも試合会場の体育館を見つけると、クライドに指差して教えた。クライドは建物の前に車を止め、扉を開けた。

「試合が終わったら電話してね。すぐに迎えに来るから」

クララは体育館に入ると、すぐにエリザベスを見つけた。エリザベスは先ほどのトニーの一件を報告すると、クララはそこが体育館であろうがおかまいなしに、ハレルヤと叫び出さんばかりに喜んだ。そしてすぐに、試合の準備のためにストレッチをしているトニーを探し出して声をかけた。

「トニー、ほんの少しお話しできるかしら」

「もちろんです、クララさん。どうしました？」

「元上司だった方の車のタイヤを交換してあげたんですってね。エリザベスから話を伺ったわ。一体どうやってその力を手に入れたの？　力といっても体力という意味じゃないわよ」

トニーはほほえみながら答えた。「実は、トムのためにずっと祈ってたんですよ。友人も、まず祈ることから始めてみないかってアドバイスしてくれて。そのあとマタイの福音書を読んでいたら、自分の敵を愛し、迫害する者のために祈れと書いてありましたし。そんな時、思いがけずトムと再会したというわけです」

クララはクスッと笑うと首を振りながら言った。

「そうだったの……。あれは素晴らしいみことばね。でも実行するのはほんとうに難しいわ」

トニーは目を輝かせながら話を続けた。

「トムの姿を見かけた時、私たちがこの場に居合わせたのは偶然ではないと直感したんです。その時、トムは携帯電話に向かって叫んでいました。おそらく会議に遅れそうになっていたんでしょうね。イライラしながら汗をびっしょりかいていました」

「自分でタイヤの交換をすればいいだけの話じゃないの？」

「まあ何と言うか……トムはそういうタイプの人間じゃないんですよ」

「彼を見かけた時、力になってあげなさいって神さまから言われたように感じたのね」

「ええ。自分の敵のためにまず祈ることは大事なことですね。その人の人生に神が介入し、祝福してくださるように願い求める……。私たちはまずそこから始める。するとその祈りの答えとなるような機会がふと訪れるわけです。さすがに私もこんなことが起こるなんて予想もできませんでした。トムにも、なぜ私がそんなことをしたのかその理由を伝えませんでした。福音を語ることも、説教を垂れるようなこともしませんでした。ただ彼の車のタイヤを交換し、握手を交わし、立ち去っただけなんです」

「説教などしなくても、自分のふるまいを通して福音を示したじゃないの。罪赦された者として生きる姿勢を見せることができたわ」

トニーは笑顔になった。

「そうですよね。ちゃんと福音を伝えることができましたよね」

「神さまはちゃんとあなたを通して働いてくださっているわ。神さまのなさることはなんて素晴らしいんでしょうね。いつか、あなたが抱く希望についてその人に伝えることができる日がきっと来るわ。私もそのために祈るわね」

「クララさんも祈りに加わってくださったらこんなに心強いことはありませんよ。私たちの家族を心にかけてくださってほんとうに感謝しています」

クララは口をすぼめながら言った。「あなたが思う以上に、あなたの家族は私にとって大切な存在なの。宙返り頑張って！　そう、イエスさまのために……。応援してるわ！」

トニーは最後の練習のため、チームに戻った。クララは、神の素晴らしい働きを思い、今一度賛美をささげた。

会場の客席が少しずつ人で埋まり始めるのを眺めながら、クララはエリザベスに言った。

「神さまのために大きな働きをしたいと思う人はたくさんいるわ。世界を変えたいと思っている人も。そんな願いを口にする人を見ると、私は首をかしげてしまうの。この世界を変えることができるのは、神さましかいないの。だって人の心や思いを変えることができるのは神さまだけなんだもの。トニーは、神さまの愛や赦しを示すためにトムを助けようとしたわけではないのよね。トニーは神さまがトムの人生に働いてくださるようずっと祈っていただけ。そして神さまがチャンスを与え、トニーはそれに応えた……。でもトニーにそれができたのは、神さまがトニーの心を変え、ご自身に似た者としてくださったからなの。先ほど起きたタイヤ交換は、神さまの奇跡のわざなんだと思うわ」

「神さまは私の心にも奇跡を起こしてくださいました」エリザベスはうなずきながら言った。「トニーを説得したり、思いとどまらせようとして大騒ぎしないよう、私を守ってくださったんです。神さまの臨在を感じながら、神さまが働いてくださるよう祈ることができました」

クララは会場を見回し、トニーとダニエルの姿を見つけた。「きっとあの大切なお嬢ちゃんを通して、あなたたちはまた同じ経験をすることでしょうね」

「それはどういうことですか？」

「人生のある時点で、ダニエルのために、神さまの前に心からへりくだって祈る時が必ず訪れるということよ。子どもを持つ親ならば皆、一度ならずそういうところを通されるわ。そんな時がきたら、私の言葉を思い出してほしいの。ダニエルのことで何か問題が起きたら、それを解決しようと急がないこと。そのことを通して神さまがあなたがたをご自身に引き寄せようとしておられること、そして自分の判断や知恵ではなく、神ご自身に頼るよう招いておられるのだということを思い起こしてちょうだい」

「ええ、クララさんのその言葉、覚えておきますわ」

エリザベスはほほえみながらそう答えると、何かを思い出したように急に真剣な顔つきになった。

「そうそう、クララさん。家の売却のことなんですけど、時々問い合わせはあるんですが、まだ……」

クララは首を振りながら言った。「神さまはいちばんよい時に、いちばんよい人を与えてくださるわ。心配は無用よ」

エリザベスは少しホッとした気持ちになった。そして少し首をかしげながら質問をした。

「クララさん、神さまって今日のようなスポーツの試合にも関心を示してくださるんでしょうか。たとえば、あるチームが勝ちますようにって祈る人たちがいたとして、その相手チームの勝利のために祈る人たちもいた場合、神さまはどんなふうにお応えになるんでしょうね」

「それは、神さまのご性質にかかわることだし、とても難しい問題ね。神さまのお心を煩わせたくないから、小さなつまらないことでいちいちお祈りなんかしないって言う人もいるわ。たとえば鍵をなくしたような時とか、駐車するスペースがない時とか、試合で勝利したい時とか……。でも、神さまはどんなに小さなことにもちゃんと心をかけてくださっていると私は思うのよ。だって神さまは、私たちの髪の毛の一本一本をも数えておられるし、神さまのお許しなしにはすずめの一羽さえ地に落ちることはないのだから。神さまはどんなに小さなことにも関心をもっていらっしゃるわ。小さなことが大きなことに影響を与えるのだしね。

些細なことについては祈る必要はないと、もし私たちが思うとしたら、それは神さまの助けなしに自分の力でできることがあるという間違った考え方をしているから。それはとても危険なことよ。もちろん、どの歯磨き粉を買うか何カ月も祈ってから決めるべきだなどとは思わないけどね。つまりはこういうこと。神さまはどんな病にも関心をもっておられるし治す力があるのだから、がんのような深刻なもの、虫歯のような小さなもの、そのどちらについてもいやしを祈っていいってことなのよ。

神さまが関心を寄せるのは、試合に勝つのは誰かということではなく、主にあって私たちが成長することなの。神さまは、試合に勝とうが負けようが、私たちがご自身に近づくことを願っていらっしゃるんだと思う。私たちは、自分の成功を通しても失敗を通しても、同じように神さまをたたえることができるの。ある選手は、鮮やかなプレーで勝利を得、ヒーローインタビューで神さまをたたえることができる。また別の選手は、試合に負けることによって神さまの前にへりくだり、賛美をささげることができるわ。困難な状況の中で神さまをほめたたえることは難しいけれど、より素晴らしいことだと思うの。なぜなら、それは神さまにしっかりと信頼していることの証拠だから」

「それならば、ダニエルのチームが勝利するように祈るのは、間違ったことではないのですね」

「もちろんよ。私だってここへ向かう車の中でそう祈っていたんだもの。それから、神さまがトニーの心にこれからも働いてくださって、あなたたちの家族の絆が深まりますようにとも祈っていたわ。ダブルダッチの試合も勝って、このお祈りも聞かれて、ダブルの勝利になるといいわね！」

第十九章

エリザベス、ダニエル、そしてチームのほかのメンバーたちと共に会場入りしたトニーは、その雰囲気の華やかさに思わず息をのんだ。主催者が気合いを入れて会場作りをするだろうとは予想していたが、正直これほどとは思っていなかった。会場の四方に観客席が設置され、大勢の視線が集まる真ん中で競技が行われるようになっている。その上には大きく「市主催ダブルダッチ選手権大会」という看板が掲げられている。

「うわぁ、おっきい！」ジェニファーが驚いたように言った。

ダニエルは、すっかり圧倒された様子で目を丸くし、「すごい……」と一言つぶやくだけで精一杯な様子。

「みんなを早くここに連れて来たかったのは、このためさ」観客席に向かおうとするエリザベスにトニーが言った。「試合が始まる前にここの雰囲気に慣れさせておきたかったんだ」

「あなた、やっぱり宙返りをやるつもり？」エリザベスがささやくように言った。

「君は心配しないで。俺に任せておけば大丈夫」

トニーはほかのメンバーたちと共にストレッチを始めた。クララがトニーに近づき少しのあいだ会話を交わすと、両腕を元気よく回しながら軽やかな足取りでその場を離れた。その姿はまるで喜びのダンスでもしているかのようだった。もしかしたらほんとうにそうだったのかもしれない。その姿を眺めるトニーの目に涙がにじんでいた。

トリッシュがチームのメンバーたちに声をかけ会場の隅に集めると、コーチとしての最後の言葉を伝えた。彼女が話をしている間、トニーは審判員たちがいるところへ行き、それぞれのチームが出演する順番を聞き出すと、すぐにダニエルたちのもとへ帰って来た。

「今まで、みんなほんとうによく頑張ってきたわ。だから自信をもって試合に臨んでちょうだい」

トリッシュはそう言うとトニーのほうを向いて言った。

「ぜひ、トニーさんからも一言お願いします」

「ありがとうございます、コーチ。さあ、よく聞いて。実は今審判と話をしてきたんだ。このチームの出番をいちばん最後にしてくれるってさ」

「すごい！」ダニエルが興奮を抑えきれない様子で叫んだ。

「今まで君たちに話してきたことを思い出してほしい。自分をよく見せようなんて気持ちは捨ててとにかく楽しむんだ、わかったかい？　今、みんなはすごく緊張してると思う。信じられないかもしれないけど、僕も心臓がバクバクしてる。この緊張を大きな力に変えよう。いいね、わかったかな？」

メンバーたちがいっせいにうなずく。

トニーは手を前にさっと差し出した。次々とメンバーの手がその上に重なる。

「さあ、元気よく声を出して、緊張を吹き飛ばそう！　三つ数えてから大声でコメッツって言うんだ。いくぞ、いち……に……さん、コメッツ！」


エリザベスはクララの隣に座った。観客席は今やぎっしりと人で埋まっている。エリザベスはクララにコメッツのチームTシャツを手渡すと、クララは緑色の襟付きシャツの上にさっそく着た。どこにいても気さくにふるまうクララは、周りの見知らぬ人たちにもまるでずっと音信不通だった友人に対するように親しく声をかけ、会場にいる子どもたちについていろいろ尋ねるのだった。そして試合が始まる前に、少なくとも三人の名前を祈りのリストに加えることに成功した。これこそが祈りの戦士の生き方、いかなる時も任務につき、戦いに備えているのだ。

「二本の縄を一緒に回すの？」クララが尋ねる。

「ええ、二本の縄を同時に反対方向に回すんです」エリザベスが答えた。

クララはそれぞれのチームがウォーミングアップをする様子を眺めながら、信じられないという顔で首を振った。「何てこと！　とてつもない反射神経だわね」

試合の参加者の家族が、廊下や客席に集まりおしゃべりに興じている。ある母親が、娘が運悪く足を挫いてしまい、それでも試合に出場すると話しているのがエリザベスの耳に入った。

エリザベスは、クララがどんな様子で試合を観戦するのか想像もつかなかった。黙って静かに見入るのか、それとも夢中になって身を乗り出すのか……。おそらく背筋をしゃんと伸ばしたまま、きちんとした姿勢を崩さないだろうというエリザベスの予想は、チームの紹介がアナウンスされるや否や、もろくも崩れ去った。クララは、コメッツが紹介されたとたん、すくっと立ち上がると、ダニエルやトニー、そしてほかのメンバーたちの名前を大声で呼び、歓声を上げたのだ。

「私の大切なチームですもの。精いっぱい応援しなきゃ」

エリザベスが口をぽかんと開けて自分を見ているのに気づき、クララが言った。

「何をするにも心からしなさいってパウロも言ってるじゃない（訳注・コロサイ人への手紙三章二三節参照）。さやいんげんの筋を取る時だって、お皿を洗う時だって、お気に入りのダブルダッチのチームを応援する時だって同じ。心を込めてやらなきゃだめなのよ」

エリザベスは笑いながら首を振り、クララにこれほど活気にあふれた性格をお与えになった神に感謝した。

「さあ、皆さん！」司会者が興奮した口調で宣言した。「いよいよお待ちかね！　市主催ダブルダッチ選手権の始まりです！」

観客席から大きな歓声が上がり、クララはもう一度立ち上がって拍手をした。

司会者がダブルダッチをよく知らない観客のためにルール説明をし、試合参加者に注意事項を伝えた後、試合が始まった。

「さあ、チームの皆さん、準備はいいですか、位置について！　まず一回戦は、スピード競技です。

はい……、スタート！」

「これって、縄が回っている真ん中に入って、ものすごい速さで跳ぶのよね」

「ええ、その通り。この競技には、チームの中で一番速く跳べる選手が選ばれるんですって。タイムを計りながら限られた時間で何回跳べるか競うんです。このあとのフリー競技では、もっと自由な演技が見られますよ」

「トニーの宙返りも見られるかしら」

「あら、クララさんもご存じでしたか」

「ええ、ダニエルが教えてくれたの。よく見ててねって」

会場では三つのチームが同時に跳び、審判員がそれぞれのチームの選手が割り当てられた時間内に何回跳んでいるかを記録していた。エリザベスは、選手たちの無駄のない流れるような動きを感嘆の思いで眺めた。どのチームも、縄を回す選手と真ん中で跳ぶ選手とのあいだに見事な連携が見られた。試合を眺めていると、真ん中で跳んでいる選手につい視線が集中し、縄を回している二人の存在を忘れてしまいがちだが、この競技は跳ぶ役、回し役全員が、集中し協力しなければ成り立たない競技なのだ。

「こりゃ驚いた！　まったく速過ぎて、目がついていかないわ。縄を回す人たちも、ほんのちょっぴり手を動かしているようにしか見えないし。縄そのものがもう見えないんですもの。ほら、レフリーって言うのかしら、あの人たち、よく跳んでる回数を数えられるわよね」

クララの言う通りだった。選手が縄が回る真ん中に飛び込んだ瞬間、縄の回し手二人と一体となり、まるで一人の人が動いているように見えるのだ。エリザベスは、ほかの二チームとコメッツの跳ぶ速さを比べてみた。審判員がカウンターを押す回数を眺める限り、ほかのチームよりもコメッツの跳ぶ回数が少ないように見えた。上位に食い込むためには、フリー競技で点数を稼がなくてはならない。

「終了！」審判員のかけ声が会場に響く。

エリザベスはクララを振り返った。手に汗をびっしょりかいている。「ああもう心配で見ていられませんわ」

クララは頭を後ろにのけぞらせながら声を立てて笑った。「でも、見ずにはいられないんでしょう？　それ、コメッツ、頑張れ！」

スポーツはたいがい、男性に人気のもの、女性に人気のものとどちらかに分かれるが、ダブルダッチはどちらをも魅了した。競技参加者もやや女の子が多いものの、ほぼ半々ぐらいだ。縄が回る時に起こるヒュンという響き、固い床に足が下りる時の音が観客やチームメイトたちの歓声と混ざり合い、会場はにぎやかな興奮に包まれていた。

「スピード競技とフリー競技、どちらが重視されるのかしら」クララが尋ねた。

「フィギュアスケートと同じだと考えればいいんですよ。フィギュアスケートのショートプログラムでは決められた技を行わなければなりませんけど、フリーはもっと長く自由に演技をしてもいいことになってますよね。ダブルダッチもそれと同じで、フリーの演技で審判員をあっとうならせることができれば点数が稼げるんです」

「スピード競技が終わったら、次は審判員にどれだけ好印象を与えるかで結果が決まるってわけね」

「そうなんですよ。コメッツは最後に演技をするので、審判員の心に強く印象が残るだろうから有利だってトニーが言ってました」

「なるほどね」

スピード競技が終わると短い休憩時間に入った。ダニエルは息を切らし、汗をかきながら客席へとやって来た。

クララがダニエルを大きくハグしながら言った。「ずいぶんと速く跳んでたじゃない！　どう、楽しかった？」

「とっても！　でも、フリーでうまくやれるかちょっと心配……」

「コーチもみんなも、今までほんとに頑張ってきたじゃない。きっと大丈夫、太鼓判を押すわ。それから、私、コメッツの演技のあいだずっとあなたたちのために祈るつもり。どう、心強いでしょう？」

「クララさんが祈ってくだされば、圧倒的にこちらが有利ですわね。それじゃあ不公平だって相手チームから文句が出ないかしら」エリザベスがにっこり笑いながら口をはさんだ。

「そうかもしれないわね。でも私はちっとも気にしないわ」クララも笑いながら答えた。

競技者は会場に戻るようアナウンスがあり、七人の審判員がスコア席に着いた。

エリザベスはチームに戻ろうとするトニーをハグし、言った。

「神さまが宙返りを成功させてくださるといいけど」

「まあ見てろって」トニーが答えた。


トニーはほかのチームメイトたちと共に、最初のチームがコートの真ん中に進み出るのを眺めた。アナウンスの声が場内に響き渡る。

「勝敗は、スピードとフリー、両方の合計点で決まります。これよりフリー競技が始まります！　トップバッターは、ムーンジャンパーの皆さんです、どうぞ！」

黄色いユニフォームに身を包んだ一団が中央に進み出ると、観客席から歓声が上がった。演技が始まると、切れのよい素晴らしい技が次々と繰り広げられ、ダニエルたちのあいだに動揺が広がった。トニーは、次のチーム、ムスタングスが紹介されているあいだにメンバーたちを呼び集めた。

「もしかして、ほかのチームと自分たちを比べたりしていないかな？　さっきのチームが逆立ちで跳んだり、すばやく動くのを見て心配になったんじゃない？」

「だって、私たちあんなにうまくないし……」ジェニファーが言った。

「あんなに速く動けないし」ダニエルもたたみかけるように言う。

「あの女の子の技、見た？」ジョイまで言い出す始末だ。

「おいおい、自分たちがコメッツだってこと忘れたのか？　コメッツっていうのは彗星《すいせい》のことだろ？　彗星は、発生したとたんものすごい勢いで地球のそばを通り抜けていくんだよ。目撃した人は皆、あまりの速さにびっくりするのさ。そう、それこそがコメッツなんだ。ほかのチームだってうまいし、動きも速いかもしれない。彼らの演技を観客と一緒に楽しもうじゃないか。でも、自分たちの番がきたら、何も考えないで演技に集中するんだ。チーム同士を比べたり点数をつけるのは審判員に任せよう。わかったかい？」

トニーに続きトリッシュコーチも励ましの言葉をかけると、メンバーたちは少し気持ちが落ち着いたようだった。

トニーはトリッシュを脇に呼んで言った。「もしかしたら、順番を最後じゃなくて最初にしてもらえばよかったかもしれませんね。私も口から心臓が飛び出そうですよ」

トリッシュはほほえみ、首を横に振った。「大丈夫ですよ。ご自分やメンバーたちの力を信じてください」

次に登場したのはタイガーズ。滑り出しは順調だったが、勢いよく後方宙返りを試みたものの、着地に失敗。トニーが思わずスコア席に目をやると、一人の審判員がスコアカードに何かを書き込んでいるのが見えた。もし、コメッツのほかのメンバーたちがそれぞれの技を失敗なく決めることができるのであれば、無理に自分が宙返りをしなくてもいいのではないだろうか……。小さな疑いの気持ちがトニーの心に芽生えた。もしかして、俺が宙返りにこだわるのは、ただのエゴなんじゃないのか。この試合の目的はあくまでもチームの勝利であって、自分の力を誇示することではないはずだ。

（おまえはただ自慢したいだけなんじゃないか？　みんなの注目を浴びたいだけだろう。これはおまえの試合じゃない、主役は娘たちだ）

例の声が再び頭に響く。トムはその声を振り払い、正直な思いを自分にぶつけた。誰が何と言おうと俺はやり遂げる。俺は家族と共に生きる道を選んだんだ。最高の夫、そして父親になるって決めたんだ。娘のために、妻のために、チームのために、最善を尽くすんだ！

あるチームなど、二人のジャンパーがブレイクダンスをしながら縄を跳ぶという離れ技をやってのけた。床にほとんど寝そべった姿勢で跳び続けるので、トニーは感心を通り越し圧倒される思いで首を振った。トニーは、自分の想像をはるかに超える技に驚くとともに、審判員たちが手元のスコアに点数を書き込む表情から、彼らがホームラン並みの成功を収めたことがわかった。

どのチームも、よく工夫された技を次々と披露していく。スピードエンジェルズは、四人の男性が息の合った動きで、びっくりするような技やスピン、宙返りを連続して繰り出した。一度だけ重大なミスをしてしまったものの、観客も審判員も、その演技の素晴らしさに驚嘆したに違いない。トニーは一人の審判員が別の審判員を振り返り「すごいな」と語りかけるのを見逃さなかった。果たしてコメッツの演技に、「すごいな」の一言を引き出すものがあるだろうか……。

最後のチーム、コメッツの出番が近づくにつれ、緊張が増してきた。トニーはメンバーたちを近くに呼び寄せ、最後の激励の言葉を述べた。

「みんなよく聞いて。今までやってきたことを全部あそこで出し切るんだ、いいかい？　コメッツの底力を見せてやろうじゃないか！」

「さあ、それでは最後のチーム、コメッツの登場です！」司会者の大きな一声に、客席に歓声が上がり、コメッツのメンバーがそれぞれの位置に着いた。

トニーが客席を見上げると、エリザベスが緊張した面持ちで笑顔を向けた。トニーはほかのメンバーたちから離れ、床の隅に立つと、目を閉じ祈った。「主よ、これから行う演技を全てあなたにささげます。どうか力をお与えください。この場にいる友人たち、そして家族を感謝します」

音楽が始まり、縄が回り出した。トニーは一度深呼吸をし、スタートの合図を受けると勢いよく走り出した。それからの数分間はまるで魔法にかかったかのようなひとときだった。トニーは宙返りをしながら縄の中へ飛び込み、さらに高く弧を描くように後ろに宙返りをしたあと無事着地すると、縄に合わせて軽やかに跳び始めた。

客席から驚くようなどよめきが上がり、トニーを勇気づけた。もちろん個々の声を聞き分けることはできないものの、その歓声はトニーの頭で鳴り続け、ほかのメンバーが演技に参加するまでのあいだ、切れのよいリズムを刻みながら跳び続けた。

トニーが縄から外れ、次にジェニファーが縄の中に入って真ん中に躍り出ると、素晴らしい技をいくつも成功させ、無事演技終了。その後、今度はダニエルの背中に馬跳びしながらトニーが縄の中に入ると、続いて飛び込んできたダニエルと共に足を交替させながら片足跳びを始めた。そして跳ぶたびにトニーとダニエルが宙に浮いたほうの足をくっつけ合うのだ。これは二人で何時間も私道で練習を重ね、できるようになった難度の高い技だ。ダニエルが縄から外れ、トニーがもう一度後ろに宙返りをすると、観衆は総立ちになった。

エリザベスはチームの練習風景を何度も見ていたし、トニーとダニエルが私道や、雨の日は車庫で声をかけ合いながら一緒に跳んでいるところをたびたび目にしていたが、まさかそれがこのようなかたちとなって目の前に現れるとはまったく想像もしていなかった。今までの努力、苦労、汗、緊張が融合し、こんな素晴らしい演技が実現したことに感動を覚えずにはいられなかった。

演技のクライマックスが訪れたのは、トニーがダニエルを抱きかかえ、跳びながらくるりと彼女の身体を回して背中に背負い、そこにジェニファーが入ってきた時だった。最後は音楽が終了すると同時に縄の動きもピタリと止まり、客席から大歓声が上がった。

「素晴らしい！」クララは人々がどよめく中、ひときわ大きく声を張り上げた。「ほんとうに素晴らしかったわ！」

エリザベスも込み上げてくる感動を抑えることができなかった。今のこの瞬間も、神がトニーや自分の家族に働いてくださっている証しなのだと思わずにはいられなかった。もちろんこれからもいばらの道を通ることがあるだろう。エリザベスは今のこの気持ちを瓶に詰めて肌身離さず持ち歩き、いつかそんな時がきたら蓋を開けて、辺り一面たっぷり振りかけたい……そんなふうに思うのだった。

トニーはダニエルの両手をつかんでぐるぐると回し始めた。まるでそれは勝利のダンスをしているようにも見えた。そう遠くない将来、ダニエルは教会の会堂の通路をトニーと並んで歩き、新しい人生のステージへと進んで行くことだろう。その姿がエリザベスの脳裡にちらりと浮かんだ。たとえどんなにささやかであろうと、家族と共に過ごす一瞬一瞬を大切にしていきたい、一つも見逃したくない。そう強く思うのだった。

ダニエルを肩車するトニーを見たエリザベスは、思わずほほえまずにはいられなかった。「見て、私のお父さんなの！」ダニエルが誇らしげに叫んでいる。「私のお父さんよ！」

そうね、ダニエル……エリザベスは心の中でつぶやいた。トニーはあなたのお父さん……とびきりすてきなお父さんだわ。

エリザベスが振り返って見ると、クララはその場の雰囲気にすっかり魅せられているようだった。

「クララさん、ご感想は？」

クララは大きくにっこり笑うと、一言言い放った。

「来年は、ぜひとも私たちもダニエルのチームに出場させてもらいましょうよ！」

トニーは、司会者が試合の得点方法について説明をし、三位入賞者の発表を行うのをドキドキしながら待っていた。そしてコメッツの名前が呼ばれなかったことに、少しがっかりした。しかし、ほかのチームよりもコメッツのほうが明らかに抜きん出ているという確かな自信があるわけでもなかった。

「そして、二位入賞は……コメッツです！」

アナウンスと同時にダニエルが目と口を大く開けてトニーを振り向き、二人は共にコートの真ん中へと走り出た。そして割れるような拍手の中、チームの代表としてトロフィーを受け取った。

「ほんとうに、二人とも素晴らしいの一言に尽きるわ……」その姿を眺めながらトリッシュがつぶやいた。

チーム全員にメダルが授与され、メンバーたちが代わる代わるトロフィーを手に抱えた。トロフィーは、コミュニティ・センターで大切に保管されることになっていた。メンバーの親たちが押し寄せ、たくさんのフラッシュがたかれる中、笑顔を保ち続けるのもかなりのテクニックが必要なのだとトニーは思った。エリザベスがやって来て、家族写真を一枚撮ろうと言い出した。

「クララさんも一緒に写って！」ダニエルがせがむ。

「いやいや、私は遠慮するわ」クララが断ると、トニーがそっとクララの手を取り隣に並ばせた。

「クララさんは私たちにとって家族同然の方ですよ」

トニーは、過去にスポーツイベントがあるたびに写真を撮ってきた。記念すべきフットボールの試合の時の写真、誰もが知る有名人と一緒に撮った写真……。しかし、この時写した家族、そしてクララとの一枚ほど、トニーの心に思い出として深く刻まれる写真はないだろう。職場の自分のデスクにずっと飾っておきたい……そう思った直後、トニーは自分には今職がないことを思い出した。いずれにせよ、きちんと写真立てに入れておくことにしよう。神はそのうち必ず仕事を与えてくださることを信じて……。

車で帰宅する途中、トニーはクララが家にたどり着くことができたか心配になり、エリザベスに尋ねた。「この車でお送りすることもできたのに」

「息子さんに連絡して、私たちが写真を撮っているあいだに迎えが来たみたい。クライドさんにお会いしたかったわ。よくお話を伺ってるから」

「そのうち会えるさ」

「ねえねえ、お祝いに何かすてきな曲をかけて」ダニエルが後ろから声をかける。

「よし、とっておきのがあるぞ」

トニーが曲をかけると、三人は楽しそうに笑いながら、音楽に合わせ左右に身体を揺らし始めた。するると突然携帯電話が鳴り、エリザベスはトニーの肩をポンとたたいて言った。

「お願い、少しのあいだ音楽を止めてくれる？　もしかしたらクララさんの家を買いたい人からかもしれないわ」そしてわざとおかしな顔を作ると、冗談っぽく言った。「さあ、仕事用の声にシフトするわよ！」

トニーが電話の会話に耳を澄ませていると、電話の主はジョーンズ牧師と名乗る人物で、月曜日の午前中にぜひクララの家を見学したいということだった。トニーが仕事を失うのと同時に、エリザベスの仕事が増え始めていた。トニーは、このことを脅威に感じたり自分が家族を養えないことを心苦しく思うのではなく、エリザベスが仕事をしてくれるおかげで生活ができていることをありがたく思えるようになっていた。

「クララさんの家に興味をもってくださったみたい」

エリザベスは電話を切ると、うれしそうに報告した。

「よかったじゃないか。さっそくクララさんに電話して知らせたらどうだ?」

「でも、まだはっきりと決まったわけじゃないし、ぬか喜びさせてしまってもいけないから。もう少し様子を見てからにするわ」

「ねえ、私も一緒に行ってもいい?」ダニエルが言う。

「それ本気?」

「だって、お母さんがお仕事しているところ、一度も見たことないんだもの」

「わかったわ。連れて行ってあげる」エリザベスがほほえみながら言った。

車の中が静かになり、トニーはミラー越しにダニエルを眺め、声をかけた。

「ダニエル、優勝逃しちゃったな。二位で終わって、正直悔しくはない?」

ダニエルは、天使のように顔を輝かせながら答えた。

「ううん、優勝したみたいにうれしい。だってお父さんとお母さんと私……こうして一つになれたんだもん」

トニーは思わず笑顔になり、エリザベスに目を向けた。ダニエルの言うとおりだ。家族が一つになれた……。たくさん悩み、たくさん涙を流し、そして俺は何度も痛い目に遭いながら古い生き方から抜け出し、一から縄跳びの練習を始め……そして俺たちはこうして一つになれたんだ。

トニーは、成功とは、人よりもどれだけ多く稼げるか、どれだけ抜きん出るかではかるものだと思っていた。どれだけたくさん契約を取れるか、どれだけライバルを蹴落とし上にいけるかで判断するものだと思っていたのだ。しかし、この時、誰かと一つになれることがこれほど満ち足りた気持ちをもたらすものであることに初めて気づいた。成功は「数」ではかるものではない、「数」はやがて取り去られるものだから。実際、チームのメンバーたちと心を一つにし、互いに励まし合いながら試合を目指して頑張った経験は、多くの金を手にするよりも、メダルやトロフィーを獲得するよりも、人に称賛されるよりも、トニーにとってはるかに大きな喜びとして感じられたのだった。

成功とは、誰かに与えられるものでも、自分で獲得するものでもない。それは、人生のうちに、そして人生を通し、神の働きがなされていくことなのだ。それは人生の途上で起こるよいことも悪いことも神の栄光のために用いられていくということ……。

トニーは音楽をかけた。家に着くまでのあいだ、三人は再び身体を揺らしながら歌い続けた。そう、気持ちを一つにして……。

クララは墓地に車を止め、レオの墓までゆっくりと歩きながら、ある牧師が語った言葉を思い出していた。

「なぜ人は祈らないのか。それは祈りに効果があることを信じないから。それではなぜ祈りに効果がないのか。それは真剣に祈らないから……」

ほんとうにそのとおりだとクララは思うのだった。そして、祈るうちに必ずみこころを洞察する力と知恵を与えられることに驚かされた。

「レオ……主が働いてくださっているわ。エリザベスの人生に、トニーの心に……。そしてハリーの上にもね。いつだったか、エリザベスが軍服姿のあなたの写真を見て、何てハンサムなんでしょうって言ってくれたことがあったわ。彼女の言うとおり！　あの頃のあなた、ほれぼれするほどすてきだったもの」

クララはなめらかな墓石の表面を手を滑らせるように触りながら、今までの自分の信仰生活を振り返り、この世に置かれている限り、信仰者としての人生には到達点がないのだとしみじみ思うのだった。ある時点で安心していると何かが起こり、主によって心揺さぶられる経験をするのだ。それは、自分がさらに主に近く引き寄せられ、イエスに似た者へ変えられるためだということを、クララはよく理解していた。今、自宅の売却のことで、彼女の心は揺さぶられていた。

「レオ、家を引っ越そうと決めた時、なるべく早く家が売れますようにって神さまにお祈りしたわ。このあいだ、エリザベスからなかなか売れないって聞いた時、神さまが最善の時を与えてくださるって励ましたけど、正直言うとね、ちょっとがっかりしたの。エリザベスと出会ったこと、こうして彼女の人生にかかわれたことは神さまの導きであると信じているし、心から感謝してる。でも、なぜ私たちの家を気に入ってくれる人がすぐに現れないのか……そこがどうしてもわからないの。だって、私たち、ずいぶん丁寧に家や庭の手入れをしてきたじゃない？　エリザベスも、外観が素晴らしいって太鼓判を押してくれたし。私ね、今も家の玄関に星条旗を立ててるのよ。あなたが見たら、きっと誇らしく思ってくれるでしょうね。

でもね、最近、祈り方が少し変わってきたの。数日前までは、あの家にふさわしい人を送ってくださいって祈っていたけれど、今は誰であろうとも将来あの家に住む人たちを祝福してくださいって祈るようになった。

このあいだ詩篇を読んでいたの。八十七篇の最後の節に『「私の泉はことごとく、あなたにある」と言おう』とあるでしょう？　別の訳を見ると、ここの『泉』というのは『喜びの泉』という意味なのね。この詩篇の作者は、この言葉を、シオンつまり神の都という意味で使っているのだけれど、このみことばが伝えたいことはつまり、私たちの喜びの源は神さまご自身なんだってことじゃないかしら。あなたも知ってのとおり、私は聖書を初めから終わりまで何度も読んできて、神の義と恵みの中に生きるほか永遠の喜びはないことを十分わかっているつもりだった。でも、この節をもう一度読んだ時、ハッと気づかされたのよ。私、あの家の売却のことやエリザベスたちを助けることにばかり心を集中させていて、あの家に新しく住んでくれる人のために祈ることを忘れていたことに……。

だから私、すぐにこう祈ったわ。神さまこそ、私の喜び、希望、私の嗣業《しぎょう》（相続地）です、私は神さまの最善の時を待ちますって……。そしていつの日か、あの家を見学に訪れる家族のためにこんなふうに祈ったの。『主よ、この近所に、あなたの存在を照らす光が必要なのです。ですからどうぞ、あの家に、あなたを信ずる人たちをお遣わしください。聖霊に満たされ、あなたのために熱心に働く人たちを住まわせてください。そしてその人たちをあなたの祝福で満たしてください』って。

父親が娘の結婚相手に信仰深い男性を備えてくださいと祈るように、どうかあの家に住むにふさわしい人を与えてくださいって祈り始めたの、かなり具体的に。だって、神さまって曖昧で抽象的な祈りよりも、具体的な祈りがお好きでしょう？　あの家に住む人が、しっかりとした信仰者でありますように、できれば軍の仕事にかかわりがある人でありますように。この国を守る職務につく人たちを大切にする人でありますように、そうそうそれから、小さなお子さん、あるいは孫を持つ人でありますように。だって、子どもたちが裏庭で元気いっぱいに遊んでくれたらうれしいじゃない？　そして、もしみこころなら、その人たちを今週中に導いてください、そして一目で気に入ってもらえますようにって。私があの家を初めて見た時、ここにぜひ住みたいって思ったように。レオ、時々私ね、長い祈りを終えて立ち上がると、神さまがにっこりとほほえんでいらっしゃるような気がして心が温かくなるの。ああ、きっと神さまは私よりもはるかに、この祈りのひとときを楽しんでいらっしゃるに違いないって。もちろん、どうしても気持ちが乗らない時だってあるわ。そんな時は信仰をもって、神さまは私が祈った一言一言に耳を傾けていて、必ず私を導いてくださるのだと思うことにしているの。

でもね、あの家のことでそんなふうに具体的に神さまに祈った時、実は昨日のことなんだけど、これですっかり神さまにゆだねきることができた、もう思い残すことはないと思ったわ。というよりも、神さまのほうから近づいて来られて私の手から全て引き取ってくださったと言ったほうがいいかしら。だから、あとは神さまがどんなふうになさるのか、ただ楽しみに待つだけなの……」

第二十章

エリザベスは今までダニエルを家の内覧に連れて行ったことは一度もなかった。仕事場に子どもを連れて行くことは、プロのすべきことではないという思いがあったからだ。しかし今回は、相手が牧師ということもあり、娘を連れて行くことに理解を示してくれるような気がした。エリザベスはダニエルに、してよいこと、してはならないことをきちんと言い聞かせた。「お客様をご案内しているあいだ、居間でおとなしく待っていてね」

いよいよ月曜日当日、ダニエルは、八時の出発に間に合うよう朝早く起床し、朝食をすばやく済ませ、シャワーを浴びて着替え、髪の毛を整えた。エリザベスはクララの家に行く前に事務所に寄り、ダニエルもマンディとリサに挨拶をした。

「ダブルダッチの試合、どうだった?」マンディが尋ねた。

「準優勝しました。お父さんすごかったんですよ。後方宙返りをしたあと、私を持ち上げてくるりと背中で回したんです!」

「すごいじゃない。見たかったわ!」マンディは拍手しながらそう言うと、エリザベスに目を向けた。

「トニーとはうまくいってるようね」

「ええ、だいぶ」エリザベスがほほえみながら言った。

エリザベスは客を自分の車に乗せ、家を何軒か案内するのを常としていたが、今回は案内するのがクララの家一軒のみということなので、現地で待ち合わせをすることにした。やって来た男性の車はずいぶんと年季が入っており、タイヤのすり減り具合から走行距離もかなりのものと推測された。男性は消火栓の近くに車を停めたが、エリザベスは何も言わないことにした。

その男性はジョーンズ牧師と名乗り、同伴の夫人ともども六十代半ばくらいに見えた。ジョーンズ夫人は美しい女性で、温かい笑顔でエリザベスと挨拶を交わし、ダニエルにも優しく話しかけてくれた。ジョーンズ牧師はわざわざ片膝をついてひざまずき、学校のことなどを質問したので、つい先日行われたばかりのダブルダッチの試合について、ダニエルから事細かに聞かされる羽目になった。

「私たちにも、君と同い年の孫がいるんだよ。ぜひともあの子にも、そのダブルダッチとやらをさせたいものだね」

「私たちのチームに入ってくれるといいな!」ダニエルがうれしそうに言った。

ジョーンズ牧師は歩道を通って家に近づくと、垣根越しに裏庭をのぞき込んだ。

「孫たちがのびのび遊べそうないい庭だ。毎週日曜日の午後に、みんなでピクニックができそうだぞ」

家に入ると、ダニエルが先頭に立ってスキップしながら進み二階へと駆け上がろうとしたが、エリザベスが目配せをしたので、おとなしく居間へ向かった。

「この家のことをどうやって知ったのですか?」エリザベスが尋ねた。

ジョーンズ夫人は秘密めいたいたずらっぽい表情を浮かべながら夫に目を向けた。「主人が、いつもの『祈りのドライブ』をしている最中に……」

「『祈りのドライブ』ですか?」

「私はよく近所をドライブしながら、神と話をするんですよ。心にかかる人のために祈るんです。祈りの課題はいくらでもありますからね。私たちもそろそろ引っ越ししなければならなくなったので、どこかにいい家がないか祈りながらドライブしてたんです。そうしたらここの玄関の国旗が真っ先に目についたというわけです」

「なるほど、そういうわけでしたか。それでは家の中をご案内しますね。まずは一階からまいりましょうか。それとも先に二階をごらんになりますか?」

「あなたにお任せします」

「こんな家はなかなかほかにはありません。一九〇五年に建てられ、今までに何回か改修工事がなされています。この家の持ち主は五十年間ほどここに住んでいました。その方、実に素晴らしい女性なんですよ」

「これほどの木細工は最近はあまり見かけませんね」ジョーンズ牧師は玄関から家の中へ足を踏み

入れながら木製の手すりに触れ、その工芸品のような風合いにしきりに感心している。そしてふと天井を見上げると何かに気づいたようだった。

「おや、あそこに少し手を加えた跡がありますね。板のようなものが張ってあるようですよ」

エリザベスも笑顔で見上げた。

「家主の息子さん、やんちゃで手に負えない時期があったみたいで……。詳しい事情は伺ってませんが、息子さんが穴を開けてしまったので、あんなふうに塞いだんですね。もしお気になるようでしたら、きちんと補修いたします」

「私たちにも息子がいますから、よくわかりますよ」ジョーンズ夫人が笑いながら言った。「うちも息子にはずいぶん手を焼きましたから。でも今は軍に入隊して立派にやってます」

「派遣先はどちらですか?」

「アフガニスタンです」ジョーンズ牧師が答えた。

「息子のために毎日祈っています」

「家主のご主人も、軍にお勤めだったんですよ」

「なるほどそれで玄関に星条旗が……。あの旗につい目が留まってしまったのは、きっとうちの息子が軍人だからなんでしょうな」

「それでは、二階へどうぞ」

エリザベスとジョーンズ夫人が先を歩き、ジョーンズ牧師は辺りを見回しながらそのあとをゆっくりと続いた。そんなふうに、家の見学者が、荷物をどこに置こうか、この部屋は誰の寝室にしようかと、その家での生活を想像し始めるのは、家の購入を前向きに考えている証拠であるとエリザベスは受け止めていた。こちらから必要以上にあれこれ情報を提供するよりも、客自身に家のたたずまいをたっぷりと味わってもらうのがいちばんよいと考えていた。

「こういう古い家が私は大好きなんです」ジョーンズ夫人が言った。「何ともいえず、趣《おもむき》というか風情を感じますね」

「ほんとうにそうですね。さあ、こちらが主寝室です」

三人が部屋に入ると、ジョーンズ牧師は口を閉ざしたまま、考えにふけりながら辺りを観察している。この人は講壇の上でもこんなに物静かなのだろうか……。エリザベスは不思議な気持ちがした。

エリザベスはジョーンズ夫人を浴室へ案内した。

「この浴室は最近改修されたばかりなんですけど、バスタブは変えずに以前のものを使用しています。タイルはすっかり新しくなっていますわ。そして床は以前の堅木材をそのまま使っています。風合いが素晴らしいでしょう?」

「ええ、私、堅木材の床がとても好きなんです」

「もう一つこの家のいいところは、周りの環境ですね。何というか、成熟した落ち着いた雰囲気がありますす」

エリザベスが振り返ると、ジョーンズ牧師はクララのクローゼットの中にいた。かつて壁に貼られていた祈りのリストは全てはがされ、あるのは裏庭を臨める小さな窓だけだが、彼の関心は裏庭の景色にあるわけでもないようだった。これほどまでジョーンズ牧師がこの小さなクローゼットに興味を示すことが、エリザベスには不思議に思えてならなかった。今までいろいろな家に客を案内してきたが、こんなことは初めてだ。

「どのぐらい教職のお仕事に?」エリザベスが尋ねた。

「主人のチャールズは、テキサスで一つの教会を三十年間牧会していたんです」ジョーンズ夫人が答えた。「充実した日々でしたけど、もうそろそろ引退を考えていましてね。子どもたちや孫たちのそばに住めば、いろいろ助けてやれますでしょう?」

ジョーンズ牧師はクローゼットを出たかと思うと再び足を踏み入れた。ジョーンズ夫人がその姿にちらりと目をやると、先ほどから気になっていたのか、こう尋ねた。

「あなた、さっきから何をしていらっしゃるんですか?」

ジョーンズ牧師は、まるで至聖所から退出するようなうやうやしい態度で後ずさりしながらクローゼットを出ると、二人を振り向き、クローゼットを指差しながら言った。

「誰かがここを祈りの場所に使っていたんじゃないですか?」

エリザベスはクララの「戦いの部屋」のことを、ジョーンズ夫妻にはまだ一言も伝えていなかった。エリザベスは驚いたようにジョーンズ牧師を見つめた。「ええ、そのとおりです。家主さんはこのクローゼットでいつも祈っていらっしゃいました。どうしておわかりになったんですか?」

ジョーンズ牧師は一瞬考え込むと、すぐに顔を上げて答えた。「何と言うべきか、祈りが染み込んでいる……そんなふうに感じるんですよ」

視線を交わし合う夫妻のあいだに、何か通じ合う思いがあったようだった。それは二人に、長年にわたって培われた固い夫婦の絆が存在する証しだった。ジョーンズ夫人は黙って笑顔でうなずいた。

「ジョーダンさん、ぜひこの家を買いたいと思います」ジョーンズ牧師が言った。エリザベスがジョーンズ夫人を見ると、夫と同じように笑顔だった。

このようなことはエリザベスにとって初めての経験だった。大抵の場合、何日もかけていろいろな家に案内し、その後候補となる家に二度、三度と足を運び、やっと一軒に絞られる。玄関に入ってほんの十数分で家の購入を決めるなど、前例のないことだった。

三人はダイニングルームへやって来た。この部屋で、エリザベスは何度クララに思いを打ち明け、祈ってもらったことだろう。この部屋には私の涙が染み込んでいる……。エリザベスは心の中でそうつぶやいた。ジョーンズ夫人は、部屋に入って来たダニエルをハグして言った。

「この家を買うことに決めたわ」

ダニエルは目を丸くして言った。

「でもお母さん、初めての見学の時に、家を買うのを決める人なんかいないって言ってたじゃない？」

エリザベスは恥ずかしそうに視線をジョーンズ夫妻に向けながら言った。

「正直申し上げて、お客様のような方は初めてですわ」

ジョーンズ夫妻はエリザベスと共にすぐに事務所へ車で向かい、契約書に署名をした。それが終わると、エリザベスは夫妻に、家主に承諾をもらいまた連絡をすると伝えた。

事務所を去る時、ジョーンズ牧師はエリザベスと握手を交わしながら言った。

「あの家の持ち主は、あなたの人生にずいぶんと大きな影響を与えたようですね」

「ええ、どれほどお世話になったかわかりません」

エリザベスは、一刻も早くこの知らせを伝えるため、クララの息子の家へ急いだ。眼鏡をかけた男性が玄関で出迎えてくれた。

「やあ、いらっしゃい。どうぞお入りください」男性の言葉には、わずかに南部のなまりがあった。

「あなたがエリザベスさんですね」

「はい、初めてお目にかかります。すみません、突然お邪魔して」エリザベスは、その男性をどこかで見かけたような気がした。クララさんの暖炉の上に置いてあった写真かしら……いや、それだけではない気がする……エリザベスは必死で思い出そうとした。

「おや、お嬢ちゃんも一緒？　こんにちは」その男性はダニエルにも笑顔で挨拶をした。

その時、エリザベスはハッと気づいた。そうこの声……。数週間前に、テレビのニュースでこの声を聞いたんだわ。たしか何かの市の条例が通過したことで論議が起きて、議会の反対派が市政代行官のもとに結集して……。

「あなたはC・W・ウィリアムズさん、市政代行官ですか？」

その男性はうなずいた。「ええ、そうです」

クララからいつも聞かされていた話……、息子の問題で頭を悩ませることが多かったこと、よく息子のためにひざまずいて祈っていたこと、そんな話の断片が次々と思い出された。

「あなたがクライドさん？」エリザベスは信じられないというような顔で尋ねた。男性は笑いながら答える。「ええ、私がクライドです」

「まあ、嘘でしょう？」

するとクライドの後ろからいつもの声が聞こえた。「あら、エリザベスじゃない」

クララが、まるで女王のように悠然とした足取りでキッチンから玄関へと歩いて来た。

「まあ、ダニエルも来てくれたの？」

「どうぞ、お入りください」クライドが言った。「ゆっくりしていってくださいね」

エリザベスはクライドと握手を交わすと、クララのそばに近づいて言った。

「息子さんが市政代行官をなさっていたなんて、一言も聞いてませんわ」

「あら、言ってなかったかしら？」

エリザベスが横に首を振る。

「私の息子、市政代行官をしてるの」クララは淡々とした口調で言った。

エリザベスは思わず噴き出しそうになった。クララにはほんとうに驚かされることばかり。そしてこれからも新しい発見がいろいろあるのだろうと思うと、楽しみな気持ちに胸が膨らむのだった。

「クララさん、実はうれしいお知らせがあるんです」

クララは、エリザベスの言葉を制するように片手を挙げると、考え込むように目を閉じた。

「あなたの話を当ててみるわね」そしておもむろに目を開けて天井を見上げ、神から啓示を受けたかのようにゆっくりと語り始めた。

「テキサスからやって来た引退牧師のご夫婦が、私の家を買いたいって言ってきた……」

クララは、いたずらっぽく目を輝かせながらエリザベスを見た。

「驚きましたわ！　私もそんなふうに神さまと話をしてみたいです。ほかには何ておっしゃってました？」

「うふふ、実はね、あなたのお嬢ちゃんから教えてもらったの。あなたたちがここに向かう車の中で、私のスマホにメールを送ってくれたのよ」

エリザベスは、ダニエルをにらみつけた。

「お母さん、怒らないで！　一度でいいからクララさんにメールを送ってみたかったの」

「これってほんとうに便利よね」クララは真新しいスマートフォンを見せながら言った。

「祈りのアプリをさっそく入れてみたの。それと、お気に入りの賛美歌も何曲かダウンロードしちゃった！」

エリザベスは笑いながら首を振ると、クララに書類を見せた。クララは家を購入する牧師がどんな人物で、なぜあの家を買いたいと思ったのかを詳しく知りたがった。その牧師の息子が軍の関係者であることを知ると、まるでこの世で最も素晴らしい知らせを聞いたかのような面持ちで、握り拳を振り上げた。

「それから、裏庭でお孫さんたちとピクニックをしたいっておっしゃってましたよ。近所に住むお子さんやお孫さんの助けになりたいとも」

クララは目を閉じ、感無量の表情を浮かべながら言った。「神さまはほんとうに素晴らしいお方だわ。いくつか具体的なお祈りをしていたけれど、神さまはそれ以上のことをしてくださった……」

クララがコーヒーを淹れ始めたので、エリザベスは居間へと向かった。途中、みことばが彫られた飾り板が壁にかかっているのに気づいた。そこには「主があなたを祝福し、あなたを守られますように。主が御顔《みかお》をあなたに照らし、あなたを恵まれますように」（訳注・民数記六章二四、二五節）と書かれてあった。

クララさん、神さまはお言葉どおりにしてくださいましたね……。エリザベスはそっとささやいた。

クライドの娘ハリーは、ダニエルよりも何歳か歳が上のようだった。クライドは冷凍庫を開けると、アイスキャンディを二本取り出し、包みを外して二人に渡してやった。ダニエルたちはクスクスと楽しそうに笑いながら裏庭のデッキへ向かう。

しばらくすると、クララが湯気の立ち上るカップを二つ、まるでささげ物を携えるように持ちながら、エリザベスのほうへやって来た。

「コーヒーはいかが？　二つとも熱々よ！」

「ぜひいただきますわ、熱々でしたらね」

クララはマグカップをエンドテーブルに置きソファーに座った。その目に浮かぶ表情から、彼女がある思いを伝えようと決心しているように思われた。あるいは、二人の関係に一つの区切りがつくことに寂しさを感じているようにも見えた。

「これからも時々こうしてお会いできますよね」エリザベスは確認するようにクララに尋ねた。

「ええ、でも二人だけで会うのはこれでおしまい」

「どういう意味ですか?」

「あなたの身近に若い女性がいたら、今度はあなたがその人に祈りによって戦うことを教えてちょうだい。私も別の女性にまた同じことをしてあげたいの。助けを必要としてる女性が、私たちの周りにはたくさんいるわ」

　これから私たちは、みこころのために働く同志となるのだ。しかし一方でクララがこれからは自分ではないほかの誰かのために力を注ぐことになるのだと思うと、少し寂しい気がした。クララを自分だけの信仰の友として独り占めしておきたい……そんな思いが拭えなかった。しかしすぐに、妹のシンシアのことが頭に浮かんだのだった。シンシアは近くに住んでいるし、彼女は今、神との深いつながりを必要としている。私がクララにしてもらったことを今度は妹にしてあげる番なんだ。

「クララさん、私とこんなに親しくしてくださって、どれほど感謝していることか」

「私も同じ気持ちよ。あなたには心から感謝しているの」

「いいえ、私なんか何も。私、あの時、ほんとうに助けが必要だったんです。自分では認めたくありませんでしたけど……。もしクララさんが手を差し伸べてくださらなかったら、今も同じことを繰り返すだけの愚かな私だったと思います。クララさんは、神さまから私への贈り物ですわ」

　クララは温かい笑顔を浮かべて答えた。

「いいえ違うのよ、エリザベス。あなたの存在は私にとって大きな意味をもつの。あなたが思う以上にね」

「そんなふうに言ってくださるなんて、ほんとうにうれしいですわ。クララさんのご主人も、クララさんの祈りや神さまへの愛にどれほど力づけられたことでしょうね。かなうことならお会いしてみたかったです」

クララはしばらく黙っていたが、急にうつむき、その目からは涙があふれ出した。エリザベスは、何か触れてはいけないことを口にしてしまったのかと謝ろうとしたが、言葉が見つからず迷うあいだに、クララが先に口を開いた。

「エリザベス、そうじゃないの。決して謝ったりしないで」

クララは口を一文字に閉じ、真剣な顔でエリザベスを見上げた。エリザベスは、今はクララの家が売れたことを祝うひとときであって、涙はふさわしくないという気がしたが、これまで心の奥にしまい込んでいた思いを打ち明けようとしているクララの様子に、黙って耳を傾けることにした。

「若い頃の私は、今のようではなかったわ」クララは悔やむようにつぶやいた。

「レオが亡くなった頃、私たち、実はあまりうまくいってなかったの。あの頃、自分がレオに大切にされていないような気がして、怒ってばかりいたわ。そう、いつも腹を立てて、辛辣なことばかり言って……」当時の思いがよみがえったのか、クララはぎゅっと拳を握りしめた。

「あの当時も、神さまは私に何をすべきか示してくださっていた。レオのために戦いなさい、レオのために祈りなさいって促しておられたの。でも、私は言うことを聞かなかった。何度も何度も神さまに示されたけど、そのたびに拒否したわ。そしてやがて取り返しのつかないことが起きてしまった……」

感情が込み上げるせいで声が揺れ、言葉を絞り出すように話すのを聞いているうちに、エリザベスも胸がはち切れるようなつらい気持ちになった。

「手遅れになってしまうまで真実を拒み続けることほど悲しいことはないわ」

エリザベスは大きく心が揺り動かされていた。クララの心の奥に押し込まれていたつらい過去、彼女が心血を注ぐようにしてエリザベスのために尽くしてくれた理由がこうして明かされることで、ふたりの間に存在していた霧が急に晴れたように感じられた。初めて会って以来、クララとはずいぶんと親しくなっていたが、今この瞬間、二人の距離がいっそう縮まったように思えた。

クララはしばらく黙っていた。そして再びゆっくりと一つひとつの言葉を強調するように話し始めた。

「私のプライドのせいなの。私の独りよがりなプライドのせいで……。私は神さまの前に罪を告白し、悔い改めた。そして神さまに赦しを祈ったわ。でも、心には傷が残った。それからは、みことばを読んで、神さまとできる限り一緒の時を過ごすようにしたわ。そうするうち、私は祈りによって戦う方法を身に着けたの」

振り返って考えると、クララと交わした会話は全て祈りに関してだったことにエリザベスは思い至った。神の力により頼むこと。何よりもまず神を探し求めること……。クララにはそのような過去があり、そこで味わった痛みと後悔が原動力となって彼女は前へ進み、今の姿へと変えられたのだった。

「私はすっかり年老いてしまったわ。でも、自分が学んだことを、若い人たちにきちんと伝えていないことに気づいたの。だからレオのお墓を訪れた時、誰か私の助けを必要とする人を私のもとへ導いてくださいって神さまに祈ったの。その人に正しく戦う秘訣を教えますからって。そうしたら、神さまは、そう、エリザベス・ジョーダン、あなたを私のもとへ送ってくださった……」

エリザベスは涙をこらえることができなかった。クララは前へかがむと彼女の両手を自分の手で包み込み、そっとキスをした。そして椅子に座り直し、気持ちを落ち着かせると、手を伸ばしてエリザベスの頬を優しくなでた。

「あなたこそが、私の祈りの答えなの」

エリザベスは頬を流れ落ちる涙を拭こうともせず、言葉を失ったままじっと座っていた。クララは、人生という鏡に映るエリザベスの中に、過去の自分の姿を見ていたのだ。だからこそクララは、親身になって、自分が選ばなかった道へとエリザベスが進むよう案内してくれたのだった。しかし鏡を見ていたのはクララだけではなかった。エリザベスもまた、鏡に映る自分自身を見つめ、正しい選択をした時人生はどのように変化していくかを眺めることができた。その鏡には神の恵みがあふれていたのだと、今は言うことができる。

しかし、クララは、これで自分の任務は終わったとは思っていなかった。次の戦いへと果敢に挑もうとしていた。そしてその強い信念のもとに、エリザベスにこう伝えたのだ。

「さあ、今度はあなたも、若い女性たちに正しい戦い方を教えてあげなくてはね」

エリザベスは心のうちに力がみなぎるのを感じながら、大きくうなずいた。

「ええ、そうします」

エリザベスは、まるで全力で走り切ったランナーからバトンを受け取ったような気持ちだった。

そして祈るように、もう一度ささやいた。「そうします」と……。

第二十一章

　ダブルダッチ選手権のあと、トニーは少し気持ちが落ち込んでいた。試合の日までは、ダニエルやほかのチームメンバーと共に、コミュニティ・センターで練習漬けの日々を過ごしていたが、今も仕事がなく、六つの会社に履歴書を送っているにもかかわらず将来の見通しがまったく立たない状態だったからだ。ただ、以前よりも神と親しく歩めるようになったこと、家族に寄り添えるようになったことは救いだった。

　そんなある日、トニーは、コミュニティ・センターで夜勤明けのマイケルと会い、朝食を共にした。

「君のために、フルタイムでできる縄跳びの仕事はないかと思って探してはいるんだけど、なかなか見つからなくてね」

　トニーが声を立てて笑った。

「例のダブルダッチ選手権のこと、君の耳にも入ったみたいだな」

「ああ、娘からさんざん聞かされたよ。たまたま試合を見に行ったら、君が、何ていうか、会場中をくるくる跳び回ってたって言うじゃないか。何度も宙返りをして、まるでバトンを扱うようにダニエルを背中で回したって……。『ダニエルのお父さん、最高！』って言ってたぜ」

「なかなか厳しい試合だったんだ……」

「わかってないな、君は。うちの娘はスポーツはからっきしだめで、いつも本を読んだり、絵を描いたり、窓からぼーっと外を眺めてるタイプなんだ。いいか、その娘がだぜ、あの日家に帰るなり『お父さん、ダニエルやダニエルのお父さんみたいに縄跳びしたい！』って言い出したんだ」

「それで、君は何て言ったんだ？」

「さっそく縄を買ってやって、練習を始めなさいって言ってやったさ」

「そうか！　じゃあ君もついでにやってみたらどう？」

「つまりだな、僕が言いたいのは、君がしているのを見て、娘が同じことをしたいって思ったってこと。君や君たちのチームが、娘にやる気を起こさせたのさ。トニー、それって君に与えられた素晴らしい才能だと思うんだ」

「じゃあ、もし君がプロのダブルダッチチームを見つけたら……」

マイケルがトニーの言葉をさえぎって話し始めた。

「トニー、周りを見回してみろよ。みんなここで何をしてる？　試合に出るための練習、運動、体調管理、身体の鍛錬……。ここで何が求められているか、それはみんなをやる気にし、サポートしていくことだろ。コミュニティ・センターこそ、君の才能が生かせる場所なんじゃないのか？」

「何が言いたいんだ？」

「夕べ、うちの奥さんと二人で君のために祈っていたんだ。そしたら突然、彼女がこう言うんだよ。『トニーの仕事のことだけど、コミュニティ・センターの所長なんてどうかしら』ってね。僕も今までまったく思いつかなかったけど、よく考えたらぴったりじゃないかと思って」

トニー自身、実は一度だけそのことが頭をよぎったのだが、所長をクビになったアーニーのことを心配するあまりすぐにその思いを捨て、以来考えないようにしていたのだ。

「きっとこういう場所を運営したことのある経験豊富な人材を探していると思うよ。残念ながら俺にはそういう経験がないからな」

「でも、君は人をまとめてチームとして育て上げるという経験を何度もしてきてるじゃないか。ここで必要とされているのはそういう人材さ。長々と肩書のついた頭でっかちのエリートがほしいわけじゃないんだ。ここに集まる人たちが、それぞれ取り組んでいることで上達できるよう励ましていく人が求められているんじゃないのかな。応募するだけしてみたらいいじゃないか」

トニーは、マイケルの言うことにも一理あると感じた。応募するだけなら何の問題もない……。

「実はね、トニー」マイケルが言った。「ヘンリー・ピーターソンがここに来てるんだ。僕たちと同じ教会員で、このセンターの理事をしている人なんだけど」

「ほんとかい？　俺は会った覚えがないけどな……」トニーがそう言うと、マイケルはちょっと首をかしげ、からかうような表情で言った。

「君が知らない教会員はいっぱいいるからな」

「それも少しずつ改善してるさ」

「アーメン！」マイケルはそう言うと、さっと立ち上がり、ピーターソンに向かって手を振った。

「おいやめろよ、マイケル」トニーは不安になった。第一、面接を受けるような恰好をしていない。

ピーターソンがトニーたちのテーブルにやって来てマイケルと握手を交わした。

「実は、ここの所長として推薦したい人がいるんです。人をまとめてチームを育てる才能に長《た》けていますので、このセンターにとってきっと役に立つ人物だと思います。ご紹介します。私の友人のトニーです」

ピーターソンはトニーに目を向けると、「先週末のダブルダッチ選手権に出ておられませんでしたか？」と尋ねた。

トニーは笑顔になり、黙ってうなずいた。

「素晴らしい演技でした」

「会場にいらしてたんですか？」

「ええ、孫がスピードエンジェルズのメンバーとして試合に出ていたものですから」

「スピードエンジェルズですか！　いやあ、あのチームの演技こそ素晴らしいの一言に尽きます」

「ありがとうございます。それにしてもトニーさん、コメッツのメンバーたちをよくあそこまで育て上げましたね。あなたの力はたいしたもんだ」

トニーは、チームのコーチは自分ではなくてトリッシュであることを告げると、マイケルがあきれたように首を振りながらつぶやいた。

「トニーには困ったもんだ。昔はボールを独り占めしてなかなかパスしてくれなかったのに、今じゃあ、せっかく自分のところに来たボールをすぐにほかの人に渡しちゃうんだからな」

「今何と?」ピーターソンが不思議そうな顔で尋ねた。

マイケルが思わず噴き出した。

「ピーターソンさん、おっしゃるとおり、トニーはなかなか力のある人物です。彼にセンターを任せれば、一週間ほどで全体を見直し、運営を円滑にできると思いますね。さらに一カ月もあれば、会員数を増やすためによい案を出してきますよ、きっと」

トニーはマイケルの言葉を信じられない思いで聞いていた。しかし二人のやりとりを聞いているうちに、このセンターで働くことこそが自分に与えられた道であるように思えてきた。センターは自宅から近くにあり、夏の時期は自転車で通うことができる。出張もないから、エリザベスやダニエルと過ごす時間をたっぷり取ることができる……。数分前までは考えもしなかったセンター所長という仕事が、大きなビジョンとして目の前に突如現れたように感じた。

「トニーさん、あなたのお考えを聞きたい。この仕事に関心はおありですか?」

「もちろんです」トニーが答えた。

「いろいろと改善できることがあると思いますし、私でよろしければぜひお役に立ちたいです」

ピーターソンは少し考えてから尋ねた。

「ところで、トニーさんは今ほかのお仕事に就いておられるのですか?」

「彼はこのあいだまでブライトウェル製薬の社員だったんです。トップセールスマンだったんですよ」マイケルが代わりに答えた。

「ほほう、それは素晴らしい」

トニーは首を横に振りながらつけ加えた。「自分から辞めたのではなくて、辞めさせられたんです。このことはきちんと申し上げておかないと」

「互いに納得した上で円満退社をされたのですよね」

トニーはうなずいた。「はい、それは確かです」

ピーターソンは腕時計を眺めながら言った。「トップセールスマンでしたら、給料も相当出ていたでしょうし、福利厚生も手厚かったでしょうね。ここではそこまでは出せないと思います」

「ずばり、いくらくらいなんでしょう?」マイケルが尋ねた。

トニーは、これ以上首を突っ込むな、という目でマイケルを見たが、マイケルは、君が聞かないなら僕が聞くしかないだろ? とでも言いたげに両肩をすくめて見せた。

ピーターソンが提示した額は、トニーがブライトウェル製薬で得ていた給料のほぼ半分程度だった。トニーは、月額に直すといくらになるのかすばやく頭で計算した。

「その額でまったくかまいません」

ピーターソンは財布から名刺を取り出すとトニーに手渡した。

「それでは、今日中にここに記載されたアドレスに履歴書を提出し、明日私のオフィスにおいでいただけますか。できるだけ早く話を進めていきたいので」

トニーは名刺を受け取ると、ピーターソンと握手を交わした。

ピーターソンがその場から去ると、マイケルがニッと笑顔を作って言った。

「これだってある意味、ダブルダッチにフルタイムでかかわれる仕事だもんな。おめでとう、新所長！」


エリザベスはその日、朝早く事務所を訪れた。午前中に仕事が二件入っており、それぞれ町の遠く離れた場所で物件の引き渡しを行うことになっているため、移動距離も考えて上手に時間を割り振り、全ての書類に署名をもらえるよう準備を整えなければならなかった。物件引き渡しの際、住宅保険の契約を交わすのが習わしとなっているため、どちらの物件についても書類に不備がないよう確認を怠らなかった。そのうちの一件は、腕白な二人の男の子のお母さんでありソフトウェア会社に勤める夫をもつメリッサ・テーバーへの引き渡しであったが、メリッサからはそのことで、もうすでに三度も問い合わせの電話があった。

前日は、家の引き渡しに加え、客に二軒の家を案内するため一日中車を運転していた。こんなふうに仕事ができること、客が与えられていることを、エリザベスは神に感謝していた。クララから新居を探している人を何人か紹介してもらったことも重なり、息つく暇もないほどの忙しさとなり、エリザベスにとっては正直うれしい悲鳴なのだった。

突然携帯電話が鳴ったので画面を見ると、シンシアからだった。すぐに電話に出て、近況を聞き、ダーレンの職探しはうまくいっているか尋ねた。

「実は今日、仕事の面接に行ってきたの。まだどうなるかわからないけれど、前よりは少し希望が出てきたわ」

「よかったじゃない、シンシア。うまくいくように祈ってるわ。あなたのためにもね」

シンシアはしばらく沈黙したあと、言った。

「ねえ、姉さん、たまには一緒に食事でもどう？」

エリザベスは、ここのところひどく忙しいこともあり、思わず断ってしまうところだった。しかもその日は、トニーとダニエルが自分が早く帰ることを楽しみにしていたのだ。しかし、その時のシンシアの声の様子に何か気になるものを感じた。

「これから二件、家の引き渡しの仕事が入っていて、午後はお客さんを連れて家の案内をしなければならないからランチは無理なんだけれど、夜なら時間があるわ。トニーに聞かないといけないけれど、たぶんオーケーが出ると思う」

シンシアは一つ深いため息をついて言った。

「ありがとう。うれしいわ」

エリザベスは、夕方の五時半にレストランで待ち合わせる約束をした。トニーも、シンシアと食事をすることに快く賛成してくれた。家の見学の案内に思いがけず時間がかかってしまい、エリザベスは約束の時間よりも遅れてレストランに到着した。その店はイタリアン・レストランのチェーン店で、シンシアは一人スティックパンをかじりながらエリザベスを待っていた。

二人がそろうと、料理を注文し、シンシアは、自分の家の経済が今どれほど厳しい状況かを話し始めた。自分や子どもたちがどんなにつらい思いをしているか、そのことで胸が押しつぶされそうな思いでいることをエリザベスに打ち明けた。

「私たちがもっと支えてあげられたらどんなにいいか。ほんとうにごめんなさいね」

シンシアは首を横に振った。

「ううん、姉さんたちも今大変なのはわかっている。お義兄《にい》さんも仕事を失ってしまったし。今日は、お金の援助をしてもらいたくて誘ったんじゃないの」

エリザベスは身を乗り出し、シンシアに顔を近づけた。

「どんな相談？」

「うん……。姉さん、変わったなって思って。前とは顔つきも違うし、電話で話してくれることも違う。何ていうか、まるで生き返ったように生き生きしていて、それがいろんなところからあふれ出ているような気がするの」

エリザベスはほほえんで言った。

「このあいだ言ったこと、考えてみてくれた？」

シンシアはうなずいた。

「最初聞いた時は、ちょっとピンとこなくて。神さまのこととか、あまり考えたこともなかったし。姉さんにとっては大事なことなんでしょうし、姉さんがこんなふうに変わった理由の一つだというのもわかるんだけど……」

「理由の一つというより、私が変わることができた全ての理由はそこにあるの。私の人生、結婚生活、朝起きた時の気分……全て一変したわ。それもこれも、あなたの言うところの『神さまのこと』が関係しているの」

ウェイトレスがサラダを持って来ると、シンシアは真っ先に好物のオリーブと唐辛子を自分の皿に取り分けた。子どもの頃、シンシアとはよく食べ物の取り合いでけんかをしたものだった。シンシアったら、あの頃とちっとも変わってないんだから……。エリザベスは思わず苦笑した。シンシアはむさぼるようにサラダを平らげると、すぐにもう一皿注文した。この店は一定料金で何皿でもサラダを注文できる。値段を気にしないで心置きなくサラダを食べられるこの店なら、きっと妹は喜んでくれるにちがいないとエリザベスは思ったのだ。

「私の提案のどんなところに引っかかりを感じるの？」

シンシアは厚手の緑色のナフキンで口を拭いた。

「うん、たとえば、私がしたくないことを無理矢理させられるんじゃないかって……」

エリザベスはうなずいた。

「もっともな心配かもしれないわね。特に私たちの子ども頃のことを考えると」

「あるいは、このことを利用して姉さんに支配されたら嫌だなって思う。たとえば、聖書を読むなら家のローンを援助するわよ、とか」

「決してそんなふうに思ってほしくないわ。それとこれとはまったく別。目標はただ一つ。聖書を読んで、神さまのことや私たちのことについて一緒に考えて、神さまに近づくこと、……それだけ」

「あともう一つ恐れているのは、小さい頃みたいに、姉さんが何でも知っていて、私は何にも知らないっていう状態になること。あれね、ほんとうに嫌だった」

「シンシア、もしこれからあなたと一緒に聖書を学ぶことができたとしたら、私にとっても新しい発見がいろいろとあると思うの。少しつらい思いもするかもしれないけれど自分の本当の姿を知るいいチャンスになるわ。私が一方的に説教をして、あなたはガールスカウトのバッジを獲得するみたいに、神さまに気に入られるよう頑張るっていうんじゃなくて、みことばの真理を通して一緒に神さまに近づきたい、そして二人の距離を縮めたいの。今だって、あなたはそうやって私に言いづらいことを正直に告白してくれたわよね。これ、とても大事なことだと思うわ。そう、お互いにとってね」

「ほんとうにそう思う?」

「実はこれ、すでに経験済みなのよ。私、ある素晴らしい女性に出会ったの。私よりもずいぶん歳上なんだけれどね、彼女から、祈りや聖書についてたくさん教えてもらったわ。彼女から教わることで、私だけが成長しているのだと思っていたら、そうではなかったの……。私の知らないところで、彼女自身もまた、もう一回り大きく成長していたことがわかったの。だからね、もし私とあなたが一緒に聖書を学ぶことができたら、あなただけじゃない、きっと私も同じように成長できると思うのよ」

シンシアのパスタが運ばれて来たので、エリザベスもスープとサラダを食べ始めた。二人は大の仲よし姉妹のように、楽しくおしゃべりをし、大いに笑い合った。二人は姉妹でありながら多くの点でずいぶん違っていたが、この日、二人の距離がぐんと近くなったようにエリザベスには感じられた。

トニーは七時までにすっかり準備を整えていた。夕食を済ませ、疲れて帰って来るエリザベスが、シンクの中に汚れた食器を見てうんざりした気持ちにならないよう、キッチンの片付けも終えた。エリザベスが運転する車のヘッドライトが居間の壁を照らしたのを確認するや否や、トニーは、エリザベスがふだん飾りとして使っている金属製のバケツに急いで熱い湯を注いだ。

エリザベスは朝出かけた時のワンピース姿で帰宅した。実によく似合っている。髪型もまだきれいに整ったままだ。しかしその歩き方から、疲労困憊《こんぱい》ぶりがうかがえる。

「ただいま、トニー。何をしているの?」

「やあ、お帰り」トニーが優しく出迎える。

「一体何を始めようっていうの?」

「今教えるから、まあ慌てないで。食事はどうだった?」

「ええ、楽しかったわ。シンシアとこれから定期的に会うことになったわ。まずは火曜日の午後に約束したの」

「あまり援助できなくて悪いと思ってる」

「彼女も私たちの事情をちゃんと知っているから大丈夫。このあいだあげた五百ドル、とても感謝していたわ。もっと援助してあげたいけれど、今はごめんなさいって言ったら、わかってくれた。さすがにデザートは頼まなかったわ」

　エリザベスの声はいつも以上に優しく聞こえた。それほど疲れがひどいということかもしれないし、あるいは、お金のことについてあまり心配しなくなったからかもしれない。それとも、ほんとうに自分への優しさからなのかもしれないとトニーは思った。もう一度自分を信頼してくれるようになったんだ……。つい数時間前も、ぜひシンシアと夕食を一緒にしてきたらいいと励ましたら、心から感謝しているようだった……。

「エリザベス、話があるんだ。ぜひ君の考えも聞きたい」

「一体どんな話？」エリザベスが怪訝そうな顔を向ける。

　トニーは笑顔で答えた。

「実は今日、仕事の面接があったんだ。その場で採用されたよ」

　エリザベスの顔がパッと輝いた。「何の仕事？」

「コミュニティ・センターの所長さ」

　エリザベスはさっと視線をそらした。トニーの言葉の意味を処理しきれないようだった。昨日のトニーがそうであったように、まったく予想もしないことだったのだろう。

「リズ、コミュニティ・センターは、俺にとっても君にとってもなじみのある場所だろう？　この仕事なら、自信をもってできると思うんだ」

　エリザベスはじっと考えてからやっと口を開いた。

「そうね。それに、家から近いし」

「給料は半分に落ちてしまうけれど、賢くやりくりすれば何とかやっていけると思う」

エリザベスは決然とした表情でトニーに身体を寄せると、ささやくような低い声で言った。

「トニー、よく聞いて。ぜいたく品にあふれた家よりも、イエスさまを追い求める夫をもつほうがよっぽど幸せだわ」

それはまさに、トニーが最も聞きたいと願っていた言葉だった。トニーはにっこりと笑顔になった。「君がそう思うなら、この仕事を受けることにするよ」そして、いたずらっぽく目を細めながらさらに続ける。「君がデザートを食べてこなくてよかった」

「どうして？」

「すぐにわかるさ。さあ、座って」

「え、なあに？」

「まあいいから、まずはソファに腰かけて待ってて。すぐに戻るから」

エリザベスはトニーの言葉に素直に従ったが、彼が何をしようとしているか皆目見当もつかない様子。しかしまたそれが、トニーをわくわくとした楽しい気持ちにさせるのだった。エリザベスがソファーにおとなしく座っていると、トニーが熱い湯のはいったバケツを両手に抱えて居間へやって来た。

「ところでダニエルは？」

「ジェニファーの家さ。今晩パジャマパーティーがあるらしい」

トニーは、バケツをエリザベスの足元にそっと置いた。

「一体何が始まるの?」

トニーはその場にひざまずき、エリザベスの片方の足を持つとサンダルを脱がせ始めた。

「やめてトニー、お願いだからやめて」エリザベスが抵抗して足を引っ込めようとした。「私の足には触らないで」

「まあいいから、俺に任せとけって。大丈夫だから」

トニーはエリザベスの足からサンダルを脱がせると、そっと湯の中へ浸した。

エリザベスは目を閉じ、うっとりとした表情を浮かべた。「ああ、気持ちがいい。夢みたい……」

トニーは冷蔵庫へ向かうと、エリザベスのいない時にこっそり作って冷凍庫で冷やしておいたアイスクリームサンデーを取り出して片手に持ち、もう片方の手にはスプーンをもって妻の前に立った。アイスクリームの上にはホイップクリーム、さらにはキャラメルソースとチョコレートソースがたっぷりとかけられ、いちばん上に赤いチェリーがちょこんとのっている。

「さあ、これこそ君が受けるにふさわしい贈り物だ。そう、こんな俺にはふさわしくないほどすてきな君にこれをささげようと思う。さあ、溶けないうちに食べて。そのあいだ、君の足をマッサージしてあげる。いつだったかなあ、こんなふうにしてほしいって言ってたよね」

エリザベスはあまりのことに声を失い、黙ってサンデーの入れ物とスプーンを受け取り、まるで宝石でも眺めるようなまぶしそうな目でサンデーを見つめた。そして遠慮がちにスプーンでアイスクリームをひとすくいするとトニーに向かって言った。

「ほんとうにいいの？　私にこんなことまでしてくれるなんて……」

トニーは、ステレオのリモコンスイッチを押し、エリザベスのお気に入りの音楽を流し始めた。

トニーがエリザベスの足元に屈み込むと、エリザベスはまた抵抗して言った。

「トニー、私の足ひどく臭うから……」

「大丈夫だって。ちゃんと対策はしてあるんだからさ。ほら、これ見て」トニーはペンキ屋が使うような白い業務用マスクを取り出し、エリザベスの顔の前でひらひらさせた。そして鼻と口をすっぽり覆うようにマスクを顔に当てると、ゴム製のストラップを後ろに引っ張って手を離し、頭の後ろでパチンと音を立てた。エリザベスはそれを見て思わず笑った。

「さあ、準備は万全だ」トニーは眉を上げながら言った。

そしてエリザベスお気に入りの香り付き石けんを手に取って泡立てると、優しく彼女の足を洗い、ツボを押さえながらマッサージを始めた。トニーは先日マイケルと共に出席した聖書の学び会で読んだみことばを思い出した。イエス・キリストは一人ひとりの弟子の前にひざまずき、しもべのように彼らの足を洗ったのだ。これこそ神から託された自分の務めなのではないか……。トニーはそう思った。夫として妻に仕え、自分自身の全てをささげること。もし心からそれを行うなら、きっとエリザベスは喜んでその愛を受け入れてくれるに違いない。

エリザベスがもう一さじアイスクリームを口に運んだので、トニーが顔を上げると、彼女は笑いながらも、その頬には涙が伝っていた。

「どうした？　痛いかい？」トニーはマスクを下ろして尋ねた。

「違うの。大好きなアイスクリームを食べながら、こんなふうに夫に足のマッサージをしてもらえるなんて……やっぱり神さまはほんとうにいらっしゃるんだなって思って！」

トニーも一緒に笑った。エリザベスはソファの背に全身をもたれかけるように座り、すっかりリラックスした様子だった。トニーは、エリザベスが気持ちを楽にすると同時に、彼女の足の筋肉からスッと力が抜けるのを感じた。

「リズ……まだまだ時間はかかると思うんだ。一回こんなふうにマッサージをしたからって全てがすっきりと解決するとは思わない」

「それ、私の足の臭いのことを言ってるの、それとも私たちの関係のこと？」

トニーはにっこり笑って答えた。

「全てのことについて言えると思うんだ。富める時もあれば、貧しい時もある。足が臭い時もあれば、将来にたくさんの不安を抱える時もある。一気に全ての問題が解決されることはなくて、人生というのは、いつも何かを抱えた状態で歩むことなのかもしれないね。このあいだまで、もし経済的にやっていけなくなってこの家を引っ越すことになるのは耐えられないと思ってたけど、もしこの家を売らなくてはならなくなったとしても、ここに、こんな腕利きの不動産屋さんが備えられているんだから安心さ」

エリザベスはクスクス笑うと、もうひとさじアイスクリームを口に入れた。

「エリザベス・ジョーダン、君を心から愛している。これから生涯を通じて、君はその愛の証人となるんだ」

エリザベスは前に屈むと、トニーにキスをした。彼女の唇はチョコレートとホイップクリームとキャラメルの味がした。

「俺にも一口食べさせて」

エリザベスがアイスクリームをスプーンに大盛りにしてすくったので、トニーが口を開けて前に身体を寄せると、彼女はさっとスプーンを自分の口に入れて言った。

「さあ、マッサージの続きをお願い！」そしてもう一さじ口に頬ばりながら言った。

「今晩ダニエルを首尾よくこの家から出すなんて、あなたなかなかの策士だわ。いつそんなことを思いついたの？」

「今朝さ。たまたまデボーションの箇所が雅歌（訳注・旧約聖書三十九巻の一つ。男女間の恋の歌が記されている）だったんだ」

トニーはそう言うと、いたずらっぽくウィンクをした。エリザベスはプッと吹き出して大声で笑い、もう一度トニーにキスをした。

クララは片手にペンを取り、もう片方の手でベッドの上に置いてあった聖書を取った。聖書はいつものなじみの個所、歴代誌第二のページがパタンと開かれた。あまり何度もそこを読むので、癖がついてしまったのだろう。クララは、折に触れては親しんでいる聖句に目を落とした。この聖句はイスラエルの民に向けられた言葉だったが、神は今日の私たちにも同じことを望んでおられるとクララは確信していた。クララは薄暗いクローゼットへとゆっくりと向かいながら、すっかりそらんじることができるほど繰り返し祈りささげてきたみことばを、再び心をこめて祈るのだった。

「わたしの名を呼び求めているわたしの民がみずからへりくだり、祈りをささげ、わたしの顔を慕い求め、その悪い道から立ち返るなら、わたしが親しく天から聞いて、彼らの罪を赦し、彼らの地をいやそう」（訳注・歴代誌第二　七章一四節）

クララはクローゼットの中にある小さな電灯を点けると、木製の椅子の脇に恐る恐るひざまずいた。長く歳を重ねてきたせいで、彼女の膝は折りたたむたびにきしきしと音を立てる。クララは、神によってかなえられた最後の祈りのリクエスト、「家が売れますように」と手書きで書かれている言葉にペンで印をつけた。クララは「千の丘の家畜」（訳注・詩篇五〇篇一〇節）やあらゆるものをその手のうちに豊かに所有しておられる神は、彼女の小さな願いをかなえることなどわけもないことを知っていた。それでも、クララは神に心から感謝をささげた。

「主よ、またやってくださいましたね！　あなたのなさることは何と鮮やかで見事なのでしょう。あなたはほんとうによいお方です、主よ。力に満ち、あわれみ豊かな方！　あなたの愛を受けるに値しないようなこんな者のために、これほど大きな恵みをほどこしてくださるとは！　イエスをほめたたえます！　あなたこそ主です！」

プロボクサーがリングを跳ね回りながら対戦相手に集中するように、クララは目を固く閉じたまま顔を上げた。

「主よ、あなたの助けを必要としている人がいるならば、私のもとへ送ってください。あなたの御名を呼び求める人を呼び起こしてください。あなたを愛し、あなたを求め、あなたに信頼する人を立ち上がらせ、主よ。あなたのために働く戦士としてください」

クララの心に、夕食前のひととき、手を合わせ共に祈る家族の姿が思い浮かんだ。広い畑の真ん中で農耕用のトラクターの上で祈る男性の姿、世界地図の前で頭を垂れて祈る二人の人の姿……。

「主よ、福音を恥としない新しい世代がこの国には必要なのです。生ぬるさを嫌い、全てのものにまさってあなたのみことばに堅く立つ、神の戦士が……。どうぞ、呼び起こしてください。立たせてください、主よ」

クララの目には見えるのだ。星条旗のもとに集まる大勢の若者の姿、そして幼い子どもたちを連れて教会へ向かうたくさんの若い家族。

「あなたを愛する者たちの上に一致を与えてください。彼らの目を開き、あなたの真理を見させてください。彼らの上にあなたの守りと、導きがありますように」

クララは、自分の町や国のいたるところで働く警官のことを思った。いつまでたっても人種間の争いや差別がなくならないことに胸を痛めながら……。

「この世の光となる世代を呼び起こしてください、主よ。どんな迫害にも屈せず、脱落する者があろうとも怖じ気づくことのない者たちを立ち上がらせてください。主イエスの御名による救いを表明する者たちを、御前にひざまずき、祈りによって戦う戦士を、あなたを心から礼拝する者たちを、どうぞ呼び起こしてください。主よ。どうぞ、私たちを呼び覚まし、あなたを主の主、王の王と力強く宣言し、あなたのために戦う者たちとならしめてください！」

クララは思い浮かべた。生まれたばかりの赤ん坊を抱きながら祈る若い父親の姿、国の指導者たちがひざまずき主に導きを祈る姿、教師、ビジネスマン、ガソリンスタンドの店員、ＰＴＡの集まりに出席している母親たち……。

そして牧師、青年リーダーたち、宣教師たちの顔を思い浮かべながら、クララは最後の祈りの言葉を心を込めてささげるのだった。

「主よ、これは私の切なる願いです。どうぞ彼らを呼び起こしてください。あなたのために立ち上がらせてください」

謝辞

本書の制作の仲間に加えていただけたことは私にとって大きな名誉です。貴重な機会を与えてくださったアレックスとスティーヴン、また、このプロジェクトの実現のために祈りをもって支えてくださった方々に心から感謝をささげます。本書を通し、多くの方々が祈りの生活に導かれることを願いつつ。

クリス・ファブリー

素晴らしい仕事をしてくださったクリスに感謝します。君と共に働くことができたことは、私たちにとって大きな喜びでした。ティンデル・ハウス出版社の皆さまにお礼を申し上げます。この物語が伝えるメッセージの大切さを信じてくださって感謝します。私たちの愛する妻たち、そして子どもたちに感謝。やっと忙しさから解放されたので、しばらくのひとときときき、君たちと一緒に休暇を楽しみたいと思っています。私たちの大切な両親、ラリー&ロンウィン・ケンドリックに感謝します。祈りこそ日々の生活の中で最も優先すべきものであること、堅く信仰に立ち、正しい「武器」をもって戦うことを教えてくれてほんとうにありがとう。父さんと母さんの愛と支えと祈りがあればこそ、私たちはこのような祝福に満ちた人生に導かれたのだと信じます。二人を心から愛しています。また、私たちを支えてくださった宣教チームの皆さまに感謝をささげます。常に私たちの味方に立ち、労苦を共にし、一緒に祈ってくださった一人ひとりに感謝します。神の栄光が現されますように、イエスの御名が高くあがめられますように。イエス・キリストこそまことの主です！

アレックス&スティーヴン・ケンドリック

巻末付録　話し合いのための手引き

1. エリザベスとトニーの結婚生活がうまくいかなくなってしまったのはなぜでしょう。どんな原因が挙げられますか。祈ることによって、どのように解決していきましたか。自分自身の結婚生活にあてはまることがあるとしたら何でしょう。

2. 物語の始めのほうで、エリザベスは「結婚にも人生にも、これ以上望むことなどないのかもしれない」と述べています（二七頁）。ある状況や人間関係に行き詰まり、もうこれ以上改善の余地はないと諦めてしまいそうになったことはありませんか。エリザベスや、同じ試みの中にいる人にアドバイスをするとしたら、どんな言葉をかけますか。

3. クララは、祈りとは「こちらから話しかけたり、あるいは語りかけに耳を傾けたりしながら、自分のことを心から愛してくれる神と、わくわくするような時間を過ごすこと」（五五頁）であると言います。祈りとは、と問われたらあなたは何と答えますか。クララの祈りの定義にうなずける点があるとすれば、どんなところでしょう。

4．クララがエリザベスのために淹れた「ぬるいコーヒー」は、その時の彼女の信仰の状態を的確に表現するものでした。今のあなたの信仰は熱いですか、冷たいですか、それともぬるいでしょうか。あなたはその状態に満足していますか。どうすれば変わることができると思いますか。

5．トニーが自らの結婚を破滅させる決断を下そうとしていたちょうど同じ時刻に、エリザベスはトニーのために祈りをささげていました。トニーは急に体調を崩し、そのおかげで罪を犯さずにすみました。今までの歩みの中で、祈りの答えがただちに与えられたという経験があれば分かち合いましょう。

6．クララは強盗に襲われそうになった出来事を振り返り、警察官に次のように語りました。「メモを取っているのなら、絶対に『イエス』のお名前を書き忘れないようにしてちょうだい。みんなついイエスさまのことを忘れてしまうのよね。だからいろんな問題が起きるんだわ」（一五八頁）と。クララは何を言おうとしているのでしょう。今までの歩みの中で、イエスのことを忘れたり、なおざりにしたことはありますか。その時の状況を思い出し、分かち合いましょう。

7．ダニエルは、エリザベスがクローゼットを祈りの部屋として使い始めたのを見て、自分も同じようにしたいと思いました。親の行動は子どもにどのような影響を与えると思いますか。子どもに信仰を伝えるために何ができるかを話し合いましょう。

8．クララは、金曜日に定期的に自宅でもたれる友人たちとの集いで次のように語っています。「祈りの目的は、神さまを説得して私たちの望みをかなえてもらうことではなくて、私たち自身の心が変えられること、神のみこころを私たちの望みとし、神のご栄光が現されることなのよ」（一四七頁）と。あなたはクララのこの考えについてどう思いますか。その理由も話してください。本書の登場人物たちは、祈りによってどのように変えられていきましたか。あなたも祈りによって自分の思いや考えが変えられた経験はありますか。

9．トニーは、自分の犯した罪を元上司に告白するか、あるいは隠したままにしておくか、つらい選択を迫られました。トニーの決断は正しかったでしょうか。それとも上司には告白せずに、ただ神に赦しを祈り求めるだけでよかったと思いますか。

10．コールマン・ヤングから告訴しないことを告げられたトニーは心から安堵しました。あなたは受けるに値しない恵みを与えられたという経験をしたことがありますか。その時どんな気持ちがしましたか。

11. 本書は、祈りは悪と戦うための強力な武器であるというメッセージを伝えています。本書を読むことによって祈りに対する考え方は変わりましたか。あなたの祈りの生活を充実させるヒントは見つかりましたか。

12. クララは祈ります。「この世の光となる世代を呼び起こしてください、主よ。どんな迫害にも屈せず、脱落する者があろうとも怖じ気づくことのない者たちを立ち上がらせてください。主イエスの御名による救いを表明する者たちを、御前にひざまずき、祈りによって戦う戦士を、あなたを心から礼拝する者たちを、どうぞ呼び起こしてください。主よ。どうぞ、私たちを呼び覚まし、あなたを主の主、王の王と力強く宣言し、あなたのために戦う者たちとならしめてください！」（四五九頁）と。この世界はそのような人たちを必要としていると思いますか。どのようにしたらあなたもその一員となることができると思いますか。

訳者あとがき

「『祈りのちから』という映画の試写会があるのですが、もしよかったらご一緒しませんか」

そんなうれしいお誘いを、敬愛する結城絵美子さんからいただいたのは昨年三月のこと。結城さんは、示唆に富む話題作『神の小屋』（ウィリアム・ポール・ヤング著／いのちのことば社フォレストブックス）の翻訳者です。正直に言うと、映画を観たいというよりも久しぶりに結城さんとお会いしたくて、ふたつ返事でお誘いに乗り試写会に参加したわけですが、いざ映画が始まると、テンポの良い話の展開にすっかり引き込まれ、エンドロールが流れるまでスクリーンから目を離すことができませんでした。

主人公は、はた目には理想的な夫婦として映るエリザベスとトニー。しかしそれぞれ心に問題を抱え、二人の仲は冷え切っている……。そんな夫婦のぎくしゃくした関係は一人娘であるダニエルの心にも暗い影を落とし、家族は崩壊の危機を迎えつつあった。しかしある日、エリザベスはクララという老婦人と出会い、祈りを武器に戦う秘訣を伝授されることで、彼女の心も状況も、ダイナミックに変えられていく……。そんな筋書きで進むこの物語は、祈りとは何か、なぜ私たちは祈るのか、本気で祈るときに何が起きるのかという、クリスチャン生活にとって生命線とも言うべき重大なテーマに真正面から取り組んだ作品です。しかし、クスッと笑える場面がそこかしこに散りばめられているおかげで説教臭さが感じられず、また、クライマックスともいうべきダブルダッチ選手権大会の場面も臨場感にあふれ、最後までハラハラドキドキ、観る者を飽きさせません。そして何よりもクララが実にチャーミングなのです。映画を観たその足でフォレストブックスの編集部にお邪魔し、すでに取り寄せてあった映画のノベライズ本を、「ぜひ読ませてください」とお預かりし、それをきっかけに、このたびの邦訳出版が実現した次第です。

その後、五月から約九週間にわたり、この映画を含む全米で話題のクリスチャン映画三作品が、ソニー・ピクチャーズ・エンタテインメントの配給により、全国各地の映画館で上映されました。「復活」、「天国からの奇跡」もそれぞれに素晴らしい作品でしたが、最後に上映された「祈りのちから」は特に反響が大きかったと聞いています（映画を見逃した方には、個人鑑賞用として発売されているDVDをぜひお勧めいたします）。

本書は、映画の原作ではなくノベライズです。ノベライズというと、映画の筋をただなぞったものという印象を抱く方があるかもしれません。しかし、本書は、映画にはない場面をふんだんに盛り込み映画には出てこなかった人物たちを登場させることで、物語に膨らみをもたせ、作品を貫く大切なメッセージがより丁寧に読者に伝わるよう工夫されています。また、映画は、主にエリザベスの心の動きを中心に話が進行していくのに対し、本書は、その時々のクララやトニーの心情も細やかに描いているため、読者は、三人それぞれの立場に身を置きながら複眼的に物語を味わうことができるのです。ですので、映画を知らない方はもちろんのこと、すでに映画をご覧になっている方にとっても新しい発見があり、十分に楽しんでいただけることでしょう。

本書は、エリザベスとトニーの物語であるとともに、クララ自身の物語でもあります。クララには過去、神への不従順が招いたつらく苦い経験がありました。神の働きかけを心に感じながらもそのたびに主の御声を拒否し、夫レオとむなしい諍いを繰り返していたクララ。そして夫婦の関係を修復できないまま、レオはある日突然、死を迎える。クララは、そのことで心に大きな傷を負うのです。しかしそのまま諦めと絶望に沈むことなく、神の前に自らの罪を悔い改め、やがて祈りの人へと変えられていく。そして、過去味わった痛みや後悔をバネに、エリザベスをはじめ周りの人たちを力強く支え導く信仰者として大きく成長していくのです。

私たちは誰しも、過去に、思い出すと胸の痛む苦い経験があることでしょう。もし勇気をもってクララのように、つらい記憶も傷ついた思いもすべて携えて神の御前に出て、「すべてのことを働かせて益としてくださる」(ローマ人への手紙八章二八節)主を信じ、祈りつつ前に進むならば、もう取り返しがつかないと私たちが思い込んでいる過去の失敗を、神はご自身の栄光のために用いてくださる、マイナスをプラスに変えてくださる……。そんな希望を、私たちはこの物語に見出すことができるのではないでしょうか。

クララはこう語ります。「祈りの目的は、神さまを説得して私たちの望みをかなえてもらうことではなくて、私たち自身の心が変えられること、神のみこころを私たちの望みとし、神のご栄光が現されることなのよ」(二四七頁)と。私たちが真剣に祈り求めていくならば、私たちは神の似姿に変えられていく。神を愛し喜んで周りの人に仕える者となっていく。この世界を変えていく第一歩は、まず私たちの心のうちから始められなければならない。これこそが本書を貫く最も大事なメッセージだと思います。そしてそれを見事に体現しているのがクララなのです。私たちも、クララ、そしてエリザベスやトニーのあとに続く者となれたらどんなに素晴らしいことでしょう。

映画をご紹介くださいました結城絵美子さん、また、翻訳にあたって、わかりにくい言葉や言い回しについて丁寧にご説明くださり、忍耐強くご指導くださった津田塾大学英文学科非常勤講師の森川キャロリン先生に心からの感謝をささげます。また、いつも温かく支え励ましてくださるフォレストブックス編集部の藤原亜紀子さん、そしてこの本の出版の実現のために陰で祈ってくださった祈りの友に感謝します。

たくさんの方がこの本を手に取ってくださいますように。この混迷の時代、正しい「武器」をもって、御国《みくに》の実現のためにともに戦う「祈りの戦士」が多く呼び起こされるよう祈りつつ。

二〇一七年二月

中嶋典子

祈りのちから

2017年5月1日発行

著者　クリス・ファブリー

訳者　中嶋典子

発行　いのちのことば社フォレストブックス
〒164-0001　東京都中野区中野2-1-5
編集　Tel.03-5341-6924　Fax. 03-5341-6932
営業　Tel.03-5341-6920　Fax. 03-5341-6921

装幀　ロゴス・デザイン（長尾優）

印刷・製本　モリモト印刷株式会社

※本書は映画「祈りのちから」（原題：WAR ROOM／監督アレックス・ケンドリック、製作スティーヴン・ケンドリック）を小説化したノベライズです。

ISBN978-4-264-03381-3 C0016